KB081592

현대 차 문화의 부흥조

독철신 우록 김봉호

현대 차 문화의 부흥조
독철신 우록 김봉호

獨啜神　友鹿 金鳳皓

정서경 지음

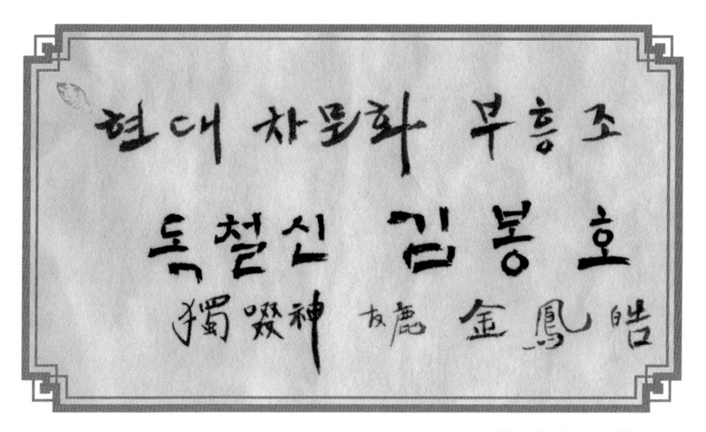

기념제자 강순형

이른아침

▲우록이 사용하던 다탁
마지막 대외활동을 하던 무렵의 우록 김봉호▶

◀다산과 아암이 교유하던 길의 백련사 인근 동백숲
▼다산이 강진 유배시절 머물던 주막 사의재와 우물

▲우록이 앞장서서 복원한 일지암
대흥사에 세워진 초의선사상 앞에 선 우록▶
▼일지암에 유천

草衣大禪師像

禪境
入於禪境無量
修道

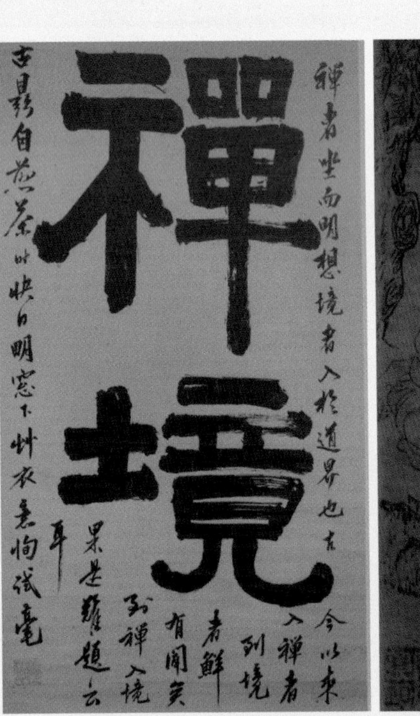
禪境
禪者坐而明想境者入於道界也古
今以來入禪者到境者鮮有聞矣
到禪入境果是難題云耳

우록이 촬영한 초의선사의 유묵들

우록은 평생 초의선사를 헌창하는 일과 초의의 다법 및 차 정신을 배우고 전파하는 일에 각고의 노력을 기울였다.

우록의 손때가 묻어 있는 서재 풍경

GRAND
EMPEREUR

우록의 다실에 남겨진 차 생활의 흔적들

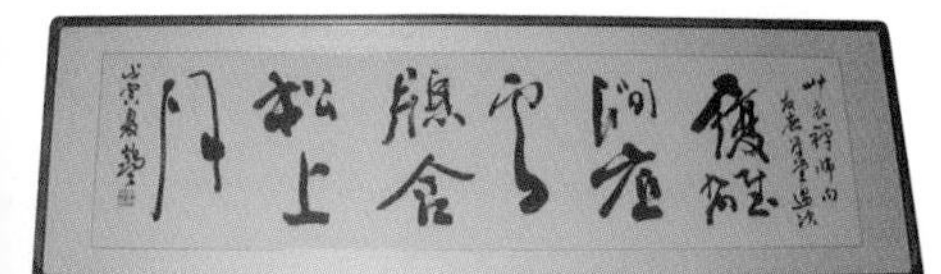

▲우록의 다실에 걸린 죽로지실 편액
◀우록의 서재에 걸린 초의선사의 차시
▼우록의 다실이었던 시경합의 입구

우록의 가족들과 그가 살던 학동마을
입구의 마을 표지석

▲술 대신 차가 올려진 우록의 10주기 제사상
▼우록의 10주기 추모제에 모인 가족과 다우들

조사다례를 진행 중인 차인들

▲복원된 일지암 앞에 선 우록과 다우들
▼해남의 트로이카로 불리던 3인방(우록, 승설, 행촌)과 해남다인회 박상대 회장

▲차밭에서 고사를 지내는 차인들 ▲▲해남다인회 윤형식 전 회장
▼초의선사상 건립추진위원들과 함께한 우록

◀해남다인회의 연동다원
▼찻잎을 따고 있는 해남다인회 회원들

작가의 말

우록의 10주기와 한국 차 문화의 맥

필자는 2009년 봄 '차와 고전문학의 만남'이라는 강의를 시작하면서 해남다인회 식구들과 첫 인연을 맺었다. 해남은 필자의 고향이어서 그 의미가 더욱 깊었다. 여기에 해남다인회와 한국차학회가 운영하는 전국차학논문공모전에서 우수논문상을 수상하게 되면서 다시 그 인연이 이어졌다. 이후 필자는 해남다인회 식구들과 꾸준히 함께 공부하고 함께 연구하는 활동을 해왔다. 이런 연구와 활동의 한 결과로 이번에 이 책이 나오게 된 것이다.

해남다인회와의 인연

맨 처음 강의를 위해 해남다인회를 찾았을 때, 이미 여러 차례의 현장조사를 통해 얼굴을 익혀 두었던 회원들이 자리를 함께했다. 당시 해남다인회 회장이던 다헌 윤형식茶軒 尹亨植(1934~) 선생, 해남다인회의 창립 멤버이자 부회장이던 심호 임기수深湖 林琪洙(1929~) 선생 등의 원로 차인들과도 뜻 깊은 만남을 가졌다. 이렇게 시작된 강의는 현재까지 계속되고 있으며, 강의 외에도 필자는 매주 1회 해남을 방문하여 해남다인회의 역사에 대한 자료를 수집했다. 특히 다인회 결성 당시의 창립 멤버 5인 중 유일하게 생존해 계신 심호 임기수 부회장을 만나 많은 이야기를 들었다. 어느 날엔 당신이 현재까지 모아둔 차 문화 관련 자료들을 보자기에 싸서 선뜻 내주기도 하셨다.

> "나 같은 늙은이가 이것 가지고 있으면 뭣 하것어! 정 박사같이 열정을 가지고 공부하는 사람들한테는 좋은 자료가 될랑가 모르것지만……. 아무튼 열심히 항께 보기 좋아. 우리가 다인회 처음 만들어서 차 마실 때부터 지금까지로 치자면 강산이 너댓 번도 더 변했을 것인디, 어째 사람들은 이 좋은 차보다 커피를 더 좋아하는지 모르것어. 좌우지간 차를 좋아하는 사람들은 오래 살어, 그것도 아주 건강하게. 이것이 장수식품인디 말이여……"

사실 지난 3년 동안 필자가 해남다인회 식구들에게 강의를 한다고는 했지만, 필자는 현대 차 문화의 전승 현장에서 더 많은 것을 배우고 공부할 기회를 얻었다. 특히 한국예총 해남군지부장을 역임하고 현재 해남다인회 회장을 맡고 계신 용촌 박상대龍村 朴相大(1938~) 선생은 일지암이 복원되던 때부터 현재까지의 차 문화사를 고스란히 기억하고 있는 당사자로서 많은 자료를 기꺼이 내주셨다. 필자는 이런 원로 차인들을 만날 때마다 녹음기부터 꺼내들고 필기를 하였고, 구술조사는 어느 곳에서든 수시로 이루어졌다. 향토사학자인 춘헌 임상영春軒 林相榮(1937~), 초의문화제집행위원회 사무국장인 우재 박양배宇齋 朴養倍(1944~) 선생에게서도 근 40년에 달하는 해남의 차 문화사를 생생히 들으며 채록했다. 그리고 이들이 들려준 해남 차 문화사, 아니 우리 현대 차 문화사의 중심에는 언제나 우록 김봉호 선생이 있었다.

필자는 3년 동안 해남을 오가면서 우록의 가족, 친지, 친구, 선·후배들을 만났다. 우록학당의 제자들과도 여러 차례 만남이 이어졌다. 우록의 기일에는 그의 묘소에 차 한 잔을 올렸고, 제사를 모시기 위해 모인 가족들과 선친에 대한 이야기를 나누었다. 필자가 이런 일련의 노력을 기울인 것은 자료와 정보를 수집해 해남다인회와 더불어 우록이 타계하기 전까지 계속했던 지역 차 문화 부흥 운동의 생생한 역사를 고증하기 위해서였다. 자료 수집과 현장 조사를 병행했으며, 이를 토대로 해남을 중심으로 한 우리 현대 차 문화의 전승 맥락을 구체적으로 살펴보고자 하였다.

역사는 문헌에 남아 있는 기록과 사람들의 뇌 의식에 남아 있는 기억에 의해 구축된다. 이 중에서도 필자는 차 문화 향유 주체의 기억과 현장에 주목했다. 그리고 기록으로 남아 있는 문헌 연구와 분석을 비교하는 일에 집중했다. 기억으로 남아 있는 구술, 구비전승적인 차 문화의 현장 조사가 차 문화 연구에 있어 가장 중요하고 시급하다고 인식하였다. 이런 과정을 통하여 지역의 세부 조사가 이루어져야 함을 실감한다. 해남의 차 문화는 한국 차 문화사의 맥과 상통한다. 때문에 필자는 이런 역사의 주인공을 하나하나 발굴하는 일이 무엇보다 소중한 일이며, 이런 미시적 연구가 한국 차 문화사를 오롯이 정립하는 한 방편이라고 판단했다. 차 문화 전승 주체들의 지향이나 쟁점을 밝혀내는 일이 우리 차 문화의 연구 발전을 촉진하는 계기가 될 것으로 믿었다.

자료의 출처와 연구 과정

이 글의 집필을 위한 자료 조사와 연구의 과정은 대체로 다음과 같이 진행되었다.

① 전승적 문헌자료와 민속자료

② 해남다인회 회원들의 구술 조사 내용 : 인터뷰는 월 2회, '차와 고전의 만남' 강의 시간에 이루어졌다. 이런 조사는 2010년 봄부터 2013년 봄까지 만 3년 3개월 동안 이루어졌다. 2010년 11월과 12월의 두 차례에 걸쳐 해남다인회 창립 멤버인 심호 임기수 선생을 비롯하여 계산 윤두현桂山 尹斗鉉(1927~), 용촌 박상대, 우재 박양배의 자택에서 별도로 구술 조사가 진행되었다.

③ 우록 가족들의 인터뷰 자료 : 2011년 3월 12일을 시작으로 몇 차례에 걸쳐 우록의 자녀들과 인터뷰를 가졌다. 장남 김병주, 3남 김경주, 차녀 김혜숙이 인터뷰의 대상자였다.

④ 2012년 3월 29일, 우록의 기일에 모인 가족들과 별도의 인터뷰 및 구술 조사를 실시하였다. 가족들 외에도 새금학당塞琴學堂(일명 友鹿學堂 또는 大芚學堂)에서 공부한 우록의 제자들 역시 인터뷰 및 구술 조사의 대상이 되었다.

⑤ 우록 소장 자료 : 스크랩북 형태로 우록이 직접 모으고 정리한 차 문화 관련 자료들이 있으며, 이번 필자의 연구에서 중요한 기초 자료가 되었다.

⑥ 해남의 차 문화를 다룬 《해남신문》의 기사들

⑦ 단행본 『해남의 차 문화』 : 2008년 해남신문사에서 발행한 곽의진의 『해남의 차 문화』는 우록의 생과 해남의 차 문화 얼개를 이해하는 데 큰 보탬이 되었다.

이상에서 이번 원고가 완성되기까지 필자가 섭렵한 자료의 대략적인 출처들을 설명했다. 하지만 이 글은 무엇보다도 해남다인회 회원 개개인의 구술 내용에 크게 기초하였음을 거듭 밝혀둔다. '노인 한 사람의 기억은 박물관 하나 정도의 유물'이라는 말이 있다. 구비전승의 중요성과 현장 조사의 필요성을 강조하는 말이다. 또 한국 차 문화계에서도 민속 조사와 구술 조사가 더 많이 이루어져야 한다는 절실한 당위성을 일깨우는 말이자, 이런 조사가 이루어지지 않으면 실로 많은 역사적 유물을 잃어버리게 될 것이라는 경고의 메시지이기도 하다.

사실 필자는 2008년 목포대학교 차문화학술심포지엄에서 「소치 허련과 호남의 차 문화」라는 논문을 발표한 바 있다. 같은 맥락에서 소치 허련에 이어 우록을 연구하는 것은 호남 지역 차 문화의 일면을 더욱 소상하게 조명하는 일이라 생각한다. 더욱이 해남은 현대 차 문화를 부흥시키면서 한국의 차 문화가 다시 발흥하는 계기를 마련한 東茶本鄕이다. 따라서 호남의 차 문화 전승과 맥에 대한 심도 있는 연구를 위해서는 해남의 차 문화에 대한 조사와 연구를 피해갈 수 없었다. 해남의 차 문화 연구는 조선 후기 이래로 이어져온 문화 예술과 차 문화계의 교유를 통한 차 문화의 전개 양상에 관한 연구에서도 매우 중요한 부분을 차지하게 될 것이다.

이런 연구가 필자에 의해서만 이루어진 것은 아니다. 먼저 명사들과의 교유를 바탕으로 호남 차 문화의 중흥기를 일으킨 인물로 평가되는 소치에 대한 연구가 그간 미술사에서는 다양하게 이루어지고 있었다.[1] 그러나 차인으로서의 소치 허련에 대한 연구는 거의 전무하여, 이에 필자가 나서서 2008년과 2010년에 논문을 발표했던 것이다. 뿐만 아니라 소치 이후의 근현대를 잇는 차 문화 전승 맥락을 연구한 예 역시 없다. 이에 그 전승 현장의 시상을 명징하게 밝히고자 이번 조사와 연구를 진행하게 된 것이다.

필자는 각계각층 차인들의 발자취를 따라 현장을 찾고 문헌 속 인물들과 인터뷰를 진행하면서 현장 조사의 중요성을 다시 한 번 절감할 수 있었다. 강의실에서 공부하던 내용과 현장의 소리 사이에는 적지 않은 차이가 있었는데, 특히 현장의 소리에는 매우 다양한 내용과 메타포가 동시에 포함되어 있어 그 중요성을 간과할 수 없었다. '누군가의 흔적을 찾아가는 길만큼 흥미로운 여행은 없다'는 말이 있거니와, 다양한 사고의 소유자들을 우리는 현장을 통해서 만날 수 있다. 현장은 많은 사람들과 만나게 하며, 또 그 만남의 과정에서 많은 것들을 습득하게 하는 매력이 있다. 그들과의 소통과 교유는 문헌에서 읽을 수 없는 것들을 읽게 해주며, 이는 우리가 미처 알지 못했던 또 다른 세상을 읽는 방법 가운데 하나다.

이런 철학과 구체적이고 다양한 현장 조사 내용을 바탕으로 필자는 먼저 「차인 우록 김봉호의 현대 차 문화 부흥 맥락」이라는 논문을 쓴 바 있다. 그런데 예기치 않게도 적지 않은 성원을 받게 되었고, 그 가족과 주변 인물들을 추가로 인터뷰하면서 마침내 우록의 10주기를 맞아 이번에 이 책까지 묶어내게 되었다. 삼가 우록 선생의 명복을 빈다.

끝으로 차문화 연구의 길을 틔워주신 조기정 선생님과 현장조사의 중요성을 일깨워주신 나승만 선생님에게 깊은 감사드린다. 자료 수집에 도움 주신 해남다인회 윤형식, 박상대 전·현 회장님을 비롯한 김정섭 사무국장님과 김용철 사무차장님, 초의문화제추진위원회 박양배 사무국장님, 그리고 우록 선생님의 자료 수집과 인터뷰로 적잖이 성가시게 했던 우록의 가족분들께도 고마운 마음 사무친다. 부족한 글을 매끄럽게 다듬어주신 이른아침 김환기 사장님에게 무한한 감사를 드리는 바이다.

더욱이 이번 글에 많은 자문과 질정에다 축시에 표제까지 주신 국립가야문화재연구소장 차닉강순형 선생님께 차 한 잔 올린다.

2013해, 봄 견월헌에서 햇차를 마시며

백유 정서경

축시

독철신 김봉호 다인 기림 讚 獨啜神 金鳳皓 茶人

아름다운 동다향 해남ㅅ당　　東茶本鄕 麗海南

초의스님 차정신 올라서　　一枝艸衣 接茶神

앞장서서 차문화 펼치며　　復興旗手 茶文化

차삼매에 홀로이 노닐어　　淸境三昧 獨啜神

2013 봄 4월(淸明)에 삼가, 즐거이

차닉강순형 기리다

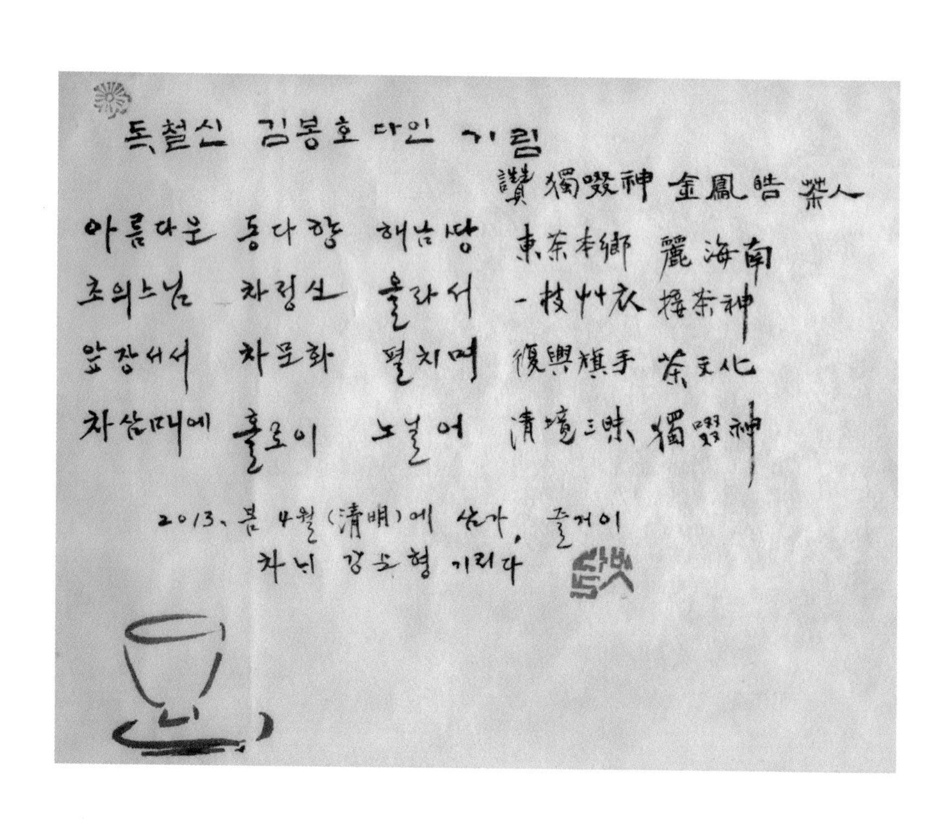

전통차로 지켜온 해남의 자존自尊

일찍부터 우리 고장 해남은 문한文翰의 고장이라 일컬어 오고 있다. 반도 남단에 위치한 지정적인 여건은 옛 지명부터 새금塞琴, 곧 궁벽한 벽촌이란 이름을 가지고 있는 바이거니와 그 품안에서 키워온 우리만의 독특한 정서와 문화는 항상 어느 지역보다 앞서 왔고 위상은 언제나 겨레의 중심에 있어 왔다. 선비정신과 사상을 바탕으로 그 명성을 떨쳐주신 선조들의 업적을 일일이 다 헤아릴 수 없지만, 특별히 요즘 최고의 웰빙 식품으로 세계를 향하여 나아가고 있는 우리의 전통차와는 먼 옛적부터 아주 깊은 인연을 맺어 왔다.

먼저 대흥사의 13대 종사 중 마지막대 종사이신 초의선사가 있다. 선사는 일관되게 주창하여 오신 다선일여茶禪一如의 사상을 바탕으로, 마시는 음료 속에 우리의 생각과 삶을 함께 승화시켜가게 하기 위하여 두륜산 자락에 초암을 지으시고 40여 성상을 독처지관 하시면서 우리 차의 성전인 『동다송』을 지으시고 『다신전』을 펴내셨으며, 이로써 여러 환란과 역경 속에서 쇠퇴일로에 있던 우리 차의 꺼져가는 명맥을 되살려 내고 중흥의 기틀을 마련하였다. 이로써 오늘날 초의선사를 다성이요 중흥조로 추앙하게 되었으며, 일지암을 차의 성지로, 중흥의 산실이라 부르고 있는 것이다.

이와 같은 자랑스러운 역사를 함께 하여 온 우리 해남 사람들은 이 연원에 의하여 우록 김봉호 선생과 행촌 김제현杏村 金濟炫(1926~2000) 박사를 필두로 전국에서 제일 먼저 다인회를 만들어 지금까지 매월 월례회를 계속하고 있다. 또 우리 차를 찾아서 지키고 이어가는 일에 일치단결하여 정려하여 오면서 『초의전집(다론, 선론, 시론, 여록)』과 『한국의 차 문화사』 등 차 관련 서적의 출판 · 정리 · 전시 사업을 전개하고 있으며, 차 관련 유적 유물 등의 정리 보관과 관리, 다기 · 다구의 전시 등도 함께 진행하고 있다. 차의 산지를 기록한 가장 오래된 문헌인 『세종실록』에 해남이 차의 산지로 기록되어 있고, 또 우리 군郡 내 여러 곳에 자생차가 자라고 있음을 알고 다인회 전용 차밭 700평을 유서 깊은 고산 종가의 땅 연동 비자림 아래 조성하여 해마다 법도에 맞게 제다하여 실용에 사용하고 있다. 나아가 우리의 진산인 금강산 자락에 3만 3,000여 평에 달하는 자생차 단지를 현재까지 조성하였고 앞으로도 계속 이 야생차 단지가 우리나라 최고의 자연산 차 단지로 자리하게 하도록 심혈을 기울일 계획이다. 이로써 우리 군민이나 출향 향우는 물론 해남을 찾는 차인들 모두에게 공유하여 차를 함께할 수 있는 텃밭으로 키워 나가고자 하며, 해남을 더욱 인심 좋고 살기 좋은 남쪽 따뜻한 고장으로 키워가는 데 일조하고자 한다.

특별히 우리 고향에는 여러 인연으로 하여 많은 거유 석학들이 나시고 교유하시어 특별한 문화권을 이룬 중에도, 초의 대선사의 업적으로 차의 승지로서는 물론이려니와 다산 완당과의 종교 · 사상 · 철학 · 신분을 뛰어넘는 청교의 관계는 현대를 사는 우리에게도 중차대한 교훈을 남기고 있으니, 이를 이어받아 나갈 책무가 오늘날의 우리에게 주어졌다고 하겠다.

우리 다인들은 이런 일들을 실천하여 가려는 절실한 소망으로 1991년에 기획하여 금년에 이르기까지 매년 '초의문화제'를 전국 규모로 성대하게 이어오고 있으며, 나름대로 해남은 물론 대한민국 차 문화의 맥을 지켜나가고자 한다. 이런 노력을 기울이고 있는 사람으로서 이번에 정서경 박사의 이 책을 대하게 되니 실로 감회가 남다른 바 있다. 우록 김봉호 선생은 우리 해남다인회의 자랑이자 한국 차 문화의 대들보였으니, 그가 없이는 오늘의 해남도 없고 오늘의 한국 차 문화도 없었을 것이 자명하다. 이런 사정과 저간의 소상한 일들을 이 책에 두루 담아내느라 불철주야 노력한 저자에게 해남다인회 회장으로서 감사의 인사를 전하고, 또 보다 많은 다인들과 해남의 군민들이 이 책을 읽어 우리 해남의 자랑스러운 차 문화 역사의 한 페이지를 더욱 명백하게 기억해 주기를 기대한다.

2013년 4월

사단법인 해남다인회 회장 박상대

차 례

제 1 장

근현대 차 문화의 전승 양상

일제 강점기의 차밭 조성

18~19세기 때 차 문화의 중흥이 이루어졌지만, 산골에 은거한 일부 지식인 선비와 사원의 승려계층 등 일부 계층에 그쳐 일반화되지 못하였다. 19세기 때 외국인들이 왕실에 다업의 진흥을 건의했다. 1883년부터 차의 재배를 관장하고 조사와 연구를 하는 '농상사'라는 관청이 생겨나기도 하였다. 그러나 이 또한 활성화되지 못했다. 일제 강점기에 들어와서는 일본인들이 차의 생산, 보급, 연구 등을 주관하였다. 이는 식민지의 지배 원리에 의한 것이었으며, 일부 신지식인 층이나 예술인들에 의한 고급문화로 한정되어 있었다.

일제 강점기의 차 문화는 호남을 중심으로 몇 개의 다원이 조성되었다. 야생으로 자라는 천연차를 제외하고 조성된 차밭의 차가 본격적으로 재배된 것은 일제가 삼천리 강토를 강점한 뒤의 일이다. 그 당시 일본은 이미 차의 재배를 전국적인 규모로 확대했다. 차를 유럽시장에 팔아 재미를 톡톡히 보고 있던 때이다. 을사조약이 맺어진 지 5년 후인 1909년에 일본 돗도리현 출신의 오자키 이찌조尾崎市三(당시 42세)가 광주에 나타나면서 호남의 차 재배는 활성화되기 시작했다. 그는 가장 먼저 보성군 문덕면에 내려가 금광을 시작했다. 사금광으로 시작했으나 2년 만에 가지고 온 돈 2,000만원을 탕진한 뒤 다른 사업을 물색하고 있던 중 전남 일대의 차를 보고 차에 관심을 갖기 시작했다. 그때가 1911년이었다.

고향에서 제다 경험이 있던 그는 흥미를 느끼고, 차의 소재지를 물었더니 무등산 증심사 부근이라는 말을 듣고 그 길로 증심사로 달려가 당시 광주면장 최상진의 소유인 다원을 1921년에 700원을 주고 15년 계약으로 약 7ha를 빌려 개발하였다. 이어 시즈오카식 증제 제다 기계를 설치하고 본격적인 다원 경영을 시작했다. 이것이 호남의 기계식 차 제다의 시발이라고 할 수 있다.

호남의 차밭은 일찍이 야생의 천연차가 주로 사찰 중심이었다. 대부분 광주 증심사, 해남 대흥사, 나주 불회사, 장흥 보림사, 나주 금성산, 구례 화엄사, 승주 선암사, 보성 대원사 주변이었다. 일제강점기에 차를 상품화 한 것은 일본인 오자키만은 아니었다. 강진군 성전면 월남리의 이한영이 '백운옥판차'라는 덖음차 등을 만들어 첫 상품화에 성공했다. 우리 제다 역사를 떠올릴 때 맨 먼저 거론되는 인물이다. 그는 바로 1890~1939년 전후 강진 백운동 일대에서 우리나라 최초로 상표를 붙여 차를 판매했다.[2]

이한영은 초기에는 월산차라는 이름으로 차를 만들어 팔다가 백운동의 뒤쪽인 월출산 옥판봉에서 나온 차라는 뜻으로 차 이름을 바꿨다고 한다. 강진군 월남리는 인근에 자생 차밭이 있었고 월남사지가 있던 곳이다. 이한영에 의해 백운옥판차白雲玉版茶[3]라는 차가 만들어졌고 옥판차 이후 야생 죽로차, 보은차, 일심차, 다산 야생차 등이 연이어 생산되면서 강진은 오랜 기간 우리 제다의 역사적 중심지가 되었다. 또한 그 차들이 모두 백운동 월남사지를 기점으로 생산되었다는 점에서 우리 차 산업 개척기의 역사적 현장임을 알 수 있게 한다. 또한 끈질기게 이어온 우리 제다 맥의 하나인 백운옥판차가 지금까지 전해오는 차 중에 상표를 붙인 국내 최초의 차라는 점에서 우리 차 제다 역사에 있어 중요한 자료적 가치를 지닌다.

차 문화를 이끌었던 호남

이렇게 호남에서는 곳곳에 자생차밭으로 운영되는 곳과 다원으로서 공장 체제를 갖추려고 했던 곳을 위주로 차가 생산되었다. 차밭을 조성하여 크게 활성화 시키고 그로 인한 상업적 이윤을 가지려고 했던 일본인들에 의해 차밭들이 조성되었다. 그러나 일본인들이 돌아가자 아무도 돌보는 사람이 없어 그대로 방치되거나 황폐화 되었다. 그런 와중에 해방을 맞이 했고, 차밭은 다시 한국전쟁으로 인하여 황량하게 변모하였다. 그러던

1957년 대한다업주식회사가 설립되어 이 다원을 매수하여 경영하였다. 1962년 대한다업은 일본에서 홍차 가공 기계를 도입하여 일본 기술진의 도움을 얻어 홍차 생산을 시작했다. 1965년에는 대한다업이 다원을 새로이 조성하고 그 뒤 1969년부터 전남도가 농특農特 사업으로 다원의 확장에 힘을 기울이게 되었다. 다원 조성 지역도 보성군 회천면과 벌교읍 등지로 확대되었다.

해방 후 1960년대부터 점차 차에 대한 관심이 일기 시작하여 1970년대 후반부터 차의 역사나 연구, 행다 방법 등 많은 연구가 진행되기 시작했다. 1971년 이우성이 이끄는 연구팀이 강진 해남 일대를 답사하고 그간 알려지지 않은 다산의 저작을 공개해 관심을 불러일으킨 바 있다. 그 후 꼭 10년 만인 1980년 5월에 문화재관리국이 조사 보고한 『전통다도풍속조사傳統茶道風俗調査』 보고서가 공개되어 주목을 받았다. 1980년대 이후에는 현대 생활에 있어서 건강에 대한 관심의 폭이 커지면서 차의 과학적 효능 및 효과에 대한 구체적인 조사가 이루어지기도 했다.

이 무렵 1970년대 유럽과 미국에서는 신구 세대 간의 갈등이 극에 달하여 기존의 사회질서에 반대하는 운동이 끊임없이 일어났다. 이후 국내 정세는 급작스런 경제 부흥으로 독특한 사회문화적 배경이 양산되었다. 문화적 측면에서도 단절과 폐쇄적 흐름에서 벗어나 장르의 다양화를 추구했던 시대이다. 정치적 독재와 공업화라는 경제적 성장으로 국가와 국민의 삶에 여유가 생기면서 사회 일각에서는 문화적 취향이 활성화되는 징후가 조금씩 보이기 시작했다. 조선 후기의 중흥의 주역들이 활발하게 차 문화를 선도했던 호남에서 다시 차 문화 부흥이 태동했다. 그 중심에 해남이 있었다.

한국전쟁 이후의 차 문화

8·15 광복과 더불어 국내 정세는 매우 혼란스러웠다. 민주 국가 건설의 혼란, 남북의 사상 대립, 한국전쟁과 가난은 사실상 우리에게 문화를 논할 여유조차 없게 만들었다. 국민들의 삶은 더욱 궁핍했고, 생활고와 민생고에 시달려야 했다. 생활을 근근이 이어가는 상황에서 한국인의 의식주 습관이 어떤 유래와 전통을 가지고 있는지는 관심의 대상이 아니었다. 당장 필요한 것은 먹고사는 문제였다. 그리고 학교와 공장을 지어 가난과 무식에서 벗어나도록 하는 것이 시대적 요구였다. 해방 후 전쟁을 겪으며 개발과 독재의 시대를 건너온 한국 현대사는 우리 문화에 대한 자긍심을 가지기에는 척박하고 힘겨운 시대였다.

일제 식민사관의 잔재와 서양 문화에의 경도는 오래되고 낡고 서구화되지 못한 것이라면 무조건 버리고 바꾸고 경시하는 풍토를 낳았다. 수천 년 이어온 좋은 습관, 훌륭한 풍속은 모두 그늘에 갇혀 전쟁의 폐허 속에 묻혀버렸다. 그런 가운데 서양문물, 특히 미국의 문화가 물밀듯이 들어와 잠식했다. 더구나 이때는 차에 대한 상식이 사라지다시피 해서 차가 뭔지도 모르는 상태가 유지되었다. 커피가 다소 보편화되면서 상류계층의 인사들에게 각광을 받을 때였다. 국민들의 생활이 그러했고, 차 문화사의 흐름에도 몇 번의 어려움과 고비들이 있었다.

문화 마인드가 침체되었던 시대적 빈곤

물론 이것은 도시의 현상이요 산사나 오지의 농어가에서는 대체로 전통적인 삶을 이어갔다. 농어촌에 도시의 신문화가 전해지기 전이었고, 도시 사람들은 전통이라든가 우리 것 내보이는 일을 치부로 여겼다. 도시와 농어촌으로만 구별할 일도 아니었다. 혼돈과 가난 속에서 저마다 생존에 급급하던 시대였다. 그런 만큼 각자 위치에 따라 생활관, 역사관, 처세술이 모두 달랐다. 조선 말 이후 불어온 변혁의 바람이 수시로 바뀐 탓이기도 했다. 특히 대일 감정이 좋지 않았던 시기였기 때문에 차 생활의 전통을 잃어버린 우리 사회는 근현대 일본인들이 주로 마시는 차를 즐기는 사람이 있다면 그 사회의 이방인으로 취급되기 일쑤였다. 그러나 선진 문화를 퍼뜨린 사람들의 문화 지향이 있었던 때로, 차를 선진적 문화 향유의 하나로 받아들여 일부 차를 즐기는 사람들도 있었다.

호남의 의재, 영남의 효당

모두가 어려웠던 광복 후 오랫동안, 음차 풍속을 찾기는 힘들었지만 그래도 차를 좋아해서 보급하고 계승하고자 하는 이들이 늘어나기 시작했다. 그나마 의지하고 기댈 곳은 우리 문화라는 편안함이 있었기에 차츰 그 바람이 유지되었다. 한국전쟁 이후 한국의 차 문화는 일부의 선각자들로 인해 새로운 국면을 맞이하게 된다. 새로운 차밭 조성과 다도 교육의 시작, 차인회의 결성, 국제적 교류의 본격화를 시도했던 것이다. 이러한 부흥 활동은 크게 해남과 진주를 선두로 일어나게 되고, 그 기운의 여파는 전국적으로 확산되었다. 차 문화 인구의 저변 확대로 이어지고 차 문화 유적 발굴과 더불어 음차 문화의 유행이 사회적으로 급격히 고조되면서 활발하게 진행되었다.

이러한 활동에는, 그 중추적 역할을 했던 주체들의 활동이 특히 주목된다. 자연 상태에서 벗어나 삶을 풍요롭고 편리하고 아름답게 만들어 가고자 하는 정신이었다. 사회 구성원에 의해 습득되고 공유되고 전달되는 행동 양식을 중요하게 생각했다. 더불어 생활 양식의 과정, 그 과정에서 이루어진 물질적 정신적 소산을 통틀어 재정비하고자 하는 의식들이 집결되었다고 해야 할 것이다. 당시 유입된 황실다례나 일본식 차실 등을 통해 일본 다도가 깊숙이 뿌리내리고 있어 한국에 차 문화가 정착하기란 간단한 일이 아니었다. 차의 소비량은 20톤에 불과했고, 차 마시는 사람도 고작 5만에 불과하던 시기였다. 우리의 차나무는 일반 대중들에게 외면을 면치 못하고 시대적 푸대접을 받았고, 호남 해안 지역을 중심으로 주민들이 차를 약용으로 애용하고 있었다.

차 문화가 18~19세기에 이르러 다시 한 번 성행하면서 차의 중흥조인 초의의 차 정신을 잇고자 했다. 다산과 혜장, 초의와 추사의 차 정신은 조선 후기 소치小癡로 이어졌다. 이러한 호남 차 문화의 맥은 근현대의 가교 역할[4]로 호남과 영남의 양대 산맥을 그리면서 확산되었다. 일제강점기에 광주 무등산의 삼애다원에서는 의재 허백련毅齋 許百鍊(1891~1977)이 호남의 활동을 주도했고, 응송 박영희應松 朴暎熙(1892~1990)와 효당 최범술曉堂 崔凡述(1904~1979)에 이르기까지 지역 차인들의 활발한 활동 속에 차 문화사를 지속시켜 온 것이다. 이들은 차 생활을 실천하며 그 중요성을 전하는 데 앞장선 사람들이다.

그런데 차 생활의 지침은 크게 달랐다. 의재의 차 생활에는 아무런 격식이 없었던 반면 효당의 차 생활은 엄격한 다풍을 보여주었다. 의재는 평생 다원과 제다 공장을 경영하였으며 차 생활을 통한 건강 유지와 정신 집중으로 한국화에 일가를 이루었다. 또 의재는 차 생활의 중요성을 강조하는 일환으로 본인의 모습을 보여주는 것이었다. 아니 더 정확히 말하면 보여질 뿐이었다. 다사의 행위를 주장하지는 않았다. 다풍이 없었다. 일부 알려진 바로는 다도 보급에도 앞장섰다고 되어 있지만 형식적 행위를 강요하지 않았다. 더욱이 교육이나 보급 차원은 아니었다고 판단된다. 지극히 차 문화와 차 산업 연계의 중요성을 깨닫고 실천하였던 차인이었다.

의재는 차 이론을 직접 강연하거나 글을 쓰거나 하지는 않았지만 그림으로 차를 표현하여 여러 작품이 남아 있다. 춘설헌을 찾아오는 사람들에게 차를 대접하며 청담나누기를 즐기는 정도의 차 생활이었다. 차를 좋아

한다고 하면 그저 앉혀놓고 차 마시기를 권장하고 또 나눠주기를 거듭했다. 춘설헌의 분위기를 기억하는 사람들은, 풍류를 아는 예술인들의 자리가 그런 풍경이었을 것이라고 회상하는 정도의 차 보급이라고 설명하는 것이 오히려 타당성이 있을 것이다. 여기서 우리가 선대 차인들을 조사할 때 그 분의 지향이나 인식을 확실하게 구분해 보아야 할 것이다. 다도의 이념이나 사상이 있었던 것인지도 분석해 보아야 한다. 해석하는 이들에 의해서 또는 조명하는 차원에서의 오류는 없었는지가 중요한 핵심이다.

이와는 반대로 효당은 다도용심茶道用心을 가르쳤다. 다도용심이란 차를 운용하는 사람의 마음자세와 차 살림하는 방도를 일컫는 것이라고 했다. 가장 중추가 되는 것은 차의 맛과 멋에 관련된 문제였다. 차를 내는 팽주烹主(주인)와 팽객烹客(손님)간의 용심用心에 관련된 문제라고 하였다. 차 문화 전승에 관한 지향이나 확산 운동의 전개도 달랐다. 지역의 차인회가 생기고 그것이 구심점이 되어 지역민들을 계몽하고 계도하는 주체가 되었다. 두 분의 이러한 차이는 오늘날 의재와 효당의 다풍을 운운하며 전승한다고 하는 일부 계층의 다법을 정통으로 봐야 하는 것인지, 어떤 연관성을 찾아 설명해야 할지, 매우 고민스럽게 만든다. 이렇게 전승되어 온 다풍이 과연 있었던 것인지, 앞서 말한 것처럼 격식과 드러나는 무엇이 있었을지, 하는 등의 의문이 앞서는 것이 사실이다.

의재와 효당이 일찍이 보여준 화합이라는 덕행

광주를 중심으로 한 호남의 차인들은 자연스런 차 생활에 익숙해 있었으나 효당의 격식 있는 다도를 배우기도 했다. 지역의 상징성을 부각시키면서 차 정신을 널리 알리는 가운데 크고 작은 차회들이 생겼다. 초의의 정신대로 차 마시는 것도 선禪이니, 선에 있어 격식을 초월하는 다법을 구사하였다. 그러나 일부 차회에서는 자신들이 차 내는 절차를 만들어 다법의 이름을 붙여 전수하기도 하였다.

진주에서는 효당을 중심으로 예의와 절차의 중요성을 강조하였다. 견고한 체계를 세우고 역사와 이론의 받침을 보강하는 작업을 차 생활에 가미했다. 차회를 만들고, 차인 교류회와 일본과의 교류를 통하여 차 문화의 부흥을 꾀했다. 이러한 과정에서 의재와 효당의 교류는 아주 빈번했다. 효당은 의재를 진주로 불러 전시회를 개최하게 함으로써 의재가 희망했던 농업학교를 건립하는 데 보탬이 되게 하였다. 의재는 효당을 불러 광주에서도 차 문화가 발흥할 수 있도록 강연회를 열기도 하였다. 영호남이라는 지역적인 차이를 극복하고 차인답게 서로에게 존경을 표하면서 영호남의 존재 가치를 부각시켰다. 차 생활의 중요성을 강조하면서 서로가 교유하고, 교류해야 하는 의견·능력·성향 등을 나누었다. 이로 인하여 광주와 진주의 차 문화는 크게 발전할 수밖에 없었다. 광주와 진주의 차회는 한국의 양대 산맥으로, 의재와 효당의 빈번한 교류는 현대 차인들에게 차인으로서 갖추어야 할 지혜와 덕목을 시사하고 있다. 이러한 점은 현대의 차인들, 나아가 차 연구가들이 내보이고 살려야 하는 덕목이라고 생각한다.

의재와 효당이 이미 화합이라는 덕행을 보여주고 있었다. 이 글이 주목하고 있는 우록 역시 일생의 차 생활에서 이태동잠과 용서, 화해와 중정을 강조했다.

현대 차 문화 전승의 기준이 된 호남

조선 중기 이래로 일부의 선승禪僧과 문인들에 의해 계승되고 있던 한국의 차 문화는 18~19세기에 이르러 중흥기를 맞으면서 호남을 중심으로 융성하였다. 그 중심인물이 다산으로, 1801년 다산이 강진으로 유배를 오게 되면서 백련사의 아암 혜장과 추사, 초의와의 인연이 시작되었다. 그리고 이 아름다운 인연은 차 문화의 중흥을 불러일으키는 도화선이 되었다.

조선 후기와 근대로 이어지면서 급변하는 정세 속에 지속과 반복을 거듭해온 차 문화는 일지암 복원을 계기로 다시 한 번 부흥을 맞이하게 된다. 이러한 차 문화의 흐름을 역사로 정립하는 과정에서 가장 중요하게 작용한 것이 차인들의 활동이다. 경상도에서는 진주가, 전라도에서는 해남이 그 중심 역할을 담당하였던 가장 중요한 이유가 차 문화의 지리적 한계선이라는 것이다. 문화의 흐름으로 볼 때 당연한 것이지만 남쪽에서부터 차의 부흥이 시작되어 수도권으로 확산되는 구조를 띠고 있었다. 문화의 순귀현상인 것이다.

이것은 현대 사회가 옛 문화를 다시 찾고 향유하는 시대로 되돌아가는 문화 되돌이 현상과도 맞물린다. 급변하는 사회에서 오히려 전원주택을 선호하고 새마을 운동으로 옛것을 잃어버린 향수에서 오는 웰빙과 힐링이 현 사회의 트렌드가 되어 버린 지 오래다. 문화 되돌이 현상은 차 문화가 발전할 수밖에 없는 사회적 구조를 설명하고 있으며, 이로 볼 때 우리 차 문화의 향후 미래는 매우 밝다 하겠다.

제2장

해남,
현대 차 문화의 발흥처

해남, 현대 차 문화 발흥의 선봉에 서다

차 문화의 중흥기 이래 차 문화사가 다시 호남을 중심으로 융성하고 발흥하였다. 그 핵심 지역이 해남이다. 해남에서 다산과 초의를 중심으로 한 차 문화 중흥이 현대로 고스란히 이동하면서 차 문화의 태동이 일었다. 그 과정에서 가장 돋보이는 인물이 우록이다. 그가 현대 차 문화 발흥의 기폭제 역할을 했음은 그 누구도 부인할 수 없을 것이다. 우록은 평생 초의의 차 정신을 받들고, 해남을 차 문화의 중심지로 만든 역동적인 인물이다. 이러한 그의 활동과 정신이 전국으로 퍼져 마침내 한국의 차 문화사에 새로운 전기가 마련되었으니, 우록은 차 문화 향유와 보급에 힘쓴 독철신獨啜神이었다. 각 지역마다 향유 주체에 의한 차 문화사의 편린들이 있을 것이다. 향후 우록을 위시한 차인들의 활동이 현장 조사를 중심으로 결집될 때 한국 차 문화사는 오롯이 정립될 것이다.

여기서는 먼저 그의 해남에 대한 애정에 대해 살펴보기로 한다. 우록은 해남을 지리적으로 또 역사적으로 특별하게 사랑했다.

> "해남은 섬을 제외하고 한양에서 가장 멀리 떨어져 있기 때문에 조선왕조의 유배지로서 명문가 출신의 많은 인물들이 적거하였으며 속세를 멀리하려는 은사들이 머물렀던 곳이다. 또한 대흥사라는 거찰이 있어서 많은 고승들이 배출되었던 바, 거우 석학들의 왕래가 빈번했다. 그리고 중국 남경과의 항로 개항지가 있어서 외국의 문물이 가장 빨리 들어 왔으며, 유림의 향교 건립이 전국적으로 제일 먼저였다. 그런가 하면 임진왜란 당시 왜적을 무찌른 계기를 만든 승전의 요새 우수영 울돌목이 있어서 뛰어난 무장들의 숨결이 담겨 있는 곳이기도 하다."[5]

그의 해남 사랑이 해남을 현대 차 문화의 발흥지로 세워놓았다. 새금학당塞琴學堂, 즉 우록학당友鹿學堂은 그렇게 시작한 지역 사랑의 일환이었고, 우록은 학당의 제자들과 지역 문화의 창달에 힘썼다. 이것이 한국 차 문화사를 새로 쓰게 된 발로였다. 해남 문화와 관련하여 '천의 얼굴'을 가진 우록은 이 시대 이 땅에서 사라져 가는 예술적 원형을 복원하는 최적지로 해남을 택했다. 그리고 땅끝의 푸른 하늘을 이고 해남의 문화를 복원 전승하는 데 한 평생을 보냈다는 평가를 받고 있다.

불교 문화와 유배 문화가 문화유산인 해남

해남은 520km에 이르는 해안선과 널따란 농경지를 가진 우리나라에서 열 번째 안에 드는 큰 군이다. 중국과의 문물 교류가 이뤄진 개항지였고 처음으로 향교가 세워진 곳이기도 하다.[6] 또 불교 문화와 유배 문화가 각기 독특한 문화유산을 남겨 앞으로도 무궁한 탐구 가치를 지니고 있는 곳이기도 하다. 1970년대 군 단위 지역에서는 처음으로 한국문인협회 지부가 정식으로 인준을 받았다. 1991년의 예총지부 인준 역시 군 단위에서는 처음 있는 일이었다. 자타가 공인하는 문향인 셈이다.

고명한 승려와 유학자, 실학자, 예술가들이 한데 어울려 사상과 예술의 교감을 이룬 대흥사와 고산 윤선도를 시작으로 연동蓮洞에 뿌리내린 윤씨 일가의 예술혼이 깔려 있고, 녹우단綠雨壇·표충사表忠祠와 정운사당鄭運祠堂 등 사액서원, 다도를 일으키고 보급한 초의가 여생을 보낸 대흥사 일지암 등 숱한 유물과 유적지가 널려 있는 곳이 해남이다.

해남은 땅이 기름진데다 긴 해안선을 끼고 있어 바다 또한 풍요롭기 때문에 사람들이 살아가기에 아주 알맞은 고장으로 여러 기록에 남아 있다. 옛날에는 남쪽 땅끝 바닷가에 버려진 궁벽한 지역이었다. 백제시대 때는 바다 기슭의 후미진 구부렁이란 뜻으로 새금현塞琴縣이라 했고, 신라시대 때는 '바닷물에 잠기는 땅'이란 뜻으로 침명浸溟, '물가에 버려진 땅'이라는 뜻으로 투빈投濱 등으로도 불렸다. 해남이라 부르기 시작한 것은 고려 때부터라 한다.

그러나 새금현塞琴縣은 버려진 땅이 아니라 살기 좋은 곳으로 고쳐 불러야 하지 않을까 하는 생각이다. 거문고를 켜는 강구연의 노래가 끊이지 않는 낙원으로 해석되어야 한다는 것이다. 현재의 해남은 유물 유적이 산재해 있고 바다 생산물과 농작물이 풍부하여 사철 풍요로운 먹거리와 아름다운 풍광으로 전라도 정서가 넘치고 인심 좋은 곳으로, 가장 살고 싶은 땅이라는 것이다.

조선시대 때는 육지와 제주를 잇는 항포구 구실을 톡톡히 했다는 기록이 여러 곳에서 보인다. 한반도의 가장 남쪽인지라 제주에서 육지로 실려 오는 말이라든가 토산품 등의 문물이 모두 해남 땅을 거쳤다. 제주로 부임하는 관리라든지 귀양살이 가는 인사들도 마찬가지로 해남 땅을 밟고 지나갔다.

위풍당당하고 두터운 인심을 가진 해남 사람들의 기질

특히 화산·북평·송지면 일대의 해안은 일찍이 항포구의 기능을 했던 곳이다. 화산 관동關東에는 99칸의 객사가 있어 언제나 사람들로 매우 붐비는 곳이었다. 이는 요즘의 세관 기능을 갖추고 있었을 만큼 개항이 빨랐다는 것을 말해주고 있다. 물물 교류가 활발히 이루어졌다고 한다. 한때 중국 사신들도 해남 쪽 뱃길을 이용했고, 이런 연유로 우리나라에서 가장 먼저 향교가 세워졌을 것이다.

해남 군청 뜰에 위풍당당하게 서 있는 수성송守城松은 해남 사람들의 기질을 말해주는 하나의 본보기다. 수성송은 곰솔로 400여 살로 추정된다. 곰솔은 소나무 잎보다 억세기 때문에 붙여진 이름으로 바닷가를 따라 자라기 때문에 해송이라고도 하고, 줄기 껍질 색이 소나무보다 검다고 해서 흑송이라고도 한다. 수성송은 왜구를 물리친 국난 극복의 의미를 되새기며 주민들의 사랑을 받는 상징목이다. 수성송은 새까맣고 우람하며 웅장한 모습을 보여준다. 그 모습이 해남 사람들의 기질로 대변되기도 한다. 수성의 전설을 간직한 아름답고 생육 상태도 양호한 나무로, 문화와 학술적 가치가 뛰어나다. 지금은 천연기념물로 지정하여 보호하고 있다.

한편 해남 사람을 일컬을 때 흔히 '해남 픗나락' 혹은 '해남 물감자'라고 하는데, 이에 따른 해석이 여러 가지이다. 순한 성품과 두터운 인심을 두고 장남삼아 빗대어 표현한 것이 아닌가 한다. 또 한편으로는 아직 수확철이 되지 않았는데도 농작물을 팔아넘기는 입도선매立稻先賣 같은 가난을 상징하는 뜻도 담겼을 것이다.

학學·문文·예藝의 살롱, 녹우단

연동의 녹우단綠雨壇은 유배 문화의 한 산물로, 아직까지도 많은 유적 유물들이 전해지고 있다. 고산 윤선도孤山 尹善道(1587~1671)가 사색당쟁의 정치 싸움에서 밀려나와 은거 생활을 하면서 시를 지었던 곳이다. 이 집은 300년의 세월이 흐르면서 많이 쇠락하긴 했으나 유품들은 그런대로 잘 보존되고 있다. 호남 지방 양반층의 집으로 가장 대표적인 민가라는 평가를 받아 사적으로 지정 관리되고 있고, 윤씨 가전 고화첩, 고산수적관계문서, 노비문권 등의 보물도 새로 지은 박물관에 전시되고 있다.

고산 윤선도는 가장 뼈아프게 살았던 유배와 낙향 기간 동안에 주옥같은 작품들을 많이 남겼다. 그가 현산면 금쇄동金鎖洞에 은거했을 때는 산중의 풍미와 회포를 그린 산중신곡山中新曲[7] 22수를 남겼다. 당쟁에 휘말려 인생의 쓰라림을 맛본 고산 윤선도는 후손들에게 벼슬길에 나가지 말 것을 유언으로 남겼다고 한다. 그런 때문인지 한참 동안 후손들의 벼슬길이 끊겼다. 대신 그의 증손자인 공재 윤두서恭齋 尹斗緖(1668~1715)와 그의 아들 낙서 윤덕희駱西 尹德熙(1685~1766), 또 그의 아들 청고 윤용靑皐 尹溶(1708~1740) 등은 모두 뛰어난 시詩·서書·화畵의 대가로 맥을 이어왔다. 근래에는 벼슬길에 나선 이도 있고 특히 현 사법부에서 후손들의 입지가 두드러지게 나타나고 있다. 이러한 가계는 고산 윤선도의 차 문화에 대한 밑자리가 되었다. 200년의 공백을 잇는 차 문화의 편린을 보여준다.

허리띠를 풀어 놓고 차분히 쉴 수 있는 곳

오늘날 해남 출신의 문인들, 즉 작고한 이동주를 비롯하여 김남주(1946~1994), 고정희(1948~1991), 황지우(1952~) 등은 아주 훌륭한 시인들로 '문향 해남'을 빛내고 있다. 1970년 중반에는 소설가 황석영이 해남읍에 살면서 『장길산張吉山』을 집필했고, 1980년대에는 시인 김지하가 해남에서 살았다. 황석영은 당시 해남농민대회를 이끌면서 문예·문화 활동을 지도해 농민들의 눈과 귀를 트이게 했다고 본다. 황석영(1943~)은 당시 해남을 '정이 철철 넘치는 곳'이라 했고, 김지하(1941~)는 '허리띠를 풀어 놓고 차분히 쉴 수 있는 곳'이라고 해남의 정서를 대변했다.

차 문화에 있어 해남은 조선 후기부터 일지암의 초의가 있음으로 해서 내로라하는 명사들의 교유가 잦았다. 이웃 강진에 유배돼 있던 다산 정약용과 소치 허련이 제주에서 귀양살이를 한 추사 김정희와 깊은 인연을 맺게 되는 등 영향이 대단했다. 초의는 39세부터 81세로 열반할 때까지 일지암에 기거하며 선과 예술 및 학술 활동을 했다. 우리나라의 가장 대표적인 다서인 『동다송』과 『다신전』 등을 내놓았다. 또 차의 재배법과 다도 등을 실천하고 널리 보급해 억불정책으로 인해 쇠퇴했던 우리의 차 문화 부흥에 크게 이바지했다. 우리 차 재배와 우리 차 마시기 운동이 해남에서 가장 활발하게 일어난 것도 이 때문이다.

초의가 일지암을 중심으로 거유 석학들과 차를 마시고 차에 대한 생각을 나누었을 뿐만 아니라 예술 학문 사상에 대한 대화까지도 폭넓게 나눔으로써 불교와 유학, 실학의 발전에 이바지했다. 해남다인회도 이들의 다도 정신과 예술혼 등을 이어받기 위해 무척 노력하고 있다.

해남은 서울에서 가장 멀리 떨어진 남쪽 바닷가여서 예나 지금이나 그대로다. 10년이면 강산이 변한다는 속담도 해남과는 맞지 않는다. '차라리 이대로 두는 것이 좋다'는 지역 주민들의 오기 같은 말도 지역 사랑의 발로이다. 해남은 불교 문화와 유배 문화가 서로 강하게 어우러진 고장으로, 이는 순수한 우리 문화요 우리 예술이다. 예총 등 민간 문화 예술 단체가 예술제 등의 행사를 통해 이를 계승 발전시켜 나가야 한다. 만에 하나 관의 입김이 닿으면 변질되어 버리는 것이 지역문화이기도 하다. 작가들은 백성들의 한 같은 것을 자연스레 풀어나가고, 이 땅에 사는 사람들이 진정 주인이 되는 세상이 되었으면 하는 바람이다.[8]

지역문화는 지역민들에 의해서 만들어지고 향유되고 보존되고 지켜져야 한다. 이것이 지역문화가 갖는 생명력이다. 지역 공동체의 의식이 발현되는 것이 지역문화이기 때문이다.

조선 차 문화 중흥의 견인차 역할

차 문화에 있어 해남은 남도 해안 지역의 차 문화 성지이면서, 조선시대에 차 중흥을 일으킨 중심지였다. 초의선사가 40여년을 수도한 일지암이 우리 차 정신의 성지聖地로 일컬어지는 것이 명징한 역사를 말하고 있다. 더불어 강진으로 유배를 온 다산 정약용과 제주도로 유배를 간 추사 김정희의 차 문화 역사를 잇는 교류의 중심에도 해남이 있었다. 그 뿐 아니라 조선 차 문화 중흥의 견인차 역할을 담당한 것도 해남이었다. 초의는 우리나라 차 교과서라고 할 수 있는 『다신전』과 『동다송』을 해남에서 내놓았다. 남도 해안 지역에서는 청태전을 약용으로 음용하였으며, 차 문화의 발홍지로써 그 역할을 고취시켜 왔다. 이러한 차 문화의 보고인 해남은 초의 선사의 차 정신을 숭앙하기 위해 1992년부터 차 문화 축제를 개최하여 2012년 21회째 초의문화제가 진행되고 있다.[9]

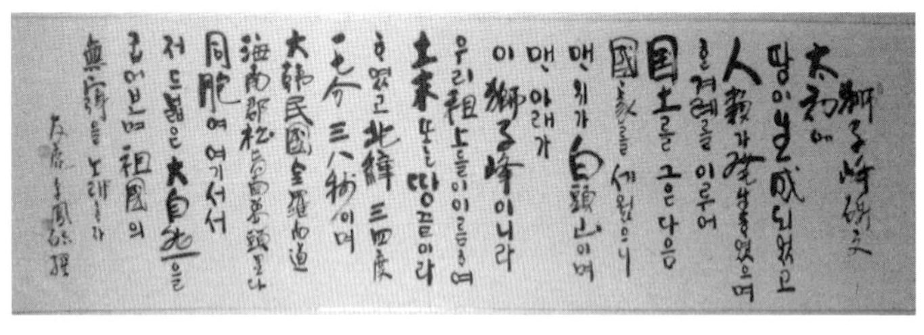

우록이 지은 토말 시비의 바문

제3장

우록,
현대 차 문화 부흥의 구심점

현대 차 문화 부흥의 구심점, 우록

'현대 차 문화사에서 활발하게 거론되고 있는 차인이라고 하면, 해남 새금학당塞琴學堂[10]을 중심으로 『초의선집艸衣選集』을 펴낸 김봉호, 대흥사 북암에 있으면서 많은 자료들을 수집 연구하고 있는 석용운釋龍雲이 있으며, 경남권을 중심으로 진주 대아고등학교장 아인 박종한亞人 朴鍾漢(1925~2012)과 김기원金基元, 『금당다화錦堂茶話』를 펴낸 부산의 금당 최규용錦堂 崔圭用(1903~2002)이 있다.'[11]

이 정의는 문화재관리국이 동국대 김운학金雲學에게 의뢰해 『전통다도풍속조사傳統茶道風俗調査』 보고서를 낸 결과에 의한 것이다. 조사 결과 『한국의 차 문화』를 정리한 김운학은 위 다섯 인물을 대표적인 차인들로 꼽았다. 이 조사에 의하면 근현대를 이어오면서 활동한 차인들도 상당수에 이른다 하였다. 다만 차를 좋아해 마시는 차인들도 많았지만 조사 연구하고 또 강연도 하며 스스로 차인으로 자처하는 분들도 여러 분 있었다고 한다. 우선 대흥사大興寺를 중심으로 한 응송과 진주晋州를 중심으로 한 효당으로 축소할 수 있다. 그 보고서를 통해 차의 장려 이유 등을 밝히고 낭시의 차회를 공개했는데, 이 보고서에서도 우록이 첫 자리다. 이처럼 현대 차 문화사에서 가장 첫 번째로 거론되는 인물이 우록이다.

- 초의의 유적지인 해남 대흥사를 중심으로 한 대둔학회大芚學會 김봉호金鳳皓
- 진주의 효당을 중심으로 한 대륜문화연구소大倫文化研究所 박종한朴鍾漢
- 효당曉堂을 중심으로 한 진주다도회晋州茶道會
- 한국다도회韓國茶道會 최범술崔凡述
- 지역별로 서울의 안광석, 부산의 오제봉, 대구의 김종희, 광주의 장은

희, 대전의 윤병구

- 한국고유차연구회韓國固有茶研究會 정심수
- 젊은 청년 화가이면서 실질적으로 차 운동을 많이 하고 있는 죽촌다회竹村茶會 다정茶汀 김규현金奎鉉
- 예지원銳智院에서 한국다도재흥교실韓國茶道再興教室을 열고 있는 윤종규尹宗珪
- 한국차인회韓國茶人會 이덕봉李德鳳

위 인물들은 호남과 영남으로 축소할 수 있다. 필자는 2009년에 해남과 진주를 동시에 조사했다. 아인 박종한과 김기원을 방문해 인터뷰를 했다. 개개인의 구술 조사는 차 문화 연구의 소중한 자료로 활용될 것이다. 그리고 지역별로 나누어서 활동이 두드러진 차인들을 분류하였는데, 서울권을 중심으로 청량리 우린각羽鱗閣에 있는 전각가篆刻家 안광석安光碩, 자료 수집이 많은 한웅빈韓雄斌, 그리고 그 밖의 사찰 주변으로 구례 화엄사에 있으며 『초의선사草衣禪師』 등의 소설도 쓴 백운 고경白雲 古鏡 등, 새 자료 「남다南茶」 등도 가지고 강연도 한 시인詩人 석성우釋性愚 등을 들 수 있다. 현대 차 문화의 발흥과 부흥은 이렇듯 각 지역의 의식 있는 차인들이 활발하게 활동하고 기여한 바가 컸기 때문에 가능했던 일이다. 이런 차인들을 한 사람 한 사람 발굴하여 조사 연구하는 일이 가장 절실하고 시급한 과제일 것이다.

특히 해남 출신으로 1950년대부터 지역 중심의 차 문화 확산 운동을 시작한 우록이 그 중심인물이다. 여기서부터 현대 차 문화의 부흥이 발흥한 것이다. 문화와 예술은 시대적 사회적 산물이며, 연원과 맥으로 이어짐이 고금의 원리이다. 이렇게 그려지는 호남 차 문화의 전승과 맥을 고구하는 일은 한국 차 문화사의 오롯한 정립에 크게 이바지하리라 믿는다.

우록 김봉호의 치적에 관하여는 2008년에 곽의진이 쓰고 해남다인회가 발행한 단행본 『해남의 차 문화』에 잘 나타나 있다. 그러나 개인의 노력과 공헌보다는 단체의 활동을 중심으로 다루고 있다. 지역의 차 문화를 조사한 문헌을 통해 기억하고자 하는 인물로 조명될 뿐이었다. 현대 차 문화 부흥의 중심인물로서 그 핵심 인물임에도 불구하고 학문적인 접근이 온전하게 이루어지지 않았던 것이 사실이다. 우록의 차 문화 인식과 지향은 한국 차 문화 연구의 큰 맥이고 호남 차 문화 전승의 종결이라 할 수 있다. 차 문화 연구 방향을 새롭게 모색해 볼 수 있는 지역사의 사료로 주목해야 할 것이다.

보리 봉호

해남에는 시대의 명인名人으로 김봉호라는 동명이인이 있다. 항간에 알려진 국회의원 김봉호(1933~)와 이 글에서 조명하고자 하는 차인 우록 김봉호가 그들이다. 그래서 해남 사람들은 이들을 '쌀 봉호'와 '보리 봉호'로 구분하여 부른다. 지극히 대조적인 길을 걸어온 이들 두 사람을 속칭 '쌀 봉호'와 '보리 봉호'라고 나누어 부르는 것은 두 사람의 인생행로가 그만큼 대조적이었기 때문이다. 어쩐지 갓 삶아낸 보리밥 냄새를 풍길 것만 같은 '보리 봉호'는 평범한 삶의 궤적 속에서 욕심 없이 바라본 '현실'을 가장 담담한 언어로 문학에, 또는 차 생활에 담아내며 살았다. 사물을 꿰뚫어 보는 듯 깐깐한 눈빛이 무엇보다 그의 성정을 잘 드러낸다. 이러한 칭호는 평생 청빈하고 곤궁하게 살아온 우록의 삶과 문화, 예술을 지향한 그의 선비정신에서 기인한 것으로 생각된다.

보리 봉호 우록은 평생을 고향 해남에 뿌리박고 살면서 지역 언론과 희곡 창작을 통해 치열하고 능동적인 변화를 꿈꿔온 사람이었다. 정치에는 관심이 없는 듯 이야기 하면서도 또 정치는 안 한다고 손사래를 치다가도,

지역의 정세를 이야기할 때는 '젊은 피 수혈론'이 거론되기도 하고, 열기 띤 표정으로 우리 정치의 고쳐야 할 점들을 거침없이 지적해 나갔다. 또 1966년부터 해남읍의회 의장을 7년이나 역임하는 등 정치에도 한몫 거들었다. 우록은 "해남읍 의장으로 일하면서 너무 쓴 소리를 많이 해 관청 사람들에게는 인기가 없었다"면서, "비판은 좋은데 야합은 싫어하는 성격 탓에 그런 것 같다"며 여유롭게 웃었던 인물로 유명하다.

소위 당신의 관심 밖이었던 사회 현상까지도 고민하고 지역을 위해 의식을 집중했다. 우록은 진정 시대의 정신을 신봉한 차인이었다.[12]

한국 차 문화가 해남을 주목하는 이유

필자는 이러한 의미에서 한국의 차 문화 전승이라고 하는 맥락에서 가장 주목해야 할 중심 연구 대상은 차 문화를 향유하는 주체와 현상이라고 판단했다. 차 문화 향유 주체들의 교유를 통한 교류, 그 안에 깃든 정신을 중심으로 호남의 차맥은 이어지고 있었다. 그래서 인물 중심의 차 문화 연구에 주목해 왔다.

문화는 모름지기 사람들의 관심과 활동 그리고 이동에 의해서 형성되고 만들어지는 것이다. 그렇다고 볼 때 현대 차 문화의 전승과 그 중심 공간, 그리고 그 주체들에 대한 연구는 매우 중요한 매개가 되고 있다. 근현대를 잇는 전승적 맥락과 차 문화사에서 중심이 되는 공간으로서의 지역, 그리고 그 중추적 주체를 연구하는 것은 차 문화 연구의 새로운 지평을 제시하고 그간 다소 미흡했던 차 문화 연구의 새로운 교두보를 마련하는 전기가 될 것으로 판단된다.

차 문화계에서는 이를 1세대 또는 초기 멤버들이라고 표현하고 있다. 크게는 해남과 진주로 나눌 수 있고, 종교계와 차인 중심의 양대 산맥으로 차 문화는 전승되었다 할 것이다. 이러한 맥락은 현대 차 문화의 부흥과 대중화에 크게 기여하였다. 많은 차인들의 교유를 통해서 지역의 차 문화가 지속적으로 확산될 수 있었던 활동을 연구함으로써 부분적 연구에서 한국 차 문화의 전체적 맥락으로 확산시켜 고구하고자 한 것이 필자가 이 글을 쓰게 된 주된 목적이다.

호남 차 문화 전승의 선두주자 우록

먼저 근대까지의 차 문화 전승 양상들, 그 큰 축이 되는 호남이라는 공간과 중추적 향유 주체로서의 인물들을 종과 횡으로 이어보면 그 전승의 맥락이 파악될 것이다. 우록이 어떤 차 생활을 하였는지, 그를 둘러싼 가족들과 친지, 제자 그리고 함께 활동한 해남다인회 회원들의 차 문화 전개를 살펴보았다. 그들의 구술, 그가 반세기를 훌쩍 넘긴 차 생활 중에 남긴 유품과 자료를 대상으로 한다.

면면히 이어져 내려온 호남 차 문화의 큰 동선은 한국 차 문화를 거론하는 차맥과 맞닿아 있다. 그 정점에 있던 해남은 차의 성지聖地로서 현대 차의 부흥을 일으켰고, 그 중심에 우록 김봉호友鹿 金鳳皓(1923~2003)가 있었다. 우록은 해남이 낳은 문文·차茶·예藝의 인물로서, 초의가 한국 차의 중흥조라 하면 우록은 현대 차의 부흥조라 할 것이다.

호남의 차 문화와 차밭을 일구어 낸 대표적인 인물로는 우정 이강재友汀 李康載(1930~2011)와 운차 서양원雲茶 徐洋元(1931~2012)을 들 수 있다. 대둔사 차맥이라고 할 수 있는 역사에서는 청허 휴정清虛 休靜(1520~1604)을 시작으로 다산과 혜장, 초의와 추사, 소치로 이어지면서 호남의 큰 맥을 그리고 있다. 그 무대가 강진과 해남이었으며, 이 지역은 조선 후기와 일제강점기를 거쳐 차 보급과 차의 생산에 앞장 선 아암, 초의, 소치, 의재, 응송, 우록, 우정, 운차, 용운에 이르기까지 면면히 이어져 온 역사적 차 문화의 산실이라 할 수 있다.[13]

이들에 의해 호남은, 더 나아가 한국 차 문화사는 대표된다 하겠다. 그러나 이들이 단지 호남 차인으로서의 단절된 차 생활과 차 문화를 엮고 있는 것이 아니라 모름지기 한국 차 문화사라고 하는 큰 틀을 형성하는 데 가교 역할과 더불어 구심점 역할을 하였기에 차 문화의 부흥은 근현대를 잇는 과정에서 일제강점기를 지나 해방과 한국전쟁 이후 우록을 선두로 해남에서 시작되었다고 과히 단언할 수 있다. 그것은 일지암 복원이 기폭제 역할을 했기 때문이다. 그래서 해남을 차의 성지라고 하는 것이다.

지역문화의 창달을 위해 힘쓰고, 특히 차 문화의 오롯한 부흥을 위해 일생을 투자한 당신이[14] 이 땅을 떠난 지 올해로 10주기가 되는 해, 그를 기리고 그의 생애와 업적을 더듬어 호남 차 문화 전승의 맥락과 한국의 현대 차 문화 전승의 단면을 살펴보는 것이다.

제4장

우록 김봉호의 생애

해남에서 나고 해남에 잠들다

우록 김봉호友鹿 金鳳皓(1923. 9. 20음~2003. 3. 29양)는 해남군 해남읍 구교리 학동마을 811번지에서 태어났다. 학동은 사포리 또는 살포리, 살푸쟁이라고도 불리던 마을이다. 무사학동無邪鶴洞이라 하여 예로부터 간사하지 않고 사악하지 않은 마을, 또는 그런 사람들이 사는 동네로 해남에서는 신선을 상징하는 학의 마을이라 일컫는다.

아버지 김치준과 어머니 최영숙 사이에서 7남1녀 중 장남으로 태어났다. 7형제가 봉호鳳皓, 용호龍皓, 인호麟皓, 상호象皓, 충호忠皓, 석호碩皓, 학호鶴皓로, 가만히 들여다보면 상당히 흥미로운 점을 발견하게 된다. 5형제가 동물명으로 되어 있는데 흔치 않고 매우 귀히 여기는 동물이라는 것이다. 그리고 제일 막내 동생이 딸로 김영이다.

우록 김봉호 연보

우록 김봉호 선생

우록은 1952년 10월 17일에 김은임(본명 김경은, 1932~1991)과 결혼하여 슬하에 3남2녀를 두고 있다. 장남 김병주(1953~), 장녀 김혜옥(1954~), 차남 김정주(1957~), 차녀 김혜숙(1959~), 삼남 김경주(1962~)가 그들이다. 우록의 생애를 연표 형식으로 정리하면 다음과 같다.

1923년 해남 출생

1943년 송광사에서 차와 인연

1951년 10월 17일 김은임과 결혼

1958년 서울대 사범대 교육학과 졸업

1960년 지역 최초 신문《남향시보南鄕時報》발행.

해남예술동호회 창립회장

1966년 해남화훼클럽 창립(해남다인회의 모 태, 행촌 김제현이 주축)

1966년 해남군의회 의장(7년간)

1968년 《동아일보》신춘문예에 희곡「타령」당선으로 등단.

《월간문학》에 희곡「찌」당선

1970년 '초의문화제' 제정

1972년 한국문인협회 해남지부 조직 및 인준(전국 군 단위 최초)

1975년 『다신전』과『동다송』을 소개

1976년 한국차인회와 일지암복원추진위원회 결성

1977년 『초의선집艸衣選集』발간

1978년 해남화훼클럽을 해남다인회로 개칭

1979년 자우다회紫芋茶會(해남의 여성 차인회) 창립

1980년 대둔사 일지암 복원 참여

1981년 해남읍 연동리에 다원 조성

1981년 영상물 〈다도의 향기〉 제작

1982년 『다신전』과『동다송』번역 출간

1983년 차 전문지《다원茶苑》발행(서울)

1988년 규방차회 창립

1989년 한국문인협회 해남지부 기관지《한듬문학》발행

1990년 한국예술문화단체총연합회 해남지부 설립 인준(전국 군 단위 최초)

1991년 《해남신문》대표이사

1991년 한국차인연합회와 함께 일지암 인근에 동다정을 건립[15]

1991년 부인 김은임과 사별

1992년 제1회 초의문화제 개최

1992년 『초의전집草衣全集』 발간 시작

1997년 우록학당 창립

1997년 『초의선집艸衣選集』을 김봉호 역譯으로 새로 묶어 발간

1997년 『초의전집草衣全集』 전5권 발간 마무리

1999년 제4회 명원문화상 수상[16]

1999년 김명배 저著 『한국 차 문화사』 발간

2001년 '절기놀이사랑방' 창립

2001년 제10회 초의문화상 수상

2002년 소설 모음집 『홍어 잡이』, 희곡 모음집 『화전놀이』 발간 작업 중 타계(양력 3. 29)

세기의 방랑자 우록

우록은 어릴 적 아버지를 따라 순천에서 초등학교와 순천사범학교를 다녔다. 서울대학교 사범대학 교육학과를 졸업하고 경향 각지에서 교직생활을 하였다.[17] 중등학교 교편생활을 마치고는 주로 해남에 거주하며 지역신문인 《남향시보》 발간, 해남읍의회 활동, 농촌지도소 교관, 토마토와 닭·돼지 키우기, 사슴 목장 운영 등 다양한 활동을 하였다.

2남 정주는 아버지의 인생을 분야별로 나누어서 정리해 보는 것도 흥미로운 일일 것이라며 우록의 10주기 추모제에서 가족들 앞에 옛 기억을 털어놓았다. 아버지가 평생에 업으로 삼은 것은 20여 종이 넘었다고 한다. 음악, 비닐하우스 농사, 토마토 재배, 감나무 사업, 닭·오리·돼지·사슴 등의 사육, 극장장 역할까지 화려한 인생 이력을 가지고 있지만, 이러한 일들은 전부 아버지가 문학과 문화 활동, 또는 예술 활동을 하면서 삶의 방편으로 아이디어가 나올 때마다 일을 벌이는 바람에 뒷수습은 늘상 어머니의 몫이었고 강인한 어머니로 살 수밖에 없었던 인고의 세월이었다고

한다.

집에 머슴도 거느리고, 1,000평대가 넘는 가옥에서 잘살 때도 있었지만, 한 때는 살림이 넉넉하지 않아서 사촌들의 옷을 얻어 입을 때도 있었고, 자리 잡고 사는 숙부네 가족들의 도움도 받았다고 한다.

2남 정주가 기억하는 아버지의 인생은 장편 서사시라고 함축할 수 있다. 어느 아버지이든 서사적 삶을 살지 않은 아버지가 있으랴마는 우록은 여타 아버지보다 훨씬 많은 끼를 갖고 있었기에 집안엔 늘 아버지의 손客이 끊이지 않았다. 그림도 수준급이었다. 손재주 또한 매우 좋아서 낚시를 가기 전에 항상 즉석에서 낚싯대를 만들어서 사용하였다. 턱까지 차는 저수지에서 낚시를 하기도 하였다. 어린 정주가 보기에는 보통 사람들의 낚시법과 매우 달랐다. 낚싯대와 낚싯줄을 매는 방법도 독특했고 고기를 낚을 때도 아버지는 여타 낚시꾼들과 달리 낚싯대를 옆으로 채는 것이 아니라 뒤로 채는 방법이었다. 2남 정주는 우록을 낚시광으로 기억하고 있었다.

태성여관과 해남, 아내의 방송 데뷔

우록은 불령선인不逞鮮人으로 요주의 인물일 때가 있었다. 그런 연유로 송광사에 들어가 차와 인연을 맺기도 했지만 반일 운동, 학생 운동의 선두에 서 있었다. 불령선인은 일제 강점기 때 '후레이센징(ふれいせんじん)'이라 하여 불온하고 불량한 조선 사람을 뜻하던 말로, 일본 제국주의자들이 자기네 말을 따르지 않는 한국 사람을 이르던 말이다. 일제 말기, 조선인은 일본식 이름으로 창씨를 하지 않으면 불령선인이라고 지목되어 체포당하고 고문을 받아야 할 정도로 핍박받는 시대를 거쳤다.

이후 우록은 해남에서 지역의 문화 활동과 예술 활동을 하면서 서울과 해남을 왕래하며 지냈다. 서울에서 생활할 때는 무교동 일대 낙지골목으로 유명한 중구 다동의 태성여관에 머물렀다. 우록의 아내가 한 달에 한 번씩 여관비를 치르느라 허리가 휠 때도 있었다. 그러던 아내는 생활이 궁핍했고, 빠듯한 살림에 자식들 교육은 시켜야 하던 터라 남편이 그냥 시간 날 때 써 두었던 극작 시나리오를 자기 이름으로 출품해 방송국 공모전에서 대상을 받기도 하였다.

지금이야 웃으면서 회상하지만 그때는 어머니가 그렇게 야위어 보이고, 가냘프게 보였다고 자식들은 어머니의 강인함을 털어놓았다. 희곡의 제목은 「절망은 없다」였다. 아버지가 긁적거린 글에 어머니 솜씨로 각색해서 본인이 살아온 세월의 여한을 담아 시나리오로 공모전에 냈다는 것이다. 한 마디로 체험수기라고 할 수 있었다. 방송국 공모전이었기에 작품은 요즘의 인간극장 단막극 식으로 라디오를 통해서 드라마로 방송되었고, 방송국에서 어머니를 인터뷰하기도 하였다.

어려웠던 시대에 거의 모든 어머니들이 고생하고 살았지만 스트레스성 위궤양으로 고생하던 어머니는 '암포젤 엠'을 의사였던 상호象皓 숙부가 대주어서 줄곧 입에 달고 살았다고 한다. 현해탄을 횡단한 수영 선수 조오련과 장남 병주가 친구여서 조오련 선수 집에서 밤꿀을 얻어와 계란 노른자와 섞어 위를 달래는 어머니를 볼 때마다 가끔은 아버지가 미움으로 다가오기도 했다고 가족들은 말한다. 세상의 모든 것에 열정을 쏟은 아버지가 어른이 되어서야 이해가 된다는 말도 덧붙인다.

장구와 북, 판소리와 현대 음악까지 … 타고난 풍류객 우록

우록은 음감이 뛰어나고 끼가 많은 풍류객이었다. 장구나 북은 어느 때 어느 자리에서든 가락을 맞추는 실력자였고, 음률을 타는 그의 끼는 어느 자리에서든 발휘되었다. 우록은 〈아 목동아〉와 '동그라미 그리려다 무심코 그린 얼굴'로 시작하는 〈얼굴〉이라는 곡을 엄청나게 좋아했다. 술자리에서는 어김없이 이 노래를 흥얼거렸다. 〈해남의 노래〉를 작사·작곡해 『해남군사』에 실리기도 했다. 우록학당 제자들의 말에 의하면 그러한 감각적인 창의력과 끼 때문에 오랜 인생을 정착하지 못하고 다방면의 일을 하였지만, 그만큼 번뜩이는 아이디어로 세간의 부러움을 한 몸에 받았다고 한다.

극작가로서 국립극장, 세종문화회관, 예술의 전당 등에서 본인의 숱한 작품들을 무대에 올렸지만 굿 장단을 배우기 위해 많은 시간을 투자했고, 급기야는 해남에서 〈서편제〉를 촬영하게 했다. 이청준과 임권택의 합작품인 〈서편제〉는 우록이 계기였다. 우록은 이청준, 황석영과도 아주 각별했다. 임권택 감독의 영화 〈서편제〉는 우록의 기획력과 편집력이 반은 작용하여 탄생했다. 내용이나 각색까지 맡았다. 문화체육부 장관을 역임했던 당시 〈서편제〉의 배우 김명곤과의 인연도 한 몫을 거들었다.

한 때 이청준과 황석영은 해남으로 이사를 와서 살았다. 해학과 삶의 멋을 가꿀 줄 아는 우록과 한 지역에서 살고 싶다는 것이 그들이 이사를 한 이유였다. 차녀 혜숙과 가족들은 지난날의 아버지를 떠올리며 옛 추억을 하나 둘 기억주머니에서 꺼냈다. 아버지가 공연을 올릴 때마다 사회의 저명한 인사들과 대면하고, 아버지의 권유로 차범석, 노무현, 김명곤, 황석영, 이청준 등의 걸출한 인물들을 만나는 영광을 누렸다. 어린 학생 시절에 더 많은 꿈을 꾸게 된 것도 아버지의 영향이라고 한다. 장수 드라마였던 〈전원일기〉의 초대 작가 차범석에게 꽃다발을 전해 주기도 하고, 소전 손재형의 가옥을 방문하기도 했다.

레오나르도 번 스타인의 청소년 음악회가 한창 유행일 때였다. 흑백 TV로 방영되던 시대였는데 차녀 혜숙이 음악을 좋아해서 음악을 전공하려는 것을 알고 늘 그런 프로가 방영될 때면 오라 하여 함께 시청하면서 음악의 지도와 조언을 아끼지 않았다. 때로는 즉흥환상곡을 들려주기도 하고, 러시아 노래를 축음기로 듣는 것을 좋아했다. 그런 아버지 탓에 음악에 흥미를 갖고 전공으로 선택할 수 있었다고 차녀 혜숙은 기억한다. 아버지는 딸이 리듬 감각이 고착될 수 있도록 지도해 주었던 것이다. 우록의 10주기 추모제 때도 가족들과 우록학당 제자들, 반평생을 같이 한 해남다인회 회원들과 차인들이 모인 가운데 차녀 혜숙이 추모곡에 피아노를 연주하며 가족들이 아버지를 기리는 모습은 건강한 가정의 모범을 보여주었다.

음악에 있어서는 어머니가 클래식 음악을 즐겨 들었다고 한다. 1951년에 세기의 방랑자 남편을 만나 평생 가정을 책임지고 살림을 도맡아 했지만 전남여고를 졸업한 신세대 어머니의 음악 감상은 삶의 한을 풀어주는 탈출구였다. 어머니는 시집올 때 클래식 오리지널 레코드판을 들고 왔다. 결혼할 당시에도 〈한 여름 밤의 꿈〉을 틀어놓고 결혼식을 하였다고 한다. 또 두 자매를 데리고 아버지와 연예하고 결혼했던 옛 이야기를 해주곤 했다. 당신은 〈부용산〉을 즐겨 불렀고, 조카 민주에게 일본 가곡집 2집을 줄 정도로 음악에 조예가 깊었다.

도연명의 〈귀거래사〉를 일필휘지로 쓰고 낙향

가족들은 원래 외가가 음악가 집안이라고 말한다. 외삼촌 김찬수는 피아노를 전공했으며 서울대 음대를 졸업하였다. 그러나 세파 속에서 행방불명이 되고 말았다고 한다. 당시에는 연좌제 문제 등으로 인해 적극적으로 찾지 않았던 시대였기 때문에 외삼촌을 그렇게 잃고 말았지만 음악가로 유명한 백낙호와 어깨를 겨룰 정도로 실력 있는 피아니스트였다고 한다.

그렇게 음악을 좋아하는 가족들이 많은 덕으로 집에는 그 시대에 구하기 힘든 레코드판을 상당수 보유하고 있었다. 그런데 어느 날 장녀인 혜옥이 학교에서 실과 시간에 레코드판으로 쟁반 만들기를 했는데, 가장자리를 불로 태워 부드러워지면 적당히 곡선을 만들어 쟁반을 만드느라 몇 장

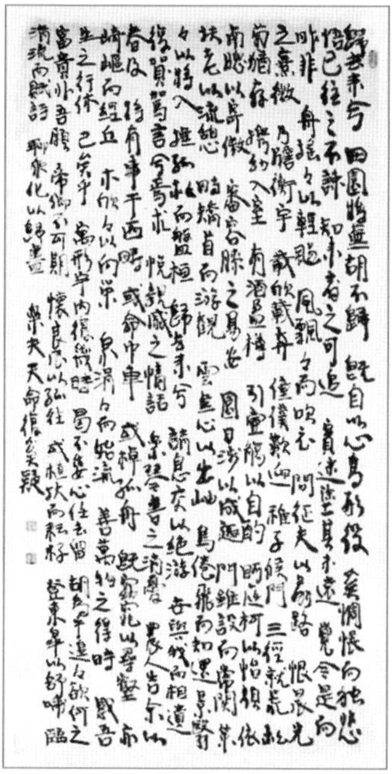

도연명의 〈귀거래사〉

을 학교에 가져갔다는 이야기로 가족들이 모인 자리가 화기애애하게 달아올라 경담 가족들의 우애를 보여주기도 하였다.

군 단위 시골이었지만 서울의 유명인사 초청 강연, 연극 상연, 해남극장 운영, 서울지역 문화 예술인들과의 교유 및 향토 문화 지킴이, 『해남군사』 편찬 주관 등 모두 열거하기가 버거울 정도였다. 그러면서도 차 문화 확산 관련 일로 서울과 해남을 오가는 불안정한 생활은 회갑 무렵까지 지속되었다. 혼신을 다하여 평생 추진한 주된 관심은 농촌 지역의 문화 활동, 그리고 차 문화 향유와 그에 기반한 활동이었다.

우록의 큰 자부子婦 신화옥(1957~)은 우록이 서울에서 셋방을 전전할 때 도연명의 〈귀거래사〉를 한지 전지에 써서 벽에 붙여놓고 마음을 다잡으시더니 어느 날 홀연히 고향으로 낙향하였다고 회고한다.[18]

해남의 문학과 문화 인구 저변 확대에 주력

우록 김봉호, 한마디로 그를 평가하기란 쉽지 않다. 또한 그를 한 분야의 전문가로만 묶어놓기도 쉬운 일이 아니다. 그만큼 그는 광범위한 분야에서 업적을 남겼고, 특히 해남에 새로운 문화를 정착시킨 인물이다. 해남의 문화 발전에 지대한 족적을 남긴 우록은 다양한 활동을 하면서 1960년 《남향시보南鄕時報》라는 지역신문을 전국 최초로 창간하기도 한다. 해남의 문화 논단에 대한 글을 싣기도 하였다. 《남향시보》는 5·16 군사 쿠데타로 폐간되고 말았지만, 1년 동안 발행되었다. 해남 문화의 중요성을 설파하던 이 신문에는 당시 해남의 역사와 문화가 고스란히 담겨져 있다. 또 같은 해 '해남예술동호회'를 만들어 본격적인 해남 문학의 복원에 나선다.

1966년부터는 해남읍의회 의장을 7년 동안 역임했다. 그리고 1966년 12월에 창립한 해남화훼클럽이 지금의 해남다인회가 되었다.

적극적인 창작 활동은 활발한 사회 활동 중에도 계속되었다. 우록은 문학에도 뜻을 두고 소설과 희곡이 신춘문예에 당선되어 한국문인협회에서 신인상을 받았다. 여러 방면에 입지전적 활동을 했던 우록은 1968년 《동아일보》 신춘문예에 희곡 「타령」이 당선되었고, 같은 해 《월간문학》에 희곡 「찌」가 당선돼 문인으로서 재능을 인정받아 이후 우리나라 대표 문인 중 한 명으로 활동하게 된다. 이때부터 본격적인 작품 활동을 시작, 해남 문화의 활성화에 정열을 쏟는다.

1972년 전국 군 단위로는 최초로 한국문인협회 해남지부를 이동주(1920~1979) 시인과 함께 결성하고 기관지 《한듬문학》 창간호를 필사본으로 발행하게 된다. 《한듬문학》을 통해 고인이 된 김남주, 고정희 등 기라성 같은 시인들을 배출하게 되는 계기를 마련했다. 또 중앙 문인들을 초대해 문학에 대해 대화를 나누는 '작가와 만납시다'라는 행사를 통해 중앙의 문인들과 교유를 함으로써 해남의 문학 지평을 확대해 나갔다. 우록은 "문학은 아무나 하는 것이 아니다. 문학 인구의 저변 확대와 문인들의 투철한 프로 정신이 어우러져야 해남의 문학이 더욱 살찔 수 있을 것이다"라고 강조했다.

한국의 차 문화가 다시 응집하는 계기

우록은 현대에 이르러 한국 차 문화를 부흥시킨 인물로 평가 받고 있다. 일제 시대를 거쳐 오면서 사그라져버린 한국의 차 문화가 1977년 그에 의해 발간된 『초의선집』으로 새로운 전기를 맞게 된다. 총 5권으로 발간된 『초의선집』과 한문학자 창강 김두만(1909~2001)과 함께 번역한 『동다송』과 『다신전』은 맥이 끊겼던 한국 차 문화의 맥과 전통성을 되찾게 해주었다. 차 문화사에 있어 획기적인 일로 평가를 받고 있다. 1979년에는 해남의 여성 차인 승설 이순희承雪 李順姬(1934~)와 함께 자우다회를 창립하였다. 자우산방은 초의선사의 호이자 추사가 써준 일지암의 이명이며, 자우紫芋는 홍련사에서 따온 말이다. 이런 활동들을 통해 우록은 남도를 차의 본고장으로 알리는 데 주력했다. 해남다인회는 남성으로만 구성되어 있다. 그래서 우록은 해남 여성들의 차 문화 공간이 부족하다는 것을 인지하고 자우다회를 창립한 것이다. 그래서 여성인 이순희를 회장으로 차회가 운영되게 하였다. 다방면에 관심을 갖고 살아생전까지의 자료를 모아 묶어둔 것이 세월의 흔적을 말해주기도 한다. 『한국의 역사』라는 책에는 백제 차 문화에 대한 기원과 흔적을 찾기 위한 노력들이 진하게 배어 있다.

우록은 또 한국 차의 중흥을 위해 최초로 차 관련 월간지 《다원茶苑》을 1983년에 발간하였고, 초의선사가 기거하며 한국 차 문화를 중흥시켰던 일지암 터 복원에도 참여하게 된다. 일지암 터를 찾기 위해 운신이 어려운 응송을 차인들이 등에 업고 다니면서 증언을 들었다는 명장면은 유명하다. 우록은 또 초의문화제를 제정하는데도 참여해 다선일미의 전통 다례를 복원해 내는 데 기여했고, 『차인들은 차를 선이라고 하네』와 『완당과 초의』 등의 차 관련 저서를 남겼다. 우록은 이렇게 한국 차 문화사에 있어 커다란 획을 그었던 인물이다.

극작가로서 꾸준하고 활발하게 문학 창작

우록은 국악협회와 연극협회, 문인협회의 세 단체를 중심으로 결성된 예총 해남군지부를 결성하였다. 그리고 해남 향토 문학의 대부로서 초대 지부장에 취임한다. 예총 해남군지부 초대 지부장을 지내면서 판소리 경연 대회, 오페라 감상, 연극, 전국 고수대회 등을 개최해 예향 해남의 모습을 키워내는 일에 전념했다. 이때가 1990년이었다. 전국 군 단위 최초로 한국예총 해남지부 결성의 단초를 열었다.

무엇이든 한발 앞섰던 그에게 있어 지역 언론도 중요한 지역 문화로 다가왔다. 이에 1991년부터 1996년까지 《해남신문》 대표이사로 활동했다. 취임 당시의 우록은 작가이기도 하지만 한때 정치인으로, 음악 교사로 활동했던 입지전적 인물로 추대되었다. 그리고 지방의회 및 신문사 경력 8년, 우록은 해남의 언론을 활성화하는 데 일익을 담당했다. 그는 극작가답게 대표 희곡으로 「간이역」, 「금수회의」, 「화약」, 「소꿉질의 즐거움」, 「찌」, 「즐거운 대결」, 「아아阿阿」, 「메아리」, 「피의 삽화」 외 다수의 작품을 남겼다. 또 만필집으로 『곡예사와 대통령-서낭당 우록 만필집』을 펴냈다.

대표적인 작품으로 소설 『세한도』와 초의와 완당의 40년 우정을 실명으로 쓴 소설 『슬픔을 참는 소리』, 『만나고 싶다 그 사람을』이 있다. 이 작품들은 조선 후기의 차 문화 중흥을 일으킨 인물들에 대한 조명을 통해서 한국 차 문화사의 연구 활동에 일조하였다. 이 밖에도 『화전놀이』, 『홍어잡이』, 『오징어 학설』, 『아니리』, 『언로言路』, 『미인도美人圖』 외 다수의 저작이 전한다.

새책 金鳳晧 譯註 「艸衣選集」

高僧 張意恂 詩文·茶論등 두루 소개

〈文星社펴냄·菊版8백30페이지·값 7천원〉

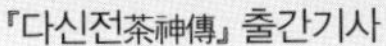

『다신전茶神傳』 출간기사

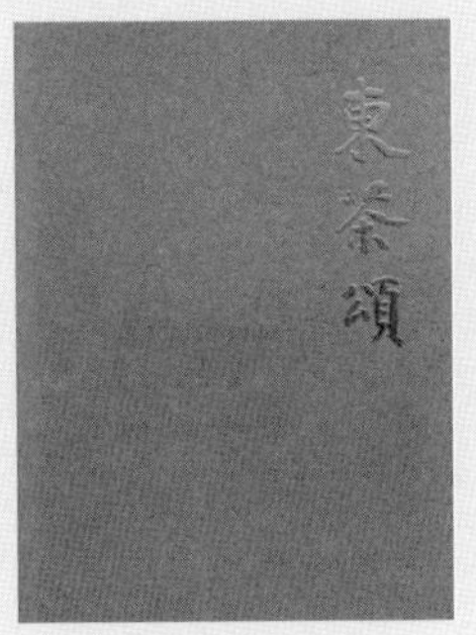

『동다송東茶頌』 표지

한국일보

艸衣選集 張意恂著

茶道에 관한글등 鮮末 高僧의 文集

『초의선집艸衣選集』 출간기사

창극唱劇본으로는 「청해진가淸海鎭歌」, 「황진이」를 써서 광주와 서울 국립극장에서 공연되었으며, 『뉘라서 차의 참맛을 알리오』, 『판소리 창본집唱本集』 등을 간행하였다. 현대 차 문화 부흥 운동을 해남이라는 지역에서 꾸준히 해 오면서 『다신전茶神傳』, 『동다송東茶頌』을 냈고, 역주본으로 『초의선집艸衣選集』을 재발행해 보급하였다. 우록의 이런 활동이 현대 차 문화가 활성화 되는 기폭제 역할을 하였음은 물론이다.

욕설을 카타르시스의 미학으로 승화

우록을 기억하는 사람들은 무엇보다도 그 해박한 지식에 감탄한다. 도대체 그의 전공이 무엇인지 문학, 철학, 역사, 다도, 음악, 사회, 민속학 등 모든 분야에 그는 해박한 지식을 가지고 있었다. 그의 이러한 학문을 배우고자 한때 지역의 젊은 사람들이 우록학당을 개설해 정기적인 모임을 갖기도 했다. 차와 술자리의 욕설을 카타르시스의 미학으로 승화시킬 줄 알았던 우록 선생의 업적은 지금도 여기저기 깊숙이 남아 후배들에 의해 아름답게 빛을 발하고 있다.

우록이 고향 해남에 정착한 것은 한국전쟁 후 새삼 고향을 돌아보니 해남이 바로 문화의 보고였기 때문이다. 발굴하고 보존해야 할 유무형의 문화재가 지천으로 널려 있었다. 연구해야 할 인물만 해도 27명이나 되었다. 그 가운데 맨 처음 연구 대상이 된 인물이 초의, 우리나라 다도에서 중흥조로 일컬어지는 인물이다. 그리고 우록이 초의를 연구한 결과로 『초의선집』이 엮어지게 된 것이다.[19] 〈세계 문화 민족의 정신세계, 차茶〉, 〈풀, 인간, 나무가 만든 정신세계〉 등 차 문화지에 수많은 글을 남긴다. 해남 윤씨 가문에서 시작하여 조선 초기에서 차 문화의 중흥기까지 연보를 제작하기도 하였다.

차와 판소리 복원, 극작과 예술 활동

우록은 특히 문학과 문화, 차의 부흥과 판소리 복원, 극작과 예술 활동에 주목했다. 그의 학문적 호기심은 끊임없이 발동하였고, 지역의 문화 발전에 크게 공헌하게 된다. 그를 표현하는 다양한 수식어들이 있지만 가장 중점적으로 해왔던 활동이 차 문화 부흥이라고 할 수 있다. 차에 대한 인식마저 희미했던 1966년, 차를 좋아하는 사람들과 차인회를 만들어 전국에 지역 단위의 차인회가 발족하게 한 기초적 원동력을 발휘하였다. 뿐만 아니라 그 활동이 현대 차 문화의 전승적 맥락이라고 해도 전혀 손색이 없을 정도다. 지역마다 이러한 부흥 운동의 맥락들이 전체적인 틀을 구성하면서 한국의 현대 차 문화 전승의 현주소를 그리고 있다. 일지암 복원의 주역이었으며 당시 전국적으로 붐이 일고 있던 차 문화 보급에 크게 기여하였다. 우록은 이러한 경험적 체험으로 다방면에 관심과 애정을 쏟았다. 모든 분야에 관심이 많았지만 차 문화에 대한 열정은 특히 남달랐다.

학동 선산에서 영면에 든 우록

우록은 타계하기 전 5년이 가장 힘든 시기였다. 뇌졸중 증세로 건강이 악화되어 조급증 증세를 보이기도 했는데, 건강하던 시절의 우록은 항상 해학과 유머가 넘쳐났다. 우록이 나타나는 자리에는 늘 웃음과 멋이 있었다. 우록학당의 제자들이 들려주는 재미난 이야기를 이 지면을 통해 다 옮길 수 없는 것이 안타깝지만, 우록의 그런 모습은 생전의 그를 기억하는 많은 사람들에게 강한 기억으로 남아 있다.

"차茶를 사랑하셨던 우록友鹿 김봉호金鳳皓님 이곳에 잠들다"

2003년 3월 29일에 해남읍 구교리 학동마을 미암산 아침재 아래 묻힌 우록 선생의 묘비명이다.

"부 김치준 모 최영숙의 장남으로 태어나 김은임(원불교 법호, 본명 김경임) 여사와 혼인, 아들 병주丙柱 정주正柱 경주景柱, 딸 혜옥惠玉 혜숙惠淑, 사위 정윤주程潤柱 박종원朴鍾元을 두셨다. 「타령」, 「세한도」, 「황진이」,「청해진가」『초의선집』 등 많은 작품을 남기셨고 초의, 추사를 기려 일지암 복원과 한국차인회 설립 등 차 문화 중흥에 진력하셨으며 항상 이태동잠異苔同岑의 정신精神으로 모두를 보듬고 아우르셨다. 법호는 융산融山이다."

이것은 묘비의 뒷글이다. 묘비명은 우록의 동생 미산彌山 김석호金碩皓가 썼다.[20]

우록의 법호는 융산融山으로 화합의 정신을 나타내는 말이자 우록이 그 생애에 추구했던 정신을 드러내고 있다. 우록이 평생 좌우명으로 아끼고 실천하려 했던 '이태동잠異苔同岑'의 정신은 현대 차 문화 부흥과 함께 현 차인들의 귀감이 되고 있다.

이렇게 우록은 생전에 저승 동무하기를 기약했다는 평생지기 행촌과

우록 김봉호의 묘

우록 김봉호 묘비의 뒤편

함께 해남의 차 문화 부흥이라는 큰 숙제를 마치고 영면에 든 것이다. 2003년 선생의 유해는 가족들의 뜻에 따라 원불교 가족장으로 해남의 문화예술인들의 애도를 받으며 선산에 모셔졌다. 지역에서 가장 가까이 그를 모셨던 해남다인회 박상대 회장은 차와 술을 대작하며 바둑을 두시는 다정한 두 분의 모습을 그리며 삼가 명복을 빌었다.

해박한 지식으로 고담준론을 펼치던 차인

현 해남다인회 박상대 회장은 우록을 이렇게 기억한다. 다음은 그가 우록을 회고하는 글이다.[21]

> "황량한 벌판 거친 바람 속에 미욱한 우리를 세워둔 채 우리의 대부 우록 선생이 홀연히 가시고 한 달도 채 못 된 지금, 그 분에 대한 글을 쓰려 하니 아득한 마음에 눈을 감고 생각을 추슬러도 막막할 뿐이다. 선생은 1923년 해남에서 태어나고 일찍이 서울대학교 사범대학 교육학과를 나온 후 1968년《동아일보》신춘문예 공모에서 희곡「타령」이 당선되고 같은 해《월간문학》에 희곡「찌」가 당선됨으로써 전업 작가의 길을 걸으면서 희곡, 소설, 창극, 번역, 논술 등 30여 권의 역작을 펴냈다.
>
> 여러 분야의 학문을 섭렵하였던 우록은 예술 일반은 말할 것도 없고 정치, 사회, 문화, 교육, 민속학, 인류학, 철학, 언론학 등 막힘없는 고담준론高談峻論을 펴시는 중에도 이야기가 우리 차에 이르면 바로 그 뿌리부터 사대부의 삶, 불가의 선, 심지어 주다론에 이르기까지 마치 적진을 휩쓰는 듯한 질풍노도 같아 듣는 사람을 전율케 한다.
>
> 이런 해박한 지식으로「간이역」,「금수회의禽獸會議」등의 희곡과「세한도」,「화전놀이」등의 소설을 집필하시며 창극「황진이」,「청해진가」, 역주본「뉘라서 차의 참맛을 알리오」,『초의선집』,『초의전집』,『차인들은 차를

선이라 하네』, 문인극으로 「장삼과 도포」 등을 간행 발표해 다방면으로 두각을 나타내셨다.

특별히 고향에서는 다성 초의선사의 40여 년의 세월을 독처지관 하였던 일지암의 옛 터를 어렵게 찾아 여러 차인들과 함께 복원하여 오늘이 있게 하셨으며, 해남다인회를 만들어 행촌 김제현 회장을 도와 '초의문화제'를 창성하여 다산, 추사와 함께 초의대선사의 학문과 예술의 맥을 이어 후손에게 전하는 사업을 일구어내신 특별히 우리 차에 관한 한 이론理論의 여지가 없는 이 고장의 선구자이시다.

우리가 우록 선생님을 존경하는 더 큰 이유는 그가 고향을 지키고 가꾸었다는 점이다. 선생님의 능력쯤이면 사람이 산다는 중앙에서도 내가 누구라고 호통 치면서 살 수 있었지만, 고향을 떠나지 않으시고 초라한 우리들과 함께 해남의 하늘을 이고 살아오심이다. 더구나 1972년 전국 군 단위에 처음으로 한국문인협회 해남지부를 창립하셨고, 1991년 또 군 단위 최초의 한국예술문화단체총연합회 해남지부를 창립하여 우리의 오늘을 열어주신 분이기도 하다.

이제 선생님은 떠나시고 우리만 초라하게 남아서 생전의 모습을 뵈올 수도 없고 거침없는 강론을 들을 수도 없지만 가르침에 욕되지 않게 열심히 공부하고 부지런히 차를 마시며 하늘에 계시는 선생님에게 부끄럽지 않은 우리를 보여 드리는 일에 정려하는 것만이 우리의 도리라 생각하며 살아갈 것이다. 오직 정성을 다하여 선생님의 명복을 빌 뿐이다.

선생님 하늘에서 편히 쉬십시오."[22]

제5장

우록의 차 생활

해남이라는 지역 환경이 가장 큰 특징

우록의 차는 해남이라는 지역 환경이 가장 큰 특징이었다. 서울에서 학교를 나와 서울 생활을 청산하고 해남으로 내려온 것도 그러한 우록의 뜻이 있었기에 가능했을 것이다. 그가 해남에서 가장 관심을 갖고 시작한 것은 초의 차 문화의 계승이었다. 초의를 중심으로 한 대흥사가 있는 그의 고향 해남, 그가 태어나고 자라다 돌아간 해남이라는 지역 환경은 그의 차 생활과 차 정신에 많은 영향을 미쳤다.

우록은 어려서부터 애늙은이라는 말을 자주 들은 듯하다. 그가 신문기사로 남긴 투병기에는 어른들이 '조숙早熟한 아이'라고 불렀다고 되어 있다. "조숙이란 원래 좋은 것이 아니라서 19세의 중학생(당시 5년제) 주제에 사회인이 하는 짓 다 했다"라는 표현이 아주 인상적이다. 어린 나이에 이미 사상문제에도 깊숙이 개입하고 항일 민족주의자로 검거되어 옥고獄苦를 치르기까지 했으니 말이다.

방황과 갈등의 젊은 시절에 차와 인연

1941년 우록은 순천사범학교 4~5학년생을 중심으로 역사를 연구하는 '독서회'를 결성한 것이 일본 경찰에게 적발되어 6개월여 동안 옥살이를 했다. 광주형무소에 투옥돼 있는 동안 옥고와 고문으로 몸이 엉망이 되고, 그 무렵에 급성폐렴과 늑막염까지 겹쳐 고초를 심하게 당한 터라 자살까지 결심했다는 기록이 우록의 자필로 남아 있다. 출옥 후 송광사 선방에 들어가 3개월 동안 참선을 하면서 차와 인연을 맺게 됐다.

차를 만난 우록, 그 인연의 투병기

우록은 그의 생애에서 보이고 있는 행력처럼 문학과 차 문화, 우리 글 살리기와 극작을 하는 일에 전념해 왔지만, 젊은 날 우록의 인생을 바꿔

놓은 사건이 있었다. 당시 천도교 박석홍 교무관장의 독립정신 고취 강연을 들으면서 조국의 독립에 대한 염원으로 비밀결사대 '정전회'를 조직하였다. 그때가 1941년이었다. 순천사범학교 4~5학년생을 중심으로 역사를 연구하는 '독서회'를 결성하였는데, 그 조직이 일본 경찰에게 발각되어 퇴학과 동시 1년 6개월여 동안 옥살이를 하게 됐다.

그런 그였기에 일경日警의 눈초리는 아주 매서웠고 계속 요시찰 인물이었다. 모든 행동에 제약을 받았다고 한다. 심신이 극도로 쇠약해진 우록은 만성늑막염으로 크게 앓았다. 대흥사로 몸을 피신했다. 그때 형무소 생활에서 얻은 병으로 잔병치레가 심했다. 급기야 자리에 눕고 말았는데 그 시기가 태평양전쟁 말기라 어려운 때였지만 어머니의 지성으로 약물 치료, 강화식 치료, 정양 치료 등 별별 짓 다 했으나 치유는커녕 늘 몸은 기진맥진이었고 힘든 나날의 연속이었다.

일제강점기인 21세 때 비밀결사 혐의로 광주형무소에 투옥돼 있는 동안 옥고와 고문으로 몸이 엉망이 됐다. 급성폐렴과 늑막염까지 겹쳐 몸을 가눌 수가 없을 정도였다. 그런 연유로 이 학교 저 학교 전전하다가 8년 만에 중학교를 마치고 귀향했다.

출옥 후 송광사 선방에 들어가 3개월 동안 참선을 하면서 차와 인연을 맺게 됐다. "결국 참선과 차의 덕으로 3개월 만에 완쾌가 됐다. 사색을 통해 '자유인'임을 깨친 것 같다"며 차와의 인연이 인생의 전환점이었음을 간접적으로 내비쳤다. 우록의 나이 58세 되던 해 인터뷰 기사가 스크랩북에 남아 있다.[23]

"차를 마시면 우리들에게 좋은 점이 많이 있습니다. 약리 작용 등 물리적인 면에서도 좋은 점이 있지만 그것보다도 정신적인 면이 더욱 중요합니다. 그때 차의 맛을 알았습니다. 그러나 차의 맛은 그렇게 쉽게 알 수가

나의 闘病記

慢性 肋膜炎

김 봉 호 <劇作家>

어른들은 나를 「무熟한 아이」라고 했다. 早熟이란 원래 좋은 것이 아니다. 19세의 중학생(당시 5년制)주제에 사회인이 하는짓 다했다. 드디어 思想문제에도 깊숙이 개입, 당시 天道敎 敎務職長이던 朴錫洪 선생의 抗日 民族主義者 감화를 받아 가 되었다. 5학년때 日警에 걸려 獄苦를 치르고나서 이학교 저학교 전전, 8년만에 중학교를 마치고 귀향했으나 日警의 눈초리는 나를 놔주지 않았다. 심신이 극도로 쇠약해진 나는 慢性肋膜炎으로 누워 버렸다. 태평양전쟁 막기라 어려운 때였지만 어머니의 지성으로 약물치료·강화시치료·정양 치료등 별별 짓 다했으나 치유는커녕 기진맥진 당국의 압력도 귀찮고해서 죽기로 작정하고 술을 「가루모찐」을 사모았다. 30알쯤 되었을때 잔단한 유언을 남기고 결행했다. 그 때가 여름이었는데 어찌 이리 햇살이 뜨거울까하고 부덥부덥 깨어보니 살아 있잖은가! 아침 10시까지 숙면한셈이 되었다. 가족은 내 動態를 모르는 모양이어서 얼른 유서나부랑이를 치워버리고 내나름의 사생활을 해보았다.

<김봉호씨>

집에서 한 온갖치료는 모두 허사

順天 松廣寺에서 참선으로 病고쳐

약효에 관한 의심, 이상체질여부, 복용해오던 약석과의충화, 혹은 상쇄작용등 어줍잖은 과학상식을 보두 시인한다손 치더라도 믿을만한 약국에서 구한 30알을 먹은 것만은 사실이었고 환생한 것 또한 우습잖은가!

에라 죽을운수는 아닌가보다. 다시 시작해 보자. 그당시 나는 病에 대해 약간 심취해있었으므로 양친의 반대를 뿌리치고 漢藥·洋藥모두버리고 밑반찬(고기 장종입 어포등)등속도 끝내 사양하고 順天 松廣寺로 入山해버렸다.

거기는 예부터 禪房으로 유명한 곳이지만 속인으로서는 들어갈 수 없어 구석진 방 하나를 얻어놓고 식사는 승려들 먹는것으로 하기로 하고 참선을 시작했다.

아침3시 기상, 6시 공양, 낮12시 공양, 오후5시 예불, 6시공양, 10시 취침, 이러한 일과였는데 공양·예불·취침시간외의 시간은 모두 참선으로 일관했다. 일반적상식으로는 慢性肋膜炎患者는 영양가높은 음식을 먹어야 하고 정양해야 하고 방과 의복이 정결해야 한다. 그런데 나는 그와는 정반대로 순식물성의 소식을 했고 온종일 중노동과 다를바없는 結跏趺坐를 했고 줄줄한 승방과 밥에 찌든 내의를 걸쳐 입어야 했다. 입선한지 5일째 나를 가르치던 스님은 말하는 것이었다.

「당신 松廣寺에서 죽으려고 온 사람이지요?」 그로부터 한달, 피곤이 상쾌했지만 어쩐지 마음은 평온한 것 같았고 다시한달이 지난후는 病이 오히려 좋아졌고 그렇게도 소태같던 절음식이 꿀맛이었다. 증세는 차츰 사라졌고 몸은 가벼워 날것 같았다.

스님이 또 말하는 것이었다.

「당신은 그 용고집으로 살았소, 禪僧보다 더 지독 하구려!」 [illegible] 없지만 이만하면 싫어서 집에 거처를 안했다. 영영 죽었나보다 싶어 달려온 양친이 나를 껴안고 어쨌을 것인가는 이 글을 읽는 분이면 누구나 짐작하리라.

지금은 과학 만능시대라지만 우리 주변에는 신비스런 일이 많다. 과학이 그 신비의 너울을 차츰차츰 벗겨 주고는 있지만 아직도 요원하다. 어줍잖은 과학상식으로 내 부병기를 비지 말기 바란다. 각설하고 후로 나는 아직 감기 배모른다. 밤새워 두주(斗酒) 마시고도 아침에는 거뜬하다.

우록이 차와 가까워지게 된 사연을 실은 신문 기사

韓國 茶道보급의 主役 金鳳皓씨

松廣寺 禪房에서 참선하며 茶와 因緣맺어

「茶博物館」「茶神塔」건립 계획…茶小說「羽衣傳」집필

우록과 차와의 인연을 소개한 인터뷰 기사

있는 것이 아니죠. 정말 무궁무진하고 다풍도 한량이 없습니다. 지금도 차 맛을 익히고 있고 다도를 배우고 있죠!"[24]

당국의 압력도 귀찮고 해서 죽기로 작정하고 슬슬 수면제(가루모찡)을 사 모았다고 한다. 30알쯤 되었을 때 간단한 유언을 남기고 결행에 들어가 개인만의 약속과 함께 세상과 이별을 결심했단다. 세상이 얼마나 힘들었으면 그런 생각을 굳히게 되었을까 하는 생각이지만 이런 계기가 차와의 인연으로 이어졌다.

그때가 여름이었는데 '어찌 이리 햇살이 뜨거울까' 하고 투덜투덜 깨어 보니 살아 있었다는 것이다. 아침 10시까지 숙면하고 깨어난 셈이다. 가족은 전혀 우록 선생의 동태를 파악하지 못하고 있는 상태여서 많은 반성과 함께 짧게나마 써 두었던 유서 나부랭이를 치워버리고 혼자만의 사색에 빠졌다.

순천 송광사에서 참선으로 병 고쳐

약효에 관한 의심, 이상 체질 여부, 복용해 오던 약성과의 중화, 혹은 상쇄작용 등 어쭙잖은 과학 상식을 모두 시인한다손 치더라도, 믿을만한 약국에서 구한 30알을 먹은 것만은 사실이었다. 환생한 것 또한 우스워서 정말 당신이 '죽을 운수는 아닌가보다!'라는 생각으로 다시 시작해 보자고 새로운 각오를 하게 되었다고 고백한다.

당시 선禪에 대해 약간 심취해 있었으므로 양친 부모의 반대를 뿌리치고 한약과 양약을 모두 버리고 밑반찬(고기, 장조림 어포 등) 등 어머니의 정성도 끝내 사양하고 순천 송광사로 입산했다. 가족들에게는 어디로 가는지조차 알리지 않았다. 송광사는 예부터 선방으로 유명한 곳이지만 속인으로서는 들어갈 수 없어 구석진 방 하나를 얻어놓고 식사는 승려들 먹는 것으로 하기로 하고 참선을 시작했다.

아침 6시 기상, 6시 공양, 낮 12시 공양, 오후 5시 예불, 6시 공양, 10시 취침, 이러한 일과가 반복되는 하루하루였다. 공양, 예불, 취침 시간 외의 시간은 모두 참선으로 일관했다. 일반적 상식에 따르면 만성늑막염 환자는 영양가 높은 음식을 먹어야 하고 정양해야 하며, 방과 의복이 청결해야 한다. 그런데 우록은 그와는 반대로 순식물성의 소식을 했고 온종일 중노동과 다를 바 없는 결가부좌結跏趺坐를 했다. 습한 승방에서 땀투성이의 내의를 매일 걸쳐 입어야 했다.

입산한 지 5일째, 우록을 가르치던 승려는 "당신 송광사에 죽으려고 온 사람이지요?"라는 질문을 했다. 그로부터 한 달, 피골이 상접했지만 어쩐지 마음은 평온한 것 같았고, 다시 한 달이 지난 후에는 선禪이 오히려 즐거웠고, 그렇게도 소태 같던 절 음식이 꿀맛이었다고 회고한다. 증세는 차츰 사라졌고 몸은 가벼워 날 것 같았다며 참선의 효과가 그렇게 클 줄은 몰랐다고 한다. 그런데 송광사 승려가 또 하는 말이 "당신은 그 옹고집으로 살았소, 선승보다 더 지독하구려!" 하는 것이었다. 순전히 본인의 옹고집으로 지병을 어느 정도 다스린 후에야 우록은 집에 연락을 했다. 영영 죽었나보다 싶어 달려 온 양친이 우록을 껴안고 울었다. 죽은 줄 알았던 귀한 자식 하나를 새롭게 얻은 것 같은 기쁨의 눈물이었으리라![25]

이렇게 차와 인연을 맺은 우록이었기에 그렇게 평생 차 문화의 확산을 위해 노력하고 혼신을 다했는지 모른다. 생전의 글에도 남아 있지만, 평생 차를 가까이 하고 즐겼기에 감기 배탈도 모르고 건강하게 살 수 있었다고 우록은 스스로 자부한다.

차를 만난 인연으로 평생 건강 자부

당시의 우록은 '현대를 과학 만능 시대라지만 우리 주변에는 신비스런 일이 많다'고 기술하고 있다. 과학이 그 신비의 너울을 차츰차츰 벗겨주고는 있지만 아직도 요원하다는 말을 덧붙인다. 어쭙잖은 과학 상식으로 당신의 투병기를 비웃지 말기 바란다는 부탁도 첨부했다. 각설하고, 그 후로 우록 선생은 감기 배탈을 모르고 살았다고 당신의 건강을 자부했다. 다산과 추사가 끊임없는 학질을 차로 달랬다는 이야기가 유명하다. 역시 차의 효능과 성분이 건강한 삶을 지탱하게 해준 충직한 건강지킴이 역할을 톡톡히 해낸 셈이다. 밤 새워 두주斗酒를 마시고도 아침이면 거뜬하다는 당신의 글이 그런 건강을 입증하고 있다.[26]

뇌졸중 증상으로 3년을 고생하면서도 평생 차 생활을 한 탓으로 손에서는 다기의 온기가 식지 않았다고 한다. 지난 1991년 부인 김은임과 사별한 뒤 혼자 생활하였던 우록은 "해놓은 일 없이 80이 가까웠다"면서 "세상살이에 연연하지 않고 각자의 길을 가는 것이 삶의 지혜"라며 눈을 지그시 감고 현관에 걸린 초의선사의 한시구절을 다시 암송했다.

우록의 음차 생활

우록은 평소 혼자 차 마시기를 무척 좋아했다. 그래서 독철신獨啜神이라는 말을 당신의 호 앞에 붙였다. 초의의 차 정신과 『다신전』의 내용을 숙지했고 초의의 의지를 받들기를 희망했다. 그런 그였기에 초의의 『다신전』대로 차 생활 하기를 주위의 차인들에게 수도 없이 권했다. 당신 본인도 그렇게 차 마시기를 염원하고 실천했다. 차의 생리와 제다에 대한 중요한 사실들을 지키기 위해 평생 실천하고 가르치고 권장했다. 차나무의 생태, 그리고 차를 만드는 과정을 이해하는 것이 차를 식별하는 데 더없이 좋은 지식이라는 것이다. 과정을 경험해서 얻을 수 있는 차의 세계는 물리적, 정신적 양면을 다 포괄하고 있다. 그래서 강조한 것이 차나무의 생태와 제다였다. 조선 후기 문사들과 두터운 교유를 유지한 초의가 『동다송』

에 이르기를 '맛 좋은 육안차와 약효 높은 몽정차를 겸한 것이 우리나라 동차'라 하였다. 외한들이 천하의 좋은 차를 늦게 따서 땔감 말리듯 만들어서, 시래기국 삶아 먹듯 마시는 것을 개탄한다 하였다. 그 가르침을 그르치게 할 수 없다는 것이 우록의 지론이었다.

좋은 차 있다고 자랑만 말고 나누기를 권유

『다신전』에는 차 마시기에 대하여 '손님이 적은 것을 귀하게 여긴다'고 하였다. 객이 많으면 시끄럽고 시끄러우면 아취가 없어지고 궁핍해진다는 기록을 우록은 평생 섬기며 살았다. 그래서 우록은 찻자리에 손이 많으면 소란스러워지니 그를 경계했다. 소란스러워지면 차의 고상한 매력마저 사라져 향음할 수 없다고 하였다. 차를 홀로 마시는 것을 신령스러움이라 하고, 둘이 마시는 차는 무던하다고 하면서 차를 마실 때는 그 기운을 받기 위해서 신령스럽게 마시는 것이 최고이지 않겠느냐고 늘 자신에게 반문했다 한다. '혼자서 차를 마시면 속세를 떠났다 이르고, 둘이서 마시면 한적이라 이르고, 서너 명이 마시면 유쾌라 이르고, 대여섯이 마시면 저속하다 이르고, 예닐곱이 마시면 비꼬는 말로 박애라 이른다' 했다.

우록은 『다신전』의 내용을 전라도 정서에 맞게 재해석했다. 서넛이 마시는 차를 『다신전』은 '취趣'라 하였는데, 우록은 이를 '재미있다'고 하였다. 대여섯이 마시는 것을 일컫는 '핍乏'은 본래 빈곤하고 고달프다는 뜻인데 우록은 이를 '덤덤한 찻자리'라고 하였다. 칠팔 명이 차를 마시는 것을 초의는 '시施(베풂)'라고 했는데, 우록은 이를 '많이 퍼주라'는 뜻이라고 가르쳤다. 좋은 차 있다고 자랑만 말고 좋은 벗 불러서 차 마시는 행위, 그것이야 말로 보시普施이고, 좋은 차 버리지 않는 가장 좋은 방법이라 했다.

그 합당한 이유로 우록은 첫째로 자성自省의 시공時空으로 스스로를 돌아보고 그간의 일 속에서 용서와 그리움 등 자신을 추스르는 공간을 만들라고 일렀다. 둘째, 느긋해야 색향미를 즐길 수 있다고 하였다. 셋째, 그래야 선禪의 경지에 들 수 있고, 넷째, 품격이 되어야 한다는 것이다.

『다록』에 의하면 "차 취미의 정수는 그 색채와 향기와 풍미를 감상하는 것이며, 그 조제 원칙은 청순, 건조, 청결에 있다"고 되어 있으니, 이것을 감상하기 위해서는 정적이 필요하다는 부연을 달았다. 차를 마시기 위해서는 좋은 물을 끓여야 하고, 차와 차를 내서 마실 수 있는 다관과 찻종 등이 필요하다. 물을 제대로 끓이고 다관에 차와 물을 적당히 넣어 우린 것을 찻종에 따라 마시는데, 손客이 한 분이라도 있으면 손客에 대해 신경을 쓰느라 조급해지고 집중력이 흩어짐을 경계하였다. 이러다 보면 물도 빨리 끓여 맹탕이기 십상이고, 폼 내려고 비싼 다기를 갖추고, 수선스러워져서 차의 성품과 차의 참맛을 느끼지 못하고 그냥 후루루 마시게 된다고 주위를 상기시켰다.

우록의 장남이 기억하는 우록의 차 생활

> "차에는 어떤 맛이 있는가? 차 맛을 모르는 사람들은 차를 두고 이런 생각들을 하게 될 것이야! 또 왜 사람들은 차를 마시는가? 이렇게 질문하는 사람들도 많다. 어떻게 마셔야 차 맛이 좋을까 하고 고민하는 사람들도 있지만, 그것은 기우에 불과해."

이런 의문이 생길 때마다 우록은 초의를 생각했다. 그의 차시에 드러난 성정을 중시했고, 『다신전』이나 『동다송』에 기록한 글 한 자 한 자의 의미를 되새겼다. 우록은 초의의 글을 빌려 다도에 이런 경지가 있을 수 있다는 얘기를 자주 들려주곤 하였다.

> "차 생활의 정점에서 무언가 해결되지 않은 문제들을 발견할 때, 또 인간관계가 매끄럽지 못한 부분에서 생각이 어지러울 때, 살며시 눈을 감고 있으면 초의선사가 일러준다. 차는 홀로 마시는 것을 으뜸으로 치거든! 홀로 마시고 있노라면 만감이 교차해. 그 교차하는 만감은 차차 줄어들기 마련이야. 그러면 맨 나중에 남는 것은 공허뿐이야. 그리고 그 공허를 다시 조이면 성찰省察이 생겨나. 그리고 그 성찰을 거듭하노라면 새삼스레 이웃과의 인간관계가 떠오르지! 나를 섭섭하게 했던 사람들, 나를 해치려 했던 사람들……. 그런데 그게 밉지 않아! 그래서 용서하게 돼. 그러노라면 자신이 초라하게 느껴져. 이전에 지녔던 욕망, 집착, 손익, 오만 따위가 우습게 여겨져. 그때의 차 맛은 소락酥酪이지."

소락酥酪은 '진한 유즙'이라고 풀이된다. 맑고 깨끗한 맛이라는 것이다. 더러 술의 맛을 비유하기도 하지만 술을 좋아했던 우록은 가장 좋은 차 맛을 이렇게 표현했다.[27]

차의 묘미는 음차 하는 그 자체에 있다. 맛을 좇아 향음 하는 것보다 차 자체를 즐기면 급기야 맛도 정신도 생활도 차의 멋을 따르게 되어 있다. 차가 가진 멋은 화합이다. 어울림인 것이다. 각기 다른 생각을 하고 살고, 다른 모습으로 삶을 영위하지만, 그런 가운데 서로 보듬고 어울리고 이해하고 서로를 인정하는 것, 그것이 차 생활에서 터득되는 정신이고 차 생활이 이롭다고 하는 가치 지향의 삶이다. 어려운 말로 표현하려 들면 더 어려워진다. 그러니 그냥 마음을 정제하고 차 한 잔 마시는 것, 혼자 마시다 보면 느껴지는 회한과 반성, 그것이 차의 가르침이다.

고매한 인품을 바탕으로 한 차 생활

우록은 또 의재의 정신을 신봉했다. 남종화의 대가이자 현실적인 사회

사상을 실현한 의재의 고매한 인품을 우록은 그의 차 생활에서 바탕으로 삼고자 했다. 의재의 차 생활은 실용성이 돋보이는 꾸밈없는 품격을 기본으로 한다. '춘설헌'과 '춘설차' 등 살아있는 그의 차 정신은 우록에 의해 대를 이어 현실에서 더욱 빛을 발하고 있다.

사교의 폭이 날로 넓어지는 현대 사회에 있어 차는 필수불가결한 것이다. 사교의 매개체 역할을 담당하기 때문이다. 세계의 차 문화 대열에 끼려 했던 것은 일제 35년간에 걸친 고유한 생활 문화의 단절이 가져온 비극이라 할 수 있다. 차 운동이 활발하게 전개되고 있는 것은 비록 뒤늦기는 하지만 매우 다행스러운 일이 아닐 수 없다. 옥을 닮은 은은한 백자의 빛깔도 차를 떠나서는 생각할 수 없다. 이것은 고려조의 정형화를 거역한 파격이었다. 틀에 박힌 것을 박차버린 자유에의 갈구였다. 그리고 그것이 마침내 조선의 차 정신으로 승화되었던 것이다.

차는 일단 마시면 된다. 격식에 구애 받고, 무엇이 전통이라느니, 누가 전통다도의 후계자라느니 백날 떠들어봐야 부질없는 일이다. 조선 초기의 도공들과 그 작품을 즐겼던 조선 초기 차인들의 자유분방한 사상세계도 엿보지 못한 채, 문화를 1,000년 전으로 후퇴시키려는 노력들이야말로 부질없는 일이다.

우리나라에서도 차는 그 까다로운 격식 때문에 한때 배척을 받았다. 어떻게 마셔야 맛있는 것인지 몰랐던 데서 차를 우리는 법을 알고, 차 마시는 데 까다로운 격식이 굳이 필요 없음을 알게 된 뒤로는 차는 급속히 생활 속에 자리를 잡게 된 것이다. 차의 대중화를 어떻게 하면 촉진시킬 수 있을까? 또 무엇이 차의 대중화를 가로막고 있는 것인가를 생각해 보기로 한다.

초의가 살던 대둔사를 지금은 대흥사大興寺라 하거니와 절에 있는 『대둔사지大芚寺誌』를 보면, 둔芚 자와 흥興 자가 여러 번 바뀌고 있다. 속설에

의하면 이 절을 대둔사라 했을 때는 번창했고, 대흥사라 했을 때는 쇠락했다고 한다. 그런데 따지고 보면 둔은 '어리석을 둔'이고 흥은 '일어날 흥'인데 어찌하여 그게 반대로 되는가. 더구나 대둔은 '크게 어리석다'이고 대흥은 '크게 일어남'이 아닌가! 우리의 명화 허소치許小癡가 황대치黃大癡에게 겸양의 미덕을 발휘하여 대大 자 아래 소小 자를 붙였던 것은 위의 '대둔'이야말로 정말 큰 것이고 '대흥'이야말로 작은 것이 되는 동양철학의 맥과 상통하는 것이다.

차 생활에 번거로운 희소성과 폐쇄성이 원인

> "해방직후 우리 주변에서 커피를 마시는 사람은 그다지 흔하지 않았다. 영어를 좀 할 줄 알고 사회적 지위가 높은 사람들이 마시는 것이 커피였다. 한국 서민 의식의 밑바닥에는 귀족스러운 것에의 반발이 숨어있다. 별나게 커피를 즐겨하여 하루에 너댓 잔씩이나 마셔대는 사람을 보면 '저 치는 뭐 제가 통빼라고 커피만 종일 마시고 있네'라고 손가락질하던 때는 과히 먼 옛날이 아니다. 격식을 따져가며 조그마한 잔에다 무슨 보약이나 되는 것처럼 마시고 있는 것을 보면 뱃속이 뒤틀려 올지도 모를 일이다. 민중의 적이 되는 음료의 생명이 길 까닭이 없다."

차가 멀어진 첫 번째 이유는 차가 가진 희소성 때문이다. 차를 즐기는 사람들의 태도에도 문제는 있다. 이제까지 이 책을 통해 살펴본 옛날 사람들의 차 마시는 태도에서도 엿볼 수 있듯이 차를 마시는 데 특별한 의미를 부여하고 격식을 만들어 제각기 독특한 세계를 창출함으로써 속인들을 멀리하려는 것이 차인들의 태도였다고 생각된다. 지금도 그렇게 차를 즐기는 길은 얼마든지 있을 수 있다. 그러나 현대의 차 역시 그렇게 폐쇄적이어서는 안 된다.

대중음료로써 애음되지 않은 까닭은 격식을 차려서 마셔야만 되는 것으로 지레 겁을 먹고 차와 접근조차 하려하지 않은 데서 온 잘못이다. 혹시 차를 마시는 법도에서 어긋나 있기 때문에 아는 사람들이 보고 흉보지 않을까 하는 생각에서 차를 마시지 않았다면, 거듭 말하지만 우리는 일본 사람이 아니며, 현대의 일본인들도 그같이 격식 찾아 마시는 이는 매우 적다는 것을 말해두고자 한다. 그러노라면 스스로 깨닫게 되는 경지가 있고 이치가 있을 것이다. 그리고 이로써 훌륭한 다도가 성립될 수 있을 것이다. 그러다 혼자서 독단으로 하기보다는 차를 즐기는 여러 친구들이 중지를 모아 하나의 유파를 만드는 것도 흥겨운 일일 것이다. 이것으로 차를 귀족 음료로 만드는 두 번째의 이유는 차인들의 폐쇄성에 있음을 보았을 것이다.

우리 차의 대중화를 방해하는 것은 한복

우록은 우리 차가 발전하지 못하는 이유를 이렇게 두 가지로 압축했다. 그 첫 번째는 희소성이고 두 번째는 폐쇄성이라는 것이다. 이 두 가지 이유가 다 차를 즐기는 태도에 있다고 강조한다. 차를 마시는 행위에 대해 특수화하지 말라는 말을 덧붙인다. 특별하게 의미를 부여하지 말라는 것이다. 차는 커피를 마시는 것과 별반 다를 바 없다. 그저 다른 음료 마시는 것과 마찬가지로 차도 즐기면 되는 것이라 하였다. 이는 차를 마시면서 부여하는 독특한 상징성 때문에 차가 커피보다 실생활에서 멀어진다는 것이다.

스스로 격식을 만들고 마시는 행위를 복잡한 동선으로 표현하는 것은 차를 즐기기는커녕 오히려 차를 멀리 하게 만드는 원인이라고 말한다. 현대 차인들의 차 생활은 형식과 허세가 만연하여 도저히 차를 접하기 어렵고 번거롭게 만들어 차를 대중화하지 못하게 하는 폐쇄성이 도사리고 있다는 것이라고 강조했다. 문화재청에 근무하면서 우리 차 연구에도 독특한 시각을 가지고 있는 국립가야문화재 연구소장 강순형은 우리 차의 나아갈 방향이 보이지 않는다는 걱정과 함께 우리 차의 문제는 한 가지라고 단언한다. 그것은 한복이라는 것이다.

차는 마시는 음료에 불과하다. 우리 차의 대중화를 위해서는 그저 즐겨 마시는 일을 자주 하면 그 뿐, 아무 형식도 절차도 마음가짐조차도 불필요한 것이라고 단언한다. 한복으로 치장하고 복잡한 절차로 우려내는 행위는 차를 쉽게 마시려는 사람들의 선택과 선호를 오히려 방해한다는 것이다. 한복 입고 행위에 열중한 사람들조차도 차를 마시려 하지 않는데 행위만 중요할 뿐 누가 번거로운 차를 마시겠느냐는 반문이다.

그는 우리 차 소비량이 2005년을 기점으로 급격히 감소하고 있다고 분석한다. 2005년도 우리 국민의 총 차 소비액은 2,500억원, 1인당 차 소비량은 83g이었다. 그러던 것이 2012년 12월말 현재 차 소비액은 800억원으로 급감했다. 차의 총 생산량은 5,000톤 가까이에서 2,000톤에도 못 미치는 수준으로 감소했다고 조사되었다. 차 소비량이 3분의 1로 뚝 떨어졌고, 차 생산량 역시 절반도 안 되는 수준으로 급감했다는 것이다.

이러한 사태의 가장 중요한 변수 중 하나는 커피 시장이다. 커피는 현재 총 소비액이 4조 3,700억원이고, 인스턴트커피 시장만 하더라도 1조 1,000억원이나 된다. 1인당 하루 소비량이 1.5잔이다. 반면에 차는 1년 평균 소비량이 60g으로 줄었다. 그런데 더 흥미로운 것은 차와 커피의 소비량을 조사하는 과정에서 차의 경우 찻잎의 무게가 아니라 우려낸 음료, 곧 액체로서의 무게를 측정했다는 것이다. 즉 몇 잔이나 몇 리터 식으로 계산한 것인데, 중국은 차 소비를 조사할 때 항상 차를 우려내기 위해 넣는 차의 무게를 계산한다. 우리나라에서 차를 교육시키는 기관을 조사해 보았더니 차를 가르치는 사람들이 하루에 소비하는 소비량이 평균 5 *l* 라고 한다. 사람들은 이것을 하루에 어떻게 다 마시느냐고 필자에게 묻는다. 중국의 차인은 그램으로 말한다. 차 한 잔을 소비하기 위한 차의 양은 1인용 기준 3g이고, 일반적인 차는 7g이라고 한다. 커피도 한 잔 용이 7g이다. 그렇다고 하면 커피가 하루 평균 소비량이 1.5잔이기 때문에 하루 소비량은 10.5g이다. 이렇게 커피 소비량에 비교해서 차는 1인당 연간 소비량이 60g에 머무르고 있다. 차는 1년 동안 소비할 양을 커피는 단 1주일 만에 소비한다는 계산이 나온다. 그렇다고 하면 차와 커피의 소비가 얼마나 많은 차이를 보이고 있는지 대략 짐작이 가는 부분이다.

자연과 닮은 마실거리, 우리 차의 대중화 전략이 필요

찻잎을 따고 고르고 덖고 유념하고 다시 덖고 말리기를 수 차례, 자연과 닮은 마실거리 우리 차는 달콤한 커피 맛에 더 익숙해진 탓으로 갈수록 푸대접을 받고 있다. 커피 시장은 4조원대로 급성장한 반면 국내 차 시장 규모는 커피의 10%에도 못 미친다. 우리나라에서 전통 찻집이 밀집되어 있고 그나마 명맥을 유지하고 있는 서울 인사동 거리에서도 이제는 전통 찻집의 간판을 찾아보기 어렵게 되었다. 간판은 찻집이지만 주 메뉴는 커피다. 일부는 아예 커피 전문점으로 업종을 바꿨다. 세월의 흔적을 간직한 전통 찻집은 이제 몇 안 남았다.

우리 차를 찾는 젊은이들은 갈수록 줄어들어 가게를 오픈하고 이윤을 낼 수 없다는 이유로 이제 겨우 한두 집 정도가 그 명맥을 잇고 있다. 우치 차에 관심을 보이는 건 오히려 외국인들이라고 한다. 전 세계적으로 차 시장 규모는 갈수록 커지고 있지만 국내 1인당 차 소비량은 연간 60g 정도. 세계 46위로 밀려나 있다. 우리나라 녹차 생산량의 대다수를 차지하는 보성군도 최근 3년간 차 재배 농가 가운데 90여 곳이 농사를 포기했다고 한다. 전국의 차 재배 면적도 계속 줄고 있는 상황이다. 농가들도 다양한 상품 개발로 소비 촉진에 안간힘을 쓰고 있지만 판로를 찾기가 쉽지 않다. 서구화된 입맛과 숨 가쁜 일상 속에 천년의 숨결을 간직한 전통 차의 향기는 점점 멀어지고 있다.

예부터 차는 '백초의 왕'으로 불리기도 했다. 미국 시사주간지 《타임》이 선정한 10대 건강식품 중 최고의 자리를 차지하고 있는 차가 커피와의 대결에서 승산 없는 게임으로 전락하고 있다. 이러한 현 실태에서 우리 차를 살리는 길은 번거로운 절차를 다 죽이고 차도 커피와 마찬가지로 들고 나가 마실 수 있는 시스템을 구축하는 길밖에 없다. 언제 어디서나 손쉽게 마실 수 있는 차로 발돋움해야 할 것이다. 대중화 전략뿐 아니라 전통 차의 특성을 살려내는 명품화 전략도 중요하다. 5대째 녹차를 키워온 최영기 씨는 항산화 작용이 탁월한 금 용액을 차나무 뿌리에 스며들게 한 '금차'로 연 3억원 이상 매출을 올린다. 비엔나커피의 고장, 오스트리아로 수출까지 하고 있다.

정형화 하는 것은 어색한 것, 자연스러운 것이 차 생활의 아취

차 생활하는 데 필요한 다구들이 너무 많고 차 선생이라는 사람들도 더러 어렵게 법도를 따를 때가 많지만 자연스럽게 일상생활에서 차 문화를 즐기면 된다고 하면서도 본인들은 먼저 한복을 입고 앉아 있어 마치 그렇게 갖추지 못한 사람들은 이방인처럼 느껴지고 그렇게 하지 않으면 차를 못 마실 것처럼 느껴지는 것이 영 무겁고 부담스럽다는 것이다. 차는 나를 가다듬는 마음으로 정성스러우나 자기 스스로 편안하게 하면 된다고 일상에서의 차 마시기를 권장한다.

현재 한국의 차 문화는 새로운 도전과 시련을 맞고 있다. 안으로는 새로운 차의 제다와 문화의 다양성을, 밖으로는 세계화 시대에 차 문화 수출국으로서 위치에 대해 가늠 받고 있기 때문이다. 차 문화의 수준을 알기 위한 행사로 차의 맛뿐 아니라 차를 다루고 나누는 과정을 중시하는 행사로, 전통문화를 현대인의 생활문화로 변화 발전시키기 위한 노력이 강구되어야 할 것이다.

말이 없는 차는 귀족에게만 마시기를 바라고 있는 것은 아니다. 귀한 사람이나 천한 사람이나 모두 함께 마셔주기를 바라고 있다. 차를 가꾸는 농민들이나, 차를 만드는 사람들도 입장은 마찬가지다. 오히려 차가 하루 빨리 대중화되어 일반 대중들이 많이 마셔주기를 바라고 있다.

쟁반을 탁자(혹은 방바닥)에 내려놓고, 두 손으로 손님 앞에 권하는 것이 예의다. 그러한 예의가 바쁜 현대라 해서 무시되어서는 안 된다. 또 찻종을 손님 머리 위로 나르는 따위도 생각해 보기 바란다. 그렇다고 마실 때도 두 손을 받쳐서 마실 것까지는 없다고 보겠다. 웃어른이 차나 술을 권할 때는 두 손으로 받치고 마셨던 풍속이 있지만, 신성한 것이기 때문에 두 손으로 받쳐 마시는 풍속은 없다. 겨울에 손이 시려 따뜻한 찻종을 두 손으로 어루만지는 것이야 얼마나 자연스러운 자세인가. 그렇다고 그것을 정형화하는 것은 어색한 일이다.

차 생활은 실용성이 돋보이는 꾸밈없는 품격

신문에 실린 다설에서 우록은 사람에게 예는 하루라도 없으면 불가하다며 예론을 강조하고 있다. 그러면서 차 한다고 떠들고 다니는 사람들, 그리고 차 생활을 하고 있는 차인이라면 꼭 버릴 것이 있으니 참고하고 경계하기를 바란다며 다음과 같은 다설을 펼치고 있다.

> 예는 크게는 나라를 경륜하고, 작게는 규방을 다스립니다. 나는 한가한 날에 행다하며 진실한 예절을 취해 봅니다.

1. 보비이불치寶比而不恥 부귀교빈천富貴交貧賤 - 구하기 쉬운(값싼) 다구를 쓰면서 구하기 어려운(값비싼) 다구를 보고도 부끄러워하지 않는 것은 부귀와 빈천을 떳떳하게 교제함이요.
2. 불초위현不肖爲賢 - 거친 음식으로 맛좋은 음식을 만드는 것도 어질지 못한 자를 어질게 만들어 보이는 바이요.
3. 이완모고以玩慕古 - 옛것(골동)을 모아서 감상하는 것도 세월을 흠모하는 바이다.
4. 상전고제傷全古製 교위教僞 - 만약 장사꾼처럼 새 그릇을 골동처럼 속여 파는 자는 거짓을 가르치려는 것을 모르는 못된 자요.
5. 완잔천금碗盞千金 진이경치珍異競致 교사教奢 - 또 사발이나 찻종 같은 것을 어리석게 천금을 주고 산다든가 잡다한 것을 다투어 끌어 모우며 귀하게 여기면 사치를 가르침이요.
6. 기집찬양器什贊揚 교유教諛 - 어리석게도 내 집안 집기를 칠래팔래 자랑하는 것은 남에게 아첨을 가르치는 꼴이다. 버릴 걸 버리고 취할 걸 취하는 것으로 다례를 참으로 잘 안다고 할 만하다.
7. 부귀위존富貴爲尊 빈천위비貧賤爲卑 인지동연人之同然 - 부귀를 높다 여기고 빈천을 낮다 여김은 세상을 몰라도 한참을 모르는 촌놈이다. 귀천한 자들끼리 함께 하여도 서로 무례하지 않고, 비록 상사와 자식이라도 서로 예를 갖추니 이는 내가 다례를 남달리 하는 바이다.
8. 질화불류質和不流 군자지교君子之交 - 검소하고 질박하고 화경청적 하되, 속되지 않으니 군자가 지켜야 할 바른 사귐이리라.
9. 임방문례지본林放問禮之本 자왈子曰 대재문大哉問 예여기사야영검禮與其奢也寧儉 상여기이야喪與其易也 영척寧戚 - 공자님도 '예는 사치하기보다는 차라리 검소한 것이 더 낫다'고 하였다.
10. 노나라에 사치로 소문난 임방이 공자님을 찾아와 물었다. "예의 근

본이 무엇입니까?" 공자께서 대답하셨다. "대단한 질문입니다. 예라는 건 사치스러우면 죽고 검소해야 하지요. 상례喪禮도 거창하고 호화스러운 것보단 슬픔이 먼저지요. 알아듣겠습니까?"

상가에 웬 거지같은 놈들의 화환이 그리 많으며 고개 빳빳이 들고 손님맞이 하는 상주는 무슨 유세장을 방불하니 김가 이가가 오십보백보다. 어느 세상에든 꼭 그러는 놈들이 그런다. 이 세상은 어쭙잖은 이들의 조직 20%가 끌고 가는 세상이라는 말이 있다. 그런데 차 한다는 동네도 예외는 아니다. 그래도 당신만은 고쳐야 한다.[28]

우록은 값비싼 다구 사용을 가장 먼저 경계했다. 우록학당의 제자 정순태는 스승 우록은 여기저기서 좋은 차와 다구들을 선물 받고는 했는데 그럴 때면 선물로 들어온 것들을 나누기 좋아했다고 말한다. 선물 받은 다구를 잘 사용하면서 선물한 이의 고마움을 새기는 것이 기본 예이겠지만 더 잘 사용할 수 있는 사람에게 나누는 것도 차 생활을 권장하고 보급하는 일이 될 수 있다는 믿음으로 다구를 줄곧 나눠주었다고 한다. 그렇게 몸소 나눔을 실천하는 것이 우록의 차 생활 보급의 일환이었다고 말한다. 그래서 우록은 마지막 생존에 있던 학동마을 차실에서도 변변한 다구 하나 갖추지 않고 그저 있는 다구들을 청결하게 잘 닦아 사용하는 차 생활을 보여주었다.

또 차를 하는 사람들 사이에 골동을 모으고 또 그것을 이윤을 도모하기 위해 사용한다거나 거짓을 일삼아 골동처럼 속여 파는 행위를 천박하다 일렀다. 더불어 찻사발이나 다구는 최소한의 것을 가지고 최대로 활용하면 제일 행복한 차 생활을 할 수 있음을 주장했다. 가치 판단의 어리석음으로 천금을 주고 산다든가 잡다한 것을 다투어 끌어 모우며 귀하게 여기는 행위는 차를 가르치는 것이 아니라 사치를 조장하는 것이라 경계했다. 더불어 차 생활은 맑은 정신으로 하는 것이지 돈으로 하는 것이 아님을 가르쳤다. 돈으로 차 생활을 하려 한 사람들에게 진짜 촌놈이라 일축했다. 그러한 일례는 상례에서도 마찬가지임을 밝혔다.

차를 즐긴다는 정신과 청결한 차 생활

우록을 비롯한 해남다인회 회원들은 따로 일상의 차 생활을 즐겼다. 혼자 차를 마시거나 손님이 찾아 올 때면 항상 차를 대접했다. 우록의 선산 아래 가옥에도 시경합詩境盒이라는 차실이 그대로 남아 있고, 차실 들어가는 입구는 위에서 대나무 발처럼 드리워져 있다. 차실 내에서는 신분의 고하를 막론하고 차를 즐긴다는 정신과, 깨끗한 차 생활을 보여주는 '다신茶神'이라 새겨진 석조가 보인다. 차를 따기 전이나 차를 달이기 전에 먼저 손을 씻고 다구도 깨끗이 씻어 놓아야 한다. 차실에 들어서려면 먼저 차실 앞에 마련된 석조에서 손을 씻은 다음 마음도 가다듬고 입실한다. 몸과 마음이 정돈된 다음에 차를 우려야 제 맛을 낼 수가 있고 차의 빛깔과 향취와 맛을 음미할 수가 있기 때문이라는 차 정신의 기본 틀을 보여주기도 하였다.

> "그냥 아무렇게 마시는 차를 빗대어 명나라 차인 도융屠隆은 그의 저서 『고반여사考槃餘事』에서 '아무리 좋은 차라도 차를 모르는 사람에게 마시게 하는 것은 젖샘의 물을 길어서 잡초에게 붓는 일과 같다' 하는 가르침도 참고하였다."

갈수록 자신을 위한 시간과 노력이 부족한 현실에서 오늘은 여유를 가지고 물도 순숙시키고, 누구의 간섭도 없이 자신을 추스르는 차를 한 잔

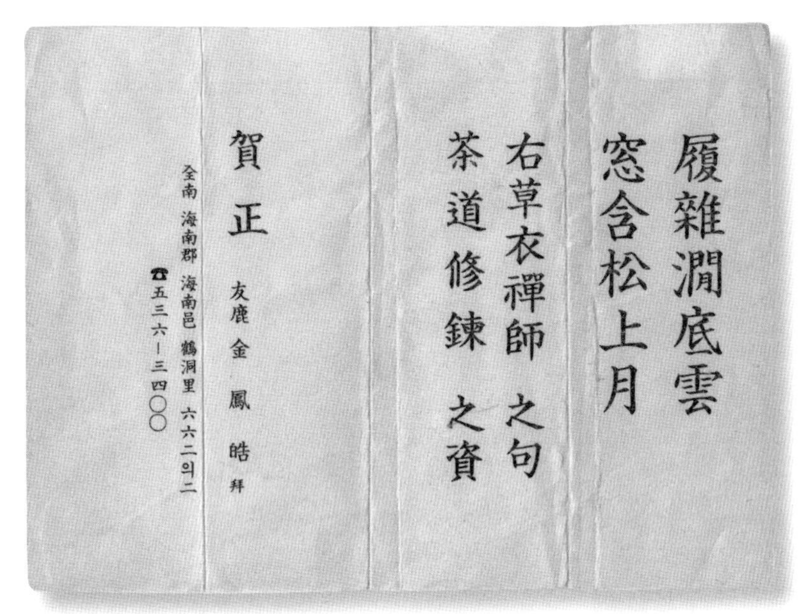
履雜澗底雲
窓含松上月
右草衣禪師 之句
茶道修鍊 之資
賀正 友鹿 金鳳皓 拜
全南 海南郡 海南邑 鶴洞里 六六二의二
☎五三六－三四〇〇

초의의 차시茶詩가 적힌 우록의 특별한 연하장

끓여 독철신의 진수를 맛보라고 강조하였다. 그리고 해마다 세모歲暮에는 초의선사의 차시茶詩 한 구절을 써서 연하장으로 대신했다.

차 선물과 차 편지로 새해인사를 대신한 우록은 지금도 현관에 들어서면 가장 먼저 시선이 닿는 곳에 초의선사의 차시가 걸려 있다.[29] 현관 입구에서 신발을 벗고 고개를 들면 바로 보이는 자리에 차시가 걸려 있어 누구든 우록의 가옥을 찾았을 때 그 시를 읽지 않을 수가 없다. 우록도 집안에 들어서면 바로 보이는 그 자리에 걸어 스스로를 다스리는 글로 삼았다. 평소에 초의의 시를 좋아하여 연하장 대신 초의의 차시로 새해 인사를 하며 지인들과 차를 마시는 문화가 정착할 수 있도록 차의 대중화에 힘써

온 우록의 차 문화 인식과 지향은 그 단서의 기능으로 충분하다. 이렇게 일관해온 우록의 차 생활은 해남다인회 창립으로 이어진다. 그 후, 해남다인회 회원들과 일궈 낸 그의 업적은 실로 한국 차 문화사를 대변하고 있다.

제6장

우록의 차 업적

1. 전국 차인회의 모태인 해남다인회

현대 차 문화 부흥을 견인한 일지암 복원은 한국 차 문화의 맥, 해남다인회 결성이 맺은 열매였다. 즉 해남다인회가 결성되면서 차 문화의 활성화가 이루어지고 또 부흥하게 되었으니 해남다인회의 결성은 현대 차 문화사의 주춧돌이다. 해남다인회는 진주다인회와 함께 한국차인연합회 등록 제1호로 연합회를 결성하게 된 추진체가 되었다. 해남다인회는 한국차인회의 안태인 것이다.

우리나라 최초의 차인회는 강진 다신계

다산은 이태순의 상소로 귀양에서 풀려나게 되자 18년간의 유배생활을 정리하면서 유배지의 제자들과 계를 만들었다. 이것이 어찌 보면 현재 우리들이 다양한 모임으로 하고 있는 계의 효시일 것이다.

1818년 8월 그믐날 제자 18명을 모아 놓고 만든 이른바 요즘의 계칙과 강신규칙, 즉 회계합의는 '사람을 귀하다 하는 것은 사람에게는 신의가 있기 때문이다'로 시작된다. 이어 사람들이 모여 서로 즐기다가 흩어진 뒤에 서로 잊어버린다면 이는 금수와 같은 것이라 하였다. '우리들은 1808년 봄부터 지금까지 형제처럼 모여 살면서 글을 읽었다. 이제 스승께서는 북녘으로 떠나시고 우리들은 별처럼 흩어지게 되었는데 만약 서로 잊어버리게 된다면 어찌 되겠는가'로 이어지는 이 〈다신계절목〉은 크게 세 부분으로 구성되어 있다. 그리고 실사구시를 본분으로 하는 실학자의 면모를 유감없이 보여주고 있다. 이 강진의 다신계 다음으로 만들어진 것이 해남다인회다.

우록은 해남을 차 문화의 안태로 인식시키고자 했다. 당시 해남은 한국

차 문화의 맥을 잇는 중심 지역이었다. 우록은 해남 지역문화 창출의 선두자로 차 문화를 새롭게 부각시켰다. 해남은 『다신전』과 『동다송』을 지은 초의선사가 거처하던 우리 차의 성지 일지암을 안은 곳이다. 초의에 이어 대둔사 출신 응송이 근방에 생존해 있었고 다인들은 차를 내놓으며 다담을 나누고 여염집에서도 약처럼 떡차를 달여 마시던 차 마을이 있어 해남은 일찍 차에 눈뜰 수 있었다.

김제현 해남병원 원장과 함께 해남 차 문화 활성화

해남다인회를 결성한 날이 1966년 12월 23일, 꽃과 난을 좋아하고 차를 나누며 만남의 기회를 만들었다. 5명의 화훼 그림을 그리는 사람들이 해남화훼클럽을 만든 것이 그 시초였다. 차회가 만들어질 당시 중심 인사는 해남종합병원의 김제현 원장, 강창기, 조주원, 김상종, 심호 임기수深湖 林琪洙(1929~현재, 창립멤버 중 유일하게 생존해 있는 인물)[30] 등이었다. 극작가 우록 김봉호(해남신문사 대표이사)는 박재열, 한병수, 남기우, 양재평, 정재홍과 함께 1년 정도 후에 영입되었다.

30~40대의 다채로운 직업에 다양한 시각을 가진 사람들의 모임이었다. 3년여 동안 꽃을 사랑하자는 운동을 벌인 회원들은 모두 차를 가까이하고 있는 차인이었다. 차를 아는 몇몇 인사들의 홍보활동에 의해 화훼클럽의 두 번째 목적은 차를 부흥시키는 일이었다. 화훼와 차를 좋아하는 회원들이 모여 차인회를 만든 것은 '다茶' 자가 말하는 것처럼 사람은 풀과 나무 사이에서, 즉 말하자면 자연 속에서 자연을 거스르지 않고 자연에 순응하며 사는 것이 참다운 차 생활이라는 이념 하에 차인회를 만든 계기가 되었다. 해남다인회 창립 멤버들은 정원수를 잘 다듬은 가옥과 따로 차실을 만들어 차 문화 공간의 미학을 보여주고 있다.

우록과 함께 해남다인회를 창립한 김제현은 1981년 대도시에서나 볼 수 있던 종합병원을 해남에 설립, 그 당시 지역 내의 큰 화제였고 의료계 내에서도 주목을 받았다. 과묵한 성격에 온화한 이미지였던 김제현은 명석했던 인물로 알려져 있다. 김제현은 1993년 온 국민의 시선이 모아졌던 아시아나 여객기 추락사고 때 전 병원 인력을 동원해 인명 구조에 앞장서 언론의 주목을 받기도 했다. 초의스님의 차 사상을 이어가자는 취지에서 해남다인회를 창립하고 초대회장 등을 역임했다. 해남 지역에 봉사와 선구적인 문화를 열어나가는 데도 기여했다.[31] 행촌 생애에 대한 연구 조사도 이루어져야 할 것이다.

초의선사 유적지 등을 답사

이들의 모임은 단군전과 대흥사 사리탑 주변, 터미널 로터리 등 공공장소에 조경수를 식재하고 초의선사 유적지를 답사하는 등 지역 사회 봉사 활동을 겸했다. 화훼클럽에서 해남다인회로 결성된 계기에는 차인들의 움직임, 활발한 활약이 있었다. 60년대 초 세상이 시끄러워지자 훈훈한 시골 인심이라도 되살리자는 취지에서 5명의 인사가 일을 벌인 화훼클럽이 해남다인회의 모태이다. 초의선사 유적지 등을 답사하면서 차에 대한 열망을 키웠다. 1978년 우록 김봉호, 행촌 김제현, 고월 석용운을 주축으로 해남다인회(회장 김제현)로 새롭게 발족하면서 차 문화 운동의 일선에 서게 되었다.

우록의 제수 안종아 씨의 큰댁 기억

우록의 제수 안종아 씨의 큰댁에 대한 기억이 매우 인상적이다. '경담가족'이라는 가족 사이트에 1994년 9월 23일 올라온 글을 정리해 보면 이렇다.

우록 김봉호가 살던 옛집

해남읍 서림이라고 하는 데서 일직선으로 툭 트인 신작로 끝이 아스라이 보이는 집이 바로 큰댁이다. 내가 시집 와서 60이 넘도록 어언 40여년이 지난 오늘까지 세상 많이 변했다. 강산이 네 번 바뀐 셈이다. 약 20여년 전만 해도 읍에서 학동 큰댁을 갈려면 여간 힘들었던 길이 아니다. 비포장에 돌멩이는 여기저기 무질서하게 깔려 있고 덜컥거리는 낡은 버스를 타고 가든지 그렇지 않으면 그냥 걸어갔다. 구름 같은 흙먼지를 온통 뒤집어쓰고, 앞에서 뒤에서 무섭게 질주하는 버스를 피해가며 한참을 걸어갔던 길이다. 동네 어귀에 다다르면 학동 아낙네들이 '병주 작은엄마 오네'라고 하며 항상 반겨주었었다.

엊그제 TV 뉴스에 의하면 우리나라 인구 6인당 한 대 꼴로 자동차가 있다는데, 그 흔한 자가용 없어도 옛날에 비하면 참 좋아졌다. 또 시숙님 김봉호 씨는 해남의 명사이기에 택시 기사들도 모르는 사람이 없다. 택시를 잡아타고 '학동 김봉호 씨 댁!' 하면 무언하고 집 앞에 세워주기에 그것 또한 호강이 아니겠는가. 큰댁 가는 길은 언덕받이 밑에 졸졸 흐르는 개울물과 탱자나무 울타리가 울창했다. 언제나 버릇처럼 부엌 쪽으로 간다. 역시 부엌 쪽에서도 인기척은 없다. 부엌 담 밑에 수선화만이 함초롬히 피어있을 뿐. 잠시 가신님들의 체취가 나의 콧등을 스쳐간다.

부엌 벽에 옛날 어머님께서 손수 마늘 엮어 치렁치렁 걸어 놨던 흔적들이 눈에 선하다. 손수 마늘 농사 지어 이 집 저 집 나누어 주느라 힘드셨을 어머니, 굵고 씨알 좋은 것으로 안 주신다고 서운했던 일들이 후회스럽다. 문득 어머님을 회상해본다. 지금 와서 생각해보니 우리 어머님(우록의 어머니)은 참 훌륭하셨다. 근면 성실하고 부지런하시며 매사에 민첩하셨다. 정서도 풍부하신 개방적인 여성이셨다. 그 시대 보기 드문 분이었다. 음식 솜씨, 바느질 솜씨, 학문, 교양 등등을 다 갖추신 분이다. 유독 나는 어머님 생존 시 많은 것을 배웠기에 지금 이 나이 되도록 살아가는 데 크게 부족함이 없다.

서투른 글을 쓰면서 어머님 생각에 잠긴다. 소리 내어 불러보고 싶은 어머님이시다. 어떤 명사의 단어가 아니다. 우리들의 가슴에 길이 살아계신 어머님이시다. 우리 제주할머니(우록의 조모)도 빼놓을 수가 없다. 우리 할머니는 일찍이 청춘과수로 정절을 고수하며 단정하게 살아오신 열녀이시며 요조숙녀이시다. 정말 자랑스럽다. 또 한 사람은 청신하고 만년 소녀 같은 우리 큰동서 하촌댁(김경은, 우록의 부인, 해남 옥천 화촌에서 시집왔다. 동네 분들은 발음하기 쉬워서 하촌댁이라고 불렀다)은 들국화처럼 강인하시고 쉽게 흔들리지 않으신 분이다. 항시 겸손하시고 온유하셨다. 손아래 우리들한테도 위엄보다는 친구처럼 타협형이었다. 우리들의 마음에 길이 계실 하촌댁이시다.

화단에 향기 짙게 피어 있는 치자 꽃은 하촌댁을 연상케 한다. 생존 시 당신께서 치자 열매와 꽃을 좋아하신 걸로 기억된다. 어떤 부잣집 양지 바른 화단은 아니지만 분명 값진 꽃나무들이다. 용모가 단정한 동백나무, 봄의 여왕 목련, 향기 그윽한 금목서, 자태가 우람한 종려, 여러 가지 값진 꽃나무들이 많다. 유실수 등등. 꼭 외롭지만은 않게 보인다. 꽃나무들이 속삭이듯 피고 머물고 있기에 살아 숨 쉬고 있다.

우록의 삼남 김경주 씨는 부친인 우록의 차 생활을 이렇게 회고한다.

우리가 어려서부터 살던 집은 작은 기와집이었다. 집이라고 해야 채 20여 평이 될까 말까 한 작은 집이었는데 따로 부엌이 없었다. 다만 뒤쪽의 아궁이들을 따라 처마를 내어 걸고 벽을 쌓아 대충 부엌 구실을 할 수 있는 공간을 만들었다. 마당은 넓어서 대충 보아도 6~700평은 될 듯한 곳에 빼곡히 꽃나무가 들어차 있었다. 봄에는 매화와 목련을 필두로 해서 온갖 동백, 철쭉, 영산홍들이 피어오르고 향기가 진동한다. 꽃잎을 밟으며 집 안팎을 드나들었다. 어려서 매일같이 꽃잎과 나뭇잎을 쓸어내느라 고생했던 기억이 생생하다.

아버지는 집이라야 보잘 것 없었지만 차 문화에 관한 건과 나무를 가꾸고 심는 데는 아끼지 않고 쏟으셨다. 그 한 칸 사랑방 같은 데서 많은 사람들을 맞으셨다. 지금부터 30년도 더 지난 세월이 흘렀지만 그때 차심부름을 했던 기억이 어린 시절 절반을 차지한다. 찻물 한 잔 덥히기 힘든 시절이었지만, 많은 사람들이 꽃을 보고 차를 마시고 했다.

당시에는 내가 살던 집에서 읍내까지 가던 그 길이 그렇게 멀게만 느껴졌었는데 참 세상이 많이 좋아졌다는 것을 느낀다. 요사이는 세상이 변하는 속도가 너무 빨라서 그렇게 왕래하던 길이 집들로 연결되어 그 거리의 감이 없어져 버렸다. 자연히 우리 집 주변으로도 공업사, 카센터, 주유소 등이 들어서면서 한적한 시골 풍경은 사라지고 소음과 기름 냄새가 울타리를 넘어 들어왔다. 버티다 못해 이젠 안 되겠다 싶었는지 아버진 집안 식구들의 반대를 무릅쓰고 이사를 했다.

차실을 마련하고 독철신의 차 생활 향유

그리고 그토록 바라던 작은 차실을 만들었다. 이젠 그 차실에도 냉랭한 기운이 돌고 있겠지만 가끔은 거기 가서 차 한 잔 하고 싶을 때가 많다. 내 어린 기억이 곳곳에 어려 있고 내 성장을 기억하고 있는 곳이기에 어릴 적 차 심부름했던 기억은 그리 달콤하지 않지만, 이제는 그 차향이 그립다. 밤에는 창문을 열면 별이 한 움큼씩 떨어졌다. 처마 밑엔 산비둘기가 쉬어 가고 주인 없는 찻종들만 앉아 있을 텐데 이제 뉘라서 거길 지킬 것인지. '산천은 의구하되 인걸은 간 데 없다' 하지만, 아직도 아버지가 여기 저기에 계신 듯하다. 아버지는 '차 한 잔'을 마시면서 무슨 생각을 하느냐고 물으면 항상 '용서'라는 단어를 말하시곤 했다. 대체 뭘 그리 용서할 일이 많고 얽히고설킨 일이 많았는지 모르겠다. 용서란 다른 말로 '화해'일 수도 있고 '참회'일 수도 있을 것이다. 이제 그 용서니 참회니 하는 말들도, 생각들도 다 잊어버리고 한 가지만 알고 한 가지만 생각하고 작은 것에 기뻐하고 사랑하는 그런 인연으로 다시 오시기를 바랄 뿐이다.[32]

우록은 늘 혼자 차 마시기를 좋아했다. 그리고 제자들이 물으면 혼자 차 마실 때 가장 자아 성찰을 하기 좋은 시간이라 말했다.

영상물 〈다도의 향기〉, 차 문화 부흥에 새로운 바람

1979년 9월 월례회부터는 『다신전』, 『동다송』, 『다경茶經』, 다례, 차의 재배법, 효능 등에 대한 강좌를 매월 실시하여 차에 대한 소양을 넓혀갔다. 1979년 11월에는 일지암 초의 다정茶亭 완공을 기념하는 다례를 현장에서 가졌다. 1980년 4월 6일에는 전국 각지의 차인 200여명이 참석한 가운데 일지암 준공 행사를 갖고, 소요되는 경비 일체를 해남다인회의 회원들이 분담하였다.

1981년 1월에는 해남군 공보실의 지원을 받아 차 문화를 홍보하기 위한 슬라이드 〈다도의 향기〉를 제작하고 설악산에서 개최한 한국차인회 회의 시 상영하여 호평을 받았으며, 전국 각 지역 차 모임으로부터 복사 요청을 받기도 했다.

해남다인회는 1981년 4월 12일에는 해남읍 연동리에 윤고산의 14대손 윤형식 회원의 소유 땅 700평을 무상 임대받아 다인회 전용 차밭을 조성

해남다인회 전 윤형식 회장과 임기수 창립 멤버

함으로써 차인들의 오랜 숙원을 이루었다. 차인회 회원들이 매년 봄 몇 차례 날짜를 잡아서 차를 채다하고 제다하는 일정을 소화한다. 초의의 제다법을 준수하고 우리 차 마시기를 함께 한다. 녹차를 선호하고 중국차를 지양한다. 회원들의 이러한 몸소 실천이 반세기를 넘어서고 있다. 1981년 8월 29일부터 30일에는 초의 제115주기 헌다제를 전국 차인 100여 명이 참석한 가운데 해남읍과 일지암에서 주최함으로써 차의 종가임을 내외에 널리 알렸다. 1982년 4월에는 회원들과 함께 우록이 추진하고 창강 김두만(1909~2001)이 참여한 가운데 태평양 디아모레뮤지엄 측의 요청을 받아 『동다송』과 『다신전』 번역본을 발간하였다.

1983년 6월 27일에는 윤상열 회원의 노력으로 해남군민회관에 다문화관을 설치하고 집기와 다기 등의 진열품을 회 기금과 회원 특별회비 및 외지 차인들로부터 기증을 받아 확보함으로써 지역 차 문화 발전에 거점을 마련하였고, 각종 행사 시 개방하여 차 문화 보급에도 크게 기여하였다.

다시 1984년에는 연동 땅 1,000여 평을 무상 영구 임대하여 차밭을 가꾸는 등 차와 차 생활 교육에 박차를 가했다.

1991년 음력 8월 2일(초의 제례일)에 대둔사 일지암에서 1992년 초의 제례일로부터 소홀해지는 정신 문화를 차 문화로 다시 바로잡자는 취지로 초의문화제를 열기로 하였다. 발기인은 행촌, 우록, 운학(대둔사 총무), 승설(자우다회장), 윤상열(해남군청 공보실장) 등이었다. 이 밖에도 많은 활동들이 있었다.

1988년 5월 1일 제27회 도민체전을 해남에서 개최할 시에는 차 문화 보급을 위한 팸플릿 2,000여 매를 제작하여 배포하였고, 다문화관에서 녹차 시음과 다구 관람을 하도록 했다.

고전다서의 출판과 초의상 제정

1992년 1월에는 1992년도 교무계획을 수립하고, 차인으로서의 자질 향상과 품위 유지를 위해 차 관련 서적을 부단히 학습하고, 회원 전원이 윤번제로 매월 월례회 시 차 강좌를 실시토록 하였으며, 연중 계획으로 초의문화제 개최와 해남다인회 책자를 발간키로 하였다.

1992년 8월 23일부터 29일에는 제1회 초의문화제를 개최하였다. 우리나라 다도를 중흥시킨 초의선사의 업적을 기리고, 차 문화의 발전을 통해 갈수록 쇠퇴해져 가고 있는 정신문화를 진작시키기 위해 전국 규모의 차 문화 축제를 개최하게 된 것이다. 주요 행사로는 헌다례와 헌무례, 행다 시연, 초의 사상에 대한 학술 강연을 실시하고, 차 문화 발전에 공이 많은 자를 선정하여 초의상을 시상하였다.

이후 이 행사는 행사 내용을 발전시키면서 매년 개최하여 왔으며, 2007

년 11월 3~4일에는 제16회 초의문화제를 문화예술회관 및 대흥사 일원에서 개최하였다. 또한 초의문화제 기념사업으로 『초의전집』을 발간키로 하고 제1집 『다론』, 제2집 『선론』, 제3~4집 『시론』, 제5집 『다선일여 사상』 체계를 완성시켰으며, 제1집 『다론(『동다송』, 『다신전』)』은 전국 각 지역 차인회의 학습 교재로 널리 이용되고 있다.

1996년 3월 15일에는 해남읍 성내리 17-4번지에 해남다인회관 녹야원을 개관하였다. 고 김제현 회장이 해남다인회의 발전과 회원 복지 향상을 위해 자신의 소유 건물을 무상 사용토록 배려하고 집기 일체를 기증하였으며, 회원들도 십시일반으로 의자 등의 집기를 마련하였고, 고대부터 현대까지의 명품 다기와 각종 다서를 수집 보관하는 등 지역 차 문화 발전의 산실로 활용하고 있다.

1999년 5월에는 대흥사 성보박물관에 개관한 초의관에 전시할 작품을 모집키로 하고 대흥사 주지 보선스님과 김제현 회장, 김봉호, 박상대, 자우다회 이순희 회장 등이 전국의 인간문화재급 도예가들과 초의선사로부터 사사한 소치 선생의 남종화 화맥을 이어가고 있는 전국 중진 화가들을 방문하여 다수의 작품을 기증받아 초의관에 전시하였다.

1999년 10월에는 차 문화계의 원로이신 김명배 교수께 의뢰하여 『한국차문화사』를 발간 보급함으로써 차의 종가로서의 위상을 더욱 제고하였다. 2002년 4월 20일에는 신축한 해남문화예술회관에 다례 체험실을 개관하였다. 차탁과 『동다송』 병풍, 집기 및 다기 일체를 해남다인회에서 마련했으며, 차와 관련된 세미나와 차 문화 강좌, 학생 예절 교육장 등으로 활용하고 있다.

군민 건강 증진과 정서 함양에 기여

2005년 4월에는 해남군의 지원을 받아 해남읍 해리 금강산 초당골과 무안 박씨 문중 산 5ha의 면적에 차 씨앗 400kg을 심었고, 계속사업으로 2006년에 3ha, 2007년에 3ha의 야생차 단지를 조성하여 군민 누구나 손쉽게 찻잎을 채취하고 차 생활을 즐길 수 있게 함으로써 군민 건강 증진과 정서 함양에 기여할 수 있게 되었다. 2006년 7월 20일에는 사단법인 해남다인회 설립 허가를 받고 대표이사에 윤형식, 이사에 임기수, 박상대, 박인영, 김정섭, 박양배, 정기봉, 감사에 박동주, 윤재혁 회원이 선임되었다. 2006년 12월 14일에는 해남의 차 문화 역사를 기록으로 남겨 후대에 전승하고 이를 통한 차 문화의 지속적인 발전과 확산을 도모하기 위해 『해남의 차 문화』 책자를 발간키로 하고 편집위원회에 고문 윤두현, 회장 박상대, 위원 김정섭, 박양배, 정기봉, 박인영, 임기수, 정재홍, 윤재혁, 박혁 회원이 선임되었다.

2007년 1월 12일에는 해남군의 지원을 받아 소설가 곽의진 선생(진도군 임회면 죽림리 881번지)과 『해남의 차 문화』 원고 작성 계약을 체결하였다.

제다 기법과 정보의 교류로 차 문화 확산에도 크게 기여

2007년 5월 1일 군민의 날에는 우슬체육공원에서 제1회 녹차 만들기 체험 및 경연대회를 개최하였다. 일기日氣 불순不順으로 참여율이 저조하였으나 체험조에 9명, 경연조에 5개 팀이 참여하여 차를 만들고 체험케 함으로써 제다 기법 과정과 정보의 교류는 물론이고 차 문화 확산에도 크게 기여하였다.

2007년 초부터 『해남의 차 문화』 책자 발간을 위한 준비 작업에 착수, 일지암과 인연을 맺은 여러 스님들을 만나 자문을 구하고 책자에 수록할 사진 확보를 위해 관계되는 현장과 행사장 등을 수차례 방문하였다. 또한 차인회 창립 때부터의 문서를 샅샅이 뒤지고 관계 기관과 단체로부터 자료를 받아 수정에 수정을 거듭하면서 10여 개월의 산고 끝에 2007년 12월에야 원고를 확정하기에 이르렀으며, 2007년 12월 31일 해남신문사와 출판 계약을 체결하고 2008년 2월 부족한대로 세상에 내놓게 되었다.

해남다인회는 우록의 정신을 이어받아 그간의 업적을 모아 『해남의 차 문화』를 엮었다. 2008년, 그간 해남다인회를 중심으로 현대 차 문화의 부흥을 위해 노력한 결과들을 『해남의 차 문화』(360쪽) 라는 책에 모두 담아 펴냈다. 전남 해남군의 지원으로 진도 출신 곽의진(66) 작가가 집필했다. 이 책에는 차 문화를 공부하기 위한 기초 지식으로서 차의 유래를 비롯하여 청허 유정을 비롯한 호남 절집의 다풍을 이은 대흥사의 다맥을 정리하고, 대흥사 다승들의 차시를 실었다. 초의의 예술 세계와 초의가 남긴 역작과 당대의 석학들과의 교유에 대해서도 이야기하고 있다. 일지암 복원에 관한 조사 자료들과 기록 등이 상세하게 수록돼 있다. 또 차 문화 발전에 앞장 선 해남 차인들의 활약을 자세하게 기술하였으며, 초의선사 자료집 출간과 초의문화제의 태동, 지역 차 문화를 일구고 있는 차 단체와 해남의 차 재배 현황, 해남의 녹청자, 해남다인회 연혁 등도 포함됐다. 특히 이 책에 수록된 고문헌과 자료들은 철저한 고증 작업을 거쳐 가능한 한 원문을 인용했고 번역이 곁들여져 전문가는 물론 일반인들에게도 좋은 자료가 되고 있다.

현재 해남다인회는 전 회장 윤형식, 현 회장 박상대, 부회장 임기수, 이병선, 사무국장 김정섭, 사무차장 김용철, 초의문화제집행위원회 사무국장 박양배, 회원 윤두현(현재는 병환으로 활동이 중지되었다), 정재홍, 임상영, 백용기, 김정진, 정기봉, 김승계, 장성년, 김홍길, 서해근, 이병선, 명종석, 박화춘, 박종만, 정진석, 윤재혁, 박혁, 박영우, 김동섭, 고용석, 박철환, 박남재, 김석원, 조준영, 윤일현, 김영동, 윤방현, 김상철, 정서경(명예회원) 등이 참여하고 있다.

사단법인 해남다인회 회원 명단

(사무실 ☎ : 061-535-0986) 2013년 1월 10 현재(일부 변경)

順番	雅號	姓名	住所	生年月日	備考
01	茶軒	尹亨植	海南邑 綠雨堂路 135	1934. 03. 14顧問	
02	龍村	朴相大	海南邑 壽星1路 5	1938. 12. 15	會長
03	心湖	林琪洙	海南邑 迎賓路 15-18	1933. 12. 12副會長	
04	松隱	李秉先	花山面 中央里 松坪路 5-15	1938. 10. 24	副會長
05	竹村	金正燮	海南邑 中央2路 82-8	1941. 09. 24事務局長	
06	宇齊	朴養倍	海南邑 坪南2路 12	1944. 11. 05草衣局長	
07	虛巖	金龍喆	海南邑 坪洞길25 동구빌라 701	1952. 07. 09	事務次長
08	石棋	朴鐘萬	山二面 비석길 95-3	1938. 06. 07	
09	湖山	張盛年	海南邑 北部循環路 74-1	1941. 04. 09	
10	林谷	鄭鎭錫	海南邑 北部循環路 84	1941. 07. 17	
11	賢性	高容錫	海南邑 壽星2路25 光明빌라 202	1943. 01. 20	
12	茶月	金東燮	海南邑 邑內길 15	1946. 08. 15	
13	蓮竹	朴和春	北日面 오소재路 161~31(蓮竹農園)	1948. 08. 26	
14	東菴	金丞桂	海南邑 壽星3路 4	1947. 06. 07	
15	石潭	白龍其	海南邑 壽星3路 5-6	1946. 12. 21	
16	輪峰	金鉉鎬	海南邑 南部循環路 11 海光觀光	1951. 03. 02	
17	白蓮	尹在赫	海南邑 中央1路 124 海南書藝院	1952. 11. 28	
18	一松	朴赫	海南邑 北部循環路 74-3	1956. 01. 15	
19		徐海根	黃山面 春井里 72	1956. 01. 07	
20		金洪吉	海南邑 城洞里 錦榮A 가-901	1959. 05. 05	
21	南剛	鄭起鳳	黃山面 燕子路 122 華元窯	1959. 11. 29	
22		朴哲煥	馬山面 鷺河里 776	1959. 01. 02	해남군수
23		朴南載	海南邑 西初路 62	1960. 06. 06	
24	海光	金碩元	海南邑 邑內길路 20-8	1957. 09. 25	
25		趙晙永	海南邑 中央1路 135	1962. 04. 22	

26	靜岩	尹壹鉉	海南邑 海里 敎育廳路 65	1956. 10. 02	
27		金永東	海南邑 舊校2路 20 瑞林A 1204	1952. 02. 11	
28		馬邦炫	海南邑 舊校2路 20 서림A 303	1955. 10. 26	
29		金相哲	海南邑 舊校2路 20 서림A 502	1973. 12. 06	12.11.15

해남다인회 창립의 의의와 회원의 활동

현대 차 문화의 전승 맥락 중에서 가장 두드러진 현상으로 차인회나 차인연합회의 결성을 들 수 있다. 우리나라 차인회는 초의의 유적지인 해남 대흥사를 중심으로 한 대둔학회, 사천 봉명산 다솔사의 효당을 중심으로 한 진주의 대륜문화연구회大倫文化研究會, 그리고 각지의 중요 사찰 등이 중심이었다. 여기에 차의 가장 중심 세력을 이루고 있는 것은 효당을 중심으로 한 진주다도회晋州茶道會로, 1977년 1월에는 드디어 효당을 회장으로 한국다도회韓國茶道會로 발족했다.[33]

그러나 해남다인회 회원들의 차인회 결성은 진주 차인회와는 그 성격이 달랐다. 해남은 『다신전』과 『동다송』을 남긴 초의의 본향이며, 응송이 있었다. 초의의 자료들은 우록에 의해, 한결 순수한 우리 것으로 새롭게 발표되었다.[34]

해남의 이러한 움직임은 설득력이 있어 전국의 호응을 얻었다. 전국의 차인들이 해남 대흥사로 모였고, 여기서 전국적인 모임으로 나아가는 발판이 마련되었다.[35] 30대 후반에서 40대 초반이었던 이들은 작가, 의사, 약사, 식물원장, 교사, 농업 등 직업이 다양한 만큼 세상을 보는 눈도 다양했다. 3년여 동안 꽃을 가꾸고 꽃씨를 보급하는 등 꽃을 사랑하자는 운동을 벌여온 회원들은[36] 어느새 차와 가까이 지내게 되었다.

특히 차에 있어서 한때 승적을 가지고 있던 효당 최범술과 쌍벽을 이뤘던 응송이 대둔사에 생존해 있던 것도 크게 영향을 끼쳤다. 회원들이 사랑방에 하나둘씩 모여앉아 다담상이 차려지는 것이 다반사였다. 그래서 화훼클럽은 꽃과 더불어 차를 부흥시키는 일이 두 번째 목적이었다. 한국차인회가 발족하기 전인 1978년 화훼클럽은 해남다인회로 새롭게 발족하면서 현대 차 문화 부흥 운동의 일선에 서게 되었다.

겨례의 차 생활 전통을 계승 발전

당시 해남다인회는 창립 목적에서 우리 겨레의 차 생활 전통을 계승 발전시킨다고 했고, 주요 사업과 규약을 정했다.

해남다인회 창립 당시의 규약 내용

해남다인회의 창립 당시 규약	①	전통 차 문화 연구의 교류
	②	동다원(당시 옥천면 봉황리 다원)의 보존과 제다 실기 연구
	③	연동다원 조성
	④	일지암 복원과 다원 조성 협조
	⑤	군민의 차 생활 계도[37]

다도 교육과 다원 조성뿐만 아니라 해남다인회는 전국 차인들의 중심지로서 역할을 해냈다. 다원은 1981년 해남읍 연동리에 0.23ha로 조성을 시작으로 매년 해남다인회에서는 차밭을 관리하고 제다를 하고 있다. 이는 남도를 차의 본고장으로 알리려는 데 그 목적이 있었다.

해남자우다회를 창립, 차를 통해 지역 여성의 차 교육 계도

1979년에는 해남자우다회를 창립했다. 우록이 자우다회를 창립하면서 가장 염두에 두었던 것은 지역의 여성 차 교육이었다. 해남다인회가 1966년에 창립되어 활동하긴 했지만 그 회원은 모두 남성으로 구성되어 있었기 때문에 지역의 여성 차 교육을 어떻게 할 것인가를 고민하다 만들게 된 차 단체였다. 일부 알려지기로는 불교신도들을 대상으로 했다는 말도 전해지고 있으나 기독교든 불교든 천주교든 종교와는 전혀 상관없이 활동하였고, 초창기에는 지역 지도자층 여성들이 대거 참여했다고 한다.

우록은 차 문화 메카로서의 독보적인 지역인 해남에 여성 차 교육이 절실하다는 것을 깨달았다. 자우다회는 지역 내 차 문화와 한국의 전통 차를 일반인들에게 널리 알리기에 힘쓰고 있을 뿐 아니라 차의 본고장에서 살고 있는 여성들의 모임으로 자리매김해 지역 매스컴에 자주 등장하기도 한다. 창립 당시 여성 차인회를 부각시키려 하였으나 우록이 한국부인회처럼 비쳐질 수 있으니 여성이라고 단정 짓지 말자고 권유하였다.

자우다회(회장 이순희)는 여성들을 중심으로 1979년 창립되어 현재까지 회원들이 차 문화 보급에 주력하는 전남의 대표적인 차회다. 1979년 우록, 행촌과 더불어 창립 의도를 가진 사람들에 의해 만들어진 해남자우다회는 20대 새댁부터 70대에 이르기까지 100여 명의 다양한 연령층 여성 회원들로 구성되어 있다. 이렇게 결성된 자우다회에서는 매달 일반 단체 및 주부들을 대상으로 차 생활에 필요한 기초적인 차 끓이는 방법, 마시는 방법 등 차 강좌를 정기적으로 열어 왔다. 또 지역 주민들을 위해 다도 강연회를 개최해 한복 바르게 입기, 절하는 방법 등과 기본 예절까지 교육하고 있다.

이순희 회장은 "한국제다 해남다원, 설아다원, 해록 등 주요 차 생산지가 몰려있는 지역적인 특성을 살려 일반인들도 쉽게 차를 즐길 수 있도록 차 문화의 생활화에 계속 앞장 설 것"이라며 "앞으로 회원들과 함께 사찰을 비롯해 차의 문화가 깃든 전국 곳곳에서 행다 시연을 펼치겠다"고 말했다. 자우다회는 1982년부터는 야생 차밭을 회원들이 직접 관리하며 차를 생산했다. 제다부터 교육시키기 위한 노력이었다. 차밭은 한 곳에 한정하지는 않았다. 해남을 중심으로 여기 저기 산재해 있는 차밭은 어디든 찾아다니면서 제다를 하고 관리했다.

자우다회를 이끌고 있는 이순희 회장은 한국차인연합회의 이사와 부회장을 역임하며 1989년에는 한국 말차 발표회를 주관, 말차 행다 시연을 실시해 오늘날의 말차 부흥을 일으킨 주역의 한 사람으로 한평생을 다도 교육에 헌신하고 있는 인물이기도 하다. 또 1979년에 명원다문화상을, 1992년에 초의문화상을 수상하기도 했다. 우록의 업적 중에서 여성 차 문화의 선두주자를 배출하기 위한, 그리고 지역민들의 차 문화의 역사를 선도한다는 명분과 전 군민 차 생활의 생활화에 중점을 두고 있다.

행촌, 우록과 함께 해남의 3대 트로이카

이순희 회장은 차의 1세대로 행촌, 우록과 함께 해남의 차인 3대 트로이카라고 할 수 있다. 승설이라는 호도 우록이 지어준 것이다. 호를 받을 당시 이순희는 추사가 승설학인이나 승설노인으로 불리게 된 일화를 떠올렸다.

추사가 중국에 방문해서 용단승설을 마시고 감탄하여 "정말 이것이 용단승설이로고!" 하면서 놀란 것에서 비롯되었다. 그렇기 때문에 승설이라는 호는 너무 위대하고 높아서 감히 어떻게 그 호를 사용하겠냐고 반문했는데 우록은 지금까지 많은 차인들을 보았지만 그대는 놀랄만한 여인이라고 하면서 음만 들어도 어떤 곡인지 추정하고 음식이면 음식, 그림이면 그림, 차면 차, 자태 또한 아름다워 승설이라는 호를 아무한테나 붙여주겠느냐고, 충분히 쓸 수 있는 품위를 가졌기에 지어주는 것이라면서 부추겼다.

사실 이순희는 여성학자로부터 매원이라는 호를 받아 사용하고 있었다고 한다. 매화동산이라는 뜻이다. 그 호는 매화향이 날라치면 항상 나타나고 또 기품 있는 자태에서 매화향이 난다고 하여 받은 호였으나, 우록이 지어준 승설이라는 호를 쓰고 있다. 우록과 행촌의 추억담은 무궁무진했다. 언젠가 한번 긴 시간을 가지고 구술을 받아야 한다는 의무감마저 든다.

호남 차 문화의 전승을 위한 면학정진

초창기 차인들은 차에 대해 공부하려고 해도 쉽지 않았다. 차에 관한 책은 번역된 책을 보기도 어려웠을 뿐만 아니라 그마저 구하기가 어려웠다고 한다. 오랫동안 차 생활을 해온 사람들이라서 아직은 활동력이 왕성하지만 해남다인회의 평균 연령은 60이 넘는다. 그래서 40여년의 차회 활동의 결실을 맺고 후배 차인들에게 도움을 주고자 차 관련 고전을 번역하고 출간할 예정으로 젊은 사람들의 참여를 바라고 있다.

현재 해남은 차인회 회원 40여명과 자우다회, 규방차인회, 일지차인회, 초의보은차인회(녹우당 김은수), 남천다회(회장 오근선), 한듬치회(회장 이경자) 등 회원만 150명이 넘고, 한국차문화협회를 위시하여 지역 지회 식구들까지 합치면 전체 인구 8만 중 차 인구가 1만 명이 넘는 차의 고장이다. 우록과 해남다인회는 해남을 이런 차의 성지로 만든 장본인들이다.

규방차인회는 이순희가 창립한 차인회로, 직장여성들로 구성되었다. 미혼여성들이 대부분이었으며 해남의 각 기관에서 근무하는 여성들이 참여했다. 군청과 경찰서, 농협 등의 여직원들로 광주예술회관에서 열린 전국 찻자리 경연 대회에서 금상을 수상하기도 하였다. 해남의 차인회는 이렇듯 활발하게 각계각층에서 활동하고 있으며 초창기 자우다회 회원은 새색시 때 들어와서 현재 환갑이 넘은 회원도 있다고 한다.

일지차인회는 규방차인회와 대비되는 차인회로, 군청 여성 면장을 비롯하여 영향력 있는 여성 차인으로 불교 신도들이 중심이었다. 한듬차회는 이순희의 자우다회에서 일정 기간 차를 배운 이경자 회원이 불교관음회 회원을 대상으로 만들었고, 초창기 자우다회 부회장을 맡았던 김은숙이 회장을 맡기도 하였다.

이 모두가 '차'를 위해 각고의 노력을 아끼지 않은 해남다인회가 있었기에 가능한 일이었다. 특히 1997년 10월에 대둔사 성보박물관 내에 초의관을 개관하고 초의 선사의 유물을 수집 중에 있다. 현재 6,000평인 다원을 2만 5,000평으로 늘려 젊은 회원들을 중심으로 차 생산과 판매도 도모할 예정이다. 차의 성지 일지암. 그리고 초의의 차 정신을 신봉하는 해남다인회는 전국 차의 중심지로 그 역할을 계속하고 있다.[38] 현재 한국제다, 설아다원, 해록 등을 중심으로 차 생산 역시 활발하게 하고 있다.

필자와의 인연은 2009년부터 매년 '차와 고전문학의 만남'이라는 강의를 개설해 첫해에는 필자의 『고려 차시와 그 문화』라는 책을 교재로 고려시대 차 문화 전반에 대해 1년 동안 공부하였다. 그리고 이듬해에는 차시를 주제로 한 논문을 분석하였다. 3년째에는 『조선시대 차 문화』를 1년 동안 공부했다. 이어서 한국의 차 문화 전승에 관한 전체적인 분석을 통해 한국 차 문화사를 총정리 하려는 의욕으로 공부하고 있다.

필자가 해남다인회 회원들과 수업을 했던 책들

2. 차 문화 고전 발간과 연구

우록은 차 생활을 하면서 그저 차를 마시는 음차 행위만을 향유한 것은 아니었다. 끝없이 차 문화에 대한 연구와 업적을 쌓았다. 한국의 다서를 망라해서 중국과 일본의 다서를 섭렵했다. 육우陸羽의 『다경』을 해석하여 제대로 된 『다경』을 보급해야 되겠다는 의지를 보이기도 하였다.

차의 교과서 『다신전』 재발간, 그 정리와 보급

초의는 일찍이 차와 선禪에 관한 귀중한 저서들을 후손들에게 남겼다. 『다신전』과 『동다송』, 『선문사변만어禪門四辨漫語』는 오늘날 차와 선을 연구하는 사람들에게 중요한 지침서가 되고 있다. 우록의 차에 대한 애정은 차의 성전聖典이라 일컬어지고 있는 『동다송』과 『다신전』을 재발간하여 보급·배포하게 했다. 우리 시대에 차의 명맥을 잇게 한 부흥의 장을 마련한 원동력이었다.

그 중에 『다신전』은 응송이 소장하고 있던 가로 14cm, 세로 19cm의 필사본이다(현재 태평양 디아모레뮤지엄에 소장). 발문에는 처음 등초하게 된 동기를 밝히고 있다. 총림에는 조주풍趙州風이 있으나 다들 다사를 알지 못했기에 고로 조심스럽게 등초하여 보인다 하였다. 차를 하려는 이들에게 차의 내력, 제조법으로부터 차를 마시는 법에 이르기까지를 기술한 것이다.

내용은 '찻잎의 채취[採茶], 차를 만드는 법[造茶], 차의 품질 식별[辨茶], 차를 보관하는 법[藏茶], 불가늠[火候], 끓는 물 식별하는 법[湯辨], 차를 내는데 쓰는 여린 차와 쇠어버린 차[湯用老嫩], 우리는 법[泡法], 다관에 찻잎을 넣는 법[投茶], 차 마시는 아취[飮茶], 차의 향香, 차의 빛깔[色], 차의 맛[味], 오염 되면 차의 참됨을 잃는 성질[點染失眞], 변질된 차는 금물[茶變不

可用], 좋은 샘물[品泉], 우물물은 차 끓이는 데 부적절[井水不宜茶], 물의 저장[貯水], 다구茶具, 찻종[茶盞], 차를 나눠 담는 합[分茶盒], 다기를 닦는 다건[拭盞布]' 등 총 22개의 장으로 되어 있다.

22장 차 생활의 지켜져야 할 사안, 다위茶衛

원본은 23장으로 되어 있으나 초의의 『다신전』은 22장이 빠져 있다. 22장은 분다합分茶盒-以錫爲之 從大壜中分用 用盡再取으로 해석은 '나눔 그릇'으로 되어 있다. 하지만 이것은 차를 나누는 그릇으로서의 용기가 아니라 차를 어떻게 나누어 보관하는가에 대한 내용이다. 어찌 보면 이것이 가장 중요한 부분이기도 하다. 현재 중국에서 시판되고 있는 차는 소포장이 아주 다양하게 선보인다. 진공포장에서 내부 2중 포장, 그램 당 포장 등 한 번이나 두 번 우리기가 가능하도록 되어 판매와 보관, 차 맛의 유지에도 아주 좋은 효과를 보이고 있다. 그러나 우리 차는 아직 이런 소포장이 활성화 되지 않아 아쉬움을 남긴다.

그러한 차원에서 22장 '분다합'이 존재할 것이다. 초의가 등초한 『다신전』에는 22장이 빠지고 23장 '다도茶道'가 '다위茶衛'라는 제목으로 22장으로 번역되어 있다. '다위는 정精, 조燥, 결潔이 으뜸'이라는 내용이다.

이는 다도는 일본에서 해석하고 있는 것처럼 '차를 내는 일이 도와 같다'라는 엄청나게 준엄한 뜻이 아니라, 차 하는 길, 차의 일, 차 생활을 하는 길, 또는 그 향유를 따라 가는 길 정도로 해석했다. 즉 다도를 말하고자 한 것이 아니라 다사를 말하는 것이다. 일본처럼 다도라는 말로 차 생활에 규격을 두기보다 차 생활을 하는 데 있어서 지켜야 할 사안이라는 의미에서 다위茶衛로 번역된 것으로 풀이한다. 『다신전』은 이런 초의의 차사를 보급하고자 하였으나 이대로 보급되고 있는지 그것이 관건이다.

장원의 『다록』과 허차서의 『다소』

> 차 따기에서는 시기가 중요하다. 곡우 전과 곡우 후 닷새가 지난 뒤의 차가 좋다. 『동다송』에는 곡우穀雨 전후의 시기는 토산 차에는 적합하지 않고 입하立夏 전후가 적당하다고 달리 설명한다. 본인(우록)의 생각에도 우리나라는 계절이 중국에 비해(운남보다는) 늦다고 생각되어 곡우 전에는 너무 이르다는 의견이다. 차 만들기에서는 솥의 넓이와 차의 양을 설명하고 불길을 뜨겁게 해서 급히 덖어 내는 것이 관건이라고 설명된 걸로 그 당시에도 덖음차를 선호했음을 알 수 있다.

초의가 등초한 장원張源의 『다록茶錄』은 명나라 시기인 1595년을 전후해서 만들어진 책이다. 당대에 정립된 덖음 녹차[炒菁綠茶]의 진수가 실려 있는 명저이다. 『다록』은 명대의 『다서전집』에 실려 있고, 청대의 『만보전서』에도 실려 있는데, 『만보전서』의 내용을 베껴 적은 것이 초의의 『다신전』이다. 이것을 초의가 우연히 보게 되어 백과사전 『만보전서』에서 채록한 것이다.

장원이 강소성江蘇省 진택현震澤縣 동정서산洞庭西山에 살았기 때문에 『다록』에 실린 차의 제다는 동정호 또는 대호 쪽의 방식을 따르고 있다. 중국의 다서 중 차 생활의 지침이 가장 잘 드러나 있어 참고로 우리가 주목해야 되는 책은 크게 장원의 『다록』과 허차서許次紓(1549~1604)의 『다소茶疏』를 들 수 있는데, 『다록』은 『다소』보다 북쪽의 벽라춘 제다방식이라고 할 수 있다. 『다록』과 『다소』의 배경이 되고 있는 동정호와 서호의 거리 차이는 300km 정도이다.

허차서의 『다소』는 장원의 『다록』보다 3년 후 저술되었는데, 허차서는 절강성 오흥吳興사람이다. 오흥은 절강성 호주湖州의 옛 명칭으로, 항주 서호 쪽을 가리킨다. 『다소』의 제다법은 절강 서호 쪽의 방식을 취하고 있어 장원의 『다록』과는 다분히 다른 제다법을 보이고 있다. 아니 제다법이 정반대이다. 허차서는 명산茗山 공公의 막내아들로 다리는 절지만 학문에 능하고, 기석 모으기와 샘물 맛보기를 좋아했다고 전해진다. 『다록』과 『다소』는 동정 벽라춘, 절강 용정차 제다법의 차이를 비교할 수 있는 다서이다.

혼자 마시는 것을 제일 귀하게 여긴 독철신

초의는 또 차를 저장하는 방법으로는 병에 가볍게 채워 넣고 대껍질로 속을 얽어 단단하게 여민 후 꽃잎 같은 죽순의 껍질과 종이를 가지고 병의 주둥이(입구)를 여러 겹으로 단단히 봉한다고 하였다. 요즘처럼 진공 팩에 보관하는 편리한 방법을 생각하면 시대적 변화를 확연히 느낄 수 있다. 또한 차 마시기에 있어서는 사람이 적은 것을 귀하게 여긴다. 사람이 많으면 시끄럽고, 시끄러우면 아담한 정취가 없다. 그래서 혼자 마시는 것을 신령스럽다 하고, 두 사람이 마시는 것을 뛰어난 아취라 한다. 서넛은 멋있다고 하고, 대여섯이면 덤덤하다고 한다. 일고여덟은 나눠 마시는 것이라 하였다. 그래서 신령스럽게 혼자서 마시는 것을 강조하였으니 요즈음 같이 바쁜 일상의 생활 속에서 옛 선비들의 차 마시는 풍속을 따라할 수 있다면 정신 건강에 많은 도움이 될 것이다.

차 생활에 있어서는 물의 질이 차의 맛을 좌우하여 차 생활이 윤택해질 수 있도록 품천品川을 중시했다. 품천에 있어서는 차는 물의 신이요, 물은 차의 몸이다. 참된 물이 아니면 그 신령스러움이 드러나지 않고, 정갈한 차가 아니면 그 형체를 볼 수 없다고 했다. 산꼭대기의 샘물은 맑고 가볍다. 산 밑의 샘물은 맑고 무거우며, 돌 속의 샘물은 맑고 달다. 모래 속의 샘물은 맑고 차갑고, 흙 속의 샘물은 질펀하면서 깨끗하다고 했다.

또한 물은 누런 돌에 흐르는 것이 좋고, 푸른 돌에서 솟아 오른 물은 쓸 수가 없다고 했다. 흘러서 움직이는 것이 고여 있는 것보다 낫고, 응달진 곳에 있는 물이 햇볕을 향하고 있는 것보다 뛰어나다고 했다. 참된 근원의 물은 맛이 없으며, 참된 물은 향기가 없는 것이라고 물에 대한 여러 가지 진리를 밝히고 있다. 그러나 요즈음 같이 오염이 된 물은 비록 그 물이 산에서 나는 좋은 물이라고 해도 믿기 어려운 현실이다. 그래서 차라리 수돗물을 받아서 하루가 지난 다음 차를 우려 마시는 것이 제일 좋다.

물의 저장은 옹기 독을 이용하여 비단으로 덮었는데 그것은 별과 이슬의 기운을 받게 하여 수려한 영기가 흩어지지 않고 신령스런 기운을 항상 지니게 하기 위함이다. 요즈음은 지구 오존층의 파괴로 인하여 비도 산성비가 주로 많이 내리고 이슬 또한 이 같은 오염으로 신령스런 기운을 지닐 수 없는 안타까운 현실이다.

차의 백과사전과 '체험적 다론茶論' 발간

조선왕조 5백년 문화사 중 전문적 다서로서는 단 하나의 존재가 『동다송』이다. 『다신전』과 함께 희귀한 차 연구서가 《문학사상》 자료조사연구실에 의해 발굴됐다. 다산, 추사 등과 깊은 교류를 가졌던 초의가 쓴 것으로, 『동다송』은 80 평생을 임간에서 살면서 그의 선문 뜨락에서 직접 차를 재배하고 달였던 체험을 바탕으로 기술한 다론이자 문학적 아취가 짙은 한편의 에세이다. 『다신전』은 그가 중국의 고전인 『만보전서』에서 차에 관한 부분을 발췌, 재배, 마시는 법 등에 이르기까지를 한 눈으로 볼 수 있게 편찬한 '차의 백과사전'으로서 모두 친필본이다. 내용은 《문학사상》 3월호에 발표됐다.[39]

『다신전』은 차의 백과사전이고, 1830년에 정사하여 1837년에 나온 『동다송』은 『다신전』을 기초로 『군방보羣芳譜』를 베낀 것이다. 체험적 다론이라는 것은 체험에 의한 차의 논거가 아니라는 것이다. '조선시대 체험적體驗的 다론茶論'은 『동다송』을 해석한 우록의 시각이다. 그러나 『다신전』과 『동다송』의 발간은 많은 차인들 이하 차계에 화제를 불러일으켰고, 차 문화의 확산과 보급으로 이어졌다. 조선 500년의 문화사 중 전문적 다서로서는 유일무이한 『다신전』, 『동다송』 등 차 연구서가 우록에 의해 세상에 빛을 발한 것이다.

『동다송』은 조선 23대 임금인 순조純祖(재위 1800~1834)의 부마(사위)인 해거 홍현주海居 洪顯周(1793~1865)의 부탁을 받고 우리나라 차의 우수성을 칭송한 글이다. 초의스님이 52살 되던 1837년 봄에 지어 올린 것으로, 처음 책의 이름은 '동다행東茶行'이었다. 여기다 수십 년 동안 차 철마다 직접 찻잎을 따고 덖어 만들어 마시는 등, 이때 벌써 초의는 조선의 내로라하는 사대부들로부터 '전다박사'로 불릴 만큼 차 달인의 경지에 있었다.

당시 스님들의 형편은 도성 출입까지 통제를 받을 만큼 그 대접이 밑바닥인 시대여서 집권층 인사들과 교류를 갖는다는 것이 무척 어려웠던 시대 상황임을 반영한다면 그의 교유가 얼마나 방대한 것인가를 알 수 있다. 『동다송』을 쓰고 3년이 되던 1840년 초의 55살이 되던 해에 초의는 임금인 헌종憲宗(재위 1834~1849)으로부터 파격적인 '대각등계보제존자 초의대선사大覺登階普濟尊者 艸衣大禪師'라는 호를 받을 정도로 시詩, 서書, 화畵, 차茶의 사절四絕로 칭송되었으며, 특히 차에 관한 한 타의 추종을 불허하고 있었던 것이다.

현재 드러나 있는 5~6권의 필사본 중 교과서나 다름없이 일반 대중들에게 가장 많이 퍼져 있는 『동다송』은 태평양 디아모레뮤지엄에 소장되어 있는 것으로, 가로 11cm에 세로 19cm 크기이며 모두 17장으로 되어 있다. 본문 494자에 주석 1,914자, 제목 발문 등 모두 2,459자를 행으로 나눈 문체로, 송으로 31귀절로 나누어 놓은 책이다. 띄어쓰기 없이 쓰면 200자 원고지 13장 분량이다. 그것도 초의가 직접 쓴 원본이 아니고 누가 언제 어떻게 베껴 썼는지 알 수 없는 필사본이다.

승속을 떠난 독특한 경지

이 『동다송』의 대의大意를 살펴보면 세 가지로 나눠볼 수 있는데, 첫째, 차란 사람에게 매우 좋은 약과 같은 것이니 좋은 차를 즐겨 마셔야 한다. 둘째, 우리나라 차는 외국의 차에 비해서, 특히 중국차에 비교해서 약효나 맛, 효험에 있어서 결코 뒤지지 않는다(차는 세계 30여 나라에서 생산된다.) 육안차六安茶의 맛이나 몽산차蒙山茶의 약효를 함께 겸비하고 있다. 셋째, 차에는 현묘玄妙하고 지극至極한 경지가 있어 다도茶道라고 한다. 차 마시기를 성실하게 하면 현묘함과 중정함에 이르게 되어 드디어는 다도의 경지에 도달하는 것이다. 또 다도란 신체건영을 함께 얻는 것이라 했다. 차는 물의 신이요, 물은 차의 몸이라, 차를 달이는 데 중정을 잃지 않으면 스스로 건과 영을 얻는다고 한다.

먼저 좋은 차에 반드시 좋은 물을 구하라. 다음으로 물을 끓일 때 알맞은 온도를 유지하고 차를 우려낼 때 그 시기를 조절하라. 그러면 건전한 성분의 차를 마시게 되어 드디어 영험을 얻는다. 또 초의의 다도관을 알고자 한다면 문門·행行·득得의 길을 거쳐야 한다. 대저 문門이 있어서 들고 행行해서 얻는得 법이다. 문에는 4문이 있으니 채採·조造·수水·화火가 그것이며, 행에는 4행四行이 있으니 묘妙·정精·근根·중中이 그것이다. 득에는 4득四得이 있으니 신神·체體·건健·영靈을 함께 얻는 것이라고 했다. 신神이 건健하면 기機가 이理하고 체體가 영靈하면 용用이 묘妙하고, 신체神體는 기용機用과 같아서 불이不二한 것이라 하였다.

또 건영한 차를 마시면 대도大道를 얻는 것과 같아서 예로부터 성현들이 즐겨 마셨다 하고, 차는 군자의 성품을 지니고 있어서 그를 가깝게 하면 드디어는 바라밀의 경지에 이른다 하였다. 또 차는 선과 일치한다 하여 '제법불이선다일여諸法不二禪茶一如'라 하였다. 그리하여 후세에 이르러 초의는 차의 중흥조, 또는 조선의 다성茶聖이라 하였고, 중국에 육우陸羽가 있다면 조선에 초의艸衣가 있고, 이에 견준 이가 일본에서는 센 리큐千利休라 하였다.

초의는 경전에 통달하였음은 물론 백가서에도 정통하였으며 더군다나 당대의 내로라하는 명사들과 두루 교류하고 있었으므로 그의 시문은 승속을 떠난 독특한 경지에 이르고 있었다.

『동다송』의 대의는 다선일여茶禪一如

> 초의는 그의 『동다송』에서 "평하여 말하기를 채다採茶는 그 묘妙를 다해야 하고, 조다造茶는 그 정성精誠을 다해야 하고, 물水은 그 진眞을 얻어야 하고, 포법泡法은 중정中正을 얻어야 하는 것이다. 체體와 신神이 서로 고르고 건健과 영靈이 서로 함께 하는 것을 일컬어 다도茶道에 이르렀다고 한다." 하였다.

> 차를 달여 내는 데 있어서는 그 간이 알맞아야 한다. 차의 몸이 되는 물과 그 차의 정신, 기운 되는 것이 서로 어울러져서 차라고 말해 왔다. 그러나 포득기중泡得其中은 차수를 침출하는 방법에 있어서는 차와 탕수를 각각 계량을 적정한 비율로 해서 정도에 실失함이 없어야 한다는 뜻이다. 그 다음 체여신體與神은 물의 신인 차와 차의 몸인 물이 서로 어울려 가지고 물도 아니고 차도 아닌 제 삼물인 다액이 침출되어야 한다는 뜻이다. 그보

다 더 중요한 『동다송』의 대의는 차선일여이다.

4문의 채란 채다採茶를 말하고, 조란 조다造茶를 말하며, 수란 수품水品을 말하고, 화란 화후火候를 말한다. 4행의 묘는 채다의 현묘玄妙함을 말하고, 정은 조다의 정성精誠스러움을 말한다. 근은 수품의 근본根本을 말하며, 중은 화후의 중화中和를 말한다.

4득은 진다眞茶와 진수眞水를 얻어야만 얻을 수 있는데, 차는 물水의 신神(정신)이요 물은 차의 체體(몸)이니, 진수眞水가 아니면 그 신神이 나타나지 않으며 진다眞茶가 아니면 그 체體를 볼 수가 없다고 하였다.

체와 신이 비록 온전하다 하더라도 오히려 중정(中正)을 잃으면 안 된다. 중정을 잃지 않으면 건健과 영靈을 함께 얻는다. 신神(정신)과 체體(몸)는 기機(기틀)와 용用(작용)과 같고, 건健(건전)과 영靈(신령)은 이理(이치)와 묘妙(현묘)와 같다. 그러므로 신神(정신)이 건健(건전)하면 기機(기틀)가 이理(이치)하고, 신神이 영靈(신령)하면 기機가 묘妙(현묘)하고, 체體(몸)가 건健하면 용用(작용)이 이理하고, 체體가 영靈하면 용用이 묘妙하다. 신神과 체體는 기機와 용用과 같아서 불이不二해야만 건健과 영靈을 얻는다. 건健과 영靈이 불이不二하면 묘리妙理하고, 묘리하면 묘경妙境하고, 묘경하면 묘각妙覺한다.

빙산의 일각이라 할 수 있겠지만 이제 차 문화 연구 분야도 축적된 연구 성과를 도출해내고 있다. 차라고 하는 오래된 기층문화의 향유 주체들을 분류하고 차를 향유하는 계층 이전에 차를 생산하고 가공·유통하는 문화층과 차 문화의 향유층을 구분하여 연구한다면 좀 더 전통적 차 문화의 연구에 접근하지 않을까 한다. 오래된 전통 중에 통시적으로 바라보는 내면의 그것을 찾는 작업, 그것이 사회의 혼란과 갈등을 극복하고 삶의 방식과 경향 등을 찾는 차 생활, 즉 차 문화 향유라고 생각한다.

『다신전』과 『동다송』을 번역하여 전국에 보급

우록은 대흥사 주지였던 응송에게 『다신전』,『동다송』 책을 3~4일 빌리기로 하고, 우록이 사진기로 찍어서 책을 약속한 날짜에 돌려주고 번역을 하기 시작했다. 본문은 물론 역주까지 우리말로 풀이해서 번역하여 누구나 볼 수 있는 차 고전으로 엮어냈다는 점이 무엇보다 의의가 있다.

창강은 우리나라 차 문화 연구에 혁신을 불러일으킨 『다신전』과 『동다송』을 번역한 업적을 남겼다. 초의 이후의 우리나라 차 문화는 침체일로를 걷고 있었다. 특히 일제 36년을 거치면서 우리의 차 문화는 정체성을 상실하다시피 했다. 그러나 한학자인 김두만과 차인인 우록에 의해 초의의 『다신전』과 『동다송』의 번역본이 나오면서 우리의 차 문화는 새로이 활성화되는 계기를 마련하고, 그리고 다시 정립의 기초를 마련하였다.

해남 단군전이 있는 서성리 서림 옆 작은 집에서 외로운 삶을 살았던 창강은 가난 속에서도 오직 한학에 열중했다. 우록과의 인연으로 『다신전』과 『동다송』을 번역하고, 『팔각정』, 『태평정기』를 남겨 전하고 있다. 밥을 굶어도 한학을 게을리 하지 않았다. 깐깐하고 외골수였던 성격만큼 그는 학문에 있어서도 고집이 대단했다. 오로지 한학에 대한 외길을 걸어왔다. 돌아가기 전 차 문화에 관심이 깊었던 창강은 760년경 중국 당나라 사람인 육우가 지은 『다경』을 번역한 초고 원고만 남긴다. 그가 남긴 『다신전』과 『동다송』 번역은 차 문화 역사에 있어 지대한 공헌을 남겼다.[40]

동국의 차를 찬양하는 노래

우록의 발간 이후 『동다송』을 직역한 글은 홍수처럼 쏟아졌다. 이는 동국의 차(우리 차)를 찬양하는 노래이며, 서사이다. 『동다송』은 '해거海居의 명작命作'이라 했는데, 분명 스스로 작자의 권리인 작作으로 간략화할 수 있었음에도, 명命이라며 명命을 서두에 둔 것은 아주 미세한 표현의 갈등

내지는 무언가 초의의 속마음이 다소 오류 속에 있었을 것 같다는 느낌이 든다. 『동다송』의 전반적 주류 사상에는 초의의 사상이 담겨 있지만, 글을 부탁한 사람의 격에 맞추려고 했을 수도 있었다는 점도 다소간 해석의 초점으로 한 부분 정도는 차지해야 한다는 점을 강조하고 싶다.

홍현주洪顯周(1793~1865)는 정조대왕의 왕녀인 숙선옹주淑善翁主와 혼인해서 영명위永明尉에 오른 인물이다. 권력에 무임승차한 왕의 최측근임은 당연했다. 참고로 홍현주 일가는 역사상 보기 드문 차 가족이었다. 어머니를 비롯한 형 홍석주奭周와 홍길주吉周, 누이 홍원주原周, 부인 숙선옹주淑善翁主가 지은 차시茶詩가 현재까지 밝혀진 것만 250수를 넘는다.

> 푸른 이끼에 앉아 솔잎 모아 차를 달인다.
> 차 한 잔 마신 뒤 시를 읊으니 꽃 사이로
> 흰 나비가 날아다닌다.[41]

효심 또한 남달랐으니 그 효심은 차를 좋아하는 어머니를 위해 초의에게 차 이야기를 기록해 달라는 부탁을 하게 된다. 그것이 표면적으로 『동다송』이 지어지게 된 요인이었다.

> '초의가 서울에 가서 해거도인海居道人 홍현주洪顯周에게 스승님(완호)의 비문을 부탁하였다. 그런데 해거도인께서 겨울 내내 선비들과 함께 시회詩會를 즐기다가 보니 비문을 짓지 못하였다. 그래서 훗날 영의정 권돈인權敦仁에게 부탁해서 짓고 추사 김정희의 아우 금미琴眉 김상희金相喜가 써서 비를 대흥사비전에 세웠다.

당시 청량사淸凉寺에 드나들던 초의를 만난 것은 그에게는 어쩌면, 익히 초의에 대한 소문이 자자해 있던 터였기에 훌륭한 돌파구였다. 문장에서 둘째가라면 서러워할 홍현주가 시詩·서書·화畵에 능했던 초의를 만나면서 그는 새로운 관념과 선禪의 세계를 알게 되었다. 초라한 행색의 초의, 하지만 안광은 빛났고, 학문은 출중했다. 그를 따르는 유학자가 많았다는데 그는 놀라웠고, 그의 문장에 압도당한 수많은 유학자의 자하, 추사, 석오 이동녕石吾 李東寧(1869~1940) 등 면면이 또한 초의를 사귐에 다툼할 정도였다. 당시 조선이 불교를 권장한 나라가 아니라는 사실을 염두에 둔다면 그 교유의 폭은 실로 방대하였다. 그런 홍현주와 초의의 교유로 인한 노력이 『동다송』을 현재로 전해지게 했는지도 모를 일이다.[42]

『초의선집』 발간

1977년 『초의선집』 발간은 초의의 다도 정신을 계승하고 선양하기 위한 첫 번째 과업이었다. 초의가 남긴 역작들을 모아 『초의집』 상·하에 실려 있는, 당대의 거유 석학들과 교유하면서 주고받은 편지글들을 엮었다. 그리고 『다신전』, 『동다송』을 영인하였다. 『초의선집』은 한국문화예술진흥원의 지원을 받아 발행하였는데, 초판이 매진되어 경서원에서 재판 발행을 하였다. 이 『초의선집』의 역譯이 1997년으로 되어 있다. 그 사이 『초의전집』의 작업이 이미 시작되었고, 전5권을 세상에 내놓았다.

또 1992년 초의선사의 차와 시, 선사상 등을 집대성한 『초의전집』 발간을 시작해 매년 한 권씩 1997년 전5권을 완간하였다. 『초의전집』은 우리나라의 『다경』이라 할 수 있는 『다신전』, 『동다송』을 비롯하여 그가 남긴 글을 모은 것이다. 제1집 '차론茶論', 제2집 '선론禪論', 3집과 4집은 '시론詩論(상·하)', 제5집 '여록餘錄(예술론)'으로 구성되어 있다.

한학자 창강의 번역과 석용운 등이 분류를 도왔다. 『다신전』과 『동다송』은 맥이 끊겼던 한국 차 문화의 맥과 전통성을 찾게 해 차 문화사에 있

우록에 의해 발간된 『초의선집』

어 획기적인 일로 평가를 받고 있다. 『초의선집』 발간으로 해남다인회는 전국에 입지를 알리며 주목받게 되었다. 우록은 차계에서 주목받는 일인으로 급부상했다. 일제강점기를 거쳐 오면서 사그라져버린 한국의 차 문화가 우록에 의해 발간된 『초의선집』으로 새로운 전기를 맞게 된 것이다.

경經과 선禪을 가지런히 터득한 초의

『초의선집』의 말미에 실린 우록의 발문을 옮긴다.

내가 초의를 처음 안 것은 응송 박영희로부터였다. 차를 알려면 초의를 알아야 한다면서 『다신전』과 『동다송』을 가르쳐 주었다. 그 후 나는 『다신전』과 『동다송』을 《문학사상》지에 수필의 영역으로 역주·게재하였고, 이어 초의시고를 정리하여 『초의선집』으로 간행하였다. 초의가 독처지관한 40년 역사를 간직한 해남의 사찰海寺 대흥사의 일지암을 복원하였다. 우리나라에서 불교가 전래된 이래 우리는 많은 고승이 배출되었음을 알고 있다. 평범한 인간으로서는 헤아릴 수 없는 높고 넓은 경지를 득도하신 많은 스님이 있었다. 또 앞으로도 그런 스님이 많이 나올 것이다. 그런데 우리들이 흔히 말하는 높고 넓은 고승이란 어떤 사람을 지칭하는 것인가! 경經과 선禪과 계戒에 능통하여 감히 우러러 보지 못할 근엄한 분일까! 아니 도대체 훌륭한 인간이란 어디에 기준을 두는 것일까! 나는 도시都是 그런 질문에 대하여 수신교과서적인 대답을 할 소양을 지니지 못한다. 다만 초의라고 하는 아주 평범하고, 매우 서민적이고, 너무 소탈하고, 허로虛勞라고는 눈곱만큼도 없는 그러면서도 당당한 그런 인간이 좋을 뿐이다.

초의는 인간성의 극치를 시 정신과 차 정신으로 비견比肩하였다. 그걸 시작불사詩作佛事 또는 차례불사茶禮佛事라고도 했다. 그리고 그걸 압축하여 '남에게 용서를 빌고 또 남을 용서하는 것'이라 하였다. 『초의선집』을 간행한 것이나 일지암을 복원한 것은 결코 내가 아니다. 나는 심부름을 한 것뿐이다. 이 책을 재판하는 것도 경서원의 이규택 사장의 뜻이다.

작품을 쓰고 싶은 욕망을 짓누르면서 꼬박 3년을 이 『초의선집』과 씨름했다. 이 작업이 나의 과욕인가, 아니면 마땅한가에 대해서는 처음부터 걱정거리였지만 그런대로 이제 상재를 마무리 하면서 속된 말로 시원섭섭하기 그지없다. 창작을 마무리 지었을 때의 그런 희열과는 또 다른 미지근한 여운이 남는 것은 당초의 과욕의 탓과 초의에게서 풍기는 훈향 때문이었다. 초의를 말하고 『초의선집』을 들추자면 필연적으로 불교를 멀리할 수 없는데, 이 『초의선집』을 엮은 나는 거사계居士戒도 받지 않은 비신자이며, 아직은 어느 종교에도 심취해본 적이 없는 비종교인이다. 어느 한 종교에 기대고 싶은 때가 없었던 것은 아니지만 그럴 때마다 그 교직자와 교리에서 풍기는 역겨움 같은 것이 늘 나의 감성을 돌려놓았었다. 그것은 나의 비뚤어진 성격인지, 아니면 초보자의 한 단계인지는 모르겠으나, 좌우간 매년 맞는 초파일과 크리스마스의 감회를 아직은 지속시키지 못하고 있는 터이다.

초의는 뛰어난 승려로서 그 지위가 대종사에 올라, 나라에서 보제존자로 추앙받는 분이었지만 초의에게서는 앞서 말한 그 역겨움 같은 것이 조금도 풍기지 않는다. 신자하나 홍현주가 말하듯, 중의 티가 전혀 나지 않는다. 그의 사념은 우리 속인과 다를 바가 없다. 수도자로서 고고하지도 않았고 재주꾼으로 나불대지도 않았다. 그러면서도 그는 경經과 선禪을 가지런히 터득했다. 초의를 말하면서 원효나 의상이나 연담이나 혹은 백파와 견주어서는 안 된다. 저들이 고승임에는 틀림없으나 초의와는 근본적으로 성품이 다르다. 저들은 저들대로의 고고한 한 경지를 이뤘고 초의는 멋과 맛과 시름을 체득한 빼빼마른 한 고승이었으니까.

세인이 초의에게 친근감을 느끼게 되고, 신자가 아니면서도 그와 상대하고 있노라면 어렴풋이, 그쪽에 쏠리는 것은 그이가 저만치 멀리서 우리를 내려다보지 않는, 매우 우정적인 인간관계를 맺고 있기 때문이다. 세간에는 겸허한 듯 하면서도 결국 고고하고 깨끗한 체 하면서도 끝내 욕심을 채우는 위선이 팽배하다. 이 『초의선집』이 자연과 우정을 노래한 한 산승의 문집에 그치지 않고, 위선과 추세趨勢와 유행에 대한 한 경구警句가 되었으면 하는 마음 간절하다.

각 분야에 업적을 남긴 독보적 인물

사람에 있어서 예禮라는 것은 없어서는 아니 된다. 크게는 나라의 경론經綸과 작게는 규합閨閤의 세무細務에도 예禮가 있으면 다스려지고, 예禮가 없으면 어지럽게 되나니 비록 작은 일이라도 그러하다.

『초의선집』을 내고 난 뒤 우록은 초의가 차를 보급하던 일지암을 복원해야겠다는 의욕이 일었다. 그래서 해남다인회를 중심으로 일지암 복원

운동이 전국으로 번져 한국차인회를 탄생시키는 계기가 됐다. 해남다인회의 활발한 활동은 전국적인 호응을 얻었다. 여기서 전국적인 모임이 응집하고 태동했다.

우록은 해남에서 각 분야에 업적을 남긴 입지전적 인물로 지역문화에 지대한 관심을 쏟아왔다. 특히 『초의선집』과 한국 차 전문지 《다원》을 발간하여 지역을 벗어난 전국 차 문화 보급에 힘썼으며 지역사회의 문화 발전에 공헌해왔다. 이러한 활동은 1980년을 전후한 일지암 복원으로 이어졌다.

3. 조선 후기 차 문화 중흥기의 계승과 일지암 복원

시대적 상황과 더불어 차 문화를 부흥시키려는 움직임이 일부 문화인들을 중심으로 대두되었다. 해남과 진주에서 차인회와 차회가 개최되고 급기야는 1966년 해남다인회의 모태인 화훼클럽이 결성되면서 진주다인회와 영호남의 양대 산맥을 이루었다. 한국차인연합회라는 큰 조직으로 발전하게 되는 계기를 마련하였다. 차 문화를 활성하려는 움직임을 보이기 시작하면서 지방의 차인들은 운집하였고, 그럴 때마다 하나의 과제를 들고 논의했다.

그 대단위 과제가 일지암 복원이었다. 일지암을 복원코자 노력한 인물로 응송 박영희, 금당 최규용, 우록 김봉호가 대표적이다.[43] 일지암 복원은 우록 김봉호가 표현한 것처럼 '일지암의 유천乳泉이 콸콸 솟듯이' 해남에서 싹튼 '차 문화 르네상스시대'를 여는 포문이라 할 수 있다.

1976년 8월 하순, 진주의 대아중고등학교 교장 박종한,[44] 코리아게이트로 미국 조야를 떠들썩하게 했던 박동선(1935~, 당시 미룡그룹 회장), 손상봉, 박태영(~2002), 조창도, 서일성, 석도범 등이 해남을 방문했다. 해남 우록의 집으로 집결한 것이다. 초의선사를 중심으로 이런 저런 차 이야기를 나누다가 차 문화를 어떻게 발전시켜야 하는가 하는 문제에까지 이르러 "일지암을 복원해야 초의선사의 뜻을 이을 수 있고, 한국의 정신문화를 발전시킬 수 있다"는 우록의 제안에 동의했다. 다례와 차 문화 보급을 위해 해야 할 일을 논의하였다.

당시 우록은 차에 관한 한 우리나라에서 독보적인 존재였다. 《문학사상》을 통해 초의선사의 『동다송』과 『다신전』을 번역해 〈차의 참다운 맛을 알리오〉라는 글을 실어 초의선사의 다도를 설파했다. 또 중편소설 「세한도」를 발표해 추사 김정희와 그의 제자 이상적, 그리고 초의선사 사이에 전개되는 감동적인 이야기를 담아내 또 한 번 세인들의 관심을 끌었다. 그리고 한국차인회가 결성되기 2년 전에는 대둔학회를 결성해 초의선사의 차와 문학을 집대성한 『초의선집』을 발간하기도 했다. '초의문화제'를 제정하고 다선일미의 전통 다례를 복원했다. 차에 관해서라면 내로라했던 이들은 곧 의기투합했다. 이날 회합이 계기가 되어 전국의 차인들이 응집할 수 있었던 한국차인연합회가 결성되었고 이들의 첫 사업으로 일지암 복원을 서두르게 되었다.

이날 논의된 내용의 첫째는 차 문화 운동을 활성화하기 위해서 전국의 차인들이 한데 모여 모임체를 구성해야 한다는 것이었고, 둘째는 우리나라 차의 중흥조인 초의의 일지암을 복원해야 한다는 것이었다. 이렇게 뜻을 모은 이들은 가까운 날 다시 모이기로 하고 일단 헤어졌다.

그 다음 두 번째 모인 것이 1976년 9월, 서울 오류동 박동선의 자택이었다. 이때 참석자는 대략 박동선, 효당, 청사 안광석晴斯 安光碩(1917~2004) 박태영, 명원 김미희茗園 金美熙(1920~1981), 정승연, 박종한, 손상봉, 임경빈, 이영노, 황태섭, 조창도, 김종희, 차재석, 장명식, 그리고 우록 김봉호였다. 이 날 한국차인회와 일지암복원추진위원회를 논의했다. 그 후 1976년 10월 5일 일지암복원추진위원회가 정식으로 발족되었다. 위원장에 우록 김봉호, 부위원장에 박종한과 김미희가 선출되었고, 전국의 차인들과 차계에 일지암 복원 취지문을 발송하였다.

응송을 등에 업고 대둔산을 올라 일지암 터 발견

우록 등이 찾은 일지암 터가 맞는지를 확인하기 위해 1977년 2월 하순 차인들이 응송을 업고 올라가 함께 터를 확인하기도 했다. 당시 90세의 연세에도 불구하고 산에 오른 응송도 대단하지만, 맨몸으로 올라가기도 힘

응송스님이 등에 업혀 일지암 터를 찾아나설 당시 함께한 우록(가장 우측)

일지암 터를 찾아 표시하고 있다.

든 산길을 헤매고 올라갔던 차인들의 노고 또한 우리 근대 차 역사에서 잊어서는 안 될 명장면이다.

우록은 명사들의 글에서 일지암의 자태를 파악했다. 그리고 완전 복원을 하기 위해 노력했다. 당시의 모습으로 드러내는 일은 쉬운 일이 아니었다. 여러 문헌에서 일지암의 기록을 드문드문 발견할 수 있었다.

소치小癡는 「몽연록夢緣錄」에 일지암을 이렇게 기록하였다.

> 일지암은 산 속에서 흔히 볼 수 있는 암자와 달리 그 구조가 특별했습니다. 주춧돌은 모양이 일정치 않은 잡석이며, 기둥은 소나무의 외피만 벗긴 채 다듬지 않았습니다. 서까래는 차양이 없고 울퉁불퉁한 평고대가 받치고 있습니다. 추녀는 반듯하게 뻗어 있었는데 자아올리지 않았고 지붕은 볏짚이었습니다. 언뜻 보아 짓다만 암자 같았습니다. 그러나 주변 경관은 천하일색이었습니다. 소나무가 울창하고 대나무가 무성한 곳에 두어 칸 초가를 얽어 그 속에서 살았습니다. 솔가지는 처마를 스치고 초가 흙집 주위에는 노란 산국화가 피어 있었습니다. 작은 꽃들은 뜰에 가득하여 함께 어울리면서 뜰 복판에 판 연못 속에 비춰 아롱거렸습니다. 추녀 밑에는 크고 작은 차 절구를 마련해 두고 있었습니다.

일지암의 주인이었던 초의는 이렇게 묘사하고 있다.

> 연못을 파니 허공의 달이 환하게 담기고
> 낚싯대 던지니 구름 샘까지 통하는도다
> 눈을 가리는 꽃가지를 꺾어 버리니
> 석양 하늘가에 아름다운 산이 많기도 하구나

나는 그 초암에서 바로 그림을 그리고 글씨를 배우며
시를 읊고 경을 읽으니 참으로 적당한 거처를 얻은 셈이었다.

또 금령 박영보錦舲 朴永輔(1808~1972)는 이렇게 남겼다.

불도의 인연으로 글의 인연 맺은지라
산 속 높은 곳에 지은 집을 찾아
나르는 학보다 내 주장자가 먼저
아래쪽 개울로부터 향내 찾아 올라왔네
초의는 손수 삼화수 심었고
깨끗한 몸으로 구품련에 앉았구려
시 한 수 지으려고 두루 살필 때
눈 속에 산다화 붉게 피었네

일지암의 기록은 이뿐 아니라 다른 문헌에서도 더 찾아볼 수 있다. 그러나 현재의 일지암이 원형 복원이냐는 문제는 더 시시비비를 가려볼 일이다. 70년대 후반에서 80년대 초반까지 현대 차 문화 부흥 운동이 급진적으로 추진될 당시의 여론을 몰아 일지암 복원까지는 성공했다 할 수 있으나 기록에 남은 일지암과 현재의 모습이 어느 정도 일치하고 있는지, 또는 그렇지 못한 부분은 무엇인지 분석하여 해결하는 방안이 현재로서는 가장 중요하다. 이를 위해서는 대략 다음과 같은 부분들에 대한 검증이 이루어져야 할 것으로 생각된다.

① 일지암의 구조가 여타 암자와 달라 매우 특별한 구조라는 점
② 주춧돌은 모양이 일정치 않은 잡석이라는 점

③ 기둥은 소나무의 외피만 벗긴 채 다듬지 않았다는 점
④ 서까래는 차양이 없고 울퉁불퉁한 평고대가 받치고 있다는 점
⑤ 추녀는 반듯하게 뻗어 있었는데 자아올리지 않았고 지붕은 볏짚이 라는 점
⑥ 주변 경관은 천하일색이었다는 점
⑦ 소나무가 울창하고 대나무가 무성한 곳에 두어 칸 초가를 얽어다는 점
⑧ 솔가지는 처마를 스치고 초가 흙집 주위에는 노란 산국화가 피어 있었다는 점
⑨ 작은 꽃들은 뜰에 가득하고, 뜰 복판에 판 연못 속에 비춰 아롱거렸다는 점
⑩ 추녀 밑에는 크고 작은 차 절구를 마련해 두고 있었다는 점

한국차인회 출범과 함께 일지암 복원

한국차인연합회 창립총회와 일지암 복원은 (사)한국차인연합회의 전신 '한국차인회'의 탄생과 함께 차 생활 부흥의 선두가 되었다. 1979년 1월 20일 서울 무역회관 12층 그릴에서 결의되었다. 1976년 말 박동선(현 한국차인연합회 고문, 당시 미륭그룹 회장)과 박태영(전 한국차인연합회 고문) 화백 등이 몇몇 전국의 사찰과 유명 차 유적지, 그리고 원로 차인을 만나본 후 얻은 결론은 민족정신을 고양시키고 예의범절을 살려 한국인다운 인성을 회복하기 위해서는 차 생활 부흥이 되어야 한다는 것이었다. 이에 뜻을 같이한 박종한, 김봉호, 김제현, 최범술과 김미희 등 내로라하는 차인들이 응집했다.

평소 차 생활을 해온 승려, 학자, 예술가 등 50여 명이 첫 모임을 갖고 (사)한국차인회를 발족시켰다. 해남에서는 김봉호 고문과 김제현 고문, 전춘기, 이순희 부부가 참석하였다. 승려, 학자, 예술가 등 차인 50여 명과 그

일지암, 현판은 강암 송성용(剛菴 宋成鏞, 1913~1999)의 글씨

외 참가객 26명이 모인 이 모임이 (사)한국차인연합회의 시작이었다. 한국차인회는 첫 사업으로 다성 초의선사의 거처였던 해남 대둔사의 일지암을 복원하기로 결정했다. 이어 곧바로 해남다인회와 연계해 일지암복원추진위원회를 구성하고 추진위원장에 우록 김봉호가 선정됐다.

'우리나라 국민도 이제 먹고 살만하게 됐으니 신라 때부터 조선왕조 중엽까지 계승되다가 끊어져 버린 차의 전통문화를 복구하고, 더 발전시키자는 것이고, 우리나라를 휩쓸고 있는 커피 등 외국차를 한국 재래차로 밀어내어 막대한 외화 손실도 막고 차 생활 예절로 도덕성을 회복하자'라고 당시 언론들은 한국차인회와 일지암복원추진위가 발족되었음을 보도했다.

조선 말엽의 해남 대둔사 숲 속의 일지암을 복원키로 작정했으며 자취도 없어진 일지암 얘기가 실마리가 되어 급기야는 차 인구가 적고 질이

나빠 차 산업이 도산 상태에 처한 한국 차 생산 실태로까지 화제가 번졌다. 이날 회의에서는 명칭부터 논의됐는데 '다도'라 하면 일본냄새가 나고 '차회'도 그렇고 해서 '차인회'로 낙착이 됐다. 비교적 논란이 없이 일은 순차적으로 진행되었다.

일지암 복원 기금 마련

명원 김미희 여사

행촌 김제현 박사

자금도 넉넉하지 않아 기금이 떨어지면 서울로 올라가 위원들과 논의를 거쳐 재원을 확보하기도 했다. 일지암 복원 기금을 위해 여러 인사들이 기부를 하고 전시회를 갖기도 했다. 일지암복원추진위원장인 우록은 복원 기금을 기부받았다. 김미희 여사가 620만원, 박동선 고문이 500만원, 박종한, 박태영 고문이 각각 130만원을 내놓았다. 그 외 여러 차인들이 동참하였다. 또 남농 허건 화백을 비롯한 20여명의 서화가들이 작품을 내놓아 1979년 6월 20일부터 4일간 서울에서 작품전을 가져 모금, 4개월 만에 2,050만원의 기금을 마련했다.

일지암복원추진위원장이었던 우록의 말에 따르면 일지암 터를 찾을 때부터 완공에 이르기까지 1년 남짓 동안 얼마나 대둔산을 오르내렸는지 등산화 두 켤레가 떨어졌다고 한다. 이처럼 일지암 터를 찾을 때부터 완공까지는 1년 남짓 걸렸다. 초의선사의 제자가 쓴 「몽화편」에 일지암의 위치가 비교적 상세하게 그려져 이를 참고로 터 찾기를 시작했다.

기록에 의하면 대둔사 내의 암자 수가 40여 개에 달해 고증을 통해 더듬어 터를 찾는 일이 쉽지 않았고, 더러 찾아도 확인할 길이 없었다. 한 번은 고증에 의해 청신암 위쪽에서 암자 터를 발견하고 자축 파티까지 열었으나 응송의 확인 결과 아니라는 대답을 듣고는 또다시 90이 넘은 응송을 업고 다니며 일지암 터를 확인해야만 했다. 초의의 제자가 쓴 「몽화편」에 일지암의 위치가 비교적 상세히 그려져 큰 도움이 되었다.

가파른 산을 오르내리며 막바지 공사

문제는 또 하나, 막상 일지암 터를 찾긴 했으나 산 중턱에 있는 지점까지 올라가서 일할 인부를 구하지 못해 애를 먹었다. 당시의 하루 품삯을 다른 일감에 비해 후하게 쳐주었음에도 불구하고 워낙 산을 올라 다녀야 하는 중노동이다 보니 인부들이 일하러 나서기를 꺼려했다. 기와 일곱 장 짊어지고 하루에 다섯 번 이상 오르려 하지 않았을 정도로 힘에 부친 일이었다.

그때 당시를 회상하는 우록은 일지암을 복원하는 초기 단계에서부터 완공에 이르기까지 쉬운 일이라곤 하나도 없었다고 말했다. 독사에 물리고, 벌에 쏘이고, 심지어 어느 날에는 벌통을 건드려 얼굴의 형체를 알아볼 수 없을 정도로 물린 한 인부를 병원까지 들것으로 옮긴 일도 있었고, 독사에 물리는 것은 허다했다. 어떤 인부는 떨어져 병원 신세를 지기도 했다.

일지암은 대둔사 본당에서 남쪽으로 40도 가량의 가파른 산길을 1㎞쯤 걸어 올라가야 한다. 그래서 인부를 구하기가 쉽지 않았고, 또 가파른 산길에다 풀숲이어서 어느 것 하나 힘들지 않은 것이 없었다. 목재는 여천군에서 구해왔다. 우록은 "그때 마신 술만도 수백 석에 이를 거!"라고 회고했다. 설계는 에밀레미술관장이었던 조자용 박사가 맡아 6.5평짜리 모실 1동, 15.3평짜리 정자 달린 와가 1동, 3평짜리 부속건물과 연못 등을 되살렸다.

일지암이 복원되기까지 한국차인연합회는 첫 사업으로 다성 초의선사의 거처였던 해남 대둔사의 일지암을 복원하기로 결정했다는 점, 곧바로 해남다인회와 연계해 일지암복원추진위원회를 구성하고 추진위원장에 김봉호 씨를 선정했다는 점, 차인들의 후원 등 3,000여 만원을 모아 그해 6월 공사에 들어가 다음해 4월 낙성식을 가졌다는 점 등이 급진적으로 추진되고 일이 진행됨에 있어 다소 있을 논란도 악재도 없이 문헌에 남아 있는 기록과 추진력 있는 차인들의 기획과 여타 여력 있는 경제인들의 후원이 합해져 근 100년 만에 현재의 모습으로 복원하여 일지암을 드러내게 되었다.

초의가 집을 짓고 수행한 성지로서 거유석학들과 나누던 일지암의 차향이 되살아난 듯 산속에서 흘러내리는 맑은 유천수가 대나무 홈통을 따라 물확으로 고였다가 다시 흘러내리게 되었다. 다실인 초정은 가운데에 방 한 칸을 두고 사면에 툇마루를 두른 띠집이다. 본당격인 와가는 연못에 평석을 쌓아 올린 4개의 돌기둥이 누마루를 바치게 하여 독특한 운치를 자아내게 한다. 연못에서는 한가로이 잉어가 노닐고 누마루에서의 다회와 선유는 구름 낀 산 경치를 멀리 내려다보며 자연과 우주의 섭리를 음미할 수 있게 하여 초의의 시詩, 서書, 화畵, 차茶, 선禪의 경지가 한데 어우러진 차 문화의 산실이 됐음을 짐작하게 해준다.

현대 차 문화 운동의 발흥지, 해남

여러 가지 많은 어려움 속에 복원되었지만 일지암은 또 다른 문제에 부딪혔다. 과연 누구를 앉혀 상주하게 할 것인가가 문제였다. 여러 스님이 거론되고 이야기가 오갔으나 3개월 남짓 주인을 찾지 못했다. 맨 처음 무소유의 법정이 거론되었으나 본인의 거절로 성사되지 못했다. 그리고 마침내 대둔사 주지 현해의 법제자 용운이 상주하기로 결정되었다. 1979년 6월 5일 공사를 시작하고 연말에 완공하였다. 다음해 4월 6일 오전 10시에 비로소 한국차인회(회장 이덕봉) 회원 300여 명이 일지암에 모여 낙성식을 가졌다. 그리고 이곳을 대둔사에 헌정했다. 다음은 그 날 우록의 기념사 중 일부이다.

> 앞으로 이 암자에서 정기적인 차회를 열어 다도를 익히고, 국제 세미나 개최 및 다서, 다구, 다기 등을 진열, 한국차박물관으로 규모를 늘릴 계획입니다.

그러나 일지암 복원은 고해의 연속이었다. 우선 옛터를 확인하는 데 한 차례의 오류를 범했고 인부 구하기, 스님 모시기 등 어느 것 하나 쉬운 일이 없었다. 또 초의선사의 유물을 모두 팔아치워 주위를 안타깝게 했다. 하지만 일지암이 복원되면서 현대 차 문화 운동의 중심지가 해남으로 급부상하게 되었다. 일지암 복원은 차 문화의 확산에 교두보 역할을 하면서 전국 각지의 지역 차인회 결성의 계기가 되었고, 차 문화 인구를 늘리고 차를 보급해 나가는 데 크게 기여하였다.

일지암 원형 복원에 주력

초의가 거처하던 일지암은 흔히 산 속에서 볼 수 있는 암자와는 그 구조와 모양이 달랐다. 우선 외관으로 보아 무척 초라했다. 민가의 초당과 별로 다를 게 없었다. 주춧돌은 산의 아무데나 굴러다니는 잡석이요, 기둥은 다섯 치도 못 되는 도리목이었다. 기둥 위에 평방이나 주두를 얹은 것도 아니요, 흔한 장여를 끼우지도 않고 길이 아홉 자의 외목도리를 덜렁 뉘어놓았다.

서까래는 차양을 얹기 위해선지 넉 자가량 빼었는데 연목이나 부연도 없이 꼬불꼬불한 평고대만 붙여서 막새와를 받치고 있었다. 추녀는 반듯하게 뺀었을 뿐, 자아올린 것도 아니며 더구나 포를 얹게도 되어 있지 않았다. 지붕은 오량으로 꾸몄으나 박공을 차리지 않고 두부모처럼 끊어버린 볏짚인데 톡 불거진 중도리와 종도리 끝은 합각을 덮지 않아서 벌레집이 되어 버렸다.

초의의 일지암은 토굴에 지나지 않지만 선방의 유현한 분위기나 청아한 선비의 서실 같은 분위기를 자아낸다. 법당도 없는 숙소이자 차실이었다. 더욱 기이한 것은 이 차실의 꾸밈새가 절간의 선방에서 말하는, 이를테면 달마상이 걸렸거나 향로와 촛대가 놓인, 절 냄새가 나는 그런 구조가 아니었다는 점이다. 방 안에서 세살창만 열면 숲과 바위와 안개가 방 안으로 성큼 들어앉은 구조였다.

그리고 유당 김노경酉堂 金魯敬(1766~1837)이 마셔보고 나서 제호보다 더 맛이 좋다고 했던 유천이 짚신 한 짝만 걸치면 다수茶水를 퍼 올릴 수 있는 곳이라 표현한 것처럼 젖샘이 가까이 있는, 그러면서도 그런 것들이 인위적인 꾸밈새가 전혀 드러나지 않은 데에 있다. 그러니까 초의의 방은 토굴에 지나지 않지만 선방의 유원하고도 적막한 분위기에, 선비네 사랑의 청아한 감각을 곁들였다.[45]

이처럼 일지암이 옛 모습을 되살려 건물을 세워놨지만 있어야 할 초의의 유물이 하나도 없어 보는 이들을 안타깝게 했다. 유품이 아주 전해오지 않는 것은 아니었다. 초의 자신이 쓴 저서와 글씨, 그림, 그리고 친분이 두터웠던 추사의 글씨, 다산의 저서 글씨 등 무려 365점이나 전해 내려왔으나 지금은 모두 외지 개인 소장품이 되고 말았다.

일지암복원추진위원회 측에서 이들 유품들을 일지암에 진열하기 위해 수차례 소장자들과 접촉했으나 그때마다 실패했다. 문화재로 등록키로 합

의한데 그쳤을 뿐 유품 반환은 아직까지 진행되지 못하고 있다.

우록은 "그때 결단을 내려 유품 정리를 확실히 했어야 했는데 문화재인 유품들을 어떻게 하라 싶어 놔뒀는데 모두 팔아버렸죠. 지금 대둔사에 초의관이 지어졌음에도 초의의 유품 하나가 제대로 갖춰지지 못하고 있으니…."라고 그때를 회상하며 안타까움을 감추지 못했다. 한국의 다경이라 할 『동다송』과 『다신전』, 그의 초상화는 현재 태평양 디아모레뮤지엄에서 보관중이다. 어쨌든 일지암이 복원되자 차 운동에 큰 변화가 일어났다. 각기 목소리를 달리 했던 다회들도 일지암 행사에만은 조건 없이 참가해 일체감을 나눴다.

4. 한국 최초의 차 전문지 《다원》 발간

차 전문지 발간은 1980년대에 비로소 본격적으로 추진되었다. 1981년에 태평양화학(주) 식품사업부에서 만든 《주간다보週間茶報》가 있는데, 이것은 A4 용지 크기의 회보會報였다. 차 문화 운동이 활발하게 펼쳐지던 때 차 관련 전문지들이 여러 종 선보였다. 그 시작이 우록에 의해 1983년 2월 발간된 월간 《다원茶苑》이다. 한국 최초의 차 전문지다. 우록이 발행인과 편집인을 맡았다.

월간 《다원》의 발간은 그 뒤로 이어지는 차 전문지 발간에 물꼬를 터 《설록차》와 《차인회보茶人會報》가 같은 해 그 뒤를 이었다. 1987년 이기행이 선보인 월간 《다담茶談》, 혜인사 승가대학 다경원에서 만든 계간 《다로경권茶爐經卷》 등을 들 수 있다. 이렇게 1980년대에 차 전문지들이 쏟아져 나와 우록의 차 문화 운동으로 촉발된 차에 대한 관심을 고조시키는 역할을 담당했다. 우록이 차 전문지 운동이나 확산에 가일층 일조한 것이다.

차 전문지 발간의 견인차 역할, 전통 문화의 복원 강조

그 후 1990년대 발간된 차 전문지로는 1993년 다심문화연구회가 펴낸 계간 《다심茶心》이 있었다. 이어 《화백다론和白茶論》, 《차문화茶文化》, 《차연구회보茶研究會報》, 《하동차문화》 등이 있었다. 1997년 3월에 창간한 《차인茶人》까지 6종에 이른다. 2000년대 발간으로는 《다도》, 《선문화》, 《차의 세계》, 《TEA & PEOPLE》, 《차와 문화》가 뒤를 이어 총 5종이고, 차 문화 단체들이 발행하는 전문화된 회지 성격을 띠는 것들이 있다. 차 전문지는 크게 일반 잡지와 관련 단체에서 펴내는 회지를 들 수 있다. 주보는 간략한 소식지에 불과하지만 월간지로는 현재 《다도》와 《차의 세계》, 《TEA &

PEOPLE》 등이 차 전문지로 발행되고 《차와 문화》가 계간으로 시작했다가 현재 격월간으로 발행되고 있는 실정이다. 차 관련 단체들이 월간 혹은 격월간으로 펴내는 회보와 차계 소식을 전하는 것들이 있다.

우록이 창간한 《다원》은 비록 열악한 상황 속에서 시작하긴 했지만 차 문화의 현장 조사와 자체 설문 조사를 통하여 이뤄지는 것들이 많았다. 광고와 화보가 많지 않아 일반 차인들을 비롯하여 차를 연구하는 연구자들이 보아도 손색이 없을 만큼 기획기사나 역사 탐방이 주 기삿거리다. 그리고 차인들의 정신을 읽을 수 있는 기사들을 포함해 세간의 많은 눈길을 끌었다. 《다원》의 발행 배경은 창간 당시 86아시안게임과 88서울올림픽의 개최를 앞두고 있는 정부의 전통문화 활성화 일환으로 모색되었다.[46] 차 문화 부흥 운동의 정점을 찍은 《다원》의 창간호 권두언에서 우록은 차의 활성화를 위해 차가 나아가야 할 방향을 제시했다.

원래 차란 그 행위 자체가 지난 시간, 또는 흘러간 일들을 반성하고 다가올 일들을 생각하는 거라며 오히려 느긋하게 시간을 잡아서 인생을 뜻있게 살아가는 촉매작용으로 활용할 일입니다. 그리고 차란 본시 인생을 착하고 정직하고 멋있게 살기 위하여 그 슬기를 터득하려는 행위이기 때문에 탐욕적인 부유층보다는 선비와 학생과 서민의 것임을 알아야겠습니다

전통문화의 복원이라는 《다원》의 발행 목적

차의 부흥을 통한 전통문화의 복원이 《다원》의 발행 목적이다. 더불어 송지영·서성환·김인숙·이귀례·정원호·정학래·조성파·구혜경·권영애·차재석·김종회 등 묵은 차인들과 '우리는 왜 녹차를 마시는가?'에 대해 고민하였다. 조선시대 다예로서의 차 문화가 쇠퇴일로를 걷고 있는 문화 현상에 대해서도 한 사람 한 사람의 견해를 정리하고 있다. 또한 한국차인회 회장인 송지영의 창간사 〈우리 차인들의 반려伴侶〉를 살펴보면, 《다원》을 통해 차에 관한 모든 것을 새롭게 고구하여 하나의 의범을 정립하고자 했음을 알 수 있다. 차 문화사, 녹차의 효능을 비롯해 다사茶事로서 행다풍부터 한국의 풍류, 한국의 전통 음식과 같은 전통문화에 대한 다양한 내용을 수록하고 있다. 찻집의 유래에서부터 일본 도자계에 심은 한국의 얼 뿐만 아니라 차 문화 향유 주체에도 주목했다. 시인 서정주와 박두진의 차 생활, 남농 허건의 그림에 실린 차의 풍정風情, 이귀례 여사와 김금지 여사의 일상적 차 생활, 김명배, 용운스님, 정학래의 차의 이론 등 일반적이면서도 전문적인 면까지를 다양하면서도 비중 있게 다루고 있어 차 전문지의 기능과 역할을 다했다는 평가이다.

현재까지 지속적으로 발간되고 있는 대표적인 차 전문지를 살펴보면 1999년 첫 선을 보인 월간 《다도》, 2002년 창간된 《차의 세계》, 2007년에 창간된 《차와 문화》 등이 있다. 차 문화 연구의 방향을 제시하고 있는 《다원》의 차 문화 전문지로서의 지향을 추종하고 차 문화 연구에 쟁점을 모색할 때다. 여기에서 《다원》의 편집장이었던 반취 이기윤(1949~)의 글을 되새겨본다.

> 《다원》은 많은 사람들의 글로 엮어졌다. 다만 집필자가 의도하는 바에 따라 정리되었을 뿐이다. 차 전문지 《다원》과 《다담茶談》에 기고했던 100

여 필진의 글이 골간이 되었다. 인연을 따지자면 집필자가 월간《다원》편집장이고 월간《다담》초대 발행인 겸 편집인이었던 관계이다.《다원》은 차 문화의 정확한 전달에 주력할 뿐 새 옷을 입히려고 하지도 않았고, 이리저리 색칠하지도 않았다. 누구나 공감할 수 있도록 자연 그대로의 이야기로 엮었다. 마무리 과정에서는 70~80년대 차 생활 운동 일선에서 헌신적으로 노력했던 거의 모든 분의 조언을 들었다.

그 과정에서 차는 보배로운 음료임을 다시 한 번 확인했다. 차는 수단이지 목적이 되어서는 안 된다는 평소의 신념도 다질 수 있었다. 어떤 성취에 있어 기쁨과 보람이 함께 하는 모양은 차나무가 꽃과 열매를 동시에 보여주는 것과 같아 보였다. 살펴보면 우리 사회는 화폐로써 물질사회의 합리적인 질서를 이룩하는 데는 어느 정도 성공했지만, 정신생활의 중심 수단으로서 차를 선택하는 데는 철저하게 무지했다. 그래서 말 그대로 정신없이 사는 사회가 되었다. 지나침도 모자람도 경계하라는 차 생활의 교훈 중정지도中正之道는 실제實際여야 하는 것이 이상理想이 되어 버렸다. 세상이 갈수록 건조해 진다고 말하는 사람은 많지만 물뿌리개가 되겠다는 사람은 드문 이기적인 사회가 되어버린 것이다. 그런 가운데 원인을 분석하고 중구난방 처방을 외쳐대는 학자들만 기하급수로 늘어났다.

이런 점에서 바른 차 생활이 하루 빨리 부활되기를 바라며, 동시에 사회 질서와 정의를 확립하는 데 차가 중심 수단이 되어야 한다는 믿음을 오늘도 신앙처럼 되새겨 본다. 다도茶道냐, 다례茶禮냐 하는 논쟁도 그 안에서 겪었고, 지회마다 원조다 정통이다 하는 혼란도 그 자리에서 지켜보았다. 어느 한 쪽을 편들거나 옳고 그름을 판단할 위치는 아니었다. 그때 우리가 지향했던 자세는 모든 이의 주장을 다 잡지라는 광장에 모이게 하자는 것이었다. 그런 뒤 천천히 정립의 방안을 모색하고자 하였었다.

1983년은 차 생활 운동이 가장 활발했던 시기였다. 격조 높은 명예가 차 선생들에게 금방이라도 주어질 것 같았고, 알토란같은 실리도 따를 것 같은 분위기였다. 이와 같은 상황에서 차는 수단이기보다 다분히 목적이었다. 인품이나 수양의 정도는 제쳐놓고 언제부터 차를 마셨는가를 앞세웠고, 차 몇 잔만 공개된 자리에서 마시면 스스로 다인茶人이라 칭하는데 주저함이 없는 풍조가 만연했다. 그까짓 차가 별건가 하면서 차 단체에서는 서열다툼·권위다툼을 일삼는 모순이 난무했다.

월간《다원》은 그런 분위기에서 발행되었다. 이해 못 할 반응에 우리는 일차 어리둥절했고 다음엔 혀를 내둘러야 했다. 이 사람 주장을 실으면 저 사람이 거부하고, 저 사람 글을 실으면 이 사람이 외면했다. 토론이나 타협의 여지가 조금도 없는 부정과 외면이었다. 그러면서 개인적으로는《다원》을 통해 어떻게든 한마디 주장을 펴는, 난해한 현상이 계속되었다.

결국《다원》은 얼마 지탱하지 못하고 문을 닫았다. 얼마 지나지 않아《다원》을 아쉬워하는 소리가 내외에서 들리기 시작했다. 차 생활의 세계를 새로운 시각에서 냉정하게 조명해보고 싶은 필욕筆慾은 좌절되고 말았다. "글에서처럼 차는 시끄러우면 안 되는데 왜 그리 요란법석인지 모르겠다"고 공감인지 불만인지를 털어놓는 사람도 있었다. 알고 보면 애국하는 차원에서 묵묵히 차 생활 운동하는 분도 많다. 어느 조직에서나 그렇듯, 시끄러운 것은 소수의 소리였다.

전국 차인들이라고 하지만 숫자가 많은 것은 아니었다. 차 생활 인구가 수적으로 급증한 것은 80년대 이후였지, 70년대에는 서울에 10여 분, 부산에 대여섯, 진주에 10여 명, 광주에 몇몇 하는 정도였다. 그런데 어찌된 영문인지 86년에 만난 사람들은 모두 20년 30년씩 차 생활을 해온 이들이었고, 만날 때마다 몇 년이 더 보태어졌다. 일부는 아예 부모·조부모 때부터 차 생활을 했다며, 복잡한 집안 가계를 소상히 밝히기도 하였다. 물론 그것이 사실인 분도 있을 것이다. 그러나 많은 이들이 경쟁하듯 연대를 올려 말하는 것은 정말 이해하기 힘들었다.

언제부터 차를 마셨느냐는 하나도 중요하지 않았다. 그런 껍데기보다는, 차 생활을 통해 이룩한 감동적인 자기 완성 같은 사례를 더 원했었다. 차 생활을 통해 성취한 아름다운 삶의 이야기가, 형식적으로 오고간 국제 차 문화 교류 따위와 비교될 수 없다고 여겼고, 그런 감동적인 스토리는 차를 마시는 것과는 무관한 내용이어도 좋다고 생각했다. 하지만 만나는 사람마다 나는 언제부터 차를 마셨다는 주장과 함께 펼쳐놓는 것은 편견이 짙게 깔린 예절 법도 이야기 일색이었다. 차 생활을 통해 도달하려는 각성覺醒의 생활과는 거리가 멀었다. 외면하는 사람은 철저히 외면했고, 받아들이는 사람은 무언지 뚜렷하지 않은 목적에 바쳐지는 제물 정도로 차 인식은 변질되고 있었다.

삶에 다툼은 있되 상대에게 상처를 주어 원한을 사지는 말라는 격언이 있다. 그러나 열풍이 몰아친 다도의 세계에서는 서로 깊은 상처를 주고받은 사람들이 많았다. 상처를 내는 무기 중 하나는 다름 아닌 왜색 시비였다. 생각하면 현재 우리 형편에서의 왜색 시비는 가해자와 피해자가 구별될 수 없는 누워서 침 뱉기일 뿐이다. 누가 뭐래도 차 문화는 한국에서 일본에 전해준 것이다. 동시에 다도가 오늘의 일본을 대표하는 문화라는 것을 부정할 사람도 없다. 우리가 오늘날 차 생활 문화를 부활시키려는 노력 또한 — 우리 것 찾기라고 말은 하지만 — 일본이 차로써 문화 예술과 예의 질서 등 교육적 기품을 든든히 한 것을 본받자는 의미가 짙게 깔려있는 운동이다.

그러나 문화는 향유하는 사람들의 것임을 부정해서는 안 된다. 원산지가 어떻고, 이동 경로를 따지는 따위는 학문적인 일이다. 문화로서 인정받는 기준은 현재 향유하고 있느냐의 여부이지, 저 옛날에 전해준 것이라는 희미한 사실이 아닌 것이다. 그것을 근거로 천년만년 그 문화의 주인인 양 목에 힘주는 것은 우습기만 한 자화자찬이다.

이 시대에 필요한 문화라면 지금부터라도 열심히 향유하면 된다. 널리 즐기다 보면 우리 나름의 독특한 다풍은 자연스럽게 정립되게 마련이다. 이질적인 미국의 커피 문화나 인스턴트 문화도 한쪽에서 이미 우리 문화화 되었는데, 본디 우리 것이었던 차 문화가 낯설 까닭은 없는 것이다. 워낙 기본을 다 잊어버려 역수입과 모방으로 재시작하였다 해도 초기 일시적 혼란을 거치고 나면 금세 우리 모양이 찾아질 것이다. 거긴 아무래도 비슷한 게 많을 것이다. 그 점을 우리는 시비 가리지 말고 대범하게 받아들여야 한다.

정부가 차 생활의 중요성을 공감

차는 애당초 우리 것이었다. 말차는 일본 것이란 소리도 스스로 무지를 드러내는 소리일 뿐이다. 우리 역사에 흥건한 차 이야기의 90%가 알고 보면 말차 이야기이다. 그렇다면 왜색 시비는 다음다음의 문제여야 한다. 왜색 시비로 시간을 허비하기보다 차라리 그 왜색 속에 본격적으로 들어가, 그 속에서 우리 것을 건져내는 일이 더 시급하고 보람 있는 일인지도 모르는 것이다.

어떻게든 정부가 차 생활의 중요성을 공감하여 하루 빨리 차가 국가의 장래에 공헌할 수 있도록 길을 열게 해주십사 하는 기도는 다인 모두의 소망이 된 지 오래이다. 불신과 반목이 날로 팽배하여 점점 더 메마르고 영악해지는 사회에서 떠내려가는 지성을 되살리는 데 차 생활 보급만큼 적절한 선택도 드물다고 믿기 때문이다.

차를 하나의 기호음료로만 여긴다면 물론 할 이야기가 없어진다. 그러나 차 생활의 실체를, 우리들 의식의 본질을 파악하듯 현상학적으로 분석하면 그 숨겨진 가치가 은근한 빛을 발한다. 정신을 맑게 한다는 것은 자기 각성을 불러와 인간 본연의 품성을 회복시키니 곧 철학이 된다. 차 생활로 철학적 사고가 일상화되어 사물의 근본이 합리적으로 정리되고, 그 결과로 사회생활의 지침을 삼는 세상이 된다면, 화합과 질서, 이해와 긍정이 샘처럼 솟아 누구보다 먼저 자기 자신이 편안하고 넉넉한 감정에 감싸일 것이다.

바른 차 생활의 지주는 당연히 역사의식이다. 삶의 중심은 언제라도 현실이지만, 그러나 현실은 항상 변화한다. '영원한 것은 변화하는 것 뿐'이라는 말은 그래서 생겨난다. 현실은 삶의 중심으로서보다 과정으로서 보다 큰 역할을 담당한다. 차 생활에서 중요시하는 것 역시 바로 이 과정이다. 과정을 다듬는 정성, 나아가 과정을 사랑하는 마음을 기르는 일이자 생활의 목적인 것이다.

여기서 강조하고 싶은 것은 역시 차 생활이다. 물론 추측으로 역사를 만들어갈 수는 없다. 그러나 역사는 소설보다 더 우연이 통하지 않는 필연의 세계이다. 문득 나타나는 것도 저절로 나타나는 것도 없는 세계이다. 한결 같이 모색하는 것이며 사유로 빚어지는 상황의 연속이다. 그렇다면 사유로써 접근이 가능하지 않을까. 상식의 범위를 비웃는 난해한 기록, 어설프게 신화로 포장된 민족의 자주성, 이웃의 왜곡으로 중간 중간 끊어져야 하는 우리 문화사 등…, 관심을 갖고 살피면 살필수록 의구심만 더해가는 역사의 문제를 푸는 열쇠는 사유에 있다고 믿어진다. 사유로 가설을 세우고, 그 가설을 하나하나 입증해 나간다면 엉킨 매듭들이 모두 풀리리라 믿어지는 것이다. 차를 마시면 그것이 곧 사유가 된다. 생각하는 생활의 훌륭한 벗이 곧 음미하는 차 생활인 것이다.

한민족의 재건, 차 생활 부활 여부에 승패가 있다

우리는 사실 중정中正이면 족하다. 지나침도 모자람도 없는 것. 너무 심취해 사로잡히는 것도 경계하고, 너무 가볍게 여겨 뜨거운 물에 손대듯 하지도 않는 것. 그것이 우리의 중정中正이요, 그것이면 우리 차 생활의 지표로서는 충분하지 않을까. 그 이상의 것은 개인이 만들어가는 수밖에 없다.

우리가 진짜 시정하고 반성해야 할 부분은 따로 있다. 다름 아닌 차 소비량이다. 선진국 국민과의 비교는 거론조차 할 수 없을 만큼 부끄러운 지경이며, 아프리카 사람들만큼도 차 생활을 하지 않고 있다. 커피나 술, 담배 소비량이 상위권인 것과 반대적 현상인 것이다. 유엔의 통계, FAO(국제연합식량농업기구)의 통계가 하나같이 그 모순을 지적한다. 결론적으로 하는 말이지만 이는 사회가 그만큼 건조하다는 이야기와 같다. 소득이나 지식수준과는 관계없이 정서적으로는 후진국 국민들보다 더 메마른 삶을 살고 있다는 이야기와 같다.

세계에서 가장 뛰어난 성분의 차가 생산되는 나라에서 일인당 소비량은 웬만한 후진국보다 적다는 것은, 세계에서 가장 우수한 민족이면서 그 우수함을 가치 있게 살리지 못하고 있는 현실 그 자체라고 말할 수 있다. 모두들 오늘의 사회에 문제가 있다고 말한다. 심각하다고 표현하는 이도 적지 않다.

> 모든 문제는 차 생활을 멀리한 데서 비롯되었다. 따라서 차 생활 부활 여부가 곧 열쇠이다. 세계 속에 우뚝했던 한민족의 재건 여부도 차 생활 부활 여부에 달려있다.[47]

《다원》지의 편집장이었던 이기윤의 이 글은 당시 《다원》지를 포함한 차 전문지의 발간 당시의 정황들을 이해할 수 있는 좋은 단서가 되고 있다.

그리고 차 문화의 흐름을 이해하고 파악하는 데 밑거름이 되었다. 시대의 교훈과 지적을 발판 삼아 건전한 차 생활에 밑거름이 될 수 있도록 하는 것이 현대 차인들의 과제이다.

지나침도 모자람도 경계하라는 차 생활의 교훈을 지침으로 했던《다원》은 차 전문지의 역할과 활성화는 물론 현재 발행되고 있는 전문지들의 발로가 되었다. 누구나 공감할 수 있는 내용과 정확한 전달은 차 생활의 진실성을 담고 있었다. 차 생활은 몸과 마음을 다 건강하게 만드는 수단이어야 한다는 점을 강조했다. 물질사회의 풍요로움 속에서 차 생활을 통한 정신건강에 일조했다. 지나침과 모자람이 없는 상태, 그 지침을 제시했다고 할 수 있다.

차 생활의 부활, 그리고 보급과 확산이《다원》이 지향하는 목적이었기 때문에 더러는 이러한 방향과 반대급부적인 차인들의 허세와 오류에 일침을 가하기도 했다. 사치스러운 차 생활, 부풀려 말하는 차 생활의 길이, 인품이나 수양의 차 생활이 아닌 전시의 차 생활을 경계하고 서열 다툼이나 권위 다툼을 일삼는 모순들을 바로 세우는 역할에 주력했다. 때로는 토론이나 타협을 이끌어내기도 했다. 허위보다 자기 완성적 차 생활에서 오는 성취를 더 중요하게 생각하는 차인들이 늘어갈 수 있도록 밑자리를 깔았던 것이다.

그러나 건강한 차 생활을 통하여 우리 것을 찾아가자는 취지는 퇴색되어《다원》의 지속적 발간이 어렵게 되었지만 현재까지 진행되고 있는 차 문화계의 움직임을 보면 당시 우록의 활동으로 인하여 차 생활의 숨겨진 가치는 건진 셈이다. 향후 한국 차 문화의 보다 바람직한 발전 방향을 모색하기 위해서는 보다 폭넓은 국가와 지역의 비교 분석이 요구되고 심도 있는 고찰이 필요하다고 생각한다.

5. 스무 살이 넘은 초의문화제

현대 차 문화 부흥을 위해 1991년 초의의 명일命日에 회합을 가졌다. 대둔사 일지암에 모여 초의를 기리는 초의문화제를 발기하기로 결의했다. 우록 김봉호, 해남다인회장 행촌, 대둔사 총무스님 원학, 당시 해남군청 공보실장 윤상열, 자우다회 회장 승설 등 5명의 인사들이 한자리에 모였다.[48] 이들은 나라의 흥망성쇠가 궁극적으로 민족의 정신 상태에 크게 좌우되며, 나라마다 그 독특한 전통을 통해 이를 지키는 것이라 보고, 우리의 경우 1,700여 년 전부터 연면하게 계승해 오고 있는 차 문화를 되살려야 민족의 정신 상태가 바르게 되고, 그런 연후에야 새로운 국가의 대계가 마련된 것이라는 생각을 품었다.

이들은 물질문명의 풍요를 누리면서 한편으로 소홀해지기 쉬운 정신문화를 차 문화를 통해 바로 잡아보자는 데 뜻을 같이 하고 초의문화제 집행위원회를 구성했다. 1966년부터 한국 차 문화의 종가로서 차 문화 발전을 선도해 온 해남다인회가 주축이 되어 전국 차인이 참여하는 초의문화제 개최를 협의하게 되었던 것이다. 그 후 자료 수집 등 준비 작업을 계속하다가 1992년 1월 연중 계획 수립 시 제126주기 제례일에 초의문화제를 집행키로 확정하였다.

우록을 비롯한 해남다인회와 뜻을 함께한 문하생, 전국의 차인들이 지난 1992년 그의 기일인 음력 8월 2일에 문화제 개최를 합의하였다. 이렇게 초의문화제는 1992년부터 시작되어 2013년 현재 22회를 맞고 있다. 초의문화제는 헌공다례를 비롯해 매년 초의상 수상자 시상과 행다 시연, 음악회, 차 문화 행사 등 다양한 부대행사가 준비된다. 이런 초의차문화제가 탄생하기까지 해남의 우록과 해남다인회의 각고의 노력이 없었다면 지역의 차 문화 전승이라고 하는 커다란 타이틀은 차 문화 역사 속에 자리하지 못했을 것이다.

해남 초의문화제는 초창기에 매년 4월 하순에서 5월 초순까지 차의 성지 일지암과 해남의 중요 기관을 선정해 대흥사 일원에서 개최되었다. 초의는 조선 후기 차와 선의 세계가 하나라는 다선일여 사상을 주창하며 명맥만 이어오던 우리 차의 부흥을 이끌어왔다. 이러한 초의선사의 차 정신을 계승 발전시키고 고양하기 위해 매년 초의문화제를 개최해 오고 있는 것이다. 전국의 차인들과 차 관련 단체를 모시고 다양한 차 문화 프로그램을 선보이고 있으며 고즈넉한 산사의 정취와 함께 두륜산의 절경과 땅끝 해남의 풍광도 더불어 즐길 수 있는 차 문화 축제의 면모를 보여준다.

중정의 높고 깊은 차 정신 고취

초의문화제의 근본 취지는 물질문명의 풍요를 누리면서 쇠퇴해가는 우리의 정신문화를 진작시키는 데 있다. 전통 차 문화 향상이 정신문화 고취의 첩경임을 인식하고, 초의의 다선일여의 차 정신을 고양시키고자 하는 목적이 주도적이었다. 차 문화 발전을 위한 획기적인 전기를 마련키 위한 대책이기도 하였다. 해남 초의문화제 발족은 이러한 활동의 연장선에서 특별한 개최 목적을 가지고 출범하였다.

초의선사의 다선일여와 중정의 높고 깊은 차 정신을 이어받아 민족정신을 고양시키고 차 문화 발전을 위한 획기적인 전기를 마련하자는 목적이 그것이다. 당시 초의문화제 발기에 앞장선 차인은 해남다인회장 김제현, 차 문화 연구가이며 극작가인 김봉호, 대흥사 총무스님 김원학, 해남군청 공보실장 윤상열, 자우다회 회장 이순희 등이었다.[49]

초의는 우리에게 선과 차를 통하여 민족 정신문화의 향기를 심어주었다. 다산 정약용, 추사 김정희 등과 교류하며 1,400여 년의 역사 속에 담긴 심오한 불교사상과 실학사상의 만남이었다. 이는 실학사상이 꽃을 피울 수 있는 자양분이 되었다. 또한 한국 차를 오늘까지 이어지도록 차 문화를 중흥시킨 차인으로서 초의는 대흥사와 일지암에서 한국 차의 고전으로 일컬어지는 『동다송』을 편찬하여 우리 차 문화의 역사와 우수성을 복원해 냈다. 초의선사는 또 단순한 역사의 복원뿐만 아니라 차를 손수 만들어 당대 이름 난 선비들에게 우리 차를 알게 했다. 차와 선의 세계가 하나로 통하는 초의의 다선일미의 정신과 맛은 오늘까지 이어지고 있다.

차 문화 향유층의 결속과 유대를 이끌어내는 혁신이 필요

걸출한 예술인으로서 글과 그림에도 탁월한 경지를 이룬 소치는 초의 문하에서 시와 그림을 배워 오늘날 남도 남종화의 큰 맥을 이루어냈다. 또 현대인의 소홀해져 가는 정신문화를 차 문화로 승화시켜 인간 본연의 삶의 질에 대한 이상세계를 추구하고 있다.

차와 선의 세계가 하나로 통하는 다선일미의 사상과 정신을 밝힌 초의의 높은 차 정신을 받들고 선양함은 물론 이를 계승 발전시키고자 하는 축제가 바로 초의문화제이다. 차의 맛과 공덕을 대중들에게 전파하기 위하여 전국의 많은 차 관련 단체와 차인들이 참여하여 다양한 차 문화를 선보인다. 사라져가는 우리 차의 부흥을 이끌었던 점이 가장 돋보인다.

그러나 급속하게 증가하는 차 문화제의 홍수 속에서 초기 개최 당시의 취지가 현대사회의 요구에 의해 점점 퇴색되어 가고 있다. 추진위원회의 해남다인회는 이러한 진행 어려움으로 각고의 노력을 기울이고 있지만 제도적 장치가 부족하고, 차세대 전문 인력의 부재로 여타 차 문화제와의 변별력을 확보하지 못하고 있다. 초의의 차 정신을 계승 발전시키고 고양시키기 위한 당초의 계획은 해를 거듭할수록 난관에 봉착하고 있다. 차별화되지 않은 체험 프로그램과 특산물 부족 등의 지역 내적인 문제와 부족한 예산지원 문제, 보조금의 비효율성 등 행정의 문제 또한 산적해 있다. 전국은 물론 지역 차 문화 향유층의 결속과 유대를 이끌어내는 혁신이 필요하다. 화합과 의지가 확보되면 지역축제로서의 초의문화제는 어렵지 않게 해결된다. 행정기관의 제도적 보완이 절대적이다. 전문가 양성과 문화제 현장의 차세대 인력의 수급 또한 미비하다. 독특한 체험프로그램과 다양한 차 생산물 개발 등의 과제는 주민들과 행정기관, 전문가 집단으로 구성된 자문위원회 등이 머리를 맞대면 충분히 대안을 마련할 수 있을 것이다.[50]

지역축제는 최근에도 축제의 진위와 기능에 대한 논의가 활발한 영역이다. 축제란 한 문화 집단의 행위로서 '삶과 현실의 반영이면서 동시에 인간의 소망과 기원이 담긴 문화 양식'이다. 이때 축제의 개념은 묘사적이기도 하고 가치 평가적인 이중적 의미를 지닌다. 축제는 먼저 사회 집단의 문화적 의미이기도 하다. 따라서 축제는 지역의 역사, 전통, 예술 등의 형식이 표출되어 한 지역이 가진 상징 행위에 사물과 사건들의 집약된 모습들을 보여준다. 또한 문화 양식으로서 축제가 지향하는 가치는 오랜 습관과 전통으로부터 비롯된 기원 의례를 통해 지역을 한 공동체로 만들어 가는 역할을 한다. 이와 관련하여 축제는 일종의 의례로 볼 경우, 일상생활의 단절의 순간으로, 사회 내에서 사회 문화적 또는 정치적 변화에의 적응 기제로 작용하면서 삶의 한 부분을 구성한다.[51]

차의 맛과 공덕을 회향하는 축제

해남은 남도 해안 지역의 차 산지이다. 일인日人에 의해 조사된 차의 생산지별 현장 조사에서 해남은 산이면과 현산면 등에서 자가용의 천연차가 생산된다 하였다.[52] 다산과 초의의 교유로 인한 조선시대 차 문화의 중흥이 일어났다. 이어 소치, 우록의 차 문화 부흥 운동으로 인해 근현대를 잇는 차 문화의 대표적 전승 지역이다. 초의가 40여 년을 일지암에서 독처지관하며 선과 차의 정신을 이어 대둔사 다맥을 형성하고 있으며, 차 문화의 성지로 일컬어지는 것이 이런 명징한 역사를 말하고 있다. 다산과 제주도로 유배 간 추사의 교유의 중심에 있었다. 남도 해안 지역의 차 산지로서 청태전을 약용으로 음용하였고, 좋은 차의 대명사로 그 명성을 유지해 왔다. 이러한 차 문화의 보고인 해남은 초의의 차 정신을 숭앙하기 위해 1992년부터 차문화제를 발족하였던 것이다.

초의문화제의 진행 과정을 살펴보면, 불가의 다례 성향이 가장 짙다. 승속에서는 부처나 보살 혹은 여러 신들이 찻물을 좋아한다고 여기어 흔히 다탕을 바쳤다. 이러한 풍습은 이 땅에 불교 다례가 들어온 이래로 불자는 물론 왕실에서 민간에 이르기까지 행해져 왔고, 예를 갖추어 공다(供茶)함으로서 교감이 이루어진다고 생각했다.[53] 특히 초의문화제는 대둔사의 다맥이 이어진 공간적 특성으로 인해 불교 다례의 비중이 매우 크다.

행위 문화로 구분되는 행다 시연, 들차회, 다례 시연, 어린이 차 문화 교실, 다찬회, 아름다운 찻자리 시연 등이 행해지고 차 문화의 물질(도구)문화로서 도자기 작품 전시회, 동양 차 문화 다구 유물 전시회, 다도구 유물전, 부채 등의 전시가 마련된다. 체험 문화로서 차 문화 체험 템플스테이, 녹차 만들기 체험, 사찰에서 1박 2일 차 한 잔, 사찰차 시음회, 도자기 빚기 체험, 서각 체험, 내 몸의 녹차 체험 학습이 있고, 미술과 접목한 행사로는 한국화 그리기, 다포 그리기, 다식과 차 요리 문화로서 차 음식 한마당이 펼쳐진다. 문화제 참가자가 즐길 수 있는 공연 문화는 차와 우리 가락의 만남, 기념 다악제, 대학민국 차인대회가 진행된다. 경연으로는 창작 다례복 경연 대회, 매년 초의상 시상, 대학 및 대학원생 차 문화 발전 논문 공모전 시상, 다서 독후감 공모전 시상, 대한민국 다식 경연 대회가 열린다.

이러한 진행의 특성은 우리 차는 특정인의 호사를 벗어나 모든 국민이 호감을 가지고 마시는 대중적인 문화로 자리를 잡아가고 있는 현실이라는 점을 강조한다. 차를 마시는 일이 곧 맑고 진실한 성품을 기르고 민족 고유의 풍속을 이어가는 정신문화로 승화시키는 일임을 인식시킨다. 따라서 초의의 후학들이 모여 생명 본연의 순수한 마음자리에 계합하는 선禪 이치와 차의 정正·행行·검儉·덕德이 하나로 통하는 다선일미의 사상과 정신을 밝힌 초의의 유지를 받들고 선양하고자 하는 캐치프레이즈를 내걸었다. 전국의 차 문화 단체가 초의문화제에 참여하여 다양한 차 문화를 선보이고 대중들에게 차의 맛과 공덕을 회향하는 문화제이다.

초의상 제정, 차 문화의 업적 기리고 장려

초의문화제의 핵심인 초의상 시상은 매년 오랜 차 생활과 더불어 차 문화 연구와 진흥을 위해 애쓴 선구자를 선정하여 초의상을 선정, 시상한다. 차 생활의 보급과 한국 차 문화 발전에 공헌한 바가 큰 인물에게 주어진다. 초의문화제로 차 정신을 고취하고자 현재까지 계속되고 있다. 초의상을 제정해야 한다고 주장한 것은 우록 김봉호와 김제현이었다. 원학스님(당시 대흥사 총무, 현 불교중앙박물관장)과 함께 기획해서 초의상이 제정되었다.

초의문화제 집행위원회에서는 초의상 심사 규정에 의거 전국 규모의 차 관련 단체와 차 관련 학과가 설치된 각 대학교 및 대학원 그리고 역대 초의상 수상자에게 초의상 후보 추천을 의뢰한다. 그리고 심사위원을 선정하고 심사위원의 소집 통보를 한 후 심사 날짜를 정한다. 의뢰를 받은 추천자는 심사위원회를 개최하여 공적조서와 증빙자료 등을 검토해가며 엄밀하게 심사한다. 우리나라 차 문화 발전에 기여한 공로가 지대한 인물을 만장일치제로 선정한다. 그리고 심사의 결과를 보고한다. 이런 전 과정을 공개하고 있다.

초의상심사위원은 1회 때부터 4회 때까지 김제현, 김봉호, 김원학, 석용운 일지암 암주, 이순희 자우다회 회장, 석여연, 서양원 한국제다 사장이 맡았다. 이후 5회 때부터 7회 때까지 4인으로 축소되었다. 8회 때부터 석여연과 대흥사 보선 주지스님, 해남다인회 고문 윤두현과 정상구 등에 의해 심사가 진행되었다. 2000년 이후에는 박상대 당시 해남다인회 부회장, 이귀례 한국차문화협회 이사장 등이 추가되었고, 최근 자료에서 확인되는 바는 제18회 이후 초의상심사위원으로 윤형식(당연직, 해남다인회장), 범각스님(당연직, 대흥사 주지), 박권흠 한국차인연합회 회장, 김의정 명원문화재단 이사장, 김리언 명진다례원 원장, 허원봉 명원다도예절문화원 목포지부 고문, 정영숙, 선혜스님 등이 맡았다. 해마다 추천자를 받아 시상하는 초의상은 차 문화계의 인정받는 상으로 인식되고 있다.

해남다인회에서 확인할 수 있는 자료는 제17회(2008년) 초의상 심사 결과 보고가 있었다. 그대로 옮긴다.

> 제17회 초의상 심사결과를 보고 드리겠습니다.
>
> 초의문화제 집행위원회에서 금회부터는 개정된 초의상 심사 규정에 의거 전국 규모의 차 관련 단체와 차 관련 학과가 설치된 각 대학교 및 역대 초의상 수상자 등에게 수상 후보자의 추천을 의뢰하여 지난 4월 5일까지 마감한 결과 모두 4분의 저명하신 다인들이 추천되어 지난 4월 16일 당연직 심사위원이신 대흥사 범각 주지스님과 해남다인회 윤형식 회장님을 비롯한 심사위원 13분 중 10분이 참석한 초의상심사위원회에서 공적조서와 증빙자료를 검토해가며 엄밀히 심사한 결과 우리나라 차 문화 발전에 기여하신 공로가 지대한 한국차문화연구회 윤병상 회장님과 한국차문화협회 이혜자 부회장님 두 분을 제17회 초의상 수상자로 선정하였습니다.
>
> 윤병상 연세대학교 명예교수님께서는 일찍이 1965년부터 10년간 효당 최범술, 의제 허백련, 청사 안광석 세 분으로부터 차를 배운 이후 한국차인연합회 창립 발기인 및 초대 이사로서 일지암 복원에 참여하였고 현재

까지 한국차문화연구회와 대학생 차 동아리인 연세대학교의 청향회, 관설차회, 이화여자대학교의 다연회 등을 지도, 교육하여 오고 있을 뿐 아니라 한국차인연합회 다도대학원에서 강의를 맡고 있으며, 『다도고전』 『세계의 종교들』 『종교간의 대화』 등의 저서와 「한국차의 정신은 중정」 외 다수의 차 관련 논문을 발표하였고 1993년 제2회 초의문화제에서 "초의에게 돌아가자"라는 주제로 학술강연을 하는 등 대학교와 차 관련 단체의 강의를 통하여 초의선사의 다도정신을 전승하고 전통차 문화 발전에 헌신함으로써 서운차문화상 학술부문상과 국민훈장 석류장을 수상하는 등 우리나라 차 문화 발전에 많은 공적을 쌓아 오셨습니다.

또 한 분 이혜자 여사님께서는 30여년 간 교직에 봉직하면서 청소년 상담 자원 봉사자, 학부모, 일반인, 교사 및 농촌 지역 부녀회원들에게 차 예절 교육을 실시하여 우리 차에 대한 올바른 인식과 차 인구 저변 확대에 기여하고, 한국 걸스카우트 광주연맹장으로 차의 불모지였던 걸스카우트에 한국 차 문화의 우수성을 알리고 초중등학교 현장을 찾아 차 예절 교육을 통한 청소년의 건전한 성장 발달을 위하여 많은 지원을 하여왔을 뿐 아니라 현재 한국차문화협회 부회장과 호남지부장으로서 광주, 전남 지역 차 생활 예절 지도사범 육성에 힘쓰고 있으며 지역의 자치단체 및 각종 차 문화 행사에 참여하여 중추적으로 활동하고 다양한 국제 교류 행사에 참가하여 아름다운 우리의 전통문화를 해외에 널리 알리고 국위를 선양하는 등 역시 우리나라 차 문화 발전에 현저하게 공헌하신 분으로서 두 분 모두 훌륭한 다인이시기에 제17회 초의상 수상자로 선정하였습니다.

오늘 영예로운 두 분의 초의상 수상을 진심으로 축하드리면서 앞날에 더 큰 영광과 많은 발전이 있으시기를 기원합니다.

2008년 5월 4일

초의문화제집행위원회

역대 초의상 수상자

역대 초의상 수상자는 제1회 김미희金美熙(명원다회 회장, 초대 한국다인회 부회장), 박동선朴東宣(전 미륭그룹 회장, 재미실업가, 한국다인회 고문), 제2회 최규용崔圭用(원로 다인, 육우다경연구회장, 저서『금당다화』), 이귀례李貴禮(전 한국다인회 부회장, 한국다문화협회 부회장, 인천 길병원 행정원장), 제3회 김명배金明倍(전 숭의여자전문학교 교수, 저서『한국의 다도』,『중국의 다도』,『일본의 다도』 외 다수), 제4회 서양원徐洋元(한국제다 사장, 작설헌 주인, 한국다문화협회 고문), 제5회 이정애李貞愛(종정다례원 원장, 한국다인연합회 부회장, 국제여성총연맹 한국본부 부회장), 제6회 이강재李康栽(전 한국다문화협회 이사장, 금호문화재단 부이사장, 광주요차회 회장), 박권흠朴權欽(한국차인연합회장, 국제차문화협회 명예회장, 중국다엽박물관 고문), 제7회 박태영朴兌永(한국차인연합회 창립, 한국차인연합회 고문, 5·25 차의 날 제정), 박종한朴鍾漢(한국차인연합회 창립, 한국차인연합회 고문, 5·25 차의 날 제정, 저서『한국 차 생활사』), 제8회 석성우釋性偶(파계사 주지, 체험을 통한 다도 보급 앞장, 저서『다도』,『다와 선』), 김리언金利彦(명진회 회장, 한국차인연합회 부회장), 제9회 김제현金濟炫(한국차인연합회 고문, 전 해남종합병원장, 전 초의문화제 집행위원장), 감승희甘承憙(사단법인 한국차생활문화원장 겸 이사장, 전 한국차문화협회 부회장), 제10회 김봉호金鳳皓(사단법인 한국차인연합회 고문, 전 초의문화제 집행위원장), 정상구鄭相九(부산여자대학 이사장, 사단법인 한국다도협회 회장), 제11회 이순희李順姬(자우다회 회장, 다도 교수), 제12회 윤경혁尹庚爀(한국차인연합회 창립, 사당법인 한국차문화협회 창립 및 고문, 성균관대 대학원 및 성신여대 대학원 다도강의 출강, 저서『현대 차 생활 용어』『차 문화 고전』), 제13회 이원홍李元洪(전 문화공보부 장관, 한국차문화협회 이사장, KBS 사장), 제14회 하승완河昇完(전 보성군수, 전국 최대 녹차 생산 기반 시설 확충, 한국차소리문화공원 조성), 제15회 석선혜釋禪慧(한국차학회 상임이사, 불교전통문화원장), 최옥련崔玉蓮(사단법인 한국차문화협회 수석부회장, 사단법인 규방다례보

존회 회장), 제16회 김태연金泰延(한국차인연합회 부회장, 다경회 회장), 김의정金宜正(재단법인 명원문화재단 이사장, 사단법인 한국다도총연합회 회장), 제17회 윤병상尹炳相(연세대학교 명예교수, 한국차문화연구회 회장),[54] 이혜자李惠子(한국차문화협회 부회장, 한국걸스카우트 광주연맹장),[55] 제18회 정학래鄭學來(한국차인연합회 창립 회원, 동 상임이사 역임),[56] 고세연高世燕(전 한국차인연합회 부회장, 차 관련 도서 다수 저술),[57] 제19회 석여연釋如然(백련사 주지, 일지암 주석 18년, 동국대학교 차문화콘텐츠학과 책임 교수), 제미경諸美卿(국제청소년차문화대전 심사위원 14년 역임), 제20회 김상현金相鉉(동국대학교 문과대학장, 「초의선사의 다도관」 등 다수의 논문, 『한국의 다시』 『생활다예』 등 저술), 제21회 신운학申雲鶴(경기도 화정다례원 원장)[58] 등이다.

학술 연구로 출판 기념사업과 학술 강연회 기획

해남 초의문화제는 1992년 제1회 개최 당시부터 제4회까지 학술 연구로 출간 기념사업을 해왔다. 제1회 초의문화제 기념사업으로 『초의전집』을 발간키로 하고 제1집 『차론茶論』을 김명배 역주로 출간, 배포하였다. 2회 때는 『초의전집』 제2집 『선론禪論』을 한기두 박사 편저로, 3회와 4회는 『초의전집』 제3집 『시론詩論』의 상하 2권을 김봉호 역주로 출간하였다. 이러한 작업을 통해서 차인들에게 『다신전』과 『동다송』을 배포하고 학습하게 하는 좋은 선례를 남기기도 하였다.

그 뿐 아니라 학술강연도 진행되어 타 지역의 차 문화 축제와는 다른 면모를 보였다. 이러한 행사 프로그램을 통하여 해남 초의문화제가 초의의 차 정신을 숭앙하는 차 문화 축제라는 점을 강조하고 있다. 제1회 때는 김지견의 '초의의 생애와 사상', 강영숙의 '초의의 차 정신과 현대인의 차 문화', 전완길의 '초의 시대의 다기와 다구'의 학술강연이 있었다. 2회 때는 윤병상의 '초의에게 돌아가자', 3회 때는 김상현의 '대흥사의 음차풍과 초의선사의 교류'라는 제목으로 김정희와의 친교를 중점적으로 강연하였다. 4회 때는 이을호의 '다산선생과 초의선사와의 만남'이, 5회 때는 민길자의 '다도 교육의 어제와 오늘'이라는 주제로 행해졌으며, 6회 때는 정영선의 '한국 차 문화의 특성'이라는 주제로 학술 강연이 진행되었다.

이렇게 진행되었던 학술 강연은 주관처와 예산상의 문제로 7회 때부터 무산되었다. 해남다인회와 대흥사가 공동 개최키로 하면서 잠시 진행이 중단되었다. 또 7회부터 11회까지는 대흥사와 개최 장소 문제를 두고 이견이 생겨 공동개최가 불가능하게 되었다. 학술 강연 역시 11회째를 맞아 박석무의 '다산과 초의'라는 주제로 재개되었다. 12회째부터는 다시 공동개최가 이루어졌으나 학술 강연이 또다시 무산되면서 초의문화제가 지향한 근본정신이 무너지기 시작했다. 대체 행사로 100가족이 펼치는 들차회가 특별 행사로 거행되었다. 17회째는 곽의진의 『초의선사』가 간행되었다. 이후 학술 강연은 유명무실해졌다. 대안으로 18회 때부터 전국 대학생 차 관련 우수 논문을 공모하였다. 차 문화 관련 학과가 늘어나면서 활발해진 차 문화 연구를 지원하는 등 타 지역과는 다르게 차 문화의 진흥과 연구 발전에도 크게 기여하고 있다.

정신문화로 승화, 대중적 문화로 자리매김

초의문화제는 우리 차가 특정인의 호사를 벗어나 모든 국민의 호감을 가지고 마시는 대중적인 문화로 자리를 잡아가고 있는 현실이라는 점을 강조하고, 차를 마시는 일이 곧 맑고 진실한 성품을 기르고 민족 고유의 풍속을 이어가는 정신문화로 승화시키는 일이라고 강조한다. 따라서 초의선사의 후학들이 모여 생명 본연의 순수한 마음자리에 계합하는 선禪 이치와 차의 중정中正과 정正 · 행行 · 검儉 · 덕德이 하나로 통하는 다선일미의 사상과 정신을 밝힌 초의선사의 유지를 받들고 선양하고자 하는 캐치프

레이즈를 내걸었다. 여기에 전국의 차 문화 단체가 초의문화제에 참여하여 다양한 차 문화를 선보이고 대중들에게 차의 맛과 공덕을 회향하는 축제이다.

해남 초의문화제 프로그램별 진행 분석[59]

프로그램 / 회차	초의선사추모제	학술서출간	학술강연	부도전조사다례	유천물뜨기	초의상시상	헌다례	헌무	들차회	다례시연	차인천도다례	초의기일제례	일지암
1회	○	○	○			○						○	○
2회	○	○	○			○				○		○	○
3회	○	○	○			○				○			○
4회	○	○	○			○				○			○
5회	○		○			○							○
6회	○		○			○							○
7회	○					○	○	○					○
8회						○							
9회	○					○						△	○
10회						○		○					○
11회	○					○							
12회	○					○							○
13회	○			○		○					○		
14회	○			○		○			○		○		○
15회	○			○		○			○	○	○		
16회	○			○		○			○	○	○		
17회	○			○		○		○	○	○			
18회	○			○		○		○	○				○
19회				○		○		○	○	○			○
20회				○		○	○	○	○	○			
21회				○		○			○	○			○

초의 추모제와 선고다인 다례제

초의문화제의 주 행사인 초의 추모제는 위의 표와 같이 1회부터 4회까지 진행되어 오다가 중단되었고 9회 때 다시 일지암에서 육법공양으로 올려졌다. 10회 때, 초의추모제를 일지암에서 봉행하고 부도전에 헌다 후 참석자 100여 명이 『동다송』 번기를 들고 초의선사 동상까지 이동하여 육법공양을 올렸다. 12회째는 일지암에서 초의 추모제를 모시고 일지암 유천수를 남천다회 회원들이 길어와 초의 동상전에서 육법공양을 헌공하였다. 13회째는 부도전 조사다례로 펼쳐졌다. 8, 13, 14, 15, 16회는 대흥사 일원에서, 11회는 해남군민광장에서, 15회 째는 일지암에서 직접 거행되지는 않았지만 일지암 순례로 그 행사를 대신했다. 초의 명일命日에 함께 집행하는 초의문화제가 4회 때 대흥사에서 거행, 단풍이 곱게 물들어 한층 가을의 풍취를 아름답게 보여주고, 일지암에서 거행되던 행사가 4회 때 대흥사로 내려오게 되었다.

2003년 10월 26일에는 대흥사에서는 제12회 초의문화제의 중심 행사로 근현대 선고다인에 대한 추모 천도재가 거행되었다. 대흥사 주지 석몽산, 일지암 암주 석여연, 명원문화재단의 김의정 이사장과 관계자, 유가족 등 차를 사랑하는 많은 차인들이 모인 가운데 명원문화재단 주관으로 성대히 거행되었다. 행사는 10시 관욕불의례灌浴佛儀禮를 시작으로 10시 30분 명원문화재단 김의정 이사장의 헌다 헌공에 이어 11시에 천도재를 올렸다.

이날 천도에 추모된 근현대 차인으로는 경봉대선사, 구산대선사, 일타대선사, 효당, 응송, 운학, 원광, 그리고 이방자, 의재 허백련, 명원 김미희, 청남 오재봉, 남농 허 건, 토우 김종희, 금당 최규용, 정산 한웅빈, 금낭 노석경, 우록 김봉호, 행촌 김제현, 예용해, 혜곡 최순우, 장원 서성환, 김종해, 우다 정원호, 동포 정순응, 가산 박태영, 송지영, 하상연, 은초 정명수,

이덕봉, 민길자, 최계원, 김두만, 조태연, 김재생, 금추 이남호, 향적 조명숙 제 선인들이다.

이날 천도재는 석금강(현 달마산 미황사 주지)이 대흥사에서 차의 국장과 초의문화제 기획실장을 맡고 있을 당시의 제안이 받아들여져 시행하게 되었다. 2000년에서 2007년까지 기획실장을 맡았다. 요지는 좀 더 내실 있고 의미 있는 행사로 전환해 보자는 취지였다. 초의의 부도전에서 올리는 부도전 다례제도 마찬가지였다. 초의의 정신을 기리자는 뜻에서 시작하게 되었다. 2003년은 더욱이 초의문화제 출범을 주도한 우록 김봉호가 타계한 해였다. 그래서 선고다인의 다례제가 절실하다는 판단에서 이루어졌다.

한국에는 차에 여러 가지 단체들이 많고 차인들이 각자 노선으로 향유하고 보급하고 있지만 우록의 이태동잠異苔同岑의 차 정신처럼 그것을 좀 아우를 수 있는 자리를 마련하면 좋겠다는 의도였다. '선고다인 다례제'라는 이름으로 행사를 준비했다. 또 선고다인들을 기리는 다례제가 거행되면 인연 있는 단체나 차인들이 각각의 다법으로 의식을 다하고 함께 화합한다는 의미가 더 값진 제안의 뜻이었다. 한자리에서 다례제를 올림으로써 다양한 다법을 보여줄 수 있는 것도 시각적인 교육이 될 수 있을 거라는 판단에서였다. 초의의 차 정신을 기리는 화합의 장, 그것이 갖는 상징적 의미들을 차인들로 하여금 되새겨보자는 좋은 제안이었다. 차인으로서의 귀감이 되는 선고다인들의 차 정신을 고취시키자는 뜻이기도 했다. 행촌 김제현, 우록 김봉호 등 한국 차의 거장들이 거듭 이 땅을 떠나신 해, 그 뜻을 받들고 기리는 측면에서 선고다인들도 함께 추모하자는 것이었다.

이에 초의제의 특징을 살리기 위해서는 선고차인 행사에 대해 좀 더 정교히 할 필요가 있다. 근현대를 거치면서 더 많은 선고차인 발굴과 추가 및 범위 등과 이를 위한 위원회 구성을 통한 합리성 확보 등 탄력성 운영을 주장하는 의견도 있다.[60] 해를 거듭하면서 이 땅을 떠나신 차인들이 늘어나고 있다. 다 찾을 수가 없어서 다소 누락되는 부분이 있다. 작년에도 윤경혁 차인과 서양원 차인이 타계했다. 그리고 이후 돌아가신 선고차인들도 재정리해서 매년 뜻 깊은 행사로 자리매김할 수 있으면 하는 생각이 간절하다. 필자 역시 2년 전부터 초의, 아암, 소치, 의재, 응송, 행촌, 우록, 우정, 운차 등 호남 차인들의 묘소를 잇는 차 유적지 순례와 참배 길을 만들어야 한다고 제안하고 있지만 이러한 제안들이 받아들여지고 선고차인들의 차 정신을 기릴 수 있는 바탕이 마련되었으면 하는 바람이다.

일지암의 공간적 상징성과 초의의 차 정신 숭앙

해남 초의문화제는 초창기 매년 4월 하순에서 5월 초순까지 차의 성지聖地 일지암과 해남의 중요 기관을 선정하고 대흥사 일원에서 개최되고 있다. 초의선사는 조선 후기 차와 선의 세계가 하나라는 다선일여 사상을 주창하며 명맥만 이어오던 우리 차의 부흥을 이끌어왔다. 이런 초의선사를 기리기 위한 초의문화제는 전국의 차인들과 차 관련 단체를 모시고 다양한 차 문화 프로그램을 선보이고 있으며 고즈넉한 산사의 정취와 함께 두륜산의 절경과 땅끝 해남의 풍광도 더불어 즐길 수 있는 차 문화제의 면모를 보여준다.

그러나 초의문화제의 지속과 변용을 분석해 보면 해를 거듭하면서 본령의 문제들이 지켜지지 않고, 그때그때의 주장에 따라 행사 진행과 절차가 시시각각 변하고 있음을 알 수 있다. 당초 일지암 일원에서 행사를 거행한다는 취지와는 달리 13~16회까지 일지암에서 추모제를 봉행하지 않았다. 유천의 물을 길어 차를 격불하고 헌다하는 과정이 1회 때부터 4회 때까지만 지켜지고, 한 번의 재개가 있었지만 그 후의 진행은 찾아보기 어렵다. 일지암 유천으로 초의가 강조한 차와 물의 관계, 더 나아가 차를 냄에 있어서 중정이라는 정신이 묻히고 있는 것이다. 일지암을 벗어난 곳에서 행사를 진행하고 있는 것도 초의문화제가 지향하는 당초의 취지와 근본정신에서 벗어난 행사 진행이라고 할 수 있다. 일지암 복원 때 결집되었던 대동과 화합이라는 문화제의 본질을 잊고 있다는 것이다.

다례 시연은 2회 명상차, 3회 신라 규방차, 4회 들차회, 5회 무속차 시연, 일본보천류전다도 종가 시연, 6회 충담사 행다풍, 7회 들차회, 8회 선차 시연, 9회 일지암 차, 10회 신라화랑 4국선차, 11회 백제차 등 다양한 다례 시연을 추구하고 있다. 8회 때는 초의 동상이 대흥사 일원에 세워지게 되면서 육법공양으로 헌다를 대신했다. 이렇게 16회까지 초의선사의 제례일을 중심으로 가을에 행해졌던 초의문화제는 17회부터 봄으로 옮겨져 진행되고 있으나 초의탄생제가 무안군에서 5월에 행해지기 때문에 초의선사 추모제로써 봄 행사라는 것은 문제가 있다. 초의의 차 정신이 와해될 위기를 맞고 있다.

해남 초의문화제 행사 진행비의 구성은 해남군의 지원금과 전남문예진흥기금이 중심이고 그 밖에 차인들의 희사금, 축제 당일 희사금과 협찬금, 그리고 『초의전집』이나 학술 발간으로 출간된 서적의 판매 대금으로 치러지고 있다. 더불어 18회 때부터 전국 대학생 차 관련 우수 논문을 공모하는 등 타 지역과 다르게 차 정신을 신봉하는 축제로서 자리매김했다고 본다.

해남 초의문화제의 진단과 평가

1990년대 이후 한국의 지역 축제는 변화를 향한 산고를 겪고 있다. 지역 내부로부터 생긴 변화에 대한 요구와 취약한 기반을 딛고 내용과 형식의 변화를 가져오는 와중이다. 민속적이고 전통적인 것을 지켜내지 못하는 축제의 변형을 달가워하지 않는 측면을 강조해온 점을 부인하기 어렵다. 현대사회의 축제들이 사회적 통합을 통한 집단 정체성 획득과 지역 활성화라는 기능적 목적을 동시에 추구한다는 인식에 바탕을 둔다.[61] 현대사회 속에서 축제는 전통을 정확하게 재생산 할 수 없으며, 의미를 정착시키기 위해서는 끊임없는 지역 내부의 사회화와 개인화 과정이 요구된다고 볼 수 있다.[62]

차 문화 영역에서 다례는 역사적인 면과 실용적인 면, 정신적인 면까지 상당히 넓은 부분을 차지한다. 다례는 다실과 다도구 등의 물질적인 요소, 차를 마시는 방법에 관한 행위적인 요소, 다도에 관련된 미의식을 바탕으로 선적禪的 경지를 추구하는 정신적인 요소 등 3가지 요소로 구성되어 있다. 즉 다례는 이런 요소들을 익히며 세련되게 가꾸어가고 즐기는 일종의 정신적인 유희 활동이라 할 수 있다. 인간다운 생활에서 유희 활동이란 빼놓을 수 없는 고귀한 삶의 방식이기도 한 것이다.[63] 해남 초의문화제는 다례를 가장 중시하고 있다. 이처럼 차 문화의 가장 넓은 영역의 다례와 차 생활을 권장하기 위한 차 문화제로서 해남은 그 진행 방식에 따른 지향과 쟁점이 두드러지게 나타난다.

해남 초의문화제의 진단과 평가를 통한 문제와 그 성격은 다음의 몇 가지로 요약할 수 있다.

① 차 산지와 차 문화의 전승 지역으로서 정신을 신봉하는 대표적 문화제다.

② 해남 초의문화제의 쟁점은 다성을 모시고 그 헌다제를 봉행하는 절차가 중심이 된다.

③ 일지암과 대흥사의 사찰 일원에서 행사가 진행되고, 불교적 색채를 강하게 띠고 있다.

④ 초의문화제 집행위원회가 지역의 차인들로 구성된 단체다.

⑤ 행사 절차 과정 중에 차와 물의 관계를 중요시하고, 초의가 늘 찻물로 사용하였던 유천의 물을 길어 헌다례를 봉행한다. 다만 이는 단절과 변용으로 나타난다.

⑥ 사찰을 중심으로 한 차 문화 행사로 종교색을 띠고 있어 기독교인들이 도외시하는 분위기가 조성된다.

⑦ 그 해에 돌아가신 차인의 천도 다례재를 올린다.

⑧ 해남은 초의문화제를 봉행하는 날짜와 과정, 프로그램 등이 매년 달라진다.

⑨ 행사 당일이 가을이었다가 봄으로 옮겨져 추모제의 성격은 약화되고, 차 만들기 프로그램 등으로 차인들의 참여를 유도하고 있다.

지역축제로서 해남의 초의문화제는 진정성을 가진다. 여타 차 문화제와는 달리 축제의 기능보다 추모제의 기능이 더 강하다. 그러나 현재 지역축제가 함께 즐기고 참여한다는 차원에서 보면 추모제 형식만으로는 문화관광의 맥락에서는 문화제 운영이 매우 어렵기 때문에 해남 차 문화가 가져야 하는 기능 측면에서 정체성 문제를 고민하지 않을 수 없다. 해남 초의문화제는 여타 차 문화제와 더불어 사회적 유대감을 유지하고, 초의의 차 정신을 실천하는 과정에서 규정된 측면이 매우 컸다고 생각한다.

지역축제의 경제적 가치와 문화적 의미

앞에서도 밝힌 것처럼 초의문화제 행사 진행비의 구성은 해남군의 지원금과 전남문예진흥기금이 중심이고, 그 밖에 차인들의 희사금, 축제 당일 희사금과 협찬금, 그리고 『초의전집』이나 기타 학술 발간으로 출간된 서적의 판매 대금으로 치러지고 있다.

경제적 가치와 문화적 의미를 동시에 추구하면서 겪는 역동적인 변화 과정과 관광 체계와 상호작용하는 과정에 주목하고자 한다. 베끼기 축제들의 양산을 우려하는 것도 현실 문제 중에 가장 큰 문제라고 본다. 현대사회의 축제가 고유의 전통을 유지하면서도 내용은 고유의 사회문화 상호작용을 하며, 전통문화를 변형시키고 새로운 지역 이미지를 창출해나간다고 볼 수 있다. 축제가 지역 정체성이 형성되고, 지역사회 공동체 속에 뿌리 내리기 위해서는 반드시 지역화 되고 개인화에 이르는 의미와 활동이 수반되어야 한다.[64] 현대 축제는 지역적인 정체성과 경제적인 수익성이라는 두 가지 요소를 가지며, 이 두 요소는 서로 상호 의존한다.

우선 해남 초의문화제는 지역 주민들의 통합 기능을 살려야 한다. 초의문화제의 원활한 진행을 위해서는 변화를 거부하는 자세를 지양해야 한다. 변화에 적극적으로 적응하는 자세가 절실히 요구된다. 전통을 유지하면서 적절히 변화하는 과정 속에서 차 문화의 정신이 지켜지는 것이 가장 중시되어야 할 것이다. 근현대를 거치면서 해남 지역이 차 문화 부흥 운동을 시작하여 중앙으로의 확산을 시도했다. 그 일환으로 초의문화제는 개최되었다. 지역 전통문화를 활성화시키기 위한 방안이 모색되고, 적정한 예산 지원과 지자체 간의 연동이 절실하다. 문화의 수용, 극복, 변용의 방법들을 모색해 나가야 할 때다. 무안과 해남의 이분화된 초의문화제와 강진, 장흥, 보성까지 잇는 차 문화제의 대형화가 호남 차 문화 축제 발전의 대안이다.

정형화된 이미지, 해남의 진정성, 그러나 초의문화제로서 반드시 지켜져야 할 추모제의 기능과 전국의 차인들이 신봉해야 할 다례의 절차와 차 정신, 그리고 차 문화가 향후 지향해야 할 가치와 의미를 이해하는 초의문화제로 차 정신 숭앙으로서의 가치 추구, 학술대회 유치, 지역 예술과의 접합, 지역축제로서의 공동체 의식 고취, 지역 인물 사전화 방식 채택, 차인들과 관광객들에게 흥미와 차에 대한 정확한 정보를 습득하는 기회를

제공하는 유익한 문화제로 거듭나야 할 것이다.[65]

차 문화 축제의 쟁점과 동향

차 문화 축제는 차 축제 그 중심 이미지에 집중하고 운영하는 방식이 채택되어야 함을 절실히 느낀다. 부대행사는 본 무대와 상당한 거리가 있는 곳에 설치하여 이원화 하는 방법도 축제를 더욱 엄숙하게 하는 요인이다. 차 상품을 고급화하여 고부가가치를 창출하기 위해 최고의 상품 개발, 최고의 가격으로 판매, 공동 생산 공동 분배의 표준화 속에서 가동되는 지역브랜드기업이라 할 수 있다. 지역 가구들이 모여 하나의 공동체를 만들 듯이 하나의 축제 아이템을 창출하고 운영하는 모습이 인상적이다. 지역에 사는 한 사람 한 사람이 지역에서의 일상의 생활을 즐겁게 보내는 가운데, 밖으로부터의 손님을 따뜻하게 맞아들일 수 있는 '풍부하게 빛나는 차 축제'를 목표로 하여야 할 것이다.

초의문화제가 안고 있는 문제점과 방향성 모색

다례는 다실과 다도구 등의 물질적인 요소, 차를 마시는 방법에 관한 행위적인 요소, 다도에 관련된 미의식을 바탕으로 선적禪的 경지를 추구하는 정신적인 요소 등 3가지 요소로 구성되어 있다. 즉 다례는 이런 요소들을 익히며 세련되게 가꾸어가며 즐기는 일종의 정신적인 유희 활동, 즉 취미 활동이라 할 수 있다. 취미는 인간 특성의 한가지로써 취미가 없다면 인간 생활은 윤택하지도 않고 즐겁지도 않다. 인간다운 생활에서 취미 활동이란 빼놓을 수 없는 고귀한 삶의 방식이기도 한 것이다.[66] 이처럼 해남은 한국을 대표하는 차의 정신적인 요소를 강조하는 지역이다. 차 생활을 권장하기 위한 차 문화 축제로 발돋움하여야 할 것이다.

그렇다면 해남의 초의문화제가 현재 안고 있은 문제점이 무엇인지 파악하고 그 방향성을 모색하여야 한다. 창조적 초의문화제를 추진하기 위하여 법고창신하여 초의의 차 정신과 차 생활을 창조적으로 재현하고 계승하여야 한다. 창조성이란 다례가 추구하는 정신적 가치와 미학이 표출되는 과정을 존중하여야 한다. 그 과정을 통하여 구현되며, 고정된 차 생활양식의 엄격한 유지가 더불어 지속되어야 한다. 초의 차 정신에 입각한 새로운 양식의 창안과 보급은 대중 사회에 발생된 새로운 차 문화 수요를 흡수할 수 있는 방안이기도 하였음을 논의의 대상으로 삼아야 할 것이다.[67]

정신적 가치와 미학이 표출되는 창조적 재현

초의문화제에는 정신적 가치와 미학이 표출되는 창조적 재현이 필요하다. 문화의 기능은 한정되어 있지 않다. 쓰임새에 따라 다른 기능을 발휘한다.[68] 따라서 무엇이 '초의문화제'의 정체성인가 하는 논의와, 어떻게 해야 '초의의 차 정신'을 드높이고 숭앙하는 현대적 차 문화제로 거듭날 것인가 하는 것이 더 생산적인 논의가 될 수 있다. 그러므로 민속 문화에 대한 성찰적 인식이 긴요하며 새로운 소통 매체에 따른 문화적 담론 창출의 전망도 주목할 필요가 있다.

유서 깊은 지역성도 동적이고 논쟁적인 측면이 고려되어야 한다. 지속적인 변화를 통해 사회, 정치, 경제의 맥락 속에서 축제의 형식과 내용, 그리고 의미를 변형시켜왔다. 상호 의존적 지역성을 획득하고 그 의미를 정착시켜 나가야 한다. 지역 문화의 활성화를 위해서 문화 정책, 문화 교육, 문화 산업 등에 대해 관심이 확장되어야 할 것이다. 순수 학문의 시대를 지나 학문의 기술적 운용과 사회적 활용이 훨씬 강조되고 있는 이 시대를 맞아 학문적 외연을 확대할 필요성이 있는 것이다. 결국 지방문화는 학술적 연구에 그치는 것이 아니라, 정책적, 교육적, 사업적 차원의 지지가 함께 할 때 활성화가 이루어질 수 있기 때문이다.[69] 선대 다인들의 정신을 기리고 계승하는 일에 중점을 두는 일이 해남 초의문화제의 원동력이 될 것이다. 여타 지역의 차 문화제와는 변별력이 있고 차별화되는 해남의 차 문화제가 되기 위해서는 고정관념을 버리는 과감성이 무엇보다 필요하다 하겠다. 이러한 행사 전반에 대한 대폭 수정은 많은 시간이 필요할 것이다. 지자체의 지원 문제, 또 대흥사와의 공동개최 문제 등 선결되지 않는 문제들이 있어 어려움이 수반되겠지만 진정 초의문화제가 발전할 수 있고, 주제 의식을 널리 표방하는 방법인지 그 대안을 심각하게 고민하지 않으면 안 된다. 초의의 차 정신을 지키고 널리 알리는 일에 중점을 두고 추진할 일이다.

초의문화제가 향후 개선해야 할 세부사항

① 초의문화제는 2007년까지 가을에 개최되다가 2008년도부터 대흥사와의 관계 등을 들어 현재는 5월 하순 경 행사가 진행되고 있다. 그러나 초의문화제는 개최 당시의 취지대로 가을로 이동하여 행해져야 한다는 주장이 지배적이다. 이는 차계 여러 단체나 관계자들을 중심으로 더욱 강조되고 있다. 초의문화제의 주제 의식을 초의추모제에 두고 이하 제반 사항을 고려하여 현재 진행하고 있는 행사의 패턴을 대폭 수정하여 단행해야 한다. 초의의 기일이 중심이 되어야 하고 주 공간은 일지암이 우선되어야 한다. 인원 동원에 급급한 행사보다 초의의 차 정신을 살릴 수 있는 의식 있는 행사로 거듭나야 한다.

② 초의문화제는 차 문화제와 제사의 기능을 양립해야 한다. 다례와 차례의 의미를 구분하고, 조상 제사라는 차례(음력 제사 모심)를 지킴으로써 한국의 전통 제례를 정립해야 한다. 타 지역 축제와 변별력을 가질 수 있도록 모시고 지켜서 우리 문화의 맥을 오롯하게 보존하는 일이 초의의 뜻을 기리는 일이다. 그러기 위해서는 초의문화제 날짜

도 고정되어야 한다. 초의의 제례는 일지암이 중심이 되어야 하고 초의의 기일(음력 8월 2일)을 지켜 제사를 모시는 한국 전통 제례를 유지해야 한다. 이를 통해 우리 문화를 정립하고 차례의 절차와 본질을 널리 알려야 한다.

③ 일본 센 리큐千利休의 대암待庵 다실처럼 온 차인들의 명의로 성지를 지정하여 일지암을 보호할 수 있는 보호 장치가 필요하다. 일본의 대암 다실은 국보로 지정되어 있다. 물론 문화재로 지정되는 절차와 과정이라는 기준법들이 있기 때문에 고려할 점들이 많은 점은 알고 있지만 그러한 제도적 장치가 요구된다는 것이다. 일본의 국보로 지정된 대암 다실은 조선 초암의 영향을 받았다고 한다. 초암의 대표적 보존을 보여 주고 있는 일지암도 이에 준하는 국가 지정 유적으로 지정되어야 마땅하다. 문헌에서 드러나고 있는 일지암의 원형 복원을 더 철저히 하고, 문화재로 관리 보존하여야 한다. 이는 해남다인회가 그 추진 운동을 꾸준히 전개하고 이룩해야 할 과업이다.

④ 일지암의 설화를 스토리텔링 해야 한다. '뱁새가 깊은 숲속에 둥지를 짓는다 해도 나뭇가지 하나를 넘지 않는다巢於深林不過一枝'는 『장자』의 소요유편에 나오는 말로, 천하를 맡아 달라는 요堯 임금의 청에 대한 허유許由의 답이었다. 중국 당나라의 시승詩僧 한산寒山의 시는 '뱁새는 항상 한 마음으로 살기 때문에 한 가지만 있어도 된다想念鷦鷯鳥安身在一枝'로 초의의 하나 된 차 정신과 중정中正과 정正·행行·검儉·덕德과 중中·정正·청清·경境을 연결하여 스토리텔링하고, 그 정신을 이어가게 하는 일련의 작업들이 필요하다. 초의상 역시 이러한 정신을 받들고 살아가는 차인들을 초의상 수상자로 지정해야 한다. 개인의 안녕과 명예를 위한 것이 아니라 초의의 차 정신을 살려 검소하게 차 생활을 하고 차 문화 보급을 위해 수고한 차인을 찾아 초의상을

수상하게 하는 일이다.

⑤ 초의의 『다신전』과 『동다송』의 보급과 학습의 확산이 요구된다. 전문 차인들마저도 초의의 제다풍을 모르고, 제대로 된 제다와 차의 보관을 소홀히 하여 진정한 차의 맛을 즐기지 못하는 경향이 있다. 전문 차인들에게는 학습을 통하여 초의의 차 생활을 널리 알려 차 정신을 숭앙하게 하여야 하며, 일반인들에게는 초의차를 배울 수 있는 기회를 마련해 주어야 한다. 이를 위한 강의가 행사 주간 기관에 의해 이루어져야 한다. 『동다송』과 『다신전』의 습득을 보급해야 한다.

⑥ 해남에서 무안, 나주와 영암, 강진 등 초의의 행적을 잇는 초의길을 발굴하는 일이다.[70] 작게는 대흥사를 중심으로 초의의 차 정신을 잇는 차 정신 길을 연결하여 그 길을 걸으면서 차 전문 연구가, 또는 해남의 문화유산해설사가 초의의 행적과 차인으로서의 정신을 이야기하고, 그 정신을 다지는 것이다. 그 길을 통해 웰빙과 힐링이 가능하고, 한국 전통 차 문화를 깨우는 방향을 모색해야 한다. 더불어 초의, 소치, 의재, 응송, 우록, 행촌, 우정, 운차 등 호남 선고다인들의 정신을 기리기 위한 참배의 길을 만들어야 한다. 호남의 선고다인들을 정리하여 참배 길을 잇고, 헌다할 수 있는 행사가 추진되어야 한다.

⑦ 차인과 일반인이 함께 할 수 있는 차 문화의 세시풍속 프로그램을 이틀간의 일정으로 짜서 차례대로 체험하거나 동행하는 코스별 프로그램을 개발해야 한다. 순서별 티켓을 만들어 전 단계를 전부 참여한 참가자에게는 해남의 녹청자 다기 복원을 통해 만들어진 찻그릇을 선물하는 프로그램이다. 그래서 몇 년 후에는 그 다기를 다 가져와 본인의 작은 찻자리를 만들어 선보이고 음차하면 인센티브를 적용하는 것이다. 차 문화 세시풍속을 확산 보급하는 계기도 될 것이다.[71]

⑧ 한국의 최초 차인회 결성을 널리 알려야 한다. 초의의 이미지 샷과

함께 해남다인회 창립 멤버인 심호 임기수深湖 林琪洙(1929~)옹을 포함해 5인의 포토존을 만들어 차인과 일반인이 그 분을 기리고 사진 한 장 함께 찍어갈 수 있는 영광의 시간을 지정하여 포토 기회를 제공한다. 우리나라 근대 차 역사를 증명하는 시대적 증인으로서의 구술 조사가 동시에 이루어져야 한다.

⑨ 추모제를 거행하는 주관처는 의복을 갖추고 축제(추모제)에 임해야 한다. 그것이 전통이 되고, 또 가정에서 차례를 모시거나 제례를 모실 때 모범이 될 수 있도록 모든 절차를 갖추어 보여주는 일이다. 술 대신 차를 올리는 차례를 알리는 일이기도 하다.

⑩ 사찰식으로 '초의밥상'을 개발하여 만드는 것이다. 일지암을 상징하는 승려들의 선 요리, 또는 간소한 요리 1식 3찬 정도의 밥상을 개발하는 것이다. 그래서 차인들과 일반인들에게 대흥사 공양간에서 '초의밥상'을 제공하고 템플스테이와 연결해서 하나의 문화·관공·답사·체험 상품을 만들어야 한다. 수도권과 연계하여 KTX를 이용하는 참가(관광)객을 위한 셔틀버스를 운행하는 것도 좋을 것이다. 단 행사 첫날 오는 것과 행사 마지막 날 가는 것 1회씩만 운영해 행사의 전 일정을 소화하게 하는 것이다. 초의문화제의 일정을 순차적으로 참가한 참가객만 혜택을 받을 수 있게 하는 인센티브제이다.

⑪ 초의차청년회, 초의차연구회를 구성하여 운영하는 일이다. 차세대 일꾼들을 양성하는 일이고 또 젊은 연구자들을 지원하고 양질의 연구가 확산될 수 있도록 해남이 지원하여 초의차 학술대회와 학술 강연이 매년 해남(추모 기간 동안)에서 개최될 수 있도록 추진하는 것이 무엇보다 중요하다.

⑫ 5월에서 가을로 옮기게 되면 차를 만드는 제다를 하는 것이 아니라 차인들이 만든 본인의 차를 출품하여 그 차를 품평하는 것을 프로그

램으로 만들어야 한다. 초의가 중요하게 생각했던 것은 차의 제다와 보관이다. 그래서 차인이나 일반인들이 자신의 차품을 평가하는 기회를 가져보는 것이다. 차를 봄에 만들면 보관을 잘 해야 하는데 가을 행사 때 차를 가져와서 잘 보관 되었는지 품평을 하여 시상하는 일은 무엇보다 중요하다. 초의가 우려했던 것처럼 제다를 제대로 하는 것과 보관을 제대로 하는 풍습이 지켜져야 한다. 지금까지는 차 제다 업체의 차만 품평하여 시상하였으나 차인과 일반인들의 차를 품평하여 시상하는 사례는 없었다. 심사는 전문가와 그날 행사에 참여한 일반인들을 심사자로 위촉하여(초의문화제에 참여한 일반인) 참여의 동기를 유발하는 것이다. 그러나 자기가 만든 차를 공증할 수 없고 공정성이 떨어진다 하면 차 우리기 경연을 통해 차 생활의 품을 평가하는 것이다. 그렇게 되면 심사의 공정성 논란이 없고, 차인이 아닌 대중성 있는 차 맛과 차품을 찾는 일이기도 하다.

⑬ 기관에서 지원하는 차인들의 참가가 없이, 티켓을 매년 구입하게 하여 행사에 참여하게 하고, 티켓 판매의 수익으로 초의문화제 예산 경비로 쓰는 것이다. 그 티켓을 모아 둔 사람을 10년 후에 시상하여야 한다. 1년에 한 번 초의추모제에 와서 헌다하고 빠짐없이 초의선사의 차 정신을 기린 차인을 시상하는 일은 아주 중요한 행사가 될 것이다.

⑭ '해남 초의문화제에 참여하는 차인이야말로 진정한 차인이다' 등의 등식과 스토리텔링을 만들어 차인들의 참여를 유도하여야 한다. 그리고 매년 전국 대학교를 대상으로 차 문화 논문 공모를 하여 행사 당일에 시상하는 창의적 작업이 수행되고 있으나 이는 반드시 수상작에 대해 논문을 발표하는 자리를 마련해야 한다.

⑮ 호남의 차인들을 정리(아암, 초의, 소치, 의재, 응송, 행촌, 우정, 운차 등) 하여 그 묘소를 잇는 일과 헌다하는 프로그램을 만들어야 한다. 그래

서 선대 차인들의 정신을 기리고 계승하는 일에 중점을 두는 일이 해남 초의문화제 원동력이 될 것이다. 기타 지역의 차 문화 축제와는 변별력이 있고 차별화되는 해남의 초의문화제가 되기 위해서는 고정관념을 버리는 과감성이 무엇보다 필요하다 하겠다. 이러한 행사 전반에 대한 대폭 수정은 많은 시간을 필요로 할 것이다. 지자체의 지원 문제, 또 대흥사와의 공동개최 문제 등 선결되지 않는 문제들이 있어 어려움이 수반되겠지만 진정 초의문화제가 발전할 수 있고 주제의식을 널리 표방하는 방법인지 그 대안을 심각하게 고민하지 않으면 안 될 시점이라고 생각한다. 초의의 차 정신인 일지와 풀옷의 상징성을 널리 알리는 일에 최선을 다 할 일이다.

역사 문화 자료 수집과 보존 체계의 모색이 가장 시급

초의선사가 40년 동안 수도하고 『다신전』과 『동다송』을 엮은 일지암을 그대로 방치해 둘 것인가 하는 문제를 깊이 고민하지 않을 수 없다. 해남의 역사 문화 자료를 수집하여 관광의 한 테마로 개발할 필요가 있다. 해남군의 현재 문화 관광 사업에서 가장 취약점이라고 할 수 있는 역사 문화 자료 수집과 보존 체계의 모색이 가장 시급하다. 해남다인회가 발전하기 위해서는 차 인구를 영입하는 문제와 기동력이 있는 청년 차회를 이끌어가는 것이 미래를 위한 준비라고 생각한다. 그들로 인하여 차 문화 축제를 계승하게 하고, 다양한 프로그램을 운영하기 위한 준비 단계라고 생각하고 젊은 인력 수급에 힘쓸 때이다.

해남 녹우당의 돌담과 고가들을 이용하여 차 문화 갤러리, 또는 차 문화 전시관을 유치하고 해남군이 추구하는 초의선사의 차 정신을 숭앙하는 문화관광촌으로 만든다면 해남이 한국 차 문화 관광의 거점 지역이 될 것으로 판단된다. 우록이 평생 하고 싶었던 지역 개발 중에 한국차박물관의

녹우당

추진은 해남군과 해남다인회가 주축이 되어 추진해야 할 것이다.

현재 해남다인회는 지난 초의문화제의 차 문화 5년간의 프로그램을 분석하였다. 해남군청 김상철 회원과 함께 우지차 축제의 시사점 및 초의 문화제 기본 방향과 접목 방법 등을 토론하고 있다. 차인회 회원들은 초의문화제의 성격이 변질되고 있다고 분석하고 우리 것을 취하면서 공감하고 자긍심이 일어야 하는 축제로 거듭나기 위해 해남만의 특색 있는 축제로 나아가야 한다고 목소리를 높이고 있다.

우리나라 차 문화 축제의 현황을 통해 문제점을 도출하고, 향후 바람직한 발전 방향을 도출하기 위해 일본 우지宇治의 차 문화 축제를 방문하기도 하였다. 그리고 해남의 차 문화 축제를 비교하였다. 차 문화와 차 산업의 선진국인 일본의 사례를 통해 낙후된 우리의 차 문화와 차 산업을 발전시키려는 견해에서 많은 의견을 내놓고 있다.

그 첫 번째로, 청년 차 단체와 여성 차 단체를 육성하고 교육과 실천적 체험을 계기로 삼아야 한다. 초의문화제 주제에 걸맞은 행사로 압축하자 해서 전문화시켜 나가는 축제로 거듭나야 한다는 필연성을 강조하고 있다. 관내 여자 회원 차 단체인 자우다회와 한듬다회, 공공도서관 육성 차 단체 등의 동참을 적극 권유하고 있다. 행사 이외에도 대우하는 방향과 동참자로 이끌어 가자는 기획안을 내놓고 기획팀을 만들어 매주 월요일 모임을 통해 회의와 논의를 반복하고 있다. 이런 논의를 통해서 보다 나은 그리고 더 발전된 초의문화제를 볼 수 있을 것이라 생각한다. 이러한 작업들이 우록이 고집한 차 문화의 의지들을 고수하는 일이다.

한국 차 문화, 해남에서 발흥하여 더욱 거듭나다

전국적으로 차 문화 향유 인구의 확산과 더불어 각 지역의 차 문화 축제 역시 양적으로 크게 늘어났다. 대표적인 차 산지로서의 보성과 하동을 위시하여 차 문화 전승 지역인 전남과 그리고 경남이 대세이다. 최근 들어 차 생산의 북방한계선이 무너지면서 그 규모는 실로 전국 단위로 확산되었다. 전남 지역만 하더라도 한국의 다성 초의선사의 차 정신을 숭앙하고자 그의 탄생지인 무안과 수행처인 해남이 차 문화 축제를 개최하고 있다. 이러한 지역을 위시하여 정읍, 익산, 전주, 경주, 남양주, 김해, 부산, 광주, 문경 등 크고 작은 축제들이 개최되고 있고, 티월드 페스티발이나 세계 차 문화 축제라는 명목으로 서울, 광주, 대구, 부산 등 전국적으로 20곳에 육박하고 있는 실정이다.

더욱이 이 축제들은 개최 의의와 목적은 각각 다르게 표방하고 있지만 축제의 정체성이 모호하고 지향하는 개최 목적이나 상징성의 변별력이 매우 희박한 것이 큰 문제점으로 지적되고 있다. 차가 중심인 축제임에도 불구하고 차 문화 축제의 핵심이 무엇인지 파악하기 어렵고 각 지역 차 문화의 특성을 살리지 못하고 있는 현실이다. 더욱이 개최 시기 역시 5월에 집중되어 있어 각 지역의 창의성을 드러내지 못하고 있으며, 봄 차 제다 시기에 각 지역마다 축제가 개최되고 있어 선택의 폭이 매우 좁다는 한계도 간과할 수 없다.

각 지역 차 문화 축제의 프로그램 역시 중복되는 경우가 많고, 지역의 정서를 반영하지 못하고 있다. 예컨대 공간적 이미지를 살리지 못하고 있어 문제는 더욱 심각하다. 이러한 한국의 차 문화 축제가 선인들의 바른 차 정신을 받들기 위해서는 구체적인 분석과 향후 방향성 모색이 요구된다 하겠다. 차 문화의 본령과 실용의 문제, 축제 운영의 범주와 경향, 갈래 검토를 통하여 과거와 현재를 정리하고 그 성격과 위상을 검토하여 미래의 전망을 제시하는 노력이 필요할 때다. 현장 조사를 통해 해남 차 문화 축제가 안고 있는 문제점과 향후 방향성을 모색해 보는 계기가 될 것이다.

축제와 제사 기능의 수용과 극복으로 민족정신 고양

해남다인회의 발전과 초의문화제의 발전을 위해서는 우선 초의문화제의 발전 방향과 표적시장 설정 및 시장 특성 파악이 우선되어야 할 것이다. 문화제의 표적시장(방문 유도 대상)을 규정하여 누구를 문화제에 오게 할 것인가를 명확하게 정리하고, 차인 중심으로 갈 것인지, 일반인까지 포괄할 것인지에 따라 프로그램의 개선이 요구된다. 현재 해남이 안고 있는 초의문화제의 진행 절차와 진행 장소 문제, 초의추모제의 프로그램 문제 등 해남의 문화 관광지, 또는 차 문화제의 문제점을 파악하고, 차 문화제는 차 축제 그 중심 이미지에 집중하고 운영하는 방식이 채택되어야 한다. 그러면서도 지역축제로서의 지역 토산품의 유통과 홍보라는 기능을 포함

초의문화제

하지 않을 수 없다. 부대행사는 본 무대와 상당한 거리가 있는 곳에 설치하여 이원화 하는 방법도 축제를 더욱 엄숙하게 하는 요인이다. 창조적 초의문화제를 추진하기 위하여 법고창신하여 초의의 차 정신과 차 생활을 창조적으로 재현하고 계승하여야 한다. 다례가 추구하는 정신적 가치와 미학이 표출되는 과정도 존중하여야 한다. 초의 차 정신에 입각한 새로운 차 생활의 창안과 보급은 대중사회에 발생된 새로운 다도 수요를 흡수할 수 있는 방안이기도 하다.[72]

이러한 현실을 극복하기 위해서는 지역의 특수성을 발휘하여 전문성과 대중성을 갖추어야 할 것이다. 차인과 일반이 함께 할 수 있는 문화적 기능으로서의 축제성과 초의를 기리고 그의 차 정신을 숭앙하기 위한 제사 기능의 특수성을 동시에 추구하며, 차인들을 통합하는 기능을 갖추어, 전국의 차인과 차 문화 향유의 축이 되어야 할 것이라고 본다. 초의문화제는 차 문화의 향유층인 차인들을 대상으로 하는 프로그램과 일반 대중이 함께 즐길 수 있는 프로그램 개발로 전통과 모던이 함께하는 축제로 거듭나야 할 것이다. 축제의 이념과 목적에 부합하는 방향으로 실현해 나가는 결집력이 필요할 때다. 타 차 문화 축제와 견줄만한 이질성, 독창성, 상대성을 모색해 나갈 일이다. 이론적 근거를 바탕으로 표준화된 축제로 정착해 나가야 할 것이다.

전통 문화와 현대 문화는 맞서 있는 것이 아니라 서로가 서로를 읽는데 긴요한 정보를 제공하는 구실을 한다. 전통 문화나 현대 문화를 그 자체로 이해하는 것보다 서로 관련지어 해석할 때 상호 이해의 길이 마련되고 해석학적 지평도 크게 열리게 된다.[73] 이 행사가 초의차와 초의 차 정신 발전에 기여함은 물론 나아가서는 5천년 역사에 의연한 우리나라 민족정신 고양에 이바지할 것이다.

6. 완당과 초의 등 차 문화 인물 연구

> 선비사상은 우리 겨레의 고유 사상과 윤리에 그 맥을 이어왔다. 고조선 개국 이래 우리나라 정교의 최고 정신인 홍익인간의 인본주의가 유구한 전통의 기틀을 마련하였다. 그리고 우리 민족 고유의 윤리의식은 효와 대의大義, 그리고 경로를 존중하였다. 즐거울 때 방긋 웃고 슬플 때는 그 서러움을 안으로 삼키고, 화가 치밀어도 욕하지 아니하는 것이 우리네 선비들의 몸가짐이었다. 그러나 지금의 식자들은 후세들에게 말하기를 솔직하라고 또는 스트레스를 푼답시고 웃을 때는 깔깔깔 웃고, 울 때는 엉엉 울며, 화가 났으면 마음껏 털어놓으라고 가르치지만 그건 잘못이다. 그런 것을 어쭙잖은 서양 교육이라고 하는 것이다.

우록의 소설 『슬픔을 참는 소리』는 약 200년간 한 시대를 멋지게 살다 간 완당 김정희와 초의의 깊은 우정을 그린 실명소설이다. 이 두 사람의 삶의 테두리는 매우 이질적이다. 한쪽은 빼어난 유림인데 한쪽은 독실한 불제자였고, 한편은 권모술수가 난무하는 세도가 와중에 있었고, 한편은 빼빼마른 산중에 칩거하고 있었다. 얼핏 보기에 우정은커녕 생소하기 이를 데 없는 이들이 그토록 친교하게 된 요인은 무엇이었을까?

완당과 초의의 끈끈한 우정을 오늘날 우리들처럼 종교가 다르다고 상대방을 이단시 하는 버릇, 사상이 다르다고 상대방을 멸시하는 자만, 권력과 금력으로 가난한 자를 능멸하는 차가운 눈초리 따위로 재자고 들면 오산이다. 그들이 서로 아낌없이 정을 주는 것은 목사가 부처에게 경배하고 스님이 크리스마스를 경축하는 관용, 권력자가 물욕을 멀리하는 청빈, 부자가 가난한 자와 충심으로 어울리는 눈물(휴머니즘), 서로 다른 입장에서 화합하는 희열 등으로 요약할 수 있을 것이다.

다담이 권하고 싶은 책

윤금초/시인

초의와 완당의 40년간 우정

—실명소설 「슬픔을 참는 소리」—

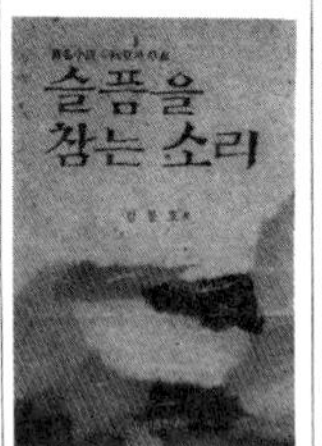

선비사상은 우리 겨레의 고유 사상과 윤리에 그 맥을 이어왔다.

고조선 개국 이래 우리나라 정교(政敎)의 최고 정신인 홍익인간의 인본주의가 유구한 전통의 기틀을 마련하였고 우리 민족 고유의 윤리의식은 효와 대의(大義), 그리고 경로(敬老)를 존중하였다.

즐거울 때 방긋 웃고 슬플 때는 그 서러움을 안으로 삼키고 화가 치밀어도 욕하지 아니하는 것이 우리네 선비들의 몸가짐이었다.

그러나 지금의 식자들은 후세들에게 말하기를 솔직하라고 또는 스트레스를 푼답시고 웃을 때는 깔깔깔 웃고 울때는 엉엉엉 울며 화가 났으면 마음껏 털어놓으라고 가르치지만 그건 잘못이다. 그런 것을 어줍잖은 서양교육이라 하는 것이다.

김봉호씨의 소설 『슬픔을 참는 소리』는 약 200년전 한 시대를 멋지게 살다간 완당 김정희(阮堂 金正喜)와 초의 장의순(艸衣 張意恂)의 깊은 우정을 그린 실명소설이다.

이 두 사람의 삶의 테두리는 매우 이질적이다. 한쪽은 빼어난 유림(儒林)인데 한쪽은 독실한 불제자였고, 한편은 권모술수가 난무하는 세도가 와중에 있었고 한편은 빼빼마른 산중에 칩거하고 있었다. 얼핏 보기에 우정은 커녕 생소하기 이를 데 없는 이들이 그토록 친교하게 된 요인은 무엇이었을까?

완당과 초의의 끈끈한 우정을 오늘의 우리들처럼 종교가 다르다고 상대방을 이단시 하는 버릇, 사상이 다르다고 상대방을 멸시하는 자만, 권력과 금력으로 가난한 자를 능멸하는 차가운 눈초리 따위로 재자고 들면 오산이다.

그들이 서로 아낌없이 정을 주는 것은 목사가 부처에게 경배하고 스님이 크리스마스를 경축하는 관용, 권력자가 물욕을 멀리하는 청빈, 부자가 가난한 자와 충심으로 어울리는 눈물(휴머니즘), 서로 다른 입장에서 화합하는 희열 등으로 요약할 수 있을 것이다.

완당과 초의의 40여년간의 끈적끈적한 우정을 담은 이 작품은 여느 소설과는 달리 한자원문(漢字原文)을 대부분 실었고, 장편소설의 틀을 벗어나 얘기가 토막토막이라 기사라면 기사, 학술론이라면 학술론일 수 있는 소설이다.

한 시대를 풍미했던 완당과 초의의 됨됨이를 통해 문명의 이기로 매몰되어진 각박한 생활들을 돌아보고, 평소에는 덕으로써 타인의 모범이 되며 위급시에는 정의를 위해서 싸웠던 우리네 선비들의 늠름한 기상을 이어받아야 할 요즘 젊은이들이 꼭 한번 읽어봐야 할 책이다.

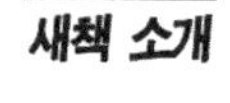

슬픔을 참는 소리

- 우리출판사 刊
- 286面
- 3,500원

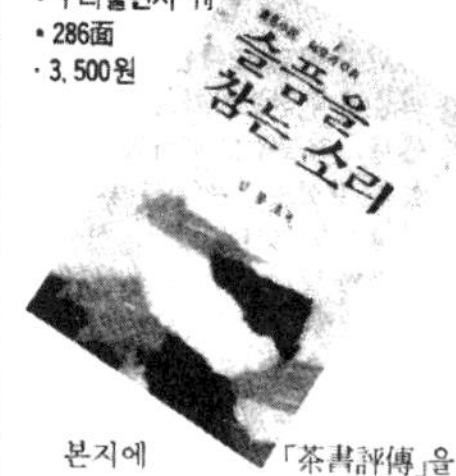

본지에 「茶書評傳」을 연재하고 있는 김봉호씨가 실명소설(實名小說) 〈슬픔을 참는 소리〉를 펴냈다.

초의(草衣 張意恂)와 완당(阮堂 金正喜)의 깊은 우정은 후세에 와서도 널리 이야기되고 있거니와 차(茶)를 이야기 할 때도 빼놓을 수 없는 인물들이다.

장편소설임에도 이야기가 토막토막 나뉘어 있어 부담스럽지 않게 읽을 수 있다. 무엇보다 이 책의 거의 모든 페이지에서 차향이 풍긴다.

슬픔을 참는 소리

『阮堂 金正喜와 艸衣 張意恂은 결코 신비스런 인간이 아니다. 한편은 명문호족의 후예인데 한편은 가난한 농부의 자식이었고, 저편은 빼어난 儒林인데 이편은 독실한 불제자였으며, 한쪽은 권모술수가 난무하는 세도가의 와중에 있었고 한쪽은 빼빼마른 산중에 칩거하고 있었으니, 얼핏 보기에는 우정은 커녕 생소하기 이를 데 없는 상대였던 것이다.』

私史 金正喜와 초님을 모델로 한 김봉호씨의 實名소설이다.

金石學의 권위자였던 김정희와 전남 해남 대흥사의 일지암에 은거하면서 茶문화를 정립했던 초의선사의 인간관계를 리얼하게 그려 보인다.

우록의 장편소설 『슬픔을 참는 소리』를 소개한 잡지와 일간지 기사들

완당과 초의 두 사람이 나눈 40년간의 끈적끈적한 우정을 담은 이 작품은 여느 소설과는 달리 한자 원문으로 대부분 실었고 장편소설의 틀을 벗어나 얘기가 토막토막이라서 기사라면 기사, 학술론이라면 학술론일 수 있는 소설이다. 한 시대를 풍미했던 완당과 초의의 됨됨이를 통해 문명의 이기로 매몰되어진 각박한 생활들을 돌아보고, 평소에는 덕으로써 정의를 위해서 싸웠던 우리네 선비들의 늠름한 기상을 이어받아야 할 요즘 젊은 이들이 꼭 한번 읽어봐야 할 책이다.[74]

『세한도』, 초의와 완당의 40년 우정 담아내

예술 작품은 시대적 사회적 산물이다. 따라서 그것이 일단 작가에 의해서 생산되면 인류 공유의 자산이 되는 것이다. 추사가 제주도에서 유배 생활을 하고 있을 때, 북경에서 귀한 책과 자료를 구해다 준 제자 이상적의 인품을 송백松柏의 지조에 비유하면서 그 답례로 그려준 그림인 〈세한도〉는 1974년 12월 31일 국보 제180호로 지정되어 조선시대 문인화 중에서 가장 대표적인 작품으로 평가되고 있다.

『차인들은 차를 선이라 하네』 출간

또 하나의 우록의 저작 『차인들은 차를 선이라 하네』 출판기념회를 1999년 12월 10일 오후 6시 해남 여성회관 1층 강당에서 진행했다. 당시 사회를 맡은 이가 현 해남다인회 회장인 박상대 당시 예총 지부장이었다. 당시 해남다인회 회장인 김제현이 개회인사를 맡았고, 여연 현 백련사 주지가 '우록선생과 차'라는 주제로 담론을 발표했다. 여기서 책의 내용을 살펴보자.

제1부 중정中正의 묘妙

지천의 부처님, 말의 묘妙, 미인도美人圖 이야기, 무슨 차를 마실 것인가, 차茶의 이모저모, 차 보급의 참뜻, 차 생활의 실제, 건전한 차 생활은 인생을 맑게 한다, 오이타大分에서 교토京都까지, 마이크를 넘기세요, 금간 교각 위의 불쌍한 사람들, 부끄럼을 간직한 여인은 아름답다, 부끄러운 어른들, 차 정신은 어디 있는가?, 브루투스 그대마저도!, 천하제일의 차, 대문호 춘원春園의 도박, 사랑에 속고 돈에 울고, 어른들이 제멋대로니까, 쌀과 밀가루 그리고 녹차와 커피, 역사의 교훈, 나쁜 버릇은 고쳐줘야 한다, 중정中正의 묘妙, 보수保守와 진보進步의 괴리乖離, 독철신의 경계 등으로 구성되어 있다.

이 장은 해남 대둔사 대적광전에서 시작된 향암승과의 만남에 대한 이야기가 기술되어 있다. 그런 인연으로 대둔사에서 보름 동안 머물면서 희곡 한 편을 완성한 이야기와 집필 중에 늘 향암승으로부터 밤이 되면 좋은 차를 나누자는 제안을 듣고 습격(?)을 당한 이야기 등이다. 건강 탓으로 절집으로 들었다가 지나온 삶에 대한 회한이 오고가기도 했고 세상사는 지혜와 사람살이에 대한 역정을 나누기도 했다. 무슨 차를 마실 것인가 하는 화두를 가지고 시작한 글에는 왜 커피 외의 다른 여타의 차들은 모두 '차'라는 말로 통칭하는 것이냐고, 심지어 숭늉까지 차라고 하는 우리 차 문화 인식의 오류를 말하고 있다. 커피처럼 차라는 단일 언어를 왜 우리들은 '무슨 차 마실까?' 해놓고 숭늉부터 온갖 차라는 차는 다 말하고 있는 언어 사용의 오류를 꼬집고 있다. 더불어 모든 식문화가 간편하고 편리해지고 있지만 모든 것을 보완할 수 있는 차 생활부터 실천할 것을 권장하고 있다.

제2부 주장主張 또는 다담茶談

어느 다인茶人 이야기, 5월은 차茶의 달, 할머니 손은 약손, 그리운 초의艸衣의 차 맛, 영화 〈서편제〉의 교훈, 금랑錦浪은 걸출한 다인茶人, 초의艸衣의 예술세계 등을 싣고 있다.

우록이 반평생을 두고 일관해 왔던 다인회의 운영과 다회에 관여한 일, 《다원》지를 펴내는 일은 모두 궁극적으로 훌륭한 차인을 양성하자는 것이 그 목적이었다고 밝혔다. 덕망과 학식과 예악과 멋을 고루 갖추어야 하겠는데, 이런 사람이 어디 그리 흔할 수는 없는 것이고 보니, 우선 우리들이 세속적으로 그리고 욕심 부리지 않고 소망하는 것은 덕이 있는 사람쯤으로 만족하는 것이다. 우록이 말하는 가장 훌륭한 차인은 검소한 차인이라 하였다. 칠이 벗겨진 찻상과 잔 받침, 투박한 찻잔, 금이 많이 간 다관 등등 다기는 허술하기 그지없지만 오랜 차 생활로 인해 다관에 윤기가 반들반들하고 정결한 차인이었다.

우연히 만난 훌륭한 차인이 내 준 차를 마시고 천하명순天下名荈이라고 맛을 품평했더니 차 생활을 오랜 세월 하였지만 군이 말한다면 초의의 『다신전』과 『동다송』을 신봉할 뿐이라고 한 그 차인은 드러내려고도 않고, 감추려고도 않는, 군더더기를 홀랑 벗어버린 모습과 언동에 깊고 넓은 인간성을 엿보았다고 한다. 우록은 차 생활을 오래 하면 이성을 추구하는 습성을 갖게 된다고 하였다.

제3부 다서평전茶書評傳

『다신전』, 『동다송』, 「다신계절목」, 『다경』, 『십육탕품十六湯品』, 『농정신편農正新編』, 『대명수기大明水記』, 『부차산수기浮木差山水記』, 『전다수기煎茶水記』, 『다보茶譜』, 『대관다론大觀茶論』, 『다소』, 『다록』, 『선화북원공다록宣和北苑貢茶錄』, 『북원별록北苑別錄』, 『제다신보製茶新譜』, 『자천소품煮泉小品』, 『다전茶箋』, 『산제전山齊箋』, 『유구전遊具箋』, 『고반여사考槃餘事』의 인품조人品條, 『다고사茶故事』, 『고려도경高麗圖經』, 『한국의 다도茶道』, 『차의 책茶の本(The Book of Tea)』, 『우리 차茶의 재조명』, 『한국의 다서茶書』, 『중국의 다도茶道』, 《담교淡交》, 『한국 차 문화韓國茶文化』, 『한국다도자료총서韓國茶道

資料叢書』, 『현대 차 생활 용어』, 『한국다예韓國茶藝』, 《설록차雪綠茶》, 『서울 육백년사六百年史』, 『조선朝鮮의 차茶와 선禪』, 『일본日本의 다도茶道』, 『명원다화茗園茶話』, 『한국 식생활 풍습』, 『신동다송』, 『예다론禮茶論』 등의 책을 다루었다.

이러한 것을 살펴보면 우록은 다양한 다서들을 섭렵하고 있는 차인으로서 다서들의 내용을 숭앙하였다. 우록은 홀로 있을 때 차를 마시기를 권장한다. 인간을 사유의 동물이라 하는 것은 음식을 지혜롭게 가려서 먹고, 자신의 행동에 선악의 규범을 맞추어 나가고, 그 행동 다음으로 잘한 일이었는지, 잘못한 일이었는지를 반성하는 건 아무래도 인간만이 지닌 미덕인데, 차를 혼자 마시게 되면 이러한 정신적 활동이 가장 활발하게 진행되어 사람 관계 속의 자아를 성찰하게 되고, 사람살이에서 사람노릇을 잘 하게 되는 길로 접어든다 하였다. 차 정신은 야성화하기 쉬운 인간의 심사를 이성으로 바로잡는 데 있다.

제4부 세한도歲寒圖

우록이 쓴 이 책의 4부에 세한도가 기록된 연유는 소전素筌과의 인연으로 보인다. 세한도는 원래 추사의 제사 우선에게 그려준 것인데, 세월의 흐름에 따라 전전하다가 완당 연구의 권위자인 등총린藤塚鄰의 손에 들어가게 되었다는 것과, 일본의 등총린의 소장이었던 세한도가 다시 현해탄을 건너 고국으로 돌아와 소전 손재형素筌 孫在馨(1903~1981)옹의 소장이 되기까지의 그 경로를 대략 설명하고 있다. 소전은 우리가 모두 알고 있는 바와 같이 우리나라 서예계의 거봉이다.

우록이 이 글을 쓰고 있을 당시 소전은 중환으로 누워 있었던 것 같다. 대학민국 국전운영위원장으로서 미술계의 중추적 역할을 했고 기타 예술원 부원장, 홍익대학 명예교수, 전 국회의원 등 그 방면에서는 모르는 이가 없는 매우 다채로운 분이다. 이 분의 고향은 전남 진도군 진도면으로, 본시 2,000여 석을 받는 지주의 유복자로 태어나, 지방에서는 명필로 소문난 그의 조부 옥전 옹의 무릎에서 자랐다. 손자가 장차 큰 그릇이 될 것을 짐작한 옥전 옹은 서울 효자동에 저택을 세워 그를 양정고보에 다니게 하면서 당시의 서예계 제1인자인 성당 김돈희惺堂 金敦熙(1871~1936)의 문하에서 솜씨를 다듬게 하였다. 이런 소전은 청년기에 접어들면서부터 대단한 안목으로 일가를 이루게 되었다.

서예가가 대체로 그러하듯, 소전 역시 서예를 탁마하는 동시에 고서화와 골동품 수집에 열을 올리지 않을 수 없었다. 미술품의 수집벽은 서예의 안목을 높이는 데 크게 도움이 되었기 때문이다. 소전은 당시 서울 장안 거상의 아들인 간송 전형필澗松 全鎣弼(1906~1962)과 칠곡 거부의 아들 창랑 장택상滄浪 張澤相(1893~1969) 등과 함께 우리의 문화재 보호를 위해 일한 슬기로운 기사들이었다. 우록은 이러한 인사들과 깊은 인연이 있었다. 소전을 해남으로 초청해 강연을 들을 당시 해남의 문화대공습공보는 아주 유명한 일화로 남아 있다.

우록의 2남 정주 역시 아버지를 따라 서울 구기동 소전의 가옥까지 방문한 적이 있다고 회고한다. 우록은 세한도에 드러난 추사와 제자의 끈끈한 사제의 관계를 고향인 해남 땅에서 우록학당의 제자들과 나누었다. 이러한 사제와 사회의 정을 꿈꾼 흔적이 제자들의 구술에서 여기저기 묻어난다. 현재 해남 땅끝에서 살고 있는 김창섭 우록학당 창립 멤버는 우록의 해학과 유머

우록의 2남 김정주 씨

를 잊을 수 없다는 말과 함께 그 일화들을 풀어 놓는다.

장무상망長毋相忘, 사람 사귐의 전형을 보여준 〈세한도〉

추사의 제자로는 역관 출신의 우선 이상적藕船 李尙迪(1803~1865)과 소치小癡가 늘 거론된다. 이들의 관계는 변치 않는 의리가 담긴 〈세한도〉에 잘 드러나 있다. 사람과 사람 사이에 지켜야 할 도리로 의리를 이야기 할 때도 〈세한도〉는 빠지지 않는다. 요즘처럼 의리나 정의가 그 의의마저 희미해지고 있는 현실에서 그 가치는 더욱 빛을 발한다. 눈 밝은 이들을 포함해서 뭇 사람들의 이야기 속에 등장하는 사람 사이 올바른 도리에 대한 이야기에서 빠지지 않고 등장한다. 의리란 누구의 강요나 특정한 조건에 의해 나타나는 것이 아니라 내면에 존재하면서 자신도 어쩌지 못하는 사이에 자연스럽게 발휘되는 마음이다.

우리 역사에서도 친구 사이, 스승과 제자 및 군신 간에 이 의리의 소중함을 보여주는 경우가 많다. 기광사와 성중의 의리, 후대에 백탑파로 알려진 벗들의 마음, 퇴계 이황退溪 李滉(1501~1570)과 고봉 기대승高峰 奇大升(1527~1572) 간의 의리는 사람 사귐의 전형이라 할 만하다.

우록 역시 이러한 의리와 사제 간의 소중함을 고향 땅에서 지키고 가꾸며 말년을 그렇게 보냈다.

사람과의 교유 사이에 담겨진 이야기

〈세한도〉는 1844년 58세의 추사가 유배지 제주도에서 그린 문인화이다. 자신을 잊지 않고 먼 곳에서 책을 보내주는 제자 우선의 정성에 감격하여 그에게 그려 보낸 것이다. 그림에 담긴 추사의 꼿꼿하고 엄숙한 정신이야 자주 거론됐지만 구도나 기법 등 형식에 관한 분석은 별로 없다. 하지만 세한도는 내용뿐만 아니라 형식에서도 탁월함을 자랑하는 명작이다.

세한도를 통해 물건 하나에, 또는 사람과의 교유 사이에 담겨진 이야기가 얼마나 많은 것을 담고 있는지 새삼 놀라게 된다. 추사의 8년간의 제주도 유배 생활, 절대 고독과 맞대면해 하루하루를 보냈던 추사에게 마음을 전해준 사람은 우선과 소치 두 제자였다. 거센 바람과 무서운 파도가 돛단배를 집어삼킬 듯한 험난한 뱃길을 두려워하지 않고 제주도를 찾아와준 사람은 다름 아닌 바로 소치와 우선이었다. 〈세한도〉를 낳게 한 우선은 추사의 문인으로 『만학晩學』과 『대운大雲』이란 책을 중국에서 구해 제주도로 보내 주었다. 그 당시의 추사는 지위와 권력을 박탈당한 채 언제 사약을 받고 죽을지 모르는 위태로운 상황이었다. 그런 추사에게 귀한 책을 보내준다는 것은 여간한 각오 없이는 어려운 일이었다. 그러나 우선은 자신의 안위는 생각지 않고, 오로지 스승에 대한 의리만을 생각하여 두 번이나 책을 보내주었다. 달면 삼키고 쓰면 뱉는 냉랭한 세태에서 선비다운 지조와 의리를 훌륭히 지켜내었다.

추사는 제자의 마음 씀씀이가 너무도 고마웠다. 그래서 〈세한도〉를 그려 인편을 통해 보내 주었다. 제주도에 유배된 지 5년째 되던 해였다. 이 그림은 〈세한도〉의 또 다른 주인공 이상적의 인품을 겨울에도 잎이 시들지 않는 송백松栢에 비유해 칭찬하고, 이어서 마음을 담은 발문跋文을 특유의 추사체秋史體로 써 그림 끝에 붙였다.

세한도를 이야기 할 때 빠지지 않은 말이 있다. '겨울이 되어서야 소나무나 잣나무가 시들지 않는다는 것을 안다歲寒然後知松柏之後彫'는 공자의 『논어』에 나오는 말이 그것이다.

이 말은 〈세한도〉가 창작된 동기이며 〈세한도〉에 담긴 중심 사상인 동시에 추사의 마음이다. 그러기에 〈세한도〉는 추사가 겪은 귀양살이의 험난함은 물론 당대 선비들의 마음이 담긴 문화적 산물이다. 그림에 담긴 시대정신을 비롯하여 작가의 사상과 학문의 지향점, 그리고 인간관계까지 두루 섭렵하는 기회가 된다. 그림 한 점이 창작되는 과정이 단순하지 않다는 것은 미루어 짐작할 수 있지만 이토록 많은 이야기를 담고 있다는 것에 대해서는 놀라움을 감추지 못한다.[75]

사람과의 인연을 말하는 화두

학문과 사상의 가치, 그리고 무엇보다 사람의 따스한 마음을 일깨워 주는 신분을 초월한 스승과 제자의 우정과 선비들의 의리에 대해 알게 하는 〈세한도〉를 다시금 바라보게 된다.[76]

추사의 애틋함이 숨겨진 네 글자의 붉은 도장이 찍혀 있어 보는 이를 가슴 저미게 한다. 그 인문印文은 '장무상망長毋相忘' 이다. '오래도록 우리 서로 잊지 말기를!' 이 얼마나 아름답고도 가슴에 맺히는 말인가?[77] 〈세한도〉는 그림이 아니라 사람과의 인연을 말하는 화두이다. 우록의 일생에서도 이러한 사람과의 인연이 요소요소에서 기치를 발휘한다. 현재의 해남 차 문화의 발흥이나 부흥이 모두 사람들의 인연에서 시작되었다고 해도 과언이 아니다. 해남다인회 출범부터 그가 마지막 세상 것들과 이별하는 순간까지 그 소중한 인연들이 작용한 것이었다.

각설하고, 당시 우록의 출판기념회 안내장에는 윤금초 시인의 〈우리들의 대부代父 김봉호 선생님에 대한 추억〉이라는 글이 실려 있는데, 우록의 일면들을 매우 상세하게 소개하고 있다. 대강 요약하면 이렇다.

> 우록 김봉호에 대한 초상 혹은 간추린 인상을 한두 마디로 요약한다면 대부라는 말이 먼저 떠오른다. 이탈리아 출신 미국 배우 알 파치노가 멋들어지게 연기했던 마피아 두목을 연상케 하는 그 대부代父가 아니라, 저 홍콩 영화에 등장하는 '따꺼'의 상징인 휴대폰과 BMW 자동차로 재력을 과시하는 중국인들과 개기름 흐르는 깡패 대부가 아니라, 누가 뭐라 해도 우

록 선생님은 해남 문화계의 진짜 살아있는 대부라는 생각이 든다.

'수양산 그늘이 천 리 간다'는 말이 있다. 숲이 울창하면 그 그늘이 그윽하다는 자연의 섭리를 두고 이르는 말이다. 이 단순 오묘한 진리는 해남 문화계의 대부代父 우록 선생께 그대로 적용된다. 지정학적 조건들을 전혀 고려하지 않고 단순 비교했을 때 해남군이 전국에서 가장 많은 문인을 배출했다는 사실은 알 만한 사람은 다 아는 사실이다. 그 배경에는 수양산 그늘이 천 리를 가듯 우리의 대부 우록 김봉호 선생님의 넓고 포근한 오지랖 자락의 영향력이 실루엣처럼 드리워져 있다고 나는 확신한다. 현역으로 뛰고 있는 수많은 해남 출신 문인들이 알게 모르게 그 어른의 영향을 받았거나 직접 혹은 간접으로 인과관계를 갖지 않은 사람이 별로 없다고 보기 때문이다.

우록 선생님은 1977년 작고하신 이동주 선생과 함께 군 단위로서는 국내 최초로 한국문인협회 해남지부 결성의 대역사를 일구어 냈다. 이것은 우리 문단사의 한 쪽을 화려하게 장식하고도 남을 '역사적 사건'이 아닐 수 없는 것이다. 아마도 우록 선생님은 우리 시대 '마지막 선비'이자 '로맨티스트'요 '난봉가'가 아닌가 싶다. 어느 시인이 "나를 키운 건 팔할이 바람이다"고 토로한 적이 있는데 우록 선생님도 어느 기회에 직접 당신의 회고록을 집필한다면 아마도 "내 인생의 팔할은 난봉끼였다"고 술회하지 않을지 모른다.

나는 1년에 한두 차례 고향 해남에 들르곤 하는데 이따금 해남종합병원 김제현 원장, 한국예총 해남지부 박상대 지부장, 그리고 우록학당의 정순태, 신기옥 형들과 어우러져 우록 선생님과 함께 술판을 벌일 기회가 있었다. 그럴 때면 그 어른은 항상 두주불사斗酒不辭, 술판을 휘어잡곤 했다. 그때마다 동서고금을 넘나드는 해박한 식견을 드러내어 우리는 그만 오금이 저릴 정도로 섬뜩한 전율을 느끼곤 하였다. 그러므로 가방끈이 짧고 독서량이 적은 나 같은 사람은 늘 긴장을 늦출 수 없으면서도 그분과 함께 하는 시간이 마냥 즐겁고 즐거운 일이었다.

그리고 우리 시대 마지막 선비이자 로맨티스트인 그 어른을 통해 사물을 바라보는 새로운 눈을 뜨게 되었고 그의 어깨 너머로 세상 돌아가는 낌새를 어렴풋이나마 느끼게 되었다.

우리시대 마지막 선비 그리고 타고난 난봉가 우록 김봉호 선생님의 세 권의 저서를 동시에 상재했다. 당신이 직접 일구고 가꿔 낸 텃밭 같은 해남 문화계, 어제도 오늘도 마주치는 해남 문화계 주변 후학들을 위해 선생의 그 해박한 지식을 담아낸 세권의 책에는 우록 김봉호 선생의 독특한 개성이 묻어나 있을 것이다. "향 싼 종이에는 향내가 스며있다"는 말처럼 우록 선생님이 엮어낸 세 권의 책에는 김봉호 선생님 특유의 '향내'가 스며 있을 것이다. 필마단기匹馬單騎라는 말이 있다. 어차피 창작 행위 혹은 인간사는 홀로 한 필의 말을 끌고 외롭고 괴로운 언덕길을 오르는 일과 별반 다르지 않을 것이다. 수양산 그늘이 천 리를 가듯 우리들의 대부 우록 선생님의 영향력은 해남 문화계에 저물수록 더 붉게 타는 저 저녁놀처럼 붉게 빛날 것이다.[78]

『한국차문화사』 발간

해남다인회는 『초의선집』 발간과 더불어 일지암 복원으로 전국적 명성을 얻으며 계속적인 차 문화에 대한 부흥 운동으로 한국의 차 문화 전승 양상이라고 하는 흐름을 고착해가는 계기를 마련했고, 차 문화의 인구 확산과 차 산업의 발전 방향까지를 제시하게 된다. 우록의 마지막 결집이라고 한다면 그로 인해 정리하게 된 『한국차문화사韓國茶文化史』의 발간이다. 초의문화제의 내실을 기하기 위해 차의 깊은 연구로 많은 다서를 집필한 김명배의 『한국차문화사』 발문에는 우록 선생을 기리는 마음과 『한국차문화사』 집필의 의지를 다음과 같이 밝히고 있다.

> 지난 6월 27일(일요일), 해남의 김봉호 선생님으로부터 전화를 받았다. 통화내용은 초의문화제의 내실을 기하기 위하여 알기 쉬운 『한국차문화사』를 펴내려고 하니, 200자 원고지로 500매에 담아서 9월 30일까지 보내라는 것이다. 그런 일이라면 선학이신 선생님께서 손수 쓰시는 것이 좋지 않으시겠냐고 하자, 「창극 장보고」의 집필로 여념이 없으시다는 것이었다. (중략) 필자는 1994년에 과분하게도 3회 초의상까지 수상하였으니 초의선사의 현창사업에 동참함으로써 그 은혜에 보답할지언정 사양할 명분도 없고 사양할 퇴로마저 끊기자 하는 수 없이 그 일을 떠맡게 되었다.

육우의 『다경』을 재해석하고 보급에 힘써

평소 독철신獨啜神의 차 정신을 생활화 하시던 선생은 글 말미에 '더질더질'이라고 끝을 맺으며 뭔가 말하고 싶은데 말을 아끼는 듯 90년대 말만 해도 웬만한 차 행사에는 참석하여 멀리 말없이 바라보곤 했다. 육우의 『다경』을 스스로 해석하여 배포하고자 애쓰셨던 모습을 그의 필적에서 확인할 수 있다. 한 자 한 자 일일이 필사하여 자그마한 편지지에 빼곡히 써 내려간다.

우록은 『다경』의 일본어 해석본을 참고하여 정독하였다. 〈다경의 일본문 해석본解譯本〉이라고 되어 있는 자료에서는 당신 스스로 『다경』의 일본문 해석본을 보면서 한국에서 번역된 『다경』의 잘못된 부분은 없는지 일일이 확인하고 하나하나 사전을 대조해 가면서 풀어 쓰고 있는 흔적이 역력했다. 『다경』을 일일이 채록하고 그 한자의 의미 하나하나를 재해석하였다. 채록은 검정색으로 해석은 빨간 볼펜으로 해나가는 그의 원고에는 다년간의 연구의 흔적이 땀과 함께 젖어있다.

한자의 오자나 탈자에도 신경을 썼고, 현대 차인들이 공부하는 『다경』을 비교 분석하면서 잘못 해석되고 있는 부분은 없는지 꼼꼼히 체크했던 원고가 그의 책상 위에서 먼지에 쌓여 간다. 타계하기 이전에 하려고 했던 작업들이어서 마무리하지 못한 아쉬움이 얼마나 컸을까 미루어 짐작할 수 있을 것 같다. 『다경』의 해석본은 다 완성하지 못하고 유고집으로 남아 있다. 현재 생존에 살았던 학동마을 아침재 아래 가옥에 남아 있으며 가족들이 보관 중이다.

소설 『세한도』, 『초의선사와 추사 김정희』와 역주본 『초의선집』 등 차에 관한 수많은 글들을 발표하였다. 당시의 우록은 한국차인연합회의 고문과 초의차문화제 집행위원으로 해남의 문화 예술계를 주름 잡던 풍운아였다. 《문학사상》에 초의선사의 『동다송』과 『다신전』을 번역해 「누가 차의 참맛을 알리요」라는 글로 초의의 다도를 널리 알렸고, 중편소설 「세한도」를 발표해 추사 김정희와 그의 제자 이상적과의 감동적인 스토리로 또 한 번 세인의 관심을 끌었다.

그가 타계하기 두 해 전인 2001년 해남고대역사학회 학술발표회 자리를 마련하여 동국대학교 김상현 교수가 '한국 차 문화사'를 강연했다. 또 「대둔사를 중심으로 한 차와 다기의 고찰」이라는 제목으로 화원요 정기봉(1959~) 도예가가 도자기와 다기의 이해를 정리하는 계기를 마련한다.

한국 전통 차 문화 자료 전시회에서 발견된 『다설茶說』

KBS와 숭례원이 공동 주최한 '한국 전통 차 문화 자료 전시회'에 출품된 품목 중에 『다설茶說』이 나왔다. 주최 측의 말로는 광주 KBS의 주선으

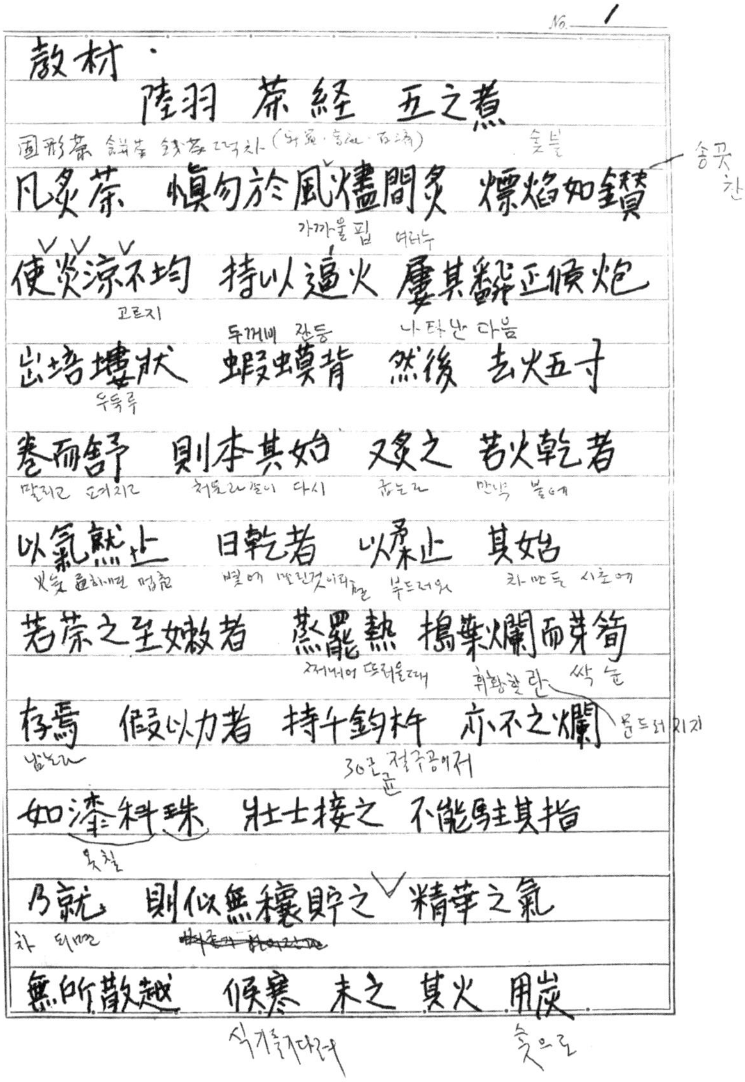

No. 1

教材·

陸羽 茶経 五之煮

凡炙茶 慎勿於風燼間炙 熛焰如鑽

使炎涼不均 持以逼火 屢其翻正 候炮

出培塿狀 蝦蟆背 然後 去火五寸

卷而舒 則本其始 又炙之 若火乾者

以氣熟止 日乾者 以柔止 其始

若茶之至嫩者 蒸罷熱 搗葉爛而芽筍

存焉 假以力者 持千鈞杵 亦不之爛

如漆科珠 壯士接之 不能駐其指

乃就 則似無穰骨之 精華之氣

無所散越 候寒 末之 其火 用炭

생전의 작업이었던 『다경茶經』 해석본 원고 일부

로 전남 진도에서 출품되었다고 할 뿐 명확한 출처를 알 수 없는데 문헌을 뒤져보아도 근거를 밝힐 수 없었다. 다만 추측으로는 초의의 생존 당시 「남다병서 몽하편南茶倂書 夢霞篇」 등을 쓴 진도인 속우당俗愚堂 또는 금령 박영보錦舲 朴永輔(1808~1872)의 기술이 아닌가 하는 것뿐이다. 강호제현江湖諸賢의 고증을 기대한다. 다음의 번역은 한국 정신문화연구원에서 한 것이다. 현존하는 『다설』로는 왕초당王草堂, 소자담蘇子瞻, 온씨溫氏, 형사양邢士襄, 몽정蒙頂의 것이 있다.

제7장

우록의 차 정신

우록의 차 정신

차는 곧 우리의 정신문화를 대변한다. 우리의 삶 속에 차tea는 우리의 삶을 규정하는 내재적 가치이며 문화이며 시간이기도 하다. 차는 약용, 음식, 기호음료, 수행의 매체로서 다양한 모습으로 우리의 일상에 존재하기 때문이다. 그러나 정작 우리는 왜 차를 마셔야 하는가를 잘 모르고 살고 있다. 차를 한다고 하면서도 정작 왜 차를 마셔야 하는가를 모르고 마시는 일이 허다하기 때문이다.

중국의 한 고서에서는 "차를 마실 때 사람을 가려 마시고 아무 때나 마시지 말아야 한다"고 적고 있다. 차는 곧 우리의 정신과 문화를 그대로 대변하고 있다는 것이다. 초의는 영혼을 일깨우는 인간의 찻자리에 대해 일갈했다. 아래 글이 그의 차 정신을 나타내는 차시茶詩이다. 이에 따르면 차를 한 잔 마실 수 있는 삶의 여유가 바로 삶의 찻자리요 도인의 찻자리이다.

> 밝은 달 촛불이 되고 또 벗이 되니
> 흰 구름 자리 되고 또 병풍이 되어주네
> 솔솔솔 찻물 끓는 소리 시원하고 고요하니
> 맑고 찬 기운 뼈에 스며 영혼을 일깨우네
> 오직 흰 구름 밝은 달 두 벗을 삼으니
> 도인의 찻자리 이보다 빼어날 소냐

선조들의 혼이 들어있는 차의 정신

어려운 여건 속에서도 뜻이 있는 선각자들의 끊임없는 노력으로 차 문화 분야와 차 산업 과학 분야로 분화되어 두 분야가 서로 협력하면서 역동성을 키워온 것이 우리의 차 역사다. 많은 수난을 겪으면서도 우리의 전통차가 맥을 이어온 것은 다도라는 전통 정신문화 때문이다. 오늘을 사는 우리가 선조들의 혼이 들어있는 차의 정신을 이어 차 문화의 중흥을 반드시 이룩하여야 할 것이다. 차는 만병지약萬病之藥이라는 말이 있다. 차가 실생활에서 약용으로 식용으로 다양하게 적용되고 있다는 것이 그 반증이다. 수천 년을 이어온 우리 시대 문화 코드로 새롭게 복원되고 있는 차는 우리 시대의 삶과 문화를 바꾸는 새로운 인연으로 다가올 것으로 보인다. 오늘 우리가 차를 마시고 차를 생각하고 차를 곁에 두는 이유가 바로 여기에 있는 것이다.

우록은 차 문화를 향유하는 데는 차의 생리적인 효능과 정신적인 의미가 있다고 하였다. 차 생활을 향유하는 데 있어 필요한 다구 일괄을 차의 물질민속이라고 한다면 음차는 행위민속이고 정신문화 범주에 속한다고 할 수 있다. 차를 음차할 때는 난잡하거나 흐트러진 몸과 마음을 마음의 눈으로 바라보는 것이다. 눈으로 사물을 보는 것처럼 보이는 것이 아니라 보이지 않는 내 마음과 몸을 내면의 눈으로 바라보면서 나를 다듬고 정리하는 것이 음차 행위이고 음차 향유라고 하였다.

차를 마시는 음차 행위와 차를 향유하는 정신미학

우록이 평소에 강조한 차 정신이 있었다. 이를 요약해보면 이렇다.

> 차는 신분이 높은 사람이 낮은 사람을 시키는 것이 아니다. 스스로 행하고 스스로 느끼고 스스로 뒤처리를 하는 것이다. 이것이 차 생활의 본분이고 차 생활의 묘妙이다. 이것이 행다行茶이다. 물론 행다는 차를 행하는 행위 또는 동작 절차를 일컫는 말이지만 스스로 행한다는 차원에서 행다라고 하는 것이 더 옳을 것이다. 차를 시작에서 끝맺음까지 청결, 침착, 중정, 맑은 정신, 근엄, 외경이 필수인 것이다. 이런 차 생활이 중첩되고 내 몸에 습이 되면 생활이 스스로 고요해지고 즐기는 차의 낙이 될 것이다.

사소한 일에 발끈하거나, 언짢은 일에 집착하거나, 흐트러지거나, 예절을 벗어나거나 할 때 한 잔의 차는 올바른 중정의 길로 안내할 것이다. 건전한 차 생활이 건전한 사고로 이어진다는 점을 간과해서는 안 된다.

부도덕, 안전 불감, 횡포, 아집, 비타협, 무절제, 향락, 나태, 이기주의, 모략, 불효, 불화 이런 단어들이 난무하는 사회에서 단정한 자세, 좋은 차, 사랑스런 말, 건전한 약속, 믿음을 생각하면서 차 한 잔의 명상이 하루하루 더해지면 지극히 내면이 고요해짐을 느낄 것이다.

옛 차인들은 차를 말하면서 은근히 인간의 성질이나 품격의 소중함을 강조하고 있는 것과 같이 초의의 중정의 묘를 찾으라는 말 역시 차 생활이라는 소승적인 것에 국한한 말이 아니라 인생의 모든 행동거지에 적용되는 대승적인 뜻이 담긴 말임은 분명하다.

차 생활은 첫째는 이성과 야성의 조화요 둘째는 선비 정신의 표현이다. 이성은 사물의 이치를 헤아려 깨닫는 성품이고, 사람이 본래 타고난 세 가지 정신 능력 곧 앎知·정情·뜻意 중의 지적 능력, 개념을 사유하는 능력, 그리고 양심을 뜻한다. 야성은 교양이 없는 거친 성질, 또는 길들지 아니한 성질을 뜻하는 것이다. 선비란 학문을 닦아 학덕을 갖춘 사람의 옛스러운 일컬음이며, 학덕이란 학식과 덕행을 이야기하는 것이다.

서로 다른 꿈을 꾸지만 결국은 평화와 안녕이라는 같은 꿈

우록의 유품 중에 「초의 장의순의 예술세계」라는 글이 남겨졌다. 편지지에 빼곡히 써 여러 장으로 묶여 있는데, 아마 집필 중이었던 것으로 보인다. 그것은 초의의 예술세계와 우록의 차 정신이 담겨 있는 글이었다. 차인으로서의 몸가짐과 어떤 정신으로 무장하여야 비로소 차인인지를 보여주기도 하였으며 '이태동잠異苔同岑(가는 방식은 달라도 목표는 같음)'이라는 글을 통해 우록의 차 정신을 담아내고 있다.

우록의 '이태동잠'은 매우 다양한 상징성을 내포하고 있다. 우록의 가족들이 해석하고 풀이한 이태동잠의 의의도 있거니와 평생을 살아오면서 우록의 화두는 몇 가지로 정리된다. 그것은 용서와 화합, 융합과 화해, 관용과 이태동잠, 그리고 차 생활에 있어서 철저한 독철신의 철학들이 만나 이루어진 것이었다.

가족들이 말하는 이태동잠은 7형제의 종교 문제와 연관된 것으로 기억한다. 집안의 장남이었기에 종교 문제를 통합하는 것은 그의 숙원이었다. 선친의 제를 모실 때도 통일되지 않은 종교 문제는 늘 거론되었다고 한다. 현재는 학동마을 아침재 아래 선산에 우록을 비롯한 선친들의 묘소가 아주 잘 단장이 되어 있고 기독교인 동생들의 가족들 역시 평장으로 모셔져 있지만 이러한 문제를 해결하는 데 있어 우록의 지론은 이태동잠이었다고 한다. 더불어 우록의 자식들 간의 종교 문제까지 정갈하게 해결되어 이태동잠의 교훈을 머리에 이고 살아가고 있다.

이태동잠異苔同岑의 차 정신

우록은 차 생활에 있어서도 마찬가지였다. 독철신에 대한 상징적 의미는 우록의 차 생활에서도 거론되었기 때문에 각설하고, 이태동잠은 현대 차 문화의 전승 실태에서도 지혜를 남기고 있다. 우록이 남긴 한 소절의 글에서도 그런 깊은 뜻을 발견할 수 있다. 의재와 효당이 보여주었던 이태동잠처럼 서로 같은 좋아하고 향유하는 공동체의식으로 서로를 보듬고 아우르는 차계이기를 우록은 간절히 바란 듯하다.

"차는 기교가 아니야. 차는 자랑이 아니야. 차란 소탈한 것이야! 차란

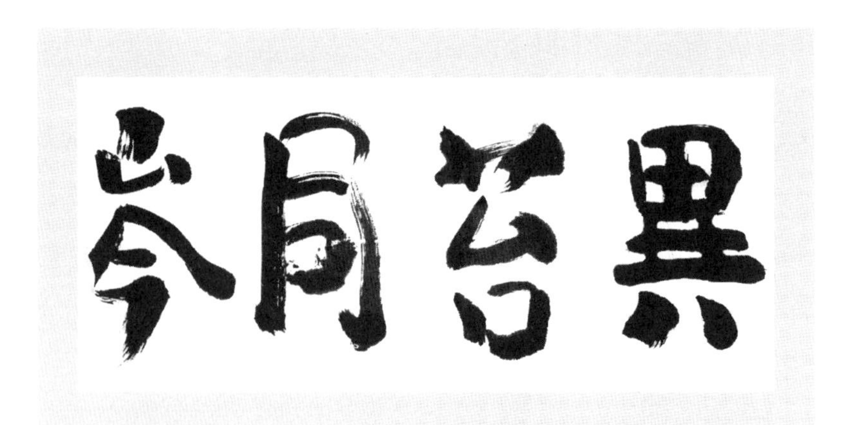

우록의 차 정신을 드러내는 이태동잠

홀로 하는 것이야. 차란 용서하는 것이야. 차란 중정이어야 혀."[79]

"우리는 공자가 인仁의 사상을 편 성인이었다는 건 잘 알지만 예락겸전禮樂兼全이라 하여 예禮에 못지않게 락樂을 존중하면서 스스로 비파를 연주하기도 하였는데 그것이 아마추어가 아닌 프로의 경지에까지 이르렀다는 사실을 잘 모르고 있다. 우리나라 국문학의 비조鼻祖랄 수 있는 고산 윤선도는 대단한 시인이자 교육자이며 정치가이면서 경세가經世家였다는 것은 잘 알지만 그가 거문고의 제작자이자 작곡가였다는 사실을 아는 이는 드물다."

이러한 사례는 외국의 경우도 마찬가지이다. 슈바이처가 오르간의 명수였다는 사실, 히트가 피아니스트였다는 사실은 잘 알려져 있지 않다. 처칠이 수준급의 화가였다는 사실도 그렇다. 이렇듯 옛 선비들은(여기서 선비라 함은 구엄한 유학자만을 지칭하는 것이 아니고 오늘의 지성인을 통틀어 하는 말이지만) 예술을 취향의 한 부분 또는 멋스러운 것으로만 보지 않고 세상을 살아가는 한 필요 불가결의 요건으로 여겼다.

초의는 자기 생애에 약 180수의 시를 썼다. 그건 이른바 순수 운문만을 헤아린 것이어서 그가 쓴 가지가지의 모연문募緣文, 상량문上樑文, 금석문金石文까지를 합친다면 그보다 훨씬 많을 것이다. 이를테면 그가 쓴 『다신전』과 『동다송』도 오언절구와 칠언절구의 시 형식으로 되어 있기 때문이다.

일반적으로 불가에서는 시를 게송이라 하여 매우 근엄하게 다루고 있다. 여간 자신하는 것 아니고는 남기려 하지도 않는다. 또 그들은 시 쓰는 일을 시작불사詩作佛事 혹은 학수불공學修佛供이라고 하여 매우 경건하게 대한다. 그럼에도 불구하고 초의는 많은 글을 남겼는데, 과연 그 내용은 어떻게 평가할 수 있을까? 초의는 『이선래의二禪來義』, 『사변만어四辨漫語』, 『초의선과艸衣禪課』 등의 경서 말고도 시집을 5권 남겼는데 그 책머리에 쓴 서문을 보면 석학碩學들이 그를 어떻게 대접하였는지 가늠할 수 있을 것이다.

서문은 해거海巨 홍현주의 형 연천 홍석주淵泉 洪奭周(1774~1842)와 조선조 5백년의 최고의 시인으로 추앙하는 자하 신위紫霞 申緯가 썼고 발문은 석오 윤치영石梧 尹致英, 영천 백파靈泉 白坡, 신헌구申獻求, 평주 신관호平州 申觀浩 등이 썼다. 서문이란 또 아무에게나 부탁하는 것이 아니며 또 아무에게나 써주지 않는 것이 고금의 통념이다. 대제학 연천 홍석주가 초의의 글 중 '이잡간저운履雜澗底雲 창함송상월窓含松上月'이라 한 구절을 들어 당송 8대가八大家의 한 사람인 한퇴지韓退之의 '첨의욕습행화우沾衣欲濕杏花雨 취면불한양유풍吹面不寒楊柳風'과 비교하며 그 어느 것이 더하다 덜하다 할 수 없다고 극찬한 대목만으로도 그의 문학의 깊이를 헤아릴 수 있는 것이다.

각자 혹은 함께, 따로 또 같이를 추구

우록의 2남 김정주(1957~)는 현재 잠실교당의 교도이지만 할아버지 대부터 믿어온 원불교가 자기 대에서 여러 가지로 갈라지는 것을 원치 않았다. 어렸을 때부터 자연스럽게 접했던 교당 행사부터 원불교 식으로 행해졌던 집안 대소사까지 원불교는 집안 곳곳에 스며들었던 향기였다. 원불교 법명은 도연, 우록의 법명이 융산融山이고, 법호는 김대융이다.

> "아버지가 돌아가시고야 알았다. 같은 바위에서 다른 이끼가 자라나듯, 5형제 모두 제각기 다른 종교로 다른 믿음을 가지고 있어도 뿌리는 하나이며 그 차이는 존재하지 않는다는 것을 아버지가 남기신 이태동잠異苔同岑이란 글귀를 보고 비로소 알게 되었다."

> "가족 모임이 있을 때마다 불교를 믿는 큰 형님에게 얘기했죠. '다른 사람은 몰라도 큰 아들은 부모님의 믿음을 이어가야지 않겠냐'고요."

무조건적인 믿음을 원한 건 아니었다. 그저 같은 종교 같은 믿음이어야 가족 간 분쟁도 다툼도 없다고 생각했다. 같은 곳을 보고 같은 느낌을 받고, 어쩌면 자신이 좋아하는 것과 내가 받았던 종교적 기쁨을 같이 누리기 바라는 마음이었을 것이다. 그러다 아버지가 돌아가시기 전 5형제에게 똑같이 나누어 준 이태동잠異苔同岑이란 글귀에는 다름과 같음이 함께 적혀 있었다. 그들은 서로 다른 곳에 믿음이 있었어도 아버지라는 뿌리가 같았기에 일부러 '같아야 한다'는 의미가 필요 없었던 것이다. 서로의 차이를 인정하고 다름을 이해하자 그가 원불교와 인연이 닿았듯, 그의 형은 불교와, 그의 누이는 천주교와, 동생은 기독교와 인연이 닿아 있는 것이 보였다.

"부모님이 돌아가셨을 때에는 4대 종단이 다 와서 행사를 집전했습니다. 다른 사람들은 이상하게 봤을지 모르지만 아버님은 많이 기뻐하셨을 것이라 생각됩니다."

지금도 제를 지낼 때면 형제들이 함께 모여 원불교 형식으로 제사를 지내고 교회에서 지휘를 하는 동생이 피아노를 친다. 그는 이런 정신으로 합창단에서 화합을 노래하고, 법회 사회자로 하나됨을 이끈다.

"이것으로 됐다고 생각합니다. 제일 중요한 다름을 인정하고 이해하는 원불교의 정신을 제가 알게 되었으니까요. 매주 법회 사회자로 선다는 것이 부담스럽고 힘든 일입니다. 또 합창단원으로서 서로의 목소리를 믿고 화음을 내는 것도 어려운 일이고요."

하지만 법회 사회자는 법회의 질을 높이는 일이기에, 또 노래는 곧 법문이고 화음은 법문 공양이기에 멈출 수 없다는 둘째 아들. 법회시간에 부르는 7~8곡의 노래를 다 알 수 없기에 미리 확인하고 연습하며, 아는 노래라도 집에서 연습을 쉬지 않는다.

"이런 것들이 자기 성찰이 되고 매일 쓰는 수행 일기가 마음의 안정을 줍니다. 그리고 가끔 밤에 집 뒤에 있는 절에 가 108배를 하기도 하는데 이것들이 방법은 다르나 나를 다스릴 수 있는 수행이 됩니다."

그저 바람이라면 나이 들어서도 지금처럼 부부가 손잡고 법당으로 향하고 싶다는 둘째 아들은 아내에게 '인생의 스승'이라 스스럼없이 불리고, '이태동잠'이라는 글귀를 소중히 하는 그에게 이 바람은 너무나 작은 소망

이 아닐까 싶다.[80]

"검붉은 국물을 명색이 차라고?"

우록은 늘 초의의 뜻을 기렸다. 초의의 정신과 평생의 지향을 그대로 따르기를 염원하였다. 나아가 초의의 서화 예술을 중히 여겼는데, 초의의 예술적 경지와 관련해서는 ① 해남 대둔사에 소장되어 있는 관음상과 후불정화後佛幀畵가 거의 그의 작품이거나 증명 또는 감수로 기록되어 있다는 사실, 그리고 여러 명찰에 있는 작품에서 보는 바 존엄과 성실과 전통의 결정이라는 측면, ② 천의무봉天衣無縫, 그 누구의 서법書法도 흉내 내지 않았다는 독창성을 지녔다는 측면, ③ 소치 허련이라는 거목을 길러낸 안목 등 세 가지로 구분해서 말할 수 있을 것이다.

대체로 사물을 관조할 때 그의 얼굴을 보지 말고 그가 가리키는 손가락 끝을 보라 하였다. 초의의 서書·화畵를 말할 때 초의를 논하기보다는 그의 제자인 소치 허련을 살피는 일이 첩경이라 하겠다. 초의는 그림을 배우고자 일지암에 찾아온 진도의 섬개구리이자 24세의 만학도이며 전연 다듬어지지 않은 야생마와도 같은 소치를 잘만 길러 보면 대성할 수도 있겠다고 판단하고 온갖 방편을 다하여 드디어는 그를 조선조 후기 남화의 수장 자리에 올려놓았다.

그 과정을 밝히자면 일지암에서의 초기의 수련, 다산 정약용과 해남 연동의 고산 고택과의 관계로 맺어진 공재恭齋, 낙서駱西, 청고靑皐 3대의 영향인 5기 추사 문하의 3기 권돈인, 신관호 영향의 4기에 이르는 설명이 필요한 것이다. 소치가 한양에서 얼마나 명성을 날렸는가는 추사의 다음의 글로 대변할 수 있다.

소치화지왕小癡畵之王 인병불지위하물人幷不知爲何物 루루급지累累及之

초의의 예술세계의 압권은 뭐니 뭐니 해도 그의 차라 하겠다. 초의와 차, 초의의 차, 초의는 차의 궁극적인 위상을 어디에 두었을까 하는 문제 등은 차를 공부하는 사람들의 지대한 관심사이자 영원한 숙제이다. 오늘의 차인들은 이 문제에 접근하는 방편의 하나로 차 문화가 만발하고 있는 이웃 나라 일본의 몇몇 기록에 주의할 필요가 있을 것 같다.

"차에는 아홉 가지의 어려움과 네 가지의 향기가 있어. 참으로 현묘한 것이지."

첫째는 조(造)요, 둘째는 감별이요, 셋째는 그릇이요, 넷째는 불이요, 다섯째는 물이요, 여섯째는 굽는 일이요, 일곱째는 가루로 만드는 일이요, 여덟째는 끓이는 일이요, 아홉째는 마시는 일이라고 했다.

"본시 우리나라는 차를 숭상하여 차로써 모든 생활의 근본으로 삼았는데, 조선조에 이르러 그 차 문화를 배척하였기로 그 차로 말미암은 아름답고 슬기로운 풍습은 멀리 사라졌고, 겨우 그 편린이 절의 승려 사회에서 이어지고 있는데, 그 승려마저 차의 진수를 모르고 있으니 개탄 개탄이야. 그 탁하고 검붉은 국물을 명색이 차라고 마시고 있더군. 내가 그곳 종무소에서 말했지. '천하에 좋은 차를 속된 솜씨로 마구 버려놓았군!' 하고. 차는 바위틈에서 나는 것이 제일 좋고, 자갈 섞인 흙 또는 골짜기에서 나는 것이 그 다음이야."

호화롭지 않고 격조에 맞는 차 생활 강조

> 노상 피부에 와 닿는 건, 차 생활 보급 운동이 매우 어려운 일이라는 것이었다. 그냥 맹목적으로 죽자 사자 커피만 퍼마시는 그릇된 풍조를 바로잡는 데는 고전을 설파하는 일이 아니요, 커피의 단점을 꼬집는 일이 아니며, 우아하게 차려 입은 다회를 소개하는 일이거나, 한 치의 빈틈도 용납하지 않는 깔끔한 행다行茶를 주장하는 일이 아님을 알게 되었다.
>
> 우리의 차 문화가 늘상 왜색 시비에 휘말리는 것도 본시 우리나라는 초등학교 중학교 대학교를 마친 이력을 지녀서, 지금 차 문화를 온 세계에 휘날리고 있는 일본의 스승이었건만, 도중에 정치판에 휘말려서 원점으로 곤두선 것이다. 억울한 일이다. 허나 어쩌랴! 다시 시작할 밖에…[81]

인간을 사유의 동물이라 했다. 음식을 지혜롭게 가려서 먹거나 마시고, 자신의 행동에 선악의 규범을 맞추어 나가고, 그 행동 다음으로는 잘한 일이었는지 잘못한 일이었는지를 반성하는 건 아무래도 인간만이 지닌 미덕이 아닌가 싶다. 좋은 음식 가려서 먹거나 마시고, 혼탁한 마음을 자정하면서 되도록 잡념을 떨쳐버리고, 지난 일들을 반성하면서 내일의 일을 구상하는 데에 낙을 삼고 살아가는 삶은 아름답다. 차를 즐겨 마시는 차인들의 생활이 그러하다.

차인이 기거하는 다실은 호화롭지 않다. 값진 물건이 아니더라도 격조는 갖추어야 하고 늘 청결하여야 한다. 비린내가 나거나 담배 연기 자욱하거나 수선스러워서는 안 된다. 차는 비록 값진 것이 아니어도 무방하다 하겠으나 변질된 것은 쓰지 않는다. 봉지를 따서 마실 만큼 덜어내고는 얌전하게 밀봉하여 시원한 곳에 간직한다. 차인이 쓰는 다구는 값진 물건이 아니어도 좋으나 정결하게 닦여 있어야 한다. 막사발이나 포크, 나이프 다루

듯 해서는 안 된다. 차에 쓰이는 물은 깨끗한 자연수를 으뜸으로 한다. 부득이 수돗물을 쓸 경우에는 충분히 끓여서 불순물이나 소독제의 냄새 따위를 제거해야 한다.

차는 홀로 마시는 것을 으뜸[獨啜神]으로 친다. 객이 두셋이면 그런대로 좋고[二客日勝], 서넛이면 아취가 있다 하겠고[三四日趣], 대여섯이면 번거롭고[五六日泛], 칠팔이면 베푸는 것에 불과하다[七八日施] 하였다. 물론 이 말은 이상적인 경지를 말하는 것일 뿐 필수적인 요구는 아니다. 때로 수효가 많을 수도 있을 법 하지만, 여기서는 될 수 있으면 홀로 마시라는 것보다는 홀로 있을 때 차를 들라는 뜻으로 해석하여야 한다.[82]

기교와 꾸밈새가 아니라 정서와 혼의 조화

먼저 미술평론가이자 다도학자인 오카쿠라 덴싱岡倉 天心(1863~1913)의 말이다.

> 차의 궁극적인 의미는 일본 고유의 예술관이기도 한 '와비わび', '사비さび'에 있다. '와비'는 조용한 생활의 정취를 즐기는 것을 말한다. 손을 초대하여 차를 즐기는 모임 또는 그 예법의 한 가지를 와비라고 하고, 차 도구 등의 호사스러움을 물리치고, 간소하고 한적閑寂한 경지를 중히 여기는 것을 와비차侘び茶라고 한다. 일본의 센 리큐千利休가 와비의 정신세계를 강조해 대성하였다. 와비[寂]는 고요하고 평온한 경지로서 예스럽고 차분한 아취를 말한다. 고담枯淡하고 수수한 경지이다.
>
> 늦가을의 어느 날 센 리큐千利休는 그의 아들 소안小庵에게 오늘 귀한 손님이 오실 것이니 차실 안팎을 청소하라 하였다. 아들이 청소한 것을 아비 센 리큐千利休가 둘러보고 "아직 멀었다" 하였다. 아들 소안小庵은 군소리 않고 거듭 털고 쓸고 닦고 문지르고, 그리고 빗자루 자국을 예쁘게 그려

놨다. 아비가 와서 보고 또 말하기를 "아직 멀었다" 하였다. 아들이 고민 끝에 물뿌리개에 물을 듬뿍 담아 가지고 빗자루 자국 위에 정원석이며 괴석이며 잔디며 소나무 분재에 물방울이 똑똑 떨어지게 해 놓았다. 이윽고 아비가 둘러보고 한다는 말이 '이게 무슨 청소더냐?' 하면서 거기 서 있는 상수리나무 가지를 틀어잡고 몇 번 흔들었다. 그러자 낙엽이 우수수 괴석이며 빗자루 자국 위며 소나무 분재 위에 떨어져 앉았다. 그제사 센 리큐千利休가 말했다. "이제 됐다."

다찌하라 마사아끼立原 正秋(1926~1980)라는 사람은 일본의 A급 소설가이자 일본의 음식, 차, 정원 등에 관하여 저서를 많이 남겼다. 그가 쓴 『일본의 정庭』 이라는 책에는 '차는 자연을 안으로 끌어들이는 데에 목적이 있다'는 말이 있다. 이 주장은 센 리큐千利休가 란슈쿠 겐슈蘭叔 玄秀나 에이사이榮西(1141~1215)나 다를 바 없다는 견해였다.

일반적으로 예술이란 어떤 장르가 되었건 정서와 기교와 혼의 조화로 이루어지는 것이다. 작품의 대소를 막론하고 거기에는 색채와 선율과 이야기꺼리와 지음知音이 있어야 한다고 하는데, 정작 초의의 다도관 또는 예술관은 무엇이었을까? 초의의 시와 서화書畵와 경전과 다서가 대자연의 섭리의 일부분이라는 것이다. 그런데 그 대자연에 융합하지 못한다면, 더구나 나뭇가지를 흔들어서 잎사귀를 떨어뜨려 놓고 이거다 하는 따위의 인위적이거나 작위적인 꾸밈새는 절대 금물이라는 것이다. 예술적이기 위하여 자연을 옮겨 보려는 발상으로 그것을 축소 모방하는 것이 아니라 차는 이미 예술 그 자체이기 때문에 다소곳 자연에 기대 있으면 된다는 것이다. 그의 차 생활은 늘 자연을 그대로 두고 즐기는 것이다. 자연을 벗 삼고 자연과 함께 차를 즐긴 그의 정신을 이른 것이다.

외형률外形律이 아니라 내용률內容律이며 리얼리즘

부연하자면 쓸고 닦고 낙엽을 떨어뜨리는 것이 아니라 이미 떨어져 있는 낙엽을 밟으라는 것이며 낙엽이 없거든 잎사귀가 떨어지기를 기다리라는 것이다. 잎사귀가 우수수 쌓여 있다면 그 낙엽더미에 풀썩 주저앉아 보라는 것이다. 그리고 이제 곧 스러질 갈대 언저리에 기대 있으라는 것이다. 여기서 말하는 동작은 외형 행위만을 말하는 것이 아니라 인간 본연의 모습이었다. 아마도 도반들과 굳었던 어제의 잘못을 반성하는 것일까. 아니면 교만으로 얼룩진 누군가를 용서하고 있는 것일까. 그러노라니 차는 조금씩 엎질러지고 식어가지만 마침내 그는 독철신獨啜神의 삼매三昧에 빠져든다. 그건 외형률外形律이 아니라 내용률內容律이며 리얼리즘의 경지를 넘어 선 슈퍼리얼리즘의 세계이다. 이웃 나라 차인들의 다도관이나 예술관의 세계에서 우리는 우리의 정서를 다시 찾을 수 있다. 그러니까 우리는 우리의 선각자에게 의지할 수밖에 없다.

> "초의는 오무호오惡無好惡이라 했다. 깨닫고자 한다면 좋아 죽을 일도 미워 안달일 것도 없어야 한다 했다. 초의는 진정한 차인이 되려거든 소순기疎筍氣를 떨쳐버리라고도 했다. 겉치레가 무슨 소용이리오. 이태동잠異苔同岑이라, 비록 걷는 길은 다르다 할지라도 결국은 산봉우리에서 만나게 된다고도 했다. 그것이 곧 그의 다도관이자 문학과 예술의 세계였다."

우록은 겉치레와 허세, 사치와 오류 이런 것들은 굉장히 거리를 두고자 했다. 우록의 글 곳곳에서 "겉치레가 무슨 소용이요 이태동잠이라"라는 말을 자주 발견하게 된다. 그것은 겉치레로 하는 것은 차가 아니라 우리가 진정 추구해야 할 것은 모든 현상에서, 또는 발생하는 모든 문제들을 해결하는 방안, 그것은 곧 융합이고 조화라는 것이다.

차 문화 보급을 위한 다회, 시대적 변화 추구

우록은 다회의 장소를 옮길 때가 되었다고 했다. 고사리 손의 학교로 가야 한다고 강조한다. 공단의 기숙사를 찾아가서 거칠어진 여공들과 동무하여야 한다. 회사의 퇴근시간에 맞추어 거기 여직원들과 정담을 나누어야 한다. 농촌의 부녀회에 뛰어들어야 한다. 아파트 단지에서 판을 벌여야 한다. 진정 문화 보급이 애국애족의 방편이라고 믿는다면 그렇게 하여야 한다. 곱게 곱게 치장하고 호텔로 달려가는 습성은 버려야 한다. 한 여류수필가가 천하의 큰집 우라센케裏千家의 그릇된 행위에 대하여, 상업주의에 물들어 버린 다도관에 대하여, 과감하게 대든 용기와 차 정신을 본받아야 한다고 역설했다.

우리나라 차인들은 왜 그리 외국 나들이를 좋아하는가. 외국에서 뭘 배워 오겠다는 것일까. 다기 골고루 싸들고 가서 뭘 보여주겠다는 것일까. 떼 지어 외국에 다녀오면 이력이 하나 붙는 것일까? 외국에 가서 차회 열고 사진 찍어 와서 그 걸 차 잡지 등속에 올리면 자랑거리는 될 터이다. 그러나 외국 특히 미국의 경우 생활 습성이 전연 판이한 그네들 앞에서 다소곳 꿇어앉아서 차[行茶] 시범하는 이른바 차회는 이미 30년 전부터 일본인들이 속속들이 써먹어 버린, 이제는 아무런 감동도 주지 못하는 서투른 리바이벌에 지나지 않는 것이다.

국위선양은커녕 망신만 사는 것이다. 또 요즘은 '차 문화 교류'라는 명목으로 저쪽 사람들, 특히 일본인들을 불러들이는 사례가 많은 것 같다. 한복 곱게 차려 입은 이쪽과 기모노 차림의 저쪽과의 어울림! 언뜻 보이게 그 건 저들이 말하는 화경청적和敬淸寂인 듯도 싶고 국제 친선 같기도 하지만 사실은 그게 아니다. 딱 잘라 말하자면 그건 일종의 문화 예속일 뿐이다. 대단한 난센스다. 겉으로는 겸허하기 이를 데 없이 치장하고 속으로는 교만으로 가득 찬 속기俗氣가 빵빵한 모습으로 뭘 가르치고 뭘 보여 주겠다는 말인가. 차를 위한 외국 나들이, 차로 인한 국제 교류, 그건 허상에 불과하다. 이력이 될 수도 없고 자랑일 수도 없다.

이런 대목을 예견이라도 하듯, 우리의 다성 초의는 몸소 보여주었다. '차는 기교가 아니야. 차는 자랑이 아니야. 차란 소탈한 것이야! 차란 홀로 하는 것이야. 차란 용서하는 것이야. 차란 중정이어야 혀!'라고.[83]

적극적이고 현실적이며, 밑, 아래, 하층을 겨냥한 문화 인식이었다.

천하제일의 차는 외경畏敬과 관용寬容의 마음

우리 차인들이 상산사호商山四皓나 죽림칠현竹林七賢과 같이 속세를 멀리할 수는 없는 노릇이다. 하지만 조용히 차나 마시면서 세상을 관조할 수야 있지 않겠는가! 세상을 관조하는 것이야말로 차의 일차적인 행위다. 그런 다음 이차적으로 외경과 관용의 마음을 지니는 것이 차의 본질이다. 차인은 좋은 차 얻는 것을 늘 염원한다. 차인은 누구나 그 좋은 차를 얻었던 체험을 간직하고 있다. 초의가 일지암에서의 40년을 포함해서 80 평생을 차와 함께 지내면서 딱 한 번 '천하제일의 차'라고 극찬한 일이 있었다.

일지암에서 해남현까지는 40리. 초의와 시자 도범이 매정리를 지나고 있는데 길가에 어느 선비가 불쑥 나타나서 절을 올렸다. 그 마을에 사는 서徐처사였다. 초의와 차회를 한번 갖는 것이 평생소원이라는 것을 초의는 익히 알고 있었다.

"오늘은 그냥 못가십니다. 저희 접에서 차를 드시고 가십시오."

초의는 해남현의 독실한 불자를 만나고자 길을 재촉하는 터인데 거절할 수 없는 상황에서 그러자고 하고 서처사가 이끄는 곳으로 따라갔다. 서처사는 비록 가난한 선비였지만 아담한 서재를 다실로 쓰고 있었다. 초의

앞에서 땀을 뻘뻘 흘리며 법도에 맞추어 하노라니, 손은 달달 떨려서 물을 엎지르고, 물은 맹탕이고, 차는 쓰고 떫고, 주인은 좌불안석으로 엉망이었다. 그러나 그런대로 차는 몇 순배 돌아서 객과 주인이 인사를 나누고 헤어졌다. 초의는 매정리를 지나 무선동으로 접어들면서 저 멀리 두둥실 떠 있는 솜구름을 우러르면서 말했다.

"오늘 나는 천하제일의 차를 마셨다!"

듣고 있던 시자가 물은 맹탕이고, 차는 쓰고 떫고, 주인의 행다가 서투른 차가 어찌 천하제일의 차라고 할 수 있느냐고 물었다. 그러자 초의는 "도범아, 듣거라. 바로 그 대목이다. 서처사는 나와 더불어 차를 나누는 것이 소원이었다. 잘하려고 오죽 애를 썼으면 이마에 고인 땀방울이 찻종에 떨어지는 것조차 모르고 있었겠느냐? 차란 나불대는 것이 아니다. 외경의 마음이다. 너는 그 차가 쓰고 떫었다지만 나에게는 소락酥酪이자 제호醍醐였다. 실로 천하제일의 차였다."라 말했다.

우록도 이러한 기억을 토로했다. 급한 원고를 쓰느라고 이틀 밤을 지새던 삼경에, 자는 줄 알았던 가인이 몹시 애석해하는 얼굴로 차 한 잔을 받쳐 들고 와서, 너무 과로하는 거 아니냐고 물었을 때, 차는 마치 사향 같았고 탕색은 비취였으며 맛은 감로와 같았다고 한다. 차는 어지간히 마시는 편이지만 그런 차는 처음이었다고 털어놓는다. 남편의 과로를 중심으로 염려하는 마음이 그대로 전달된 차향이었다. 차인 본연의 관조와 외경과 관용의 미덕이 있어야 비로소 천하제일의 차 맛을 보는 것이다.

우록은 쉽게 편하게 마시는 차를 좋아했다. 격식이 필요 없고, 다기도 잘 안 쓰는 차 생활, 아무 그릇에라도 담아 마시는 그의 차 생활은, '차는 왜 마시는가? 차란 어떻게 마셔야 하는가?' 하는 문제를 숙고하게 하는 숙제를 남긴다. 차는 본질적으로 근검, 검소, 절약, 청결, 내실, 전통을 수반하기 마련이다. 정갈하게 차를 마시는 기풍을 진작할 때다.[84]

차에 관한 교훈이나 차인이 간직하여야 할 좌우명은 수없이 많지만 그 중에서도 가장 명심할 일은 '중정中正의 묘妙'가 아닌가 한다. 관용, 용서, 화해, 화합, 융합, 이태동잠 등등을 강조하지만 결국은 초의의 중정으로 돌아가고 있다.

삼남 김경주 씨의 부친에 대한 기억

우록은 거의 일생을 새금塞琴(해남)에서 보냈다. 우록의 3남 김경주 씨는 회고한다. 현재 광주에서 한듬문화재연구소를 운영하고 있지만, 한 때 호남 차 문화계의 대부이기도 한 이강재와 금호문화재단에 《금호문화》 발간 일을 해왔다. 그가 부친으로서의 아버지를 기억하는 글에는 다방면에 끼를 발산하며 사신 분으로 기록되고 있다. 우록 선생이 세상을 뜨시고 3남 김경주가 아버지를 기억하는 글로 남긴 내용을 옮긴다.

> 가령 '사람을 이해하는 기준이 무엇일까?'라고 질문을 한다면 그 사람이 살아온 행적과, 남아 있는 기억, 말, 글 등을 종합해 보면 될 것이다. 그런데 딱히 그렇지 못한 경우가 있어서 그럴 땐 난감하기 이를 데 없다. 도통 이 사람은 무엇을 추구하고 살았는가, 무엇을 갈망하면서 살았는가가 궁금할 때, 앞서 말한 수많은 잣대를 기준으로 재서 이해하면 될 일이지만 그것마저 모호해지면 벽에 부딪치는 느낌이 들 것이다. 내 아버지는 어쩌면 그런 기준을 잡기가 어려운 분이셨다. 지독한 고집에 결여된 현실감, 항상 무엇인가 새로운 것들을 찾아 헤매는 그런 분이셨다. 도무지 무엇인가 자기 정체성을 지키고 계승해 나아가려는 모습이 보이지가 않았기 때문일까?

세상을 오래 산 사람으로서의 고집과 지론, 관심과 지향 이런 것들이 아마 아들에게는 그렇게 비춰졌을지 모를 일이다. 우록은 다방면에 관심

우록의 3남 김경주 씨

을 기울였다. 그의 스크랩북을 보면 차와 예술, 문학, 연극, 미술, 영화, 건축, 국악, 음악, 무용, 서예, 공예·도자기, 판소리·창극, 예총, 장보고, 음식, 사진, 연예, 총론에 이르기까지 다양한 자료들을 각각 따로 구분하여 정리하고 분석한 흔적들이 그런 그의 성향을 말해주고 있다.

아버지는 늘 바람 같은 분이셨다. 단 한 순간도 가만히 있지는 못하고 어디론가 멀리 오랫동안 왔다 갔다 했던 기억들이 대부분이다. 지극히 현실적인 분인가 싶다가도 완전히 뜬구름 잡는 이상주의자이기도 하고, 아무튼 '이렇다'라고 단정 짓기는 힘든 분이셨다. 두주불사, 다양한 장르를 넘나드는 예술 편력에다 세속적인 삶에서도 여러 가지 사업에 손을 댔다. 그런데 그런 와중에서도 항상 곁에 두고 아끼고 놓지 않은 것이 차에 대한 사랑이었다.

3남 경주는 부친의 이러한 정신을 모두 아울러 사랑이라 한다. 가족에 대한 사랑, 차 사랑, 지역 사랑, 사람 관계 속의 사랑. 어찌 보면 우록은 여러 단어들을 들어 표현하고 있지만 그 안에는 전라도 해남의 정情, 맞잡은 손에, 또는 가슴에 흥건히 고이는 사랑이었다고 할 수 있다.

제8장

우록의 교유

우록에게는 '해남 문화계의 대부', '해남 문화계의 장형', '마지막 선비', '로맨티스트'라는 수식어가 따라다닌다. 중국의 고전을 예시하며 심오하게, 때로는 해학을 섞어가며 반농조로 엮어가던 그의 해박한 지식과 예술적 재능이 돋보이는 닉네임이라 하겠다. 평생 다도와 함께 한 그의 인생을 당시의 영화감독이었던 김수용은 '취록翠綠'이라 불렀다. 취록은 차의 잎이 광택이 있는 비취색(푸른 녹색)으로 상급 녹차의 색깔을 의미하는 말이다.

김수용 감독과의 교유

지금도 우록의 장남 김병주는 김수용 감독과의 만남을 유지하고 있는 것 같다. 장남의 근무처(상암동) 부근에 영상자료원, 컨텐츠진흥원 등등의 건물이 있는데, 그 건물 지하 영화관에서 기획 프로그램으로 한국 영화 회고전을 하고 있을 당시 김수용 감독과의 미팅이 있었다. 우연히 만난 자리이긴 했지만 주변 건물들 벽보에 행사를 알리는 '김수용 회고 포스터'가 붙어 있어 금방 알아볼 수 있었다고 한다.

어릴 적 우록의 '죽로지실'에 그 분이 보낸 엽서가 생각나 서로 인사를 했고, 서로 와락 껴안고는 지난날들을 회고했다 한다. 해남에서의 추억들을 하나둘씩 들추어내 이야기를 나눴다. 〈침향〉이라는 영화를 찍을 때 우록의 도움으로 대흥사에서 촬영하던 얘기, 일지암 복원 때, 추사 다산 초의의 교유 이야기 등 우록으로부터 들은 이야기를 아들에게 해주면서 시간 가는 줄 모르고 우록의 회고에 잠겼다. 그 후 김수용 감독은 무려 109편의 영화를 찍었다고 한다. 현재 영상자료원에 가장 많이 소장되어 있는 작품이 김수용의 작품이라고 한다. 그 후로도 우록의 장남 사무실에 들려 우록의 이야기를 끊임없이 하는 바람에 직원들 사이에서 우록은 이미 한국의 위인이라고 한다.

No.

(20×10)

취록선생의 田舍酒頌 반가웠읍니다.
아무리 그래봤자 都市文人들이란 亞黃
酸가스나 더 마시고 끝내 「戲」字로
亡할 사람들이니 大芚山 기슭의 선생
八字에 비기겠읍니까? 그리고 뭣좀
안다고 체하는 꼬락서니는 분명히 俗
物근성입니다. 진달래 피기전에 취록
선생모시고 一枝庵에서 한잔 기울였으
면 참 좋겠읍니다. 奬忠洞 金洙容

(20×10)

서울시 中区 奬忠洞 一街 36-6 金洙容

영화감독 김수용이 우록에게 쓴 편지

그런데 아버님 호를 이야기하는 대목에서 비 우雨, 사슴 록鹿이라 했단다. 해석하면 '비맞는 사슴'인 것이다. 사실은 본인(김수용)은 비 우雨 대신 술취할 취醉를 써서 '취한 사슴'이라 부르기도 했지만 차 문화의 종주답게 나중에는 녹차를 좋아해 녹차의 탕색인 비취翠의 자를 따 '취록'이라고 부르기도 했다고 덕담을 하였다. 여전히 건강하게 지내고 있는 김수용 감독은 우록과의 술자리를 가장 즐거운 기억으로 가지고 있다고 했다. 지금도 김수용 감독은 해남과 우록에 얽힌 기억들을 평생 보듬고 살고 있다고 한다. 이렇게 김수용 감독을 만난 것이 우록의 7주기 전이었다.[85]

우록은 대체적으로《다원》창간지에 기사를 실었던 인물들과 깊은 교유가 있었다. 남농 허건, 박두진, 최세경, 이귀례, 김금지, 송지영, 이종석, 장은정, 권영애, 홍성유, 김명배, 한웅빈, 정학래, 김병주, 석용운, 최재화, 김종해, 석도수, 민길자, 신운학, 문재한, 정원호, 조성파, 서성환, 김인숙, 김종희, 차재석, 구혜경, 전완길, 조풍연, 김천수, 황혜성, 이규태, 정승용, 정영선, 안병욱, 윤병상, 최상수, 구석달, 김양수, 유홍갑, 함홍근, 박현서, 정을병, 진열범, 정규웅, 김용운, 김양하, 김병근, 안봉규, 강경소, 선우휘, 박순녀, 김후란, 윤금초, 성춘복, 민광기, 한천석 등이다.

우록의 차 생활 역사 속에 많은 차인들과 교유 관계가 있다. 특별히 몇몇 차인들이 아주 역사적인 이야기라며 전해준 일화들이 많다. 일일이 구술조사를 해서 그들의 교유 관계 속의 차 문화 지향을 글로 실어야 마땅하나 다 싣지 못한 점이 아쉽다. 향후 현장조사를 꾸준히 할 것이다.

다음은《다원》창간호에 실린 당시 한국차인회 송지영 회장의 격려의 글이다.

"차가 중국을 거쳐 우리나라에 전해진 것은 아득히 먼 옛날이야기다. 지금은 일본에서 다도를 그들만의 자랑스러운 전통인 양 국제적인 문화 행사마다 곁들이고 있음은 널리 알려진 사실이다. 우리들 생활에 배어 있거나 혹은 잃어버리려 하는 문화적인 전통을 찾는 데 커다란 몫을 차지하게 됨은 말할 나위도 없고, 차에 관한 모든 것을 새롭게 고구하여 하나의 의범儀範을 정립하는 데 있어서 큰 힘이 될 줄 믿는다."[86]

해남의 문화 대공습 경보

초의선사의 존재가 잊혀져가는 것을 한국의 차인이라면 마냥 서럽게만 느꼈으나 그 누구도 선뜻 앞장서질 못하던 가슴 아픈 시절이라고만 기억되는 것을, 이제는 '초의문화제'를 통해 초의가 해남 땅에서 다시 살아난다. 그것도 어떤 고집쟁이 노인네가 홀로 이리 저리 발품을 팔아서 열리게 되었다는 것이다. 평소 우록과 오랜 친분을 갖고 지낸 정순태 씨의 독설이다.

그는 "대체 그 고집쟁이 노인네가 누구길래 이런 큰일을 혼자서? 호기심 반 두려움 반으로 당신을 처음 뵈었던 그 날, 저는 말로만 듣던 '천재'가 그리 멀지 않은 곳에서 동서고금을 넘나들며 깊은 예술과 정신문화 세계를 마냥 자유로이 헤엄쳐 다니는 것을 보았습니다."라고 표현한다.

판소리와 오페라, 서예와 현대 미술, 날카로운 정치 풍자와 단순히 웃을 수밖에 없었던 위트와 해학, 참 부러웠다. 그래서 존경하게 되었다. 지금까지도 세상사람 중 태반은 당신을 그저 천재로만 알고 있을지도 모르겠다. 전설보다 더 믿기 힘든 이야기로 해남 땅에 흐르고 있는 '문화대공습' 사건에 대한 전모를 전해 듣지 못했다면 저(정순태) 역시도 당신의 참모습을 이야기할 영광조차 누리지 못했을 것이다.

1960년 서예가 소전 손재형素筌 孫在馨(1903~1981) 선생께서 해남에 오셨을 때의 일이다. 먹고 살기가 어려워서 훌륭한 서예가 선생의 강연이 있다며 가가호호 방문해봤자 동네 사랑방 채우기도 힘들 때, 그 해남 사람들이 군민회관을 가득 채운 일이 발생했다. '우휑~~~~' 하는 공습경보 사이렌에 놀라 뛰쳐나온 군민들은 회관 단상에서 시치미를 뚝 떼고 천연덕스럽게 마이크를 잡는 당신의 모습에서 다시 한 번 토끼눈이 되었다.

"우리 해남 땅에 문화 대공습이 시작되었습니다. 서예가 소전 손재형 선생께서 〈세한도〉에 대한 강론 공습을 해 주시겠다고 합니다."

사람답게 살기보다는 사람이니 살아야 한다는 비참함이 가득하던 시대에 당신이 일으키신 문화 대공습은 해남땅이 숱한 예인들의 고향으로서 자리매김하는 원동력이 되었음을 이제야 되돌아보게 된다. 지난번 전주 국립박물관에 모시고 갔을 때 세기의 명작 〈세한도〉와 마주하시고는 검은 뿔테 안경 너머로 숨죽여 눈물만 흘리던 당신의 모습이 지금도 눈앞에 어른거린다. 완당의 올곧은 선비됨을, 또한 인간 완당을 진심으로 사모해 마지않았던 청나라 16인의 명사와 이시영, 오세창, 정인보 세 분의 영혼과 교감하던 당신은 그 순간 투명한 차의 정신 그 자체이셨다.

우록의 참 제자, 우산愚山 아니 남록南鹿 정순태

정순태의 우록에 대한 이야기는 계속 이어진다.

차에 대한 사랑만큼이나 큰 사랑으로 해남을 돌보신 선생님, 지금도 홀로 바다를 바라보며 토말의 위용과 고독을 동시에 지켜내고 있는 토말비에 당신의 해남 사랑이 봄비와 함께 촉촉이 맺혀 있습니다.

일지암의 기초를 닦고 상량식을 하실 때의 활기차고 강건하시던, 차가 좋아 사람이 좋아 여러 날을 지새우시며 이야기보따리를 푸시고 웃음꽃을 피우시던 그 모습이 영원할 줄만 알았습니다. 어느 날, 홀연히 평생의 후원자 김경은 여사를 떠나보내시고 텅 빈 방구석에 앉아 밀린 원고 핑계를 대시면서 뜬눈으로 지새우시던 당신을 찾아간 신새벽이었지요. 가장으로서 미안하고 송구하다고 말씀을 차마 잊지 못하시고 메어오는 목을 진녹빛 차 한 잔으로 달래시던 당신의 모습에서 한없이 여리기만 한 인간 우록을 만나고야 말았습니다. 천재도 풍류객도 아닌, 사랑 받고 사랑하며 살아가야 하는 사람, 바로 당신이었습니다.

'작년에는 행촌이 명원상을 받고 금년에는 승설당이 받으셨으니 해남군하고 내가 큰 영광이지요'라며 평생의 벗이자 자신과 함께 올바른 차 정신과 차 문화를 탄생시키기 위한 산고를 함께 치러낸 동지들의 기쁨을 당신의 일인 양 행복해 하시던 선생님, 당신의 사슴 같은 그 해맑은 웃음이 저희 후학들에게는 마지막 선물로 기억될 것입니다.

"우산愚山(정순태)! 차 한 잔 우릴 테니 산 넘어 후딱 우리 집으로 오게 그려. 오늘은 빗소리가 영 좋지 않은가 말일세!"

어제 밤부터 내리는 빗소리에 담긴 당신의 목소리가 독철신의 다향을 풍기듯 멀리서 들려옵니다. 이 세상 그 누구보다 문하생으로, 동생으로, 인간으로 사랑해주신 선생님. 읽어보라 빌려주신 『THE BOOK OF THE TEA』를 돌려드리지 못하고 당신을 떠나보냈습니다. 하늘나라에서 차회 열리는 날, 만나 뵙고 돌려 드리렵니다. 선생님 댁 바라보며 허한 마음 달랩니다.[87]

정순태 씨는 우록이 가고 난 빈 자리를 이렇게 달래고 있다.

새금학당塞琴學堂을 만들어 지역 교육과 후진 양성 추구

평소 생활에서 차의 정신을 보여준 우록의 덕과 지향을 배우고자 모임체를 결성하였다. 새금학당塞琴學堂은 1997년 1월 10일 학동 시경합詩境盒에서 창립되었다. 우록학당友鹿學堂이라고도 하고 대둔학회大芚學會라고 부르기도 한다. 평소 우록을 존경하던 지역의 후배들과 제자들이 우록의 학문과 지향을 배우기 위해 결집한 모임이다. 우록학당은 동천 김창섭東泉 金昌燮(1939~), 우산 정순태愚山 鄭淳太(1950~), 호음 박팔용湖陰 朴八龍(1956~), 민인기, 오근선(1962~), 신기옥, 인경기, 임영호, 김양환, 민경자, 박상대, 김정숙 등 열댓 명으로 구성되었다. 우록학당에서 공부하고 있을 때 지역의 후배들이 우록을 찾아오는 이가 많았다. 대표적으로 김경옥, 김재관, 이석재 등이었는데, 이들은 학당에 주기적으로 참여하지는 않았지만 늘 우록의 제자였다. 생활의 현실이나 직업적 사정 때문에 참여하지 못한 제자들을 더 애틋하게 생각했다. 이들은 근황을 듣기 위해 왔다가 공부하는 학당에서 시간을 같이 할 때가 많았다. 당시 도의원이었던 이석재는 우록의 곤궁한 면까지 살피기도 하였다. 이런 이들까지 하면 우록학당이 지역민에 끼친 영향은 실로 지대하다.[88]

그들은 매주 월요일 차와 예절을 교육시켰다. 특히 음악과 전통문화에도 많은 관심을 가졌다. 커리큘럼이 매우 다양했다. 지역의 문화 발전을 위해 노력했고, 차, 육우의 『다경』, 『초의선집』, 『다신전』, 『동다송』, 『끽다양생기』 등 고전 다서를 섭렵했다. 판소리, 굿 장단, 북치는 것까지 우록에게 배웠다. 그리고 우리 그림을 보는 식견도 가질 수 있었다. 그림에 화제를 써 넣는 글도 배웠다. 현장교육도 병행했다. 전주에 추사 〈세한도〉 등 진품을 전시하는 '눈그림전'이라는 특별전시를 다녀온 바 있다. 그리고 지역별 박물관에서 특별전을 할 때 삼삼오오 차를 동원해서 박물관 나들이도 감행했다. 그때 그런 시간들이 우리 문화를 접하고 이해할 수 있는 값진 시간이어서 제자들은 정말 유익한 시간이었다고 회고한다.[89]

작은 우록 정순태가 기억하는 스승 우록

우록학당의 제자들 중에서 우산 정순태는 작은 우록이라 할 만큼 우록의 참 제자였다. 필자와의 구술조사 중에도 우록에 대한 깊은 존경심을 내비쳤다. 우록은 정순태의 호를 남록南鹿이라 지어주었다. 당신은 사슴 목장을 운영한 일도 있었지만 초기에 비 우雨를 써서 우록이라 하였다. 비에 젖은 사슴이라는 뜻이었다. 그래서 우록이 우산보다는 우록의 고향 해남의 사슴이라는 뜻으로 남녘 남南, 사슴 록鹿을 붙여 남록이라 불렀다. 정순태와의 구술조사에서 들은 우록의 일화를 그대로 싣는다.

우록학당의 명칭은 학당 창립 때 정순태의 의견으로 결정되었다. 그런데 훗날 우록이 선생의 이름을 감추는 것이 더 지혜로운 처사라 하여 지역의 고명인 새금塞琴을 써서 새금학당이라 하였고, 더 나중에는 대흥사를 중심으로 고향에서 하나의 지향을 받들고 살아가는 이들의 모임이라 해서 실질적인 취지를 찾다 보니 해남 땅의 기운을 내포하는 대둔학회로 개칭했다. 그러나 이 명칭은 그리 오래 사용하지는 않았다.

우록학당이 창립될 당시 취지는 공부도 있었지만 새금의 도처에서 각자가 참여한다는 데 더 큰 의의가 있었다. 생활에 전념하다가 일손을 놓고 학당에서 모이자는 것이었다. 그리고 지역 문화 창달에 노력하자는 것이었다. 항상 음식 장만을 대동했다. 함께 어울리는 것을 가장 우선으로 삼았다. 우록은 차 전반에 대해 공부했지만 『다경』을 중심으로 공부했고, 주다론을 펼쳤다. 『다경』을 중국의 입장에서 살피고, 일본의 입장에서 분석하기도 했다. 고전 다서가 주된 교재였다. 다인으로서의 품성을 가장 중요시하였다.

우록학당은 한자 교육을 시작하여 꽤 오래도록 공부하였다. 책을 프린트해서 고문으로 된 한자 책을 전문으로 했다. 그리고 그때그때의 교안이 따로 있었다. 교안은 주로 우록이 직접 작성하여 사전에 만들어서 배포하였다. 우록이 일본에 있을 때 금요회에 관심이 많았다. 일본 금요회는 아주 유명한 단체였는데 주로 일본 정계를 거의 장악하고 있던 모임인 것으로 기억한다. 그래서 사회 전반에 대한 관심과 지적 호기심은 교안을 만드는 일에 반영되었다. 정치적으로 민감한 사항들을 교안으로 만들어서 공부의 자료로 삼기도 했다.

우록은 차 문화 전반에 대해서 강의를 했지만 당시만 하더라도 차인들이 많지 않아서 차를 얻어서 마실 줄만 알았지 제다를 하는 과정을 몰랐기 때문에 제다에 상당히 많은 시간을 할애해서 강의했다. 해남다인회를 만들어서 제다 강의를 정순태가 맡았다. 제다를 주로 강조하였다. 당시 여타 다인회에서는 평다가 중심이었다. 그러나 우록은 음차 단계에서 차를 평하는 것은 누구나 할 수 있는 일이라고 하였다. 그래서 우록학당에서는 평다가 중심이 아니고 차를 만드는 데 있어 9가지 어려움을 잘 파악하여야 한다고 역설했다. 그것은 우록만이 할 수 있었다. 다른 곳에선 접하기 어려운 강의가 많았다. 글감이 무궁무진했다.

우록은 절기에 따라 차를 설명했다. 다인들이 읊었던 시를 드라마로 엮어서 설명할 때는 시간 가는 줄 몰랐다. 그렇게 실감나는 강의는 극작가이기 때문에 가능했는지 모르겠다. 중국과 일본의 차 역사를 세계사와 함께 엮어서 드라마틱하게 전달했다. 차라는 하나의 테마를 가지고 어찌나 많은 역사와 문화가 얽혀 있는지, 강의 시간이 즐겁고 행복했다. 그의 그런 정열과 박식한 지식 배경이 해남에서 예인으로서의 버팀목이 되어 줬다. 설명 가운데 삽화까지 그려가면서 강의가 진행될 때는 우록학당이 왜 존재하는지 그 정체성을 일깨워 주었다.

그런 강의였기 때문에 지역에서 그를 추종하는 후배들과 제자들이 늘어났다. 그러나 우록학당을 더 키우지는 않았다. 당신이 생각하고 있는 제자들은 손 안에 있었다. 그 기준은 각자가 가지고 있는 의식과 가치였다. 지역민으로서 그런 기준에 들지 않은 자는 제자로 받지 않았다. 차를 만들거나 마시거나 할 때는 청결을 최우선으로 강조하였다. 청결 빼면 아무것

생존 당시 우록 김봉호의 차실 '시경합'

도 없었다. 우록은 차 선물이 굉장히 많이 들어왔다. 그럴 때마다 본인에게 보여 주면서 날짜가 조금 오래된 것이 들어오거나 하면 아무리 좋은 차라 하더라도 그냥 버렸다. 그리고 선물이 들어오면 무조건 다 나눠줬다

우록학당에서 제자들이 강의가 있을 때는 많은 차를 들고 왔다. 그런 강의를 우록은 늘 칭찬했다. 나누고 음차하고 또 품평하면서 차에 대한 지식을 습득할 수 있는 좋은 시간이라 했다. 혼자 차를 구입하는 것보다 낫고, 다양성이 있어 여러 차를 항상 마실 수 있는 것이 관건이었다. 다기도 선물로 들어오면 늘 제자들에게 나눠줬다. 나누는 삶을 몸소 실천하였다.[90]

절기 따라 먹거리와 놀이를 함께하는 '절기놀이 사랑방'으로 개칭

학당은 우록의 문학과 문화 지향, 그리고 차인으로서의 차 정신과 그의 시대정신을 신봉하기 위한 배움의 터였다. 사람과 문물을 공부하는 연구활동 단체였다. 우록학당은 사회적 신망이 없거나 도덕적 결함이 있는 인물은 입회가 배제되었다. 우록은 호불호가 없고, 말수가 그리 많은 편이 아니었다. 그렇지만 제자들과 늘 화합하고 함께 어울리는 것을 좋아했다. 어떤 일을 해도 같이 머리를 맞대고 고민하고 같이 추진하였다. 매주 1회 월요일 일몰 후에 만나서 식사도 같이 해서 먹고, 차 마시면서 공부하고, 술도 마시면서 하루를 마무리했다. 민경자라는 제자가 아주 요리 솜씨가 좋아 주로 먹거리를 준비하고, 함께 어울리는 시간은 참 유익하고 즐거운 시간이었다고 한다.

차 철이 되면 처음에는 한국제다(대표 서양원) 영암다원에서 차를 제다하고, 나중에는 해남 연동의 차밭, 해남 북일에 있는 남천다원에서 차를 제다했다. 매년 다신제도 모셨다. 차는 늘 녹차만을 고집했다. 우록은 생 찻잎을 씹어 먹거나 생차로 차를 우려 마시는 것을 무척 좋아했다. 차를 마실 때는 차의 영양 성분과 몸에 이로운 성분 강의를 늘어놓기도 하였다.

다기는 주로 세트가 없었다. 찻종은 늘 따로따로였다. 하나하나 생김새가 다 달랐다. 같은 것을 사용할 때는 찻종이 바뀔 때도 있고 차 생활의 아취가 떨어진다고 강조했다. 날씨에 따라, 함께 하는 사람에 따라, 찻종을 골라 마시는 것도 차 생활의 묘미라고 하였다. 그래서 세트보다 하나하나 생기는 대로 사용하였다. 그렇게 생긴 다기는 나름대로의 이야기를 가지고 있어 그런 이야기를 하면서 차 생활의 화제가 많아진다고도 하였다. 차를 나눌 때는 늘 중정에 대한 이야기를 아끼지 않았다. 초의 차 생활에 있어 중정은 우록의 차 생활에서도 중심이 되었다. 나중에는 부정맥이 심해져서 활동이 어려워질 때까지 우록학당의 공부는 계속되었다.

우록학당의 제자 박팔영은 우록이 타계하기 10년 전인 1992년에 우록학당에 들어와 공부하면서 우록의 선비정신에 매료되었다고 한다. 우록은 차와 술을 좋아해서 함께 어울리는 것을 너무 좋아해서 한때 "왜 그렇게 사람들을 좋아하면서 독철신을 강조하냐?"고 질문하였다고 한다. 이에 대한 우록의 답은 이러했다.

> 더러 풍요한 생활을 하면서 혹은 억센 힘으로 도중徒衆 위에 군림하고 살면서, 인생을 구가謳歌하는 사람이라 할지라도, 때로 밤하늘의 별을 헤는 고요한 시간에나, 또는 홀로 한 잔의 차를 마시면서 냉정을 찾을 때면, 그 사람 역시 고달프고 삭막索莫하고 어두운 인생의 본연을 느끼지 않을 수 없을 것이다. 인생은 본시 자기 혼자인 것이며, 본질적으로 고독한 것이다. 인생의 고해에서 인간의 고독을 체험한다는 것은 매우 숭고한 것이다. 고독의 체험은 곧 자기성찰의 시작이며 여생에의 길잡이가 될 것이기 때문이다. 우리들이 별을 헤는 때나, 차를 마시면서 사색에 잠길 때면 생각나는 사람들이 있다. 돌아가신 어머니, 멀리서 사는 누님, 다정했던 친구, 주름 진 사사思師의 얼굴, 눈물 아롱아롱 떠나버린 연인의 뒷모습…. 그런데

나는 괴롭거나 슬퍼질 때면 으레 초의를 생각한다. 처음에는 초의의 얼굴을 생각하고 다음으로는 그이의 시구를 더듬고 그리고는 그분이 차를 마시면서 시름시름 졸고 있는 형상을 떠올린다. 그때 나는 알아차렸다. '초의 인생의 압권은 찻종을 들고 그걸 조금씩 흘리면서 시름시름 졸고 있는 대목이다'라고. 그리고 나는 감격했다.

우록은 늘 초의의 차 생활을 생각했다. 본인의 차 생활에 있어 초의는 어떻게 하였을까 늘 회고하고 반성하면서, 제자들에게도 초의의 다법과 차 생활의 실제들을 가르쳤다. 초의의 차 정신이 마을로 내려와 우록으로 이어지고 있음을 보여준다. 우록의 건강이 날로 악화되어 우록학당을 유지하지 못하고 '절기놀이 사랑방'이라고 해서 24절기에 따라 철에 맞는 먹거리를 찾아 먹고 세시놀이를 즐기는 모임을 따로 만들어 우록학당 제자들과 함께 하는 시간으로 말년을 보냈다.

새금학당 제자들과 차 문화의 선진국 일본 방문

우록은 새금학당 제자들과 일본을 방문했다. 1998년 5박 7일의 일정으로 여객선을 이용했다. 나라를 비롯한 일본 선진 차 문화 유적지를 방문하여 그들의 차 생활과 차 문화의 지향을 제자들에게 보여주고자 했던 마음에서 일본으로 향했다. 해남이라는 지역에서 갇힌 사고로 세상을 보게 되는 교육의 한계를 뛰어넘고자 했다.

해남 지역의 차 산업 발전을 위해서 차 산업과 관련하여 두 차례 방문한 적도 있었다. 그를 계기로 아름다운 마을 가꾸기 사업을 시찰하고 농촌이 살아야 한다는 칼럼을 쓰기도 했다. 야마구치현 슈난시 시부카와 마을과 민간 교류를 맺으면서 일본과 해남의 차 문화를 비교 분석하기도 하였다. 부산 국제 여객선 터미널에서 6시 수속을 마치고 다음날 8시 30분 시

모노세키항에 도착했다. 도착하니 지난 번 한국의 해남 사이버농업연구회를 방문했던 시부카와 주민들이 현수막을 들고 환영해주었다.

동향 후배 일우 정학래와 더불어 차 문화 운동에 나서

우록과 일우 정학래一羽 鄭學來(1930~)는 고향이 같았다. 우록은 해남읍 학동이었고 일우는 수성리였다. 일우에게 우록은 일곱 살 많은 고향 형님인 셈이다. 일우는 해남 중·고등학교를 졸업하고 서울대학교 약학대학 3년 수료 중 도일하여 동경 일본대학교에서 경제학부를 졸업했다. 일우는 1990년 경기도 고양시 선유동에 1,000여 평의 자연농원에 귀농하여 우리 먹거리에 집중했다. 복잡하고 바쁜 현대인들을 위해 정신건강을 위한 연구에 몰두했다. 약학을 전공한 경험을 살려 현대 문명이 가져온 불치의 병을 치유할 수 있는 명약을 연구하기 위해 대체의학을 공부했다. 그런 공부 탓에 평생 몸을 이롭게 하고 정신을 맑게 하는 데 관심을 두고 살았다. 자연식 연구와 더불어 다도는 한층 더 심화된 공부라고 할 수 있었다. 그만큼 평생의 차 생활은 몸과 마음을 차분하게 하고 고요하게 만드는 데 일조하였다.

1966년 의재 허백련을 만나면서 차를 알게 되었다. 차의 불모지였던 우리나라에 차 문화 운동을 일구던 당시의 이야기는 의재뿐 아니라 당신의 이야기이기도 했다.

"과거에는 어땠는지 몰라도 우리나라는 일본의 통치와 전쟁을 겪으면서 먹고 사는 문제가 급박해 한가롭게 차를 즐길 여유가 없어졌다고 봐야죠. 더군다나 일본 사람들이 차를 즐기니까 '차' 하면 일본문화라고 여겨 백안시하는 풍조였고요. 해방 후엔 차 마시는 사람이 없어서 일본 사람들이 조성해놓고 떠난 차밭이 70년대 말까지 황폐된 채 버려져 있었어요.

60년대 초 어느 날 의제 허백련 선생을 뵈러 갔어요. 차를 한 잔 앞에 놓고 그림 얘기보다 차 예찬을 많이 하시더군요. 크게 흥미를 느껴 그때부터 자료를 모으고 차 공부를 하게 되었습니다."

일우는 요가와 단식, 명상 수행 등 대체의학에 큰 관심

일우는 차에 심취하여 근 40년 동안 차와 함께 일생을 고락하였다. 요가와 단식, 명상 수행 등을 했고, 희수(77세)의 나이에도 불구하고 젊음을 잃지 않는 비결은 오랜 차 생활이 바탕이 되고 있다.

"저는 원래 약학을 전공했다가 진로를 바꿔 일본에 가서 정경대학을 다녔는데 야나기 무네요시의 '조선 민예론'에 심취해 있었어요. 그의 미학적다도 철학에 빠져 책을 손에서 놓은 적이 없을 정도였지요. 그 시절 대흥사의 일대 강사였던 정학천 스님을 찾아 차의 이론을 들을 수 있었고 고향에서 김봉호 선생 등 선배 차인들과 교유하면서 차 공부를 했습니다. 그 후 미술사학자 김호연 씨를 만나 《분재 수석》이란 잡지에 3회에 걸쳐 '차란 무엇인가'를 기고하면서 본격적으로 차의 정신에 빠져들었지요."

2006년 10월 16일 남산 소재 하얏트호텔에서 제11회 '명원차문화대상' 시상식이 있었다. 명원차문화대상 시상식은 우리 차 문화의 발전과 보급에 헌신한 인물에게 보은하는 자리이다. 또한 우리 차 문화의 역사성과 정체성을 확인하는 자리이기도 하다. '명원'은 쌍용그룹 창업자인 성곡 김성곤의 부인인 고 김미희 여사의 호이다. 명원은 1979년 다도의 메카인 대흥사 일지암을 복원하는 데 크게 기여하고 한국차인회를 창설하는 등 우록과 함께 우리나라 차 문화를 일으키는 데 결정적인 역할을 한 인물이다. 명원은 김미희 여사의 딸인 김의정 이사장이 어머니에 이어 2대째 이끌고 있다. 다음은 수상 당시 일우를 소개한 글이다.

명원문화재단 김의정 이사장

"일우는 차 문화 발굴과 보급을 위해 고군분투한 모습을 가장 가까이에서 지켜본 산 증인이다. 궂은일 마다하지 않고 오해를 받으면서까지 부부가 함께 다도의 길을 걸었던 참 다도인茶道人이다. (중략) 정학래 선생은 명원과 함께 우리나라 차계茶界의 숨은 공로자이다. 일우는 차인연합회의 살림을 꾸려오다 혼탁해진 모임에 환멸을 느껴 다도계를 떠나 자연인으로 살아온 지 오래 됐다."

당시 일우는 '오늘의 영광을 어려운 시절 못난 지아비를 따라 즐거이 봉사하다 세상을 떠난 착한 아내 최윤희의 영전에 바친다'며 눈시울을 붉혔다. 40여 년 동안 다도와 함께 한 정 고문은 '정신을 맑게 하는 데 도움을 주는 녹차는 현대문명이 가져온 불치의 병을 치유할 수 있는 명약이 될 수 있다 귀향해 해남에서 차밭을 일구는 일이 남아있다'며 노익장을 과시했다. 〈사랑니〉 영화를 감독한 정지우 감독이 그의 아들이다. 1세대였던 차 문화 운동가 정학래는 차의 종주지로서 그의 고향 해남의 위상을 높였다.

일우제一羽齊는 경기도 고양시 덕양구 선유동에 있는 그의 당호이다. 차와 명상 수련을 하며 살고 있는 곳이다. 자신의 호 일우一羽에서 따왔다고 한다. 일우一羽라는 호는 날개라는 뜻인데, 한창 차 운동을 하던 시기에 만난 전각의 대가 청사 안광석 선생께서 지어주신 호이다. 중국 당나라 때 『다경茶經』을 쓴 육우陸羽의 이름에서 우羽 자를 따 지은 것이다.

"육우는 어려서 부모를 잃고 용개사 스님인 적공積公대사에 의해 길러졌다고 합니다. 적공대사는 차를 무척 좋아하여 육우가 어렸을 때부터 차 끓이는 법을 가르쳤는데 나중에 이것을 편집해 묶은 게 다학 전문서로 『다경』의 초고가 되었지요. 오늘날 차에 관한 많은 이론들은 이 『다경』에 근거한 것입니다. 저(일우)도 차 연구가로 한평생을 살고자 하는 염원에서 이 호를 받았지요."

우록과 일우는 또 다른 인연으로 차 문화 운동 중에 만났다. 계기는 『초의선집』이었다. 고향에서 우록이 의회 의장과 《해남신문》 대표이사를 하고 있을 때도 여러 차례 왕래가 있었지만 당시 우록은 고문헌 번역에 깊은 관심을 보였다. 그러나 고문을 번역할 정도의 실력은 아니어서 해남의 한문학자 김두만의 도움을 받기로 하였는데 당시 『초의선집』 원본을 일우의 형鄭在薰(1924~2002)이 가지고 있었다. 일우의 아버지鄭世勳(1885~1945)는 해방되던 해 돌아가셨다. 아버지 대부터 소장하고 있던 『초의선집』을 형이 가지고 있었던 것이다. 형은 골동을 무척 좋아했다. 서화랄지 소치의 아들 미산의 그림도 여러 점 소장하고 있었다.

그런데 김두만이 일우의 형 댁에 있는 『초의선집』에 관심을 보이며 빌려주기를 청했다. 이후 작업은 사진 작업과 출판을 위한 과정 중에서 원본이 돌려졌고, 그 원본을 일우의 형이 차 문화에 많은 활동과 깊은 인연이 있는 동생에게 주어 현재는 일우가 가지고 있다. 필자와의 인터뷰에서 이것을 시집보내야 되겠는데, 여러 가지로 고민하고 있다는 말을 건넸다.

일우 정학래의 연보를 정리하면 대략 다음과 같다.

1930년 전남 해남읍 수성리 출생
해남 동초등학교 졸업

6년제 해남중학교 2회 졸업

서울대학교 약학대학 3년 중퇴, 도일

일본대학교 정경학부 졸업

1966년 초 의제 허백련毅齋 許百鍊선생을 만나면서 차 세계에 입문

1976년 《법륜》지에 '초의선사의 차' 발표

1979년 식물학자 이덕봉, 박종한, 김미희 등과 함께 한국차인회 창립의 주역

1980년 1월 한국차인회 상임이사 부임. 첫 사업으로 일지암 복원 추진 등 차 문화 보급에 앞장

1980년 《분재 수석》에 '한국의 차를 말한다' 발표

1983년 《정원학회》지에 '한국의 다도' 발표. 월간《다원》창간호에 '일본의 차 정신' 등 발표

1990년 경기도 고양시 선유동에 1,000여 평의 자연농원 개발. 귀농 후 대체의학, 자연식 연구, 다도, 요가, 단식, 명상 수행 생활. 현재 명원문화재단 고문

2006년 제11회 명원차문화대상 학술상 수상

2009년 제18회 초의문화제 초의상 수상

일우 정학래의 차 정신

일우는 인터뷰 중 여러 차례에 걸쳐 자신의 차 생활상과 그 정신의 일단을 보여주었다. 예컨대 다음과 같은 것이다.

"차란 평화스러운 것입니다. 다산, 추사, 초의의 어울림을 보십시오. 당시 신분계층이 엄했던 시절에 차를 통해 인간과 인간의 만남을 극대화시켜 주는 매개체로 차의 역할이 얼마나 중요한지를 보여주지요. 다산은 가

톨릭과 실학의 학자요, 추사는 유학자, 초의는 승려인데 한 잔의 차는 이 세 사람의 종교적인 울타리까지 무용지물로 만드는 구심점이었습니다."

"중국에서 시작된 차는 처음에 약용으로 사용되었을 만큼 우리 몸을 건강하게 하는 보건음료로서 효과가 큰 것이었습니다. 그런 점에서 차는 사람들이 건전한 삶의 길을 걷는데 있어 가장 소중한, 몸을 튼튼히 하는 데 큰 도움을 주는 귀중한 기호음료지요. 뿐만 아니라 차를 끓이고 마시며 대접하는 데 있어 따르는 정성과 예의범절 및 청정하고 고요로운 분위기 등에서 각성의 생활을 체득하게 됩니다. 대흥사의 초의선사가 김명희에게 보낸 다시에 다음과 같이 적혀 있어요. '예부터 성현들은 모두 차를 즐겼나니 차는 군자처럼 성미에 사악함이 없어서라네古來聖賢俱愛茶 茶如君子性無邪.' 이런 의미에서 다도란 차 생활을 통해서 얻어지는 깨달음의 경지이지, 차 생활의 예절이나 법도 그리고 차를 끓이는 행다법을 말하는 것은 아니라고 할 수 있지요."

현재 각 지자체들이 차를 테마로 다양한 문화 행사들을 펼치고 있고, 해남에서도 초의선사 입적일을 전후로 차 문화제가 열리는데, 개선할 점이나 불만은 없는지 물었다.

"차의 대중화라는 측면에서 불만은 없습니다. 80년대 초까지 한국차인회 상임이사로 일선에 있을 때 우리 차를 보급하기 위해 어깨띠를 메고 거리에 나가기도 하고 사무실을 활성화해 보려고 서화 전시회를 열어 기금 모금을 하기도 했어요. 지금은 지자체들이 나서서 행사를 추진해주니 격세지감을 느끼지요. 그러나 전반적인 분위기는 초창기의 그때에 비해 너무 상업적으로 흐른 감이 있습니다. '차를 마시는 일은 선禪과 같다'하여 선다일여禪茶一如, 혹은 다선일미茶禪一味라고 하는데 명예욕으로 행사를 끌어가려고 해서는 안 됩니다."

근래에 명원차문화재단 학술상과 지난해 초의대상을 받으셨는데 사실 너무 늦은 감이 없지 않다고 인사를 했더니 그는 이렇게 답한다.

"아닙니다. 저기 윗목에 살아계실 때 자주 만나 뵙던 독립지사 지운 김철수 선생께서 직접 써주신 다시茶詩가 있네요."

차 한 잔은 목과 입을 축여주고
두 잔을 마시면 외롭지 않고
석 잔째엔 가슴이 열리고
넉 잔은 가벼운 땀이나 기분이 상쾌해지며
다섯 잔은 정신이 맑아지고
여섯 잔은 신선과 통하며
일곱 잔엔 옆 겨드랑이에서 맑은 바람이 나온다.

"차인은 모름지기 정신적으로, 인격적으로 존경받는 선의 경지에 있어야 하는데 나는 아직 어림도 없지요. 이 경지를 생각하며 오늘도 차를 마십니다."[91]

제9장

우록의 차 문화 인식과 지향

가족신문《경담보》를 만들어 가족애와 사회 건강을 강조

우록은《금호문화》 1999년 9월호에 〈초의선사와 해남 일지암〉이라는 글을 실었다. 일본의 차 문화 지향에 대하여 많은 관심을 표명하기도 하였다. 현대 차 생활 용어에 대해서도 많은 지적 호기심을 가지고 연구하여 그 방향 제시를 한국차문화협회지에 실어 현대 차인들이 규범화된 용어를 사용할 수 있도록 기틀을 마련하였다.

3대 62명의 가족이 이색 가족신문을 만들기도 하였는데 그 이름이《경담보鏡潭報》였다.《경담보》의 제작 기사가 전국 일간지에서 화제를 불러일으키기도 하였고, 삽화, 기사, 편집 실무 분담을 친척 생활담으로 싣기도 하고 시와 수필을 실어 가족신문이라는 훈훈한 소식과 가족들의 글에서 세간의 관심을 샀다. 우록의 큰아들 김병주가 발행인 겸 편집인을 맡고 형제자매 모두가 글을 실어 훈훈한 가족애를 느낄 수 있는 증표였다. 이《경담보》를 통하여 우리는 사회의 단면을 조명할 수 있다. 한 가족이 추구하는 가족애의 지향이 모범이 되고 있다. 이 사회에서의 가족이라는, 또 가정이라는 하나의 모범 교과서 같은 틀을 제시하고 있다 하겠다.

우록의 가족들은 지금도 다음카페에 '경담가족'이라는 사이트를 열어두고 서로 소통한다. 다음카페 '경담가족'을 방문하면 "경담가족은 사람의 모임입니다. 경담가족의 보금자리 죽로지실은 땅끝 해남의 햇볕만큼이나 항상 따뜻합니다. 죽로지실은 동백과 서향 백일홍 그리고 둘러선 은행나무와 메타세콰이어처럼 푸르고 싱싱합니다. 우리들의 이야기보따리는 퍼내도 퍼내도 끝이 없습니다. 우리들의 노래는 즐겁습니다."라고 소개를 하고 있다. 하루하루 일상의 이야기, 또 가족들의 지난 추억을 나누는 훈훈한 가족애가 돋보이는 곳이다. 서로 멀리 떨어져 사는 이유로 가족 간의 소통이 가능한 공간을 열어 사고의 교감을 하고 있다.

1994. 3. 21 창간호 경담보(1)

가훈(家訓)

정직하면 마음이 편하다.
겸손하면 후환이 없다.
항상 화목토록 힘쓰라.
한 우물을 파도록 하라.

題 字 : 雲山 金 碩 皓
발행인 겸 편집인 : 김병주
펴낸곳 : 鏡 潭 會
536-800 전남 해남군 해남읍 학동 811
전화 : 0684-536-3400
인쇄처 : 라 인 원 색

창간기념휘호

신장은 제2차 세계대전을 겪은 일본이 인류의 장수연구에 있어서 가장 좋은 연구대상이라고 하는 학자도 있다. 일본 식생활 변화에서 가장 큰 특징은 곡류 감소와 동물성식품, 유지류의 증가이다.

전통식생활로 쌀밥주식과 된장국, 단무지같은 채소 절임을 부식으로 하였으나 쌀밥에다 생선, 고기, 채소 그리고 우유가 곁들여진 식생활 즉 새로운 일본형 식생활이 성립된 것이다. 채식만이 건강장수식이라고 주장하는 사람들의 목소리가 컸었으나 지금은 그것이 잘못된 편견이었음이 밝혀졌다.

제2차대전 전의 일본은 전형적인 채식을 하고 있었으며 그 때는 분명한 단명국이었다는 사실이 이를 말해주는 것이다.

국민소득과 평균수명이 높은 유럽과 미국등 선진국의 주요 사망원인은 심장질환이며 이들의 단백질 섭취는 동물성 7에 식물성 3의 비율이며 동물성단백질 과잉섭취에서 오는 동물성지방의 과다로 인한 혈중콜레스테롤 상승 → 동맥경화 → 심근경색의 과정을 거친다.

반대로 동물성단백질의 섭취가 적고 소금섭취가 많은 후진국 대부분 나라의 주요 사망원인은 감염증, 영양장애 및 뇌혈관질환(뇌졸중)이다.

또 염분 섭취량의 정도에 따라 장수국을 구별 할 수도 있는데 일본의 최대장수촌인 오끼나와의 평균 소금섭취량은 9g인데 반해 단명촌인 동북지방은 15g이나 되었다.

소금으로 절여 만드는 침채류(김치등)가 필요없이 신선한 채소가 충분한 지역에서 소금의 섭취가 줄며 이는 또 뇌혈관질환의 발생을 감소시킨다.

단백질섭취가 많은 것이 반드시 좋은 것은 아니다. 1일 1인당 320g의 미국이나 200g을 넘는 유럽 여러나라와는 달리 장수촌인 오끼나와는 100g 정도 이다.

구미에서는 육류의 지나친 섭취를 경계하는 생각들이 많은데 혈중콜레스테롤 수준이 높은 나라에서는 당연한 일로 볼 수 있다. 그러나 혈중콜레스테롤의 수준이 낮은 우리나라를 비롯한 아시아지역에서 육류의 섭취를 경계하는 것은 잘못된 것이다.

최소한 1일 1인 100g정도의 균형된 단백질과 9g정도의 소금섭취로 이상적인 식생활이 가능한 것이다.

현재 우리나라의 섭취량으로는 2-3배를 더 먹어야하는 양이며 소금의 섭취는 반이상으로 줄여야하는 양이다. 특히 오끼나와에서의 돼지고기 요리는 널리 알려져 있는데 돼지고기를 장시간 삶아 기름을 제거하여 먹는 독특한 요리방법으로 양질의 동물성단백질을 섭취하면서 지방의 과잉섭취를 방지하여 장수의 비결이 되어왔다.

우리나라의 고기먹는 습관은 오랜만의 특별한 행사에 과식, 폭식하는 행태인데 이는 섭취량의 수치만 늘려놓았을 뿐 실제 섭취수준 향상에는 많은 도움이 되지못했다.

생선등의 양질의 단백질, 풍부한 식물성 단백질과 신선한 야채를 곁들인 균형잡힌 식단으로 건강한 몸과 마음을 준비하여 항상 젊음을 유지하는 밑거름으로 해야겠다.

화재들과 고선박 등, 대량의 수침목재 유물들이다.

목재는 機械的 適性이 우수한 재료이다. 가볍고 단단하며 가공이 용이하고 쉽게 구할 수 있을뿐 만 아니라 운송이 간편하다. 목재는 구조물, 도구, 선박, 무기 등으로 인류사회의 역사전반에 걸쳐 항상 함께 사용되어 왔다. 그러나 고고목재의 가장 중요한 가치는 유물이나 예술품으로서의 본질적인 가치보다는 인류의 생활사에 대한 정보를 간직하고 있다는 점일 것이다.

목재유물이 고고학적인 유물로 남아있기 위하여서는 구유적지의 환경이 매우 특수하여야 한다. 즉 목재는 매우 습하거나 (토양 내부로의 산소의 유입이 극히 적으며 따라서 목재를 가해하는 미생물의 생육이 어렵다)매우 건조한 (이 또한 分解性 미생물의 생육이 어렵다)토양에 잘 남아있다. 하지만 이러한 환경은 미생물 뿐만아니라 인간의 주거지로서도 이용되기 어렵다. 그 결과 고고학적인 유적지는 특별한 상황이 아니고서는 잘 보존된 목재가 발견되기 어려운 것이다.

유적지에서 발견된 목재를 포함한 식물들로부터 우리들은 당시의 생태적 환경을 알 수 있으며 이를 현재의 그것과 비교하여 당시 인류의 주거 및 이동상황에 대한 정보를 얻을 수 있을 것이다. 일반적으로 考古木材는 '역사적 가치가 있는 모든 목재(any wood of historical significance)',또한 수침고목재(old water logged wood)란 '늪이나 호수 또는 바다에서 발굴된 고고목재'라고 정의되고 있다.

이같은 수침목재는 保存(値數安定化 및 強度補完)을 위한 특별한 처치없이 공기중에서 목재내의 수분이 빠져나가게 되면 극심한 수축과 변형을 수반하여 그 원형을 잃고 문화재로서의 가치를 상실하게 되는 것이다.

우리나라에 문화재의 과학적 보존이라는 개념이 도입된지도 이제 20여년이 지나고 있으며 주변 자연과학의 발달에 병행하여 문화재의 보존을 위한 과학분야도 양적, 질적 성장을 보이고 있다. 문화재를 철재, 석재, 목재 등의 구성물질로 단순화시켜보면 손상된 문화재란 오랜 세월이 지나는 동안 그 환경에 적응하여, 생활의 도구나 건축물 또는 운송수단 등으로 가공되기 이전의 자연상태로 되돌아 가려하는 상태에 있는 것이라고 할 수 있다. 문화재의 물질로서의 성질은 문화재가 매장되어 있었던 지역에 대한 巨視的, 微視的 환경과 밀접한 관계를 갖고 있다. 따라서 그 문화재가 속해있던 환경적 물질적 특성에 맞는 적절한 문화재의 보존방법이 연구되어야 할 것이다.

유형, 무형의 문화를 보존하기 위하여 동원되고 참여하는 모든 과학적 방법과, 그에 못지않게 중요한 관심과 열의가 '보존을 위한 과학(보존과학)'이라는 분야를 이루고 있다.

가족신문 '경담보鏡潭報'

시경합 앞에서의 우록 가족사진

우록 회갑 때의 가족사진

우록의 10주기 추모제를 마치고 우록의 자녀 혜옥과 혜숙

청론탁설淸論濁說, 차의 두 번째 수난

우리나라에 차가 들어온 최초의 기록은 「가락국기」의 수로왕조首露王條에 있고, 두 번째 기록은 『삼국유사』의 대렴조大廉條에 있다. 따라서 우리들이 차를 마신 역사는 1,200~1,900년이 된다. 이 차는 신라 백제 고려 때 두루 애용되어 오다가 조선조에 들어오면서 차 문화의 쇠퇴기가 된다. 이것이 우리나라 차의 첫 번째 수난이다. 그 후 20세기에 접어들고 해방과 한국전쟁, 그 밖에 나라 안팎의 크고 작은 여러 정변이 흐른 후 조선 후기 차의 중흥기를 맞았다. 이렇게 차 문화가 활성화 되면서 남긴 향유의 편린들이 여러 문헌과 차시의 기록으로 발견된다. 차 문화에 뜻을 둔 선각자들에 의한 각고의 열정으로 어찌어찌 소생의 길이 열리더니 작금 경향 간에 차회가 많이 생겨나고 또 그 모임이 자주 열리고 있는 것은 여러모로 매우 다행한 일이다.

淸論濁說

茶의 두번째 受難

김봉호 〈극작가〉

청론탁설이란 지면에 실린 우록의 글 〈茶의 두 번째 수난〉

S대학의 H교수는 "일본의 식민문화가 재침하고 있다"라 했고, E대학의 K교수는 "차는 속을 깎는 것이어서 기름기를 많이 먹는 중국인에게는 걸맞을지 모르나 섬유질을 많이 먹는 우리에게는 부적당한 음료이다"라고

했으며, S대학의 E교수는 "민중의 삶에 관여하지 못했던 차가 부유층의 문화적 유희로 재현되어 벼락부자들의 고급 취미나 채워주고 있다"고 한다. 바야흐로 차의 두 번째 수난이라 하겠다.

그러나 위와 같은 반론은 우리 차 문화의 본질을 모르는 소위에 불과하다. 차 문화의 역사 이해와 식견을 가지지 못한 자들의 주마간산격 비난일 수밖에 없다. 차는 일본의 것이 아니라 당에서 유입된 문화가 우리나라를 거쳐 일본으로 건너갔다. 본래 우리의 것이었다. 『조선의 차와 선』의 일본인은 말하고 있다.

차는 오장을 깎기는커녕 이뇌利腦로부터 시작하여 인체 내부의 모든 부분을 맑게 하는 특성을 지니고 있다. 차는 예로부터 선비 학자와 수도자의 것이지 벼락부자의 것은 아니었다. 설사 부유층의 문화적 유희라는 일면이 있다고 해서 마치 인삼, 녹용을 벼락부자가 먹고 있으니까 그 자체가 나쁜 것일 수 없는 것과 같다. 차 자체는 차를 모르는 사람들의 추리를 훨씬 초월한 다양한 효능을 지닌 것이다. 또 차가 민중의 삶에 관여하지 못했다고 하는데 차는 스카치위스키나 파인애플이나 머스크멜론처럼 비싼 물건이 아니며 청자 백자들의 고급 다구를 갖추어야 차인이 된다고 말하는 차인은 이 나라에 존재하지도 않는다. 오히려 그 반대이다.

왜냐하면 진정한 차는 소박하고 정적靜寂한 데 있기 때문이다. 또 차에 관하여 역설적인 이야기도 있다. 요즘 산간벽지의 아가씨도 혼수 속에는 반드시 커피 세트가 들어 있어야 한다. 그래저래 한 해에 마셔버린 커피 원두 값이 자그마치 3,500억 원이 넘는다. 우리 것 놔두고 이래야 멋인가. E교수는 〈전통문화 인식의 허실〉이라는 글에서 "전통문화의 인식에 고식적인 고정관념만 끼어들고 전혀 현대의식이 작용하지 못하는 것이 안타깝다"고 했다. '우리 차'에 현대의식의 무엇이 작용하라는 것일까. 두드러진 내 것이 세계성을 띠는 법 아니던가.[92]

각설하고, 차 문화의 민간 전승적 맥락은 우리 차의 문헌과 차시, 선비들의 문집에서 쉬 찾을 수 있다. 차가 민중의 삶에 관여하지 못했다는 견해는 크게 잘못된 지적이다. 이는 필자의 논문 「민간신앙으로서의 차의 기능 연구-한국차학회」와 「민속사회의 음차 양상과 민간 기반의 차 문화 전승-실천민속학회」를 참고하면 민간 전승적인 차 문화의 맥락을 어느 정도 파악할 수 있으리라 생각한다.

건전한 차 생활은 인생을 맑게 한다

차 생활을 성실히 하노라면 여러 방면의 예술품에 접하게 되면서 스스로 아름다운 환경과 격조 높은 행위에 익숙하게 된다. 미국 시카고박물관의 미술부장이었던 오카쿠라 텐신岡倉天心은 그의 저서 『THE BOOK OF TEA』에서 "차는 예술의 궁극적인 목적"이라고 말했다. 차를 보는 시각은 다양하다. 그냥 음료로 치부하는 사람, 선禪의 경지라 하는 사람, 도道의 수단으로 여기는 사람, 유한계급의 여기餘技라는 사람, 인간의 아름다움의 상징으로 보는 사람 등등 다양하다. 어찌 되었건 차와 관계되는 것에 아름답거나 깨끗하지 않은 것은 없다.

맑고 깨끗한 물[茶水]
천연의 새싹[雀舌]
기품 넘치는 도기陶器, 자기磁器
정감 어린 목기류木器類
단정한 죽기류竹器類
문자향文字香, 서권기書卷氣
아담하고 유연한 다실茶室
깔끔한 다식茶食

청아한 난분蘭盆
시경詩境
정원庭園
동심의 대화對話

이와 같은 것들을 비꼬아 '신선놀음'이라느니, '팔자 좋은 부자놀음'이라고 하는 건 편견이다. 신선 아니고 부자 아닌 이른바 서민이라 할지라도 얼마든지 그 진수를 즐길 수 있는 것이다. 이를테면 도자기류에서는 단돈 1~2,000원으로 조금은 투박하고 조금은 일그러진 멋있는 것들을 구할 수 있으며, 난분으로는 1,000원짜리 분에 500원짜리 춘란을 심어서 만족할 수 있는 것이기 때문이다. 생활의 윤택이 반드시 금전과 정비례하는 것이 아니라는 건 누구나 다 아는 진리가 아닌가! 모름지기 차를 즐길 일이다.[93]

현대 차 생활 용어를 정리하다

정확한 날짜는 나와 있지 않지만 우록이 현대 차 생활 용어를 정리하자고 한국차 문화협회에 글을 남긴 시점에서 10여 년 전 설악산에서 한국차인회 임시 총회가 있었고, 그때 상정한 의제는 다구 용어의 제정이었다. 유별나게 누군가가 시안을 제시한 바도 아니어서 가령 '차호茶壺'를 뭐라고 할 것이냐 하는 대목에서는 '차 단지가 좋겠다', '차합이 어떻겠나', '차 항아리로 하자', '그냥 다호로 하자' 등등 의견이 나오면 그걸 표결[多數決] 하는 방식을 택했다고 한다. 우록 선생의 글을 일부 옮기면 이렇다.

> 사안에 대하여 넉넉한 언어학적 고찰을 기대할 수 없었고 그냥 그때그때의 감각으로 처리되곤 하였는데 결국은 '한글학회 문교부 등의 자문을 얻어서 결정하자'는 누군가의 제안이 성립되어 흐지부지 끝난 일이 있었다.

차 모임에서 흔히 있는 일이지만 차茶의 한자 발음도 두 갈래이다. 어떤 이는 '韓國茶人會'를 한국차인회라고 하고 또 어떤 이는 한국다인회라 한다. 또 어떤 이는 아예 '차'로 통일하자고 하여 『茶神傳』, 『東茶頌』을 '차신전', '동차송'이라 하고, '茶房'을 '차방'으로 발음하기도 한다. 그래서 전에 《다원》이 한글학회에 공문으로 문의하여 그 해답을 지상에 공개한 바 있었으나 어떤 까닭인지 지금도 그게 잘 지켜지지 않고 있다. 필자(우록)는 이 《설록차雪綠茶》와 《다담茶談》에 연재물을 쓰고 있는 터라 그게 노상 걱정이 되어, 이번에는 국립국어연구원(서울 종로구 운니동 134)에 질의하였다. 그 해답은 전번의 한글학회의 것과 똑같았다.

우록은 이렇게 차 생활 용어를 정리하기 위해 각고의 노력을 아끼지 않았다.

다와 차의 오류 정리

우록은 또 다와 차의 오류 문제를 정리하여 칼럼으로 실었다. 그대로 옮긴다.

문 : '茶'를 '차' 또는 '다'로 발음하는 언어학적 근거를 대시오.

답 : '茶'가 어두語頭에 올 때에는 '다'로 읽고 어미語末에 올 때나 '茶' 단독으로 쓰일 때는 '차'로 읽는다.

문 : '茶'를 '차' 또는 '다'로 통일하여 발음할 수 있는가.

답 : 어느 한 쪽으로 통일할 수 없다.

문 : 구체적으로 다음 단어들의 발음을 밝히시오.

답1 : '茶'가 어두에 올 때에는 '다'로 읽는다. 茶具(다구), 茶器(다기), 茶道(다도), 茶香(다향), 茶人(다인), 茶會(다회), 茶藝(다예), 海南茶人會(해남다인회), 韓

國茶人聯合會(한국다인연합회)

답2 : '茶'가 단독으로 또는 어말語末에 쓰일 때에는 '차'로 읽는다. 茶의 날(차의 날), 茶文化硏究會(차문화연구회), 綠茶(녹차), 末茶(말차)

답3 : 다만 '茶'가 한문 구성으로 쓰이는 경우는 '다'로 읽는다. 煎茶(전다)

답4 : '茶'를 '차' 또는 '다' 두 가지로 읽어온 것은 관례에 따른다. 茶室(다실, 차실), 茶房(다방, 차방), 茶碗(다완, 차완), 茶鐘(다종, 찻종)

한국차문화협회에서 『현대 차 생활 용어』를 펴냈다. 도서출판 보림사(값 2,500원). 어려운 일을 해냈지만 잘 보급이 될는지 의문이라는 우려도 있었다. 지금도 '차인회', '다인회' 하는 판이니까. 사족을 달자면 한글전용이냐 국한문 혼용이냐의 원칙에 투철했더라면 싶다. 자칫 '이화여학교梨花女學校'를 '배꽃 계집애 배움집'이라 했던 지난날의 오류를 범할 수도 있기 때문이다. 그러나 우록의 자료에서는 이 책자가 보이지 않는다. 재발간해서 배포할 필요가 있지 않을까 하고 필자는 생각한다.

우록의 이러한 제안과 각고의 노력 끝에 한국차문화협회에서 『현대 차 생활 용어』라는 책이 발간되었는데, 이 책자를 직접 쓰고 정리하고 다듬고 발간되기까지는 1999년에 『차 문화 고전』을 홍익재에서 발간한 윤경혁의 노력이 있었다. 당시의 차계에서 용어가 정리되지 않았고(물론 현재도 마찬가지지만) 소통이 안 되어서 한국차문화협회에서 이것이 반드시 필요하다는 인식에 의해 만들어졌다. 이것은 당시의 차 문화계에 획기적인 일이었다. 이것을 주도한 사람은 행원 윤경혁이었다. 작업은 모두 윤경혁 단독으로 이루어졌다. 하나하나 이름을 달고 정리하고 보림사에서 출판비를 지원해서 만들어지게 되었다. 감수는 강순형(1955~, 현 국립가야문화재연구소장)이 맡았다. 강순형의 구술조사에 의하면, 『현대 차 생활 용어』는 가급적 한글로 했으면 좋겠다는 취지에서 만들어졌다. 만들어졌다. 감수하는 과정에서 여러 차례 수정과 오류가 있었다. 새로운 용어를 정립하기 위해 한글로 바꾸는 과정에서 상당히 많은 왕래가 있었다고 한다. 조언과 질정을 반복한 결과 완성되었다. 휴대에도 간편하게 포켓북으로 만들어졌으며 순수하게 윤경혁의 주도하에 강순형의 감수로 이 작업을 이루어졌다. 1990년 8월에 만들었고 190쪽으로 엮었다.

차의 물질 민속, 차 도구 용어 정리

간단하게 요약하자면, 다구 또한 골고루 갖추자면 한이 없다. 그래서 여기서는 그런 것이 있다는 것만 소개하겠다.

風爐　동이나 철로 주조한 것. 탕을 끓이는 데 쓴다.

筥　숯을 담는 광주리. 대를 엮어서 만든다.

炭檛　탄을 쪼개는 1자쯤의 육각철봉.

火筴　젓가락.

鍑　생철로 만든 솥.

交床　솥을 받치는 십자 모양의 상.

夾　차를 볶는 수저. 청죽 또는 정철숙동精鐵塾銅으로 만든다.

紙袋　차를 담는 두꺼운 한지 주머니.

碾　고형차固形茶를 가는[粉碎] 기구.

羅　말차를 만들 때 쓰는 체.

盒　삼杉나무로 만든 차를 담는 그릇.

則　말차를 뜨는 대나무 숟가락.

漉水囊　물을 담는 구리로 만든 통.

瓢　조롱박을 반으로 쪼개어 만든 작은 바가지. 배나무[梨]로 만들기도 한다.

竹篋　차를 젓는 데 쓰는 젓가락. 또는 차솔茶筅.

鹺簋　소금을 담는 자기.

茶罐　차를 우려내는 주전자.

茶碗　다관의 차를 부어 마시는 찻종.

받침　찻종의 받침대.

畚　다완과 받침대를 담는 삼태기.

식힘그릇　찻물을 식히는 그릇.

막사발　오물을 버리는 사발.

札　종려 껍질로 만든 수세미.

茶巾　마포수건.

具列　주용한 다구를 넣는 궤. 나무 또는 대로 만든다.

都籃　구열보다 더 크고 모든 다구를 집어넣는 장.

문화공보부의 전통 차 보급 계획

86아시안 게임, 88서울올림픽 게임을 대비하여 전통생활과 문화 개발 계획의 일환으로 전통 차를 보급하자는 계획이 있었다. 보급 계획은 매우 구체적이었다.

- 차 자료 정비
- 다도 정립
- 차 관련 잡지 발간
- 학교 도덕 시간과 가사 시간 이용
- 직장 교육
- 상설 교육장 최대 활용
- 차 생산지 확대

- 증산 권장
- 보급 가격 현실화
- 제다 기능공 양성,
- 각 기관 협조(농수산부를 통해 다원 조성 및 생산 확대)
- 문화공보부는 전문지 발간, 다례 홍보
- 문교부는 학교 교육 권장
- 보건사회부, 상공부는 다원 개설, 제다 기술 지원, 다시 개량 생산
- 각 시도는 다원 지방기념물로 보급

매우 환상적인 플랜이다. 우록은 이러한 문화 움직임을 한 문화의 창달이 자연발생적으로 이루어지는 것을 바람직한 일이라고 볼 때, 우러러 부끄러움이 없고 현실적으로 시급한 일이라며 때로는 민民·관官·산産·학學이 협력해서 적극적인 촉매 작용을 할 필요가 있다고 역설했다. 그런 의도에서 당시 문화공보부가 '전통 차 보급 계획'을 마련하여 각계 요로에 시달한 것으로 알고 있으나 그 계획의 실천은 그리 활발하지 못한 것 같다는 우려를 나타내는 글을 잡지에 싣기도 하였다.

> 제다의 철을 맞아 남쪽의 차밭들과 제다공장들을 둘러보아도 차인들끼리 솥을 들고 자생지를 찾아가서 요리조리 시험하는 분들, 차엽茶葉을 사서 자가 제조하는 스님들, 자영 농장과 온갖 기계류를 갖춘 제다업자들은 모두 제철을 맞아 한창인 때 차를 만들고는 있지만 그 차가 팔릴 것인지 아니면 예년처럼 창고에 쌓일 것인지 전전긍긍하는 태도였던 꼴. 예년의 생산량과 판매량이 큰 위협이 되고 있고, 지금 각계각층에서 그토록 차 문화 보급에 열을 올리고 있는데도 차 자체의 소비는 형편이 아니라는 점 등을 고민하지 않을 수 없다.

어떤 농장의 경우 잘 가꾼 10여만 평의 차밭과 일원화 작업의 시설을 갖추고 있으면서도 5월 12일 현재 전연 작업을 않고 있으며, 500여 정보의 차밭 집단지가 있는 전남 보성에서의 차엽 수매 계약은 40%에 불과한 것이었다는 점이 이러한 고민을 가중시키고 있다. 이웃 나라 대만의 연간 소비량 당시 4만톤과 일본의 20만 톤과 중동의 25만 톤에 비교한다면 20톤을 가지고 이토록 허덕이는 우리들의 실상을 어떻게 풀이해야 할 지 안타까운 마음 가눌 길이 없다. 여기에 우리들은 다음과 같은 반성을 할 필요가 있다고 본다. 차 문화 운동이 현실과 상치하는 구호로 시종하는 결과가 아닌지? 혹은 차 문화 운동과 차 산업이 따로 따로 돌아가는 폐단의 결과가 아닌지 말이다. 벌써 이러기를 10년이 넘었으니 실로 차 소비에 대한 문제는 심각하지 않을 수 없다.

예를 들면 공공기관이나 직장인 상설 교육장, 관광업소, 호텔, 고궁 등에 다원을 개설하여 최대한 활용하는 일, 차 생산지 확대 및 증산, 제다 기능공 양성, 차 및 다기의 보급가격의 현실화와 저렴화로 일반 국민에게 전통 차를 애용하도록 하는 일, 전국 시도를 통해서 다원을 지방기념물로 지정 보호하는 일, 전문 기관에 의뢰하여 차 관계 자료를 정비하고 차 정신 정립에 힘쓰는 일 등등 이다. 차의 날과 제다의 날을 맞아 좋은 차가 많이 나오고 좋은 차벗[茶友]들이 많이 배출되어 나라 살림이 슬기로워지기를 우러러 기원한다.[94]

멋과 맛과 슬기를 찾는 의지

우록은 차 생활을 하는 사람들이 세속적으로 소갈머리가 없다고 꾸짖는다. 상대방이 달갑게 여기지 않는데도 아끼는 다기, 다구와 값나가는 차를 떠맡기며 열심히 차의 역사, 차의 효능, 행다법, 차의 경지 따위를 설득하려 한다고 말이다. 차를 권하는 아름다운 풍속이 이어진 지 1,700년이

지났지만 차를 일반적으로 마시는 인구가 적고 한국의 차 소비량이 극히 저조하다는 것에 대해 심히 걱정했다. 그 근원적인 이유로 첫째, 찻값이 너무 비싸다는 것이다. 소비원료로 따지면 커피 값과 비슷하지만 차 밭이 제 구실을 못하고 제다공장에 재고품리 산적되어 있다는 사실은 결국 찻값을 낮추어서 소비량을 촉진하는 수밖에 없다. 둘째, 다기 값 역시 비싸다는 것이다. 그리고 비싼 다기를 갖추어야 격식 있는 차를 할 수 있다는 생각이 오산이다. 정말 격조 높은 차란 몇 백 원 정도면 구할 수 있는 하찮은 찻잔에 더욱 사랑을 기울이는, 오히려 완벽한 것보다는 조금은 험이 있거나 찌그러진 듯 한 편이 좋은 것이라는 옛 차인들의 충고에 따라야 한다. 셋째, 너무 까다롭다는 것이다. 이 바쁜 세상에 그런 한가한 짓을 할 수 있느냐, 결국은 시간이 남아도는 부유층이나 할 노릇 아니겠느냐 하는 것이다. 이 대목 또한 오산이다. 시간적으로 따져서 녹차를 내는 거나 커피를 타는 거나 지난 시간, 또는 흘러간 일들을 반성하고 다가올 일들을 생각하는 거라면 오히려 느긋하게 시간을 잡아서 인생을 뜻있게 살아가는 촉매작용으로 활용할 일이다. 그리고 차란 본시 인생을 착하고 정직하고 멋있게 살기 위하여 그 슬기를 터득하려는 행위이기 때문에 탐욕적인 부유층보다는 선비와 학생과 서민의 것임을 알아야 한다. 마지막으로 차는 현대인의 감각에 맞지 않고, 세계적인 기호추세에 어긋나는 국제고아라고 생각하는 것인데, 합리적으로 생각해 보면 연간 술 소비량이 아무런 자랑이 될 수 없듯, 커피 수입량의 증가 추세 또한 어떤 측면으로 보나 자랑일 수 없다. 세계적으로 으뜸가는 우리의 명천茗荈은 놔두고 외국의 것에 심취하는 것은 "우리의 것을 두드러지게 발현하는 것이 세계상을 지니게 하는 것"이라는 원리에 위배된다. 우리의 것을 다시 꽃피우는 온고지신의 마음으로 차를 시작하자.[95]

일본 차 문화에 대한 고찰

우록은 일본 기행을 할 때도 그저 눈을 호강시키는 차원에서 끝나는 것이 아니라 여행 내내 기록하고 쉴 새 없이 기억의 장을 만들어 돌아온 뒤에는 그 기억을 문자화하는 데 게을리 하지 않았다. 우록의 일본 기행과 관련된 작은 투고를 보면, '김봉호 칼럼 교토京都의 다향'이라고 제목을 붙이고 교토에서의 차의 기억을 문자화 했다. 경제 대국을 구가하면서도 고층 건물을 짓지 않는 교토의 풍정을 포근한 이국의 정서가 여전하다고 표현하였고, 다도연수회관이라는 숙박 시설이 있어 차를 공부하고자 하는 내외국의 차인을 수용하는 편의 시설이 갖추어져 있다는 것을 부러움 반 아쉬움 반으로 써내려간 단아한 글이었다.

우록은 교토를 옛날의 왕도에 걸맞게 명승고적과 사원이 많은 곳, 태평양전쟁 때 피투성이로 싸우면서도, 히로시마廣島와 나가사키長岐에 원자탄을 터뜨리면서도, 금세기의 명장 맥아더가 끝내 폭격을 자제했던 곳, 경제대국을 구가하면서도 고층건물을 짓지 않는 곳으로 평했다. 또 교토는 필자가 여섯 번을 방문했지만 그 포근한 이국의 서정이 여전하다고 표현하고 있다. 이러한 교토와 우리나라를 비교할 때 가장 아쉬운 점은 왜 우리는 2,500년이라는 찬란한 차 역사를 가지고 있으면서도 변변치 않은 다도교육장 하나 갖추고 있지 못한가 하는 후회와 반문이었을 것이다.

일본에서는 타국에서 온 차인을 일반적인 호텔이 아니라 다도연수회관이라는 숙박시설을 겸한 연수시설에서 묵게 하는데, 왜 우리는 그리 하지 못하고 있느냐는 사회적 반문이었을 것이다. 더불어 다도연수회관은 호텔과 흡사한 편안한 마음으로 여장을 풀 수 있는 시설로, 가지런하고 차분한 느낌의 분위기는 앉아 있는 다구와 옥로가 차의 극치였다는 것이다. 우록은 모름지기 여행이라고 하면 목적이 뚜렷하면 맛이 없는 법이라며 대체적인 방향을 설정할 뿐, 바람 부는 대로 물결치는 대로가 제격이라고 말한다. 그러면서 한국의 전통 예술의 실태가 일본 여행의 대체적인 방향이라면 이 교토 방문은 일종의 여가선용이라고 일필하고 있다.

또 교토의 차 명가들을 적고 있는데 자세한 조사와 분석은 이미 우록의 차 공부의 깊이를 느끼게 하는 단서로서의 기능으로 충분했다. 더불어 교토의 차의 명가가 많은 것과 간추려서 정리하는 글을 남기고 있다. 우록은 일본 차의 흐름까지도 파악하려 했다. 이러한 파악을 통해서 우리나라의 제 문제를 해결하려 했던 것으로 짐작된다. 차 문화계의 일본과의 비교 연구도 조속히 활발하게 이루어져야 할 것이다.

表千家(不審庵, 14世째)

裏千家(今日庵, 15世째)

武者小路4家(官休庵, 10代째)

藪內家(燕庵, 13代째)

小堀家(遠州流, 12世째)

久田家(半床庵, 12世째)

松尾流(宗倫, 12世째)

일본의 이와 같은 차의 명가들이 모두 무라다 쥬코村田珠光(1423~1502)와 센 리큐千 利休(1522~1591)를 조상으로 떠받들고 있음은 물론이다. 그리고 일본의 다도는 세기細技에 능한 까닭으로 하여 여타의 명류도 많다. 그 밖에도 직능별 취향별 지역별의 유파는 부지기수이다. 그걸 두루 찾는다는 건 불가능한 일이기에 그 대표격인 우라센케裏千家, 오모테센케表千家, 무샤노코지센케武者小路千家를 보기로 하고 우선 언론사부터 찾았다. 일본에는 다음과 같은 차 잡지가 발행되고 있다. 담교사淡交社, 원주遠州, 다도잡지, 다도의 연구, 설문화雪文化, 석주石洲, 화풍和風, 고봉高峰, 지음知音, 송음松音,

선문화이다.

담교사는 월간 잡지《담교》를 발행하는 일 말고는 단행본을 많이 찍어 내는 큰 규모의 출판사이다. 편집국 제1부장이자《담교》의 편집장인 山城孝之 씨와 계장인 横内智里 양이 그들의 응접실에서 필자(우록)를 맞아 주었다.

1. 차는 신토불이의 원론에 의거한 동양인의 선택된 음료이다. 코카콜라나 커피는 그 산지의 것으로 국한되어 마땅하다. 보수保守 또는 국수주의적인 고집이 아니다.
2. 나라마다 문화 특성이 내재하듯 중국 한국 일본 등 3국의 다도는 각기 특성을 지니기 마련이다.
3. 차는 국제 문화 교류에 크게 공헌한다.
4. 차는 종교의 목적에 도달하는 첩경이 된다.
5. 차는 예술의 경지로 승화되어야 한다.

오카쿠라 덴싱岡倉天心의 『차의 책』

우리들은 '우리나라와 일본의 관계'에 대하여 정치 경제 문화 등등 모든 방면에서 매우 착잡한 갈등을 겪는다. 때로는 얄밉기도 하고 때로는 정면의 적으로 때로는 두렵기도 하고 더러는 부럽기도 한 존재이다. '차' 또한 예외일 수 없다 하겠다. 일본인들은 우리나라로부터 '차'를 배워 가지고 그걸 갈고 닦아서 그들 특유의 '다도'를 정립하고 있지만 그 누구도 '우리의 스승은 한국이었다'라고 말하지 않는다.

그들은 '다도'의 진흥과 함께 차 산업에서도 괄목할 만큼 성장하였고 드디어는 차 문화 외교의 일환으로 선진 각국에 상설 다실을 개설하고 심지어는 5,000톤급의 차 문화 친교선을 5대양에 띄우고 있지만 스승인 한국의 그림자는 티끌만큼도 비추지 않는다.

얄밉고 야속한 건 인지상정이라 하겠으나 지금의 우리들은 지난날 우리의 불찰을 진솔하게 반성하며 그들의 존재는 솔직하게 인정하여야 할 때가 아닌가 한다. 오카쿠라 덴싱岡倉天心(1863~1913)이 쓴 『차의 책茶の本』의 원본은 『The Book Of Tea』이다. 물론 영문이다. 그의 동생岡倉由三郎과 제자村岡博가 일본어로 번역한 것이다.

그는 1862년 후쿠이의 명문[福井潘士] 출생으로 지금의 동경대학 전신인 동경개성소에서 미술美術 이론理論을 전공하는 한편 정치학과 이재학理財學을 연구한 후 미국과 구라파 각국에서 유학하고 나서 동경미술학교 교장이 되었다가 1898년 37세에 사직하고 일본미술원을 창립하여 진보적 반골야인反骨野人의 예술가가 되었다. 그 후 그는 외유를 거듭, 인도의 타골, 미국의 랑그턴 워너와 친교 하다가 당시 세계적 문예 진흥 도시 보스턴의 보스턴미술박물관의 동양부 고문에 취임하더니 드디어는 부장직에 올라 그로부터 그는 일본과 미국을 오가며 평생의 신조 '동양은 하나다'라는 예술론을 펴다가 51세에 타계하였다.

그러니까 오카쿠라 덴싱은 차인이라기보다는 미술가이자 예술가였으며 바꾸어 말하자면 '차'를 미술 내지는 예술론적으로 관조한 이색적인 차인이라 하겠다. 『차의 책』은 다음과 같이 7장으로 된 짧은 글이다. 일본의 이와나미 문고[岩波文庫]에서 90쪽 안팎으로 펴냈고, 오카쿠라 덴싱의 전집에도 수록되었다. 1906년에 처음 영문판이 나왔다.

1. 人情の碗(인정의 다완)
2. 茶の諸流(차의 모든 것)
3. 道教の禪道(도교의 선도)
4. 茶室(차실)
5. 藝術鑑賞(예술 감상)

6. 花(꽃)

7. 茶の宗匠(차의 종장)

『차의 책』은 저자의 폭넓은 미술론과 예술관을 음미할 수 있는, 그리고 '차'란 그렇게도 넓은 뜻을 지닌 것인가 하고 느끼게 하는 책이다.

제10장

우록의 활동과 현대 차 문화 부흥 맥락의 의의

해남에서 차 문화 확산 운동을 전개

우록의 차 문화 인식과 지향은 그의 다양한 활동에서 찾아볼 수 있다. 그가 해남에서 차 문화의 확산 운동을 전개하면서 순차적인 활동을 기준으로 보면 먼저 ① 해남다인회 창립, ② 고전 다서 발간, 초의의 다서 『다신전』·『동다송』 발굴과 『초의선집』 역주와 『한국 차 문화사』 출간, ③ 차 문화 유적지 일지암 복원, ④ 차 전문지 《다원》 창간, ⑤ 초의문화제의 탄생과 해남다인회의 활동 등으로 나누어 볼 수 있다.

일지암 석간수

우록은 살아생전 '일지암은 차의 승지이며 한국 차 문화의 성지'라고 복원의 뜻을 강하게 피력했다. 초의선사와 다산, 완당, 연파, 호의, 하의가 차의 진수를 깨친 곳이고, 들뜨고 허둥대고 설쳐대는 우리들을 대자연으로 돌아오라 손짓하는 도량道場이라고 하였다.[96] 초의가 40여 년 동안 기거했다는 차의 성지 일지암의 존재는 해남 사람들이 조직적으로 차 문화 운동을 벌여온 도화선이었다. 그 선두에 선 인물이 우록이었다.

우록은 "일지암을 복원해야 초의선사의 뜻을 이을 수 있고 한국의 정신문화를 발전시킬 수 있다"고 제안했다.

> 그 취지가 우리나라 국민도 이젠 먹고 살만하게 됐으니 신라 때부터 조선왕조 중엽까지 계승되다가 끊어져 버린 차의 전통문화를 복구, 더 발전시키자는 것이고 우리나라를 휩쓸고 있는 커피 등 외국차를 한국 재래차로 밀어내어 막대한 외화 손실도 막자는 얘기다. 조선 말엽의 다성이었던 초의선사가 40년간 기거했던 해남 대둔사 숲 속의 일지암을 복원키로 작정했으며 자취도 없어진 일지암 얘기가 실마리가 되어 급기야는 차 인구가 적고 질이 나빠 차 산업이 도산 상태에 처한 한국 차 생산 실태로까지 화제가 번졌다.[97]

한국차인회와 일지암복원추진위원회를 결성하고 1976년 여러 차례 모임을 가졌고, 『남다병서南茶並書』, 『몽하편병서夢霞篇並書』, 『대둔사지大芚寺誌』를 면밀히 살펴보고, 대흥사 사정에 밝은 응송(당시 90세)의 고증에 따르기로 하였다. 초의선사 제자가 쓴 '몽화편夢話編'에 일지암의 위치가 비교적 상세히 그려져 큰 도움이 됐다. 당시 90살이 넘은 응송을 들것에 메고 올라가 최종 일지암 터를 확인했다.

1년 가까이 일지암을 오르락내리락 하면서 마신 술만 해도 수백 석에 이를 겁니다. 날마다 인부들 설득하느라 술이며 닭고기며 안주 해서 바치는 일이 익숙해져 어느덧 주모가 됐으니까요.

일지암은 1979년 6월 5일 공사를 시작해 그 해 연말에 완공됐다. 설계는 에밀레미술관장이었던 조자용 박사가 맡아 6.5평짜리 모실茅室 1동, 15.3평짜리 모형와가茅亭瓦家 1동, 3평짜리 부속건물과 연못 등을 되살렸다. 일지암이 100여 년 만에 복원이 된 것이다. 1980년 4월 6일 차인 100여 명이 모인 가운데 낙성식을 한 일지암이 복원되자 차 운동에 큰 변화가 일어났다. 각기 목소리를 달리했던 다회들도 일지암 행사에만은 조건없이 참석해 일체감을 나눴다.[98] 일지암 복원을 계기로 차 운동이 활발하게 전개되었다. 무엇보다 전국의 차인들이 차회 소속이나 개인의 다론과는 상관없이 일체화된 모습을 보인 것은 현대 차 문화 부흥 맥락에서 가장 값진 현상이었다.

이제 우리 다도도 중흥기에 들어섰고 고유의 다도가 정립되어 가는 과정에 들어선 것 같습니다. 이제부터 할 일이 많죠.

우록은 '차 박물관'과 '다신탑' 건립 계획을 세웠으며, 중국의 다선으로 불리는 육우 와 초의를 주인공으로 한 차 소설 『육우전陸羽傳』을 집필 중이었다. 당시 1,000장쯤 썼는데 봄까지 가야 완전히 될 것 같다고 했다. 대둔 문화와 한국의 차를 찾아 해남을 찾는 사람들의 길잡이가 되고 싶다고 했던 우록, 『육우전』 집필을 다 마치지 못하고 영면에 들었지만 아직 그의 차 정신은 한국 차인들의 정신적 지주로 남아 있다.

차를 가리켜 그처럼 성스럽고 유익하고 즐거움을 주는 음식은 없다고 합니다만 차법과 부딪치면 주춤해 하는 사람들이 있습니다. 그러니 다풍은 일본처럼 마시듯 할 수도 없겠죠.

정성스럽게 다기를 어루만지는 우록의 모습이 하얀 잔에 담긴 차 빛깔처럼 투명하기만 하다.

차 문화 인구의 저변 확대와 방향성 제시

우록은 차의 교본을 전국의 차인들에게 배포하여 차의 고전을 강독하게 하였으며 차의 성지인 일지암을 복원하고 그로 인한 차 인구의 확산을 꾀했다. 1970년 초의문화제 제정 당시 직접 참여해 차선일미의 전통 다례를 복원해 냈고, 『차인들은 차를 선이라고 하네』, 『만나고 싶다 그 사람을』, 『완당과 초의』 등 차 관련 저서를 남겼다. 한국 차 문화에 있어 커다란 획을 그었던 그의 치적을 정리하면 크게 네 가지로 나눌 수 있다.

첫째, 호남 현대 차 문화 부흥 활동의 지속이라고 할 수 있다. 조선 후기 대흥사와 일지암에 머물며 선수행한 초의 장의순은 다도를 정립한 인물로 그의 사상은 차선일미茶禪一味로 집약된다. 초의는 한국 차의 고전으로 일컬어지는 『동다송』을 편찬해 우리 차 문화의 역사와 그 우수성을 복원하는데 앞장섰고, 다산 정약용, 추사 김정희 등과 교류하며 불교사상과 실학사상의 만남을 주선하기도 했다. 이런 시대 상황에서 조선 후기 차 문화 중흥기의 중심인물들 사이에서 문화의 교류를 도왔던 호남 진도 출신 소치小癡는 조선 후기와 근대를 잇는 차 문화 전승의 가교 역할을 담당했고, 19세기 조선의 서화와 문화계의 상황을 연구하는 데 있어서 빼놓을 수 없는 인물이 되었다. 이들의 교유는 호남 지역 차 문화의 단면을 조명하는 한편, 조선 후기 회화 예술과 차 문화계의 교유를 통한 차 문화의 전개 양

우록의 차실 앞에 선 향토사학자 임상영 선생

상과 호남의 차맥을 보여 준다.[99] 이러한 흐름을 고스란히 유지 지속시킨 해남을 중심으로 한 호남의 차 문화 부흥 운동은 호남이라는 지역적 한계를 보여주는 데서 그치지 않았다.

둘째, 차 문화의 전국적 확산이다. 우록의 활발한 차 문화 활동은 효당의 영향으로 진주가 중심이 된 영남 지방의 차 문화 부흥과 그 맥을 같이 한다는 것이다. 1970년을 전후해 조직을 갖추고 활동을 시작하면서 진주 다인회는 '한일 양국의 차 산업 및 다례 발전에 관한 연구'를 주제로 국제 세미나를 첫 사업으로 개최하고 일본의 명망 있는 차인들과 교류를 시도하게 된다. 국제적인 교류를 통해서 한국의 헌다문화와 한국인의 생활 다례를 일본에 최초로 소개하게 되고, 기존 다례 풍속을 다듬어 정리했을 뿐만 아니라 차 생활을 부활시키는 중추적인 역할을 담당하게 된다. 민족정신을 고양시키고 예의범절을 살려 한국인다운 인성을 회복하자는 운동으로 발전해 나간다.

이러한 맥락은 한국 차 문화의 부흥으로, 큰 틀에서 해남과 진주의 차 문화 전개를 비교하는 것도 차후의 연구 과제로 삼아야 할 것이며, 지역문화 연구로 우선되어야 할 것이다. 이러한 지방의 활동으로 서울에도 차 모임이 만들어졌으며, 두 지역의 차인회 결성은 한국차인연합의 모태가 되었다.

셋째, 현대 차 산업 발전의 토대를 마련하였다. 1970년대 후반까지만 해도 우리나라 차 산업계는 침체기를 벗어나지 못했다. 의재 허백련이 삼애라는 경영 정신으로 삼애다원의 춘설차, 사원의 승려들이 만드는 죽로차와 반야차, 화개 주민이 만드는 쌍계차와 화개차 등이 있었다. 차 산업은 차 문화의 발전과 더불어 확산되어 가는 흐름을 보이지만 모두 소량생산의 수준을 벗어나지 못하는 것이었고 수요의 부족으로 유통이라는 단어를 쓸 형편도 못 되었다. 그러나 우록의 차 문화 지향은 많은 반향을 불러일으키면서 대규모 다원이 활발하게 가동되고 그러한 움직임은 차 산업 발전의 시동이 되어 차 시장 경제가 활발하게 된 도화선이 되었다. 대규모 생산 규모를 갖춘 차 산업의 역군으로 부각되는 풍속을 낳게 된다. 수요가 적어 대량 생산 체계를 갖추지 못했던 현상을 뒤엎고 새롭게 차 산업이 급부상하는 현상으로 이어졌다. 더불어 전국적으로 수제차의 제다가 확산되는 것도 같은 맥락이라고 할 수 있다. 차를 담을 수 있는 다기의 발전을 가져온 것도 이 시기라고 할 수 있다. 일본인들의 수요와 함께 일본을 시장으로 하여 도자기 업계를 급신장시키는 계기가 되었다.

넷째, 현대적 차 문화 정립에 일익을 담당했다. 70년대 후반에 일어났던 모든 움직임이 하나같이 차 생활 운동에서 비롯된 것이라고는 말할 수 없겠지만 차 생활의 부활은 차 생활과 수반되는 제반 산업과 연관되고 한국의 전통 문화 향유라는 새로운 바람을 일으키게 되면서 판소리 국악도 새로운 모습으로 거듭나게 되었고, 나아가 전통 예술 문화 전반에 대한 일반의 인식을 새롭게 하는 데 많은 공헌을 했다. 초의문화제집행위원회 사무국장 우재 박양배宇齋 朴養倍(1944~)는 "초의문화제가 차 문화 발전과 차인의 저변 확대에 지대한 공헌을 해온 것은 사실"이지만 "그러나 이제부터는 현대인의 정신문화를 차 문화로 정화하기 위해 노력이 수반되어야 한다는 반성도 같이 해야 한다"고 말했다.

이렇게 우록의 차 문화에 대한 지향이 다양하게 확산되면서 차 문화 제반 관련의 문화산업까지 같이 성장하는 기틀을 마련하였다. 차 문화와 차 산업을 같은 맥락에서 파악해야 될지는 더 지속적인 연구를 통해서 조명해야 할 것이다. 무엇보다 우록의 차 문화를 지향한 삶 속에는 모두를 아우르고 지탱할 수 있는 정신이 있었다. 우록의 3남 김경주의 인터뷰에서 이를 확인할 수 있었다.

우록이 생전에 사용한 다기와 우록이 제안하여 재현한 청자다기

우록의 차실 옆 다신茶神이라고 새겨진 물드므

"선친은 뭘 하고 세상을 사셨는지 말하기 어렵게 이런 일 저런 일을 하시다 돌아 가셨지만, 글 쓰는 일, 연극, 영화, 판소리, 정치, 언론 관계 일 등 얼핏 보면 무모할 정도로 잡다한 관심과 조예를 가지고 계셨다. 그러나 가끔 연초 휘호라도 한번 쓸 기회가 생기면 자주 쓰셨던 글귀가 생각난다. 이름 하여 '이태동잠異苔同岑'이라는 글이었다. 이태동잠은 어울림의 미학으로 해석되는데, 원래는 권상로라는 한학자가 썼던 말이며, 직역을 하자면 서로 다른 이끼가 한 봉우리에 있다는 뜻이다. 선친께서는 교육학을 전공하여 한 때는 교직생활을 하기도 했고, 현실에 관심을 가져 정치에도 뜻을 두었다. 한 우물을 판다는 것과는 정면으로 배치되는 형국이었다. 결국은 늘 곁에 두고 즐겨 마시던 차를 사랑한 나머지 차의 보급과 차 문화의 중흥에 평생을 매진하였다. 그러나 차 문화계는 늘 다른 목소리를 내고 있는 것에 한숨 섞인 푸념을 하기도 했다. 이태동잠을 거스르고 있는 차 문화계를 걱정한 것이다."

구술조사에서 3남 김경주 씨는 당시의 아버지를 "결국 제대로 이룬 것이 하나도 없는데, 달리 보면 두루두루 매사에 관심을 갖고 세상사 많은 것들과 어울리며 사셨던 것 같다"고 회고한다. 우록이 평생 지향하고 삶을 지탱했던 차 정신은 이태동잠이었다. 시끄럽고, 번잡스럽고, 가슴 벅차게 지나갔던 기타 등등의 일들이 세월 속에서는 한 단어에 지나지 않는다. 다 같이 이해하고 어울리며 차 한 잔 나눠야 한다는 생활 속의 차 문화를 실천했던 이태동잠의 정신을 기려야 할 것이다. 평소 좋아했던 초의의 차시를 책상 앞에 붙여 두고 차시의 선정과 고요를 몸에 익히려 하며 차 생활을 하였다는 우록의 차 정신은 신봉되어야 할 것이다.

우록의 기와집 현관에 들어서면 초의의 한시 한 구절이 눈에 띈다.

이잡간저운履雜澗底雲 창함송상월窓含松上月

달이 휘영청 밝아 달그림자 밑에 구름을 밟고 개울을 건너는데

문득 고개를 드니 들창 소나무 가지에 달이 걸려있구나

이 시와 관련하여 우록은 다음과 같은 평을 남기고 있다.

청나라 대 시인들조차도 이같이 맑고 고매한 한시는 보지 못했습니다. 하루에 수천 번씩 암송하며 마음을 가다듬고 있습니다. 아직도 그 뜻을 깨치지 못하고 세상살이에 급급한 것 같아 부끄럽습니다.

우록은 때로는 중국의 고전을 예시하며 심오하게, 때로는 해학을 섞어가며 반농조로 엮어가는 이야기에 압도당할 말재간을 지녔었다. 그의 해박한 지식과 예술적 재능은 불모지나 다름없던 해남의 문화를 살찌우는 토양이 됐다. 또 평생 다도와 함께한 그의 인생은 그가 고매한 '마지막 선비'임을 여실히 증명해주고 있다.

한국 차 문화 부활의 원동력이 된 우록

우리 차 문화는 19세기에 들어와 차 마시는 여건이 새로 조성되면서 음차 풍습이 되살아나게 되었다. 그러나 여전히 일부 계층에서만 차를 마셔 일반화하지는 못했다. 더욱이 일제강점기에 접어들면서 차 문화는 큰 위기를 맞이했다. 나라가 외세의 침략에 무너지고 백성들의 생활이 피폐해지면서 차를 마실 여유보다는 나라를 걱정하고 당장 내일 먹을 끼니를 걱정해야 했기 때문이다.

이런 가운데 일부 스님들이 산사에서 차를 마셨다. 차의 식물학적 특성상 남부 지방에 국한되었던 차 생산은 소비 감소 등으로 인해 그 생산량

이 떨어지게 되었다. 한편 일제 치하에서도 장흥 보림사寶林寺 일대에서는 단차團茶가 만들어지고 있었다고 한다. 이 차는 한국전쟁 이전까지 시장에서 팔렸으나 언제부터인가 역사의 뒤안길로 사라지고 말았다. 당시 상황을 여러 문헌에서 종합해 볼 때 이곳에서 만들어진 단차는 당나라 육우 시대의 제다풍과 매우 흡사해 주목을 끌었을 것으로 본다. 일본의 차 상품 가운데 '말차抹茶'가 있는데 이는 분말 잎차를 큰 나무사발에 타서 거품을 내 보약처럼 마시는 것이다.

이 또한 다른 음차 풍습처럼 한국 행각승들의 풍습이 일본에 전파된 것이다. 모든 것을 걸망에 담고 돌아다녀야 하는 행각승들은 걸망 무게를 줄이기 위해 차를 가루 내어 지녔으며 한적한 곳에서 스님들의 밥그릇인 바리때에 냇물 등을 떠서 준비해 두었던 가루차를 풀어 마시면서 여독을 풀곤 했던 것이다. 1940년 일본인 모로오카 다모쯔諸岡存(1879~1946)와 이에이리 가즈오家入一雄(1900~1982)가 공동 저술한 『조선의 차茶와 선禪』이라는 책에서는 "조선 사람들은 자기 땅에 좋은 차가 있다는 것을 모른다. 조선의 차를 개척하여 다업국책茶業國策의 실實을 거두어야 한다"고 기술했다. 우리나라의 차가 일본의 것보다 우수했고, 나아가 경제적 가치가 높았음을 그들도 인식했던 것이다. 현대에 들어오면서 차는 새로운 의미를 갖게 되었다. 전통문화 보존이라는 측면에서, 혹은 건강 기호음료의 측면에서 한층 각광을 받게 된다. 특히 차에 함유된 여러 성분들이 과학적인 방법을 통해 소개되고 또 이 같은 내용이 논문 등으로 세상에 알려지면서 우리의 음차 풍습이 얼마나 좋은 것인가가 대두되기 시작했다.

모로오카 다모쯔와 이에이리 가즈오는 『조선의 차와 선』에서 근대 이후 우리나라 차 문화 쇠퇴의 이유를 크게 세 가지로 나누어 설명하고 있다. 그 첫 번째가 한국의 차 문화는 사원寺院을 중심으로 전래되어 조선조 불교의 쇠퇴와 함께 음차 풍속도 쇠퇴했다는 것이며, 두 번째는 담배와 술 때문이라고 했다. 당시 끽연량의 증가 추세 때문에 상대적으로 기호성이 떨어지는 차의 소비가 줄어들게 되었으며, 각종 제례의식 등에 차 대신 구입이 쉬운 술을 사용하고 즐겨 마셨기 때문에 차 문화가 쇠퇴했다는 것이다. 세 번째 이유는 한국의 수질이 좋기 때문이라는 것이다.

하지만 오늘날에 한국 차 문화는 여러 단체가 서로의 영역을 침범하지 않고 공존하면서 지켜나가고 있다. 1960년대 이후 새롭게 일기 시작한 차에 대한 관심은 1970년대 후반부터 활기를 띠었다. 또한 1980년대 이후 국내에는 많은 차 문화 관련 단체들이 등장한다. 이들은 한국전쟁 때 사용되었던 군수 물자 및 유엔 가맹국들의 원조 물품 속에 끼여 있다가 들어온 커피와 코코아의 음용 습관이 만연되어 있음을 개탄하고, 우리 국민들의 생활 속에 흡수되어 버린 커피와 코코아의 음용 습관을 바꿔 보자고 목소리를 높였다.

우록의 차 지향이 지역문화와 한국 차 문화에 끼친 영향

전국의 차인들은 1981년 5월 25일을 '차의 날'로 제정하였다. 차인들의 열화와 같은 차 문화 발전에 대한 일치된 힘은 당장 정부를 움직이는 힘이 되었다. 문화관광부의 전신인 문화공보부는 1983년 초 전통 차 보급 계획을 발표했다. 당시의 발표내용을 보면 "전통생활과 문화 개발 계획의 일환으로 전통 차 및 다도를 개발 보급함으로써 대내적으로는 국민정신 순화와 주체 의식을 고취하고 대외적으로는 우리의 것을 선양하기 위함"이라는 목적 아래 전통 차의 현황, 필요성, 보급 계획 그리고 각 기관의 협조 사항을 여러 문항으로 자세히 설명하고 있다. 우리가 이런 계획을 실천함으로써 전통 차 문화의 생활화를 통해 주체 의식을 함양하고 이를 유지해 우리의 것을 찾고 가꾸는 의식을 고취시키며 전통 차 문화(음미, 사색)를 통해 국민정신 순화와 예의, 질서 존중의 정신을 고양시킨다는 것이다.

끝으로 우리 차 문화의 역사를 지키는 데 있어서는 커피·코코아·홍차와 같은 서양 차의 수입을 줄임으로써 외화 절약에도 기여할 뿐만 아니라 우리 모두는 우리 것을 찾고 더욱 발전시켜 우리의 전통 차 문화를 꽃피워야 할 중요한 사명을 안고 있다고 본다.[100]

위에서 살펴본 바와 같이 이 글은 현대 차 문화 발전의 주역인 우록을 조명하면서 차에 대한 우록의 인식과 지향을 살펴보고자 했다. 그리고 우록의 상징적인 차 정신은 무엇인지 그 논리와 가치 기준에는 어떠한 내면이 있었는지 살펴본 글이다. 더불어 호남 차 문화의 뿌리부터 현대 전승적 맥락을 이어 보았다. 우록은 광범위한 분야에서 업적을 남겼고 특히 해남에 새로운 문화를 무궁히 남긴 인물로 주목받아야 할 것이며, 특히 현대에 이르러 한국 차 문화를 부흥시킨 인물로 지역사의 견인차로서의 기능을 충분히 했을 것으로 본다.

한국의 차계라고 하는 공간에서 활동하는 연구자나 차인들이라면 현대 차 문화 부흥 맥락의 골자들은 어느 정도 인식하고 있으리라는 생각이지만 그 배후에는 어떤 인물이 있었고 어떠한 각고의 노력들이 있었으며, 또 그 배경에 깔려있는 가치와 상징성이 무엇인지는 조명된 바 없고 은폐되고 오보되는 경향이 많았기에 그 배후의 상징적 지향이 드러나기를 바라는 마음에서 필자는 이 연구의 필요성을 느꼈다. 무엇보다 3년 정도의 자료 수집 과정을 통해서 우록의 50년 차 생활을 한눈에 볼 수 있는 스크랩북을 발굴했다는 것이 이 연구의 자료로서의 참신성이라 할 수 있다. 그것은 현대 차 문화 부흥의 맥락을 사실적으로 보여주는 증빙자료일 뿐만 아니라 이 연구의 시사성을 제공했으리라 생각한다.

해남이라는 공간 인식 속에서 한국의 현대 차 문화 전승이라는 큰 타이틀을 이루기까지의 과정은 이 글의 논거에 의해서 제시했다고 생각한다. 지금 차인들과 연구자들이 이러한 흐름들을 간과해서는 안 될 것이다. 고

대시대부터 근현대에 이르기까지 통시적 차 문화의 역사 속에는 지역마다 이러한 작은 차 문화의 전승 양상들이 지역적 상징성을 내포하며 녹아들어 있다. 차 문화 연구가 진척되어 가는 과정에서 이런 일련의 움직임들이 수면으로 드러나야 된다는 강한 필요를 느끼고 또 고찰하고자 했던 것이 무엇보다 이글이 이렇게 완성되게 된 동기였다. 우록이 서울 생활을 접고 고향인 해남으로 내려오면서 해남의 인물과 유적에 관심을 갖고 맨 처음으로 연구하고 싶었던 대상이 초의였다. 초의선사가 우리나라 다도에서 중시조라 일컬어진다면 우록은 현대 차 문화의 부흥조復興祖라 해도 과언은 아닐 것이다.

우록의 이러한 선비정신과 차 문화 부흥 운동은 우리 겨레의 고유 사상과 차 정신에 그 맥을 이어왔다. 조선시대 차 문화의 중흥과 더불어 유구한 차 문화의 고유성과 창조적 문화 운동은 우록의 살아생전의 차 문화에 대한 50년의 지향으로서 한국의 근현대 우리 차가 걸어온 길이었으며, 한국의 차 문화 전승 양상을 고스란히 보여주는 박물적 치적이었다. 우록이 차와 함께 한 생애와 지향은 우리나라 현대 차 역사의 전승 양상으로 소중하게 기록으로 남게 될 것이다.

지역 차 문화의 쟁점과 방향성을 모색할 때

끝으로 필자는 소위 차 문화를 이끌어 온 현대 차인들의 명단을 목록화해 보았다. 실제로 차 문화 부흥의 양대 산맥이라고 하는 영남의 진주와 호남의 해남을 중심으로 한 인물 구도, 그리고 한국이라는 전체적인 맥락에서 차 문화의 주체들을 분석한 결과 그 중심인물들의 활약이 매우 중요한 기폭제 역할을 했다는 점에 착안했다. 물론 지역적으로나 통시적으로 따져 보면 다양한 구도의 차 문화 활동이 있었고 그 안에서 주체적으로 활동을 했던 인물을 들자면 수많은 차인들의 노력이 있다. 한국전쟁 직후부터 현재에 이르기까지 차 문화의 지향은 다양한 각도에서 확산되었고 아울러 차 문화 연구는 그 쟁점과 방향성을 모색해야 할 것이다. 우록과 함께 해남 차 문화의 3대 트로이카라고 할 수 있는 김제현과 이순희, 기타 해남다인회의 멤버들, 역대 초의차문화상 수상자들, 그리고 해남의 차 문화를 전승해 온 주체인 해남 차인들의 후속 연구도 지속적으로 이어져야 할 것으로 본다. 더불어 지역의 차 문화 운동 확산으로 진주와 해남이 차 문화 운동의 핵심을 이루고 있어 이 두 지역의 비교 연구도 조속히 이루어져야 할 것이다.

마지막으로 해남을 중심으로 한 차 문화 답사 루트를 제안한다. 첫째, 초의의 생가에서 출발해서 출가한 흔적을 더듬어 갈 수 있는 초의 출가길. 그 길은 일지암까지 이어져야 한다. 둘째, 다산이 중앙에서 유배를 선고받고 내려온 다산 유배길. 셋째, 다산이 유배 와서 여러 인사들과 교유하고 해남 윤씨 외가에 다녔던 귀양길. 넷째, 의재가 광주를 중심으로 차 문화를 지키기 위해 노력했던 의재 차 문화 행로길. 다섯째, 우록이 차 문화의 부흥을 일으키고 차 문화를 전국으로 확산시켰던 해남에서 시작해서 우슬재를 넘어 역으로 중앙으로까지 확산되었던 차 문화 부흥길을 조성해야 할 일이다. 현재 다소 개발되어 삼남길이라는 길이 조성되어 있지만 상기의 제안들이 받아들여져 삼남길과 함께 남도를 찾는, 또 남도의 명소를 찾는 길로 이어지기를 간절히 바란다.

더불어 현재 학동마을 아침재 아래 우록이 생존해 있을 당시의 가옥과 시경합詩境盒의 차실도 지역 문화재 차원에서 보존하여야 한다. 해남의 차 문화를 일으켜 세운 주인공으로서 제도적으로 방안을 마련하여 차 문화를 배우고 익히려는 제자들을 양성하는 차원에서 차 교육장으로 사용하게 하는 방안도 모색해야 될 것이다. 가옥의 형태이긴 하지만 우록이 사용한 집필실과 한쪽 끝의 침실은 준비실이나 다도구실로 꾸미고, 현관에 들어서자마자 보이는 초의의 차시를 비롯하여 우록 소장의 다서들은 교육본으로 하고, 차 교육장으로 사용하게 하는 것이 해남 차 문화 교육의 참모습일 것이다.

우리 한반도의 최남단 전라도 해남의 땅끝 마을에 우록의 시가 표지석으로 남아 있다(1987년). 우록이 평생을 두고 지향했던 차 문화에 대한 열정과 정신은 땅끝에서 백두까지 올곧게 그리고 오롯이 남아 전해진다.

> 태초에 땅이 생성되었고 인류가 발생하였으며
> 한겨레를 이루어 국토를 그은 다음
> 국가를 세웠으니 맨 위가 백두이며
> 맨 아래가 이 사자봉이다.
> 우리 조상들이 이름 하여 땅끝 또는 토말이라 하였고
> 북위 34도 17분 38초이며
> 대한민국 전라남도 해남군 송지면 갈두리이다.
> 동포여, 여기 서서 저 넓은 대자연을 굽어보며
> 조국의 무궁을 노래하자.
>
> 이곳은 우리나라 맨 끝의 땅
> 갈두리 사자봉 땅끝에 서서
> 길손이여
> 땅끝의 아름다움을 노래하게.
> 먼 선 자락 아스란 백령도, 흑일도, 당인도
> 장구도, 보길도, 노화도, 한라산까지
> 수묵처럼 스며가는 정
> 한 가슴 벅찬 마음 먼 발치로

백두에서 땅끝까지 손을 흔들게.

수천 년 지켜온 땅끝에 서서

수만 년 지켜갈 땅끝에 서서

꽃밭에 바람일 듯 손을 흔들게

마음에 묻힌 생각

하늘에 바람에 띄워 보내게.

제11장

호남 차 문화의 전승과 맥

1. 초의가 견인한 조선 후기 차 문화, 그 시작의 호남

18~19세기 후반 이래 격변하던 우리 사회는 엄청난 역사적·문화적 변화를 겪어 왔다. 농경사회의 공동체적 생활 문화를 주체적으로 전승시켜 내지 못한 상태에서 외래의 가치 관념, 행동 방식, 사고 규범 등의 갑작스런 습합으로 인해 감당하기 어려운 문화적 충격을 체험했다. 우리 역사에서 19세기는 전통시대와 근대를 잇는 와중에서 복잡한 경로의 사회상을 보여주고 있다.

안으로는 지배층에 대한 민중의 저항이 거세어지고, 진주민란 등 전국적으로 크고 작은 규모의 민란이 끊임없이 이어졌다. 가뭄과 홍수 등으로 계속된 흉년, 창궐하는 전염병, 세도정치의 폐단 등으로 인해 국정 전반이 혼란했던 때였다. 특히 1800년대로 접어들면서 조선사회는 과거제도의 혼란, 매관매직의 만연, 법도와 기강의 문란 등으로 봉건왕조의 말기적 징후가 완연하였다. 더욱이 삼정 문란은 농업 경제의 생산력을 극도로 저해함으로써 민족 부르주아지의 성장을 억제시켰다.

또한 조선왕조의 지배이념이었던 주자학적[101] 세계관은 서학의 출현으로 도전을 받고 있었으며, 보국안민輔國安民의 벼릿줄 역할을 더 이상 수행하지 못했다. 밖으로는 서구 열강이 세력을 뻗쳐 병인양요, 신미양요가 일어났다. 이양선의 잦은 출몰과 통상 강요 등은 허약한 왕실의 동요를 가져왔고 이에 일시적 대응책(대원군의 왕권 회복과 쇄국책)도 강구되었지만 1876년 일본과의 '강화도조약'을 계기로 점차 외세에 각축장으로 전락하기 시작했다.

견제와 균형이 이루어졌던 조선왕조의 양반 정치 체제가 무너지고 서구 열강의 위협이라는 대외 문제에도 직면하는 등 만성적인 내우외환에 직면했던 시기였다. 이러한 시대적 상황에서 당대의 지식인, 예술인들을 엮어준 끈은 학문과 글씨, 차와 그림이다. 그 19세기 차 문화의 중흥 무대가 되었던 호남을 중심으로 차의 성지 해남이 그 중추적 역할의 핵심 무대였다.

중흥기의 최대 담론은 학學·예藝·선禪·차茶

면면히 이어져 오면서 곤두박질쳤던 한국 차 문화의 좌절 곡선은 여러 차례의 전쟁으로 인해 바닥을 치게 된다. 회귀의 본능은 여기에서 시작했다. 조선 중기 이래로 일부의 선승과 문인들에 의해 계승되고 있던 음차풍은 19세기에 이르러 다시 한 번 성행하면서 호남을 중심으로 융성하고 발흥하였다.

호남은 한국 차의 중흥조이면서 다승인 초의의 생生(무안군 삼향면)과 사死(해남군 삼산면)를 함께 한 다향茶鄕이다. 다조茶祖라고 할 수 있는 다산이 강진으로 유배를 와 18년 동안의 차 생활 역사를 간직한 곳이기도 하다. 다산은 1801년 유배로 인하여 아암과 1805년에 만나게 된다. 아암은 다산을 만나기를 숙원했고 그 숙원이 다산의 방문으로 이루어진 것이다. 아암은 다산이 〈걸명시乞茗詩〉와 〈걸명소乞茗疏〉를 지어 보내며 차를 청했던 강진 백련사에서 수행 중이던 학승이었다. 이것이 조선 후기 차 문화 중흥의 씨앗이다. 그런 연유로 다산을 다조茶祖라고 일컫는 것이다.

차 문화의 중흥이라고 하는 절실한 과제는 다산 정약용(茶山 丁若鏞(1762~1836)과 아암 혜장兒庵 惠藏(1772~1811), 추사 김정희(秋史 金正喜(1786~1856)와 초의 의순艸衣 意恂(1786~1866)이라는 인물 중심으로 대표된다. 한국 차 문화사의 통시적 기억으로 이러한 전승과 맥을 한국 차 문화의 중흥이라고 한다. 이 중흥기의 최대 담론은 학學·예藝·선禪·차茶였다.

한국의 다조茶祖 다산 정약용, 강진 유배의 시작

임진왜란 이후 200년이나 기록에서 사라질 뻔했던 차는 19세기 초 다산의 강진 유배로 다시 시작된다. 다산과 아암, 초의와 추사 등 이 네 사람의 교유에서 그 중흥의 역사가 싹트는 계기가 되었다. 다산이 차 맛에 반하게 된 것은 강진에서 18년에 이르는 기나긴 유배 생활 중에 다산초당으로 거처를 옮긴 뒤였다.

다산은 1801년 11월 22일 강진으로 유배 와 동천여사와 사의재에서 1805년 10월 7일까지 보냈다. 그러다 1805년 봄 아암과 만나게 된다. 1805년 정국에 변화가 생겼다. 한때 수렴청정을 하면서 다산의 집안을 불행의 구렁텅이로 몰아넣었던 정순대비貞純大妃가 승하한 것이다. 이를 계기로 다산의 유배지 생활은 완화되었다. 이 해 다산은 백련사를 찾아갔다. 그곳에 주지로 있던 혜장이 한번 만나 뵈었으면 하고 기별을 보내왔기 때문이다. 다산은 백련사에서 아암을 만나 한나절을 이야기하면서 자신이 누구라는 말을 하지 않았다. 나중에 알아본 아암이 다산을 붙들고 하룻밤을 유했고 두 사람은 『주역』 이야기로 밤을 지샜다.

유배지에서 벗 없이 지낸 지 5년, 그 외로운 유배생활에서 망년지우인 아암을 만나게 되고 차와도 친해지게 된다. 석름봉 차를 마시면서 유배지의 정황을 담은 다산茶山이라는 호도 갖게 되는 것이다. 혜장은 다산의 후원자 노릇을 자처하며 보은산 고성암의 보은산방報恩山房에 거처를 마련해 주었고 오가다가 일부러 들러 함께 며칠씩 머물다 가곤 했다.

다산은 1805년 10월 9일부터 1806년 늦여름까지 보내게 된다. 다산이 차 맛에 반하게 된 것은 강진에서 18년에 이르는 기나긴 유배생활 초기에 고성사의 스님한테서 우전차를 얻어 마신 후였다. 그리고 본격적으로 차를 마시기 시작했다. 그 계기가 강진으로 유배 온 지 4년 만인 백련사에서 아암 혜장선사와 교유를 갖게 되면서부터다. 이때가 1805년 4월 17일이었

보은산방

다. 당시 다산은 44세, 아암은 34세였으니 딱 10년 차의 친구가 생긴 셈이다. 그 후 제자 이학래의 집에서 1806년 가을에서 1807년 겨울까지 전전긍긍하면서 몹시도 추운 귀양살이가 계속되었다.

보은산방에는 아암의 제자 색성이 있으면서 늘 차를 달여 주었고, 모든 잔심부름도 해주었다. 색성도 이미 방대한 화엄경 공부를 모두 마치고, 겸하여 두보의 시를 통독한 정도의 학습이었는데, 차를 몹시 잘 만들었고, 고적함을 잘 위로해 주었다고 다산은 뒷날 회고하였다.[102]

승속을 떠난 인간적 교유, 다산과 혜장

태산북두와 같은 명성으로 대궐의 봉황 같은 존재였던 다산이 멀리 강진 바닷가로 귀양 와서 아암을 만나 서로 경전과 학문을 주고받았다. 외로이 지내는 유배생활의 슬픔을 위로하기도 하고 수도승으로서의 고독을 나누기도 했다. 학승 아암은 다산을 스승으로 모시고 『주역』을 배우고 차와 선을 논하며 승속僧俗을 떠난 인간적 교유를 시작한다. 그는 또 나중에 자신의 제자 초의를 다산에게 인도해 가르침을 받게 하는데, 초의는 뒷날 다산의 맏아들 유산 정학연酉山 丁學淵(1783~1859)의 소개로 동갑인 추사를 만나게 된다. 이렇게 인연은 인연을 물고 이어졌다.

다산은 그를 시벗詩友으로 여겨 걸핏하면 아암에게 시를 지어 보낼 것

다산과 아암이 서로를 갈망했던 다산초당과 백련사 사이 오솔길

을 요구했던 모양이다. 혜장이 하안거에 들어 계율을 지키느라 바깥 걸음을 하지 못하면 그를 만나지 못해 서운한 마음을 비친 시문이 발견되기도 한다. 백련사 서편 석름봉에서 나는 좋은 차를 만들어 주고받으며 두 사람의 교유는 커져간다. 아암은 불경을 읽다가 차를 달여 마시고, 안개 노을과 바람과 달을 벗 삼아 지내는 무욕의 삶을 노래했다. 찻잎을 주머니에 담아 보관한 것은 다산과 혜장의 버릇이기도 했다. 한밤중에 은병에 물을 떠 와서 하룻밤 재웠다가 낮 시간에 돌솥에다 넣고 끓이기를 좋아했다. 채다와 제다, 그리고 차 끓이고 마시는 일련의 과정을 생활 속에 녹여 즐길 줄 알았던 아암의 차 생활과 취수와 전다에 필요한 다구에 대한 충분한 인식이 이들 두 사람의 우정을 더욱 돈독하게 만들었다.

다산과 아암은 상호간에 시문을 주고받으며 차 생활의 흥취를 더했고 오고 가는 차 봉지의 연륜에 따라 그 우정은 더욱 깊어졌다. 차의 치병과 각성 효과에 대해서도 충분하고 분명하게 인식하고 있었던, 진정 공부하는 차인으로 검소한 차 생활을 몸소 보여줬다.

다산과 초의의 만남, 차 문화 중흥의 시작

다산과 초의 이 두 사람이 있어 조선 후기 차 문화사가 더욱 빛났다. 두 사람 중 어느 한 사람이라도 없었다면 불가능했던 일이다. 여기에 추사까지 합세했으니 더욱 빛이 난다. 이처럼 조선 후기 차 문화의 중흥은 이 세 사람이 주인공이다. 다산은 초의에게 『주역』과 『논어』 등의 유교 경전을 가르쳤다. 당시 다산은 초당에 정착하면서 윤씨 집 자제들을 데려다 『주역』을 강의하고 있었다. 이 공부 자리에 초의도 참여했다. 초의에 대한 다산의 애정은 각별했다. 다산에게 오기 전 초의의 공부는 이미 일정한 수준에 올라 있었다. 시도 잘 짓고, 그림에도 뛰어난 솜씨가 있었다. 무엇보다 사람이 무겁고 신실했다.

두 사람의 만남과 교감, 그 아름다운 인연이 차 문화사에 큰 축을 남기며 한국전쟁 이후 호남의 차 문화 부흥까지 이끌어 온 원동력이다. 이렇게 다산은 유배지에서 많은 서책을 만들면서 차 문화의 꽃을 피웠고, 그와 학學의 인맥을 같이 했던 교유 관계는 거미집처럼 확산되면서 인물 중심으로 한 한국의 차 문화사를 보여 준다. 역사적 차 문화의 공간인 다산초당을 정리한 자료가 『품석정서品石亭序』이다. 주변의 열두

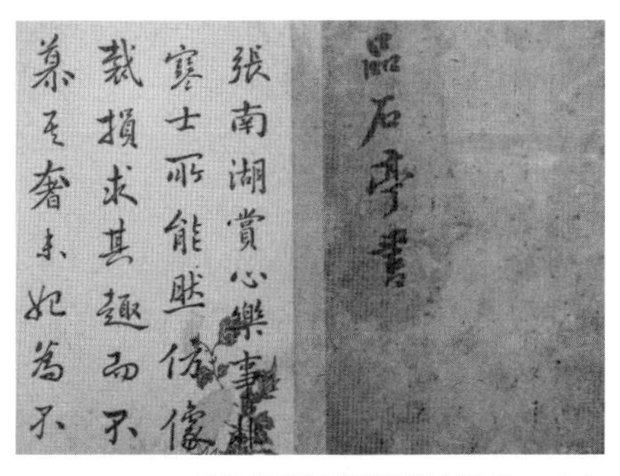

다산초당을 정리한 『품석정서品石亭序』

곳 경관을 다산이 직접 시로 정리하였다. 이 내용에 따라서 다산초당 주변을 그대로 복원할 수 있게 한 길잡이 같은 소중한 자료이다.

한국 차 문화의 중흥조, 초의

아암은 나중에 자신의 제자 초의를 다산에게 인도해 가르침을 받게 한다. 초의는 1786년 4월 5일 전라남도 무안군 삼향면에서 태어났다. 15세 때 남평 운흥사雲興寺에서 벽봉碧峯 민성敏聖을 은사로 득도하고, 대흥사에서 연담 유일의 법제자인 완호玩虎에게 구족계를 받았다. 의순은 머리를 깎을 때 벽봉에게서 받은 법명이고, 초의는 수계 시 완호가 내린 이름이다. 완호는 자신의 법제자들에게 의衣 자 돌림으로 법명을 내렸다. 불변의 뜻을 보여 흰옷만을 입은 호의縞衣, 명성을 피해 돌밭에 띳집 지은 초의艸衣, 속세를 떠나 자연에 몸을 숨긴 하의荷衣의 삼의三衣는 완호 문하의 삼걸로 꼽혔던 인물들이다.[103]

초의는 수행과 학문, 예술을 두루 섭렵했던 대선사이다. 초의는 당시의 고승 백파가 지은 『선문수경禪文手鏡』의 선에 관련한 주장에 대해 의견을 달리하는 『선문사변만어禪門四辨漫語』를 지어 선 논쟁을 주도하였다. 범패와 원예 및 서예에도 능하였다. 장 담그는 법, 화초 기르는 법, 단방약 등에 관해서도 정리하였다.

그의 수행은 계戒·경經·선禪·차茶를 두루 잘했으므로, 후세 사람들이 그를 사절四節이라 했다. 또 그는 홀로 고고하지 않고 당대의 석학들과 골고루 교류하는 도량과 멋을 지녔었다. 30세(1815년)에 처음으로 한양 나들이를 하여 다산을 위시해서 추사, 산천 김명희山泉 金命喜(1788~1857), 금미 김상희琴麋 金相喜(1794~1861) 형제와 다산의 아들 유산·운포 형제와 연천 홍석주淵泉 洪奭周(1774~1842)·해거 홍현주海居 洪顯周(1793~1865) 형제를 비롯하여 자하, 학산 이노영, 학고 윤정현鶴皐 尹定鉉(1783~1874), 동노 김재원

東老 金在元, 담재 김경연覃齋 金敬淵, 황산 김유근黃山 金逌根(1785년~1840), 다정 윤효렴茶亭 尹孝廉, 진재 박종림眞齋 朴鐘林, 광산 박종유匡山 朴鍾儒, 견당 윤정진, 능산 구행원綾山 具行遠, 용호 김매순蓉湖 金邁淳, 서화 감식의 대가였던 이재 권돈인彝齋 權敦仁(1783~1859), 위당 신관호威堂 申觀浩(1810~1888) 등과 사귀었다.

초의가 서울 청량사에 머물고 있노라면 장안의 명사들이 사오십 명씩 몰려들었으며, 모였다 하면 시회詩會와 다회茶會로 날이 가는 줄 몰랐다 한다. 자하와 해거가 그들의 시집 서문을 초의에게 청탁했던 사실로 미루어 보아 그 인품과 덕망을 가히 짐작할 수 있다 하겠다.

자하나 해거가 말했듯이 초의는 승려 티가 전혀 나지 않았다. 그의 언행과 거동은 우리 속인과 다를 바가 없었다. 수도자로서 고고하지도 않았고 재주꾼으로 나불대지도 않았다. 그러면서도 그는 경과 선의 차와 시화를 가지런히 터득하였다. 초의를 말하면서 원효나 의상이나 연담이나 백파와 견주어서는 안 된다. 저들이 고승임에는 틀림없으나 저들은 저들대로의 고고한 경지를 이루었고 초의는 초의대로의 멋과 시름을 체득한 빼빼마른 한 산승이었으니까.

초의는 추사의 아버지 김노경과도 담론했다. 화제는 경서經書·시작詩作·금석金石·서화書畵 그리고 일상다반사에 이르기까지 거침이 없었다. 초의는 절친했던 추사 김정희를 위로하기 위해 1843년에 제주도에서 6개월 동안 머물며 우정을 과시했다. 이때 초의는 산방굴사에 머물렀다. 훗날 초의는 추사의 죽음을 애도하여 〈완당김공제문玩堂金公祭文〉을 지었다. 그 밖에 제주목사 이원조의 부탁을 받고 지은 시가 『초의선집艸衣選集』에 실려 있다.

찻잎을 따고 덖는 오묘한 삼매, 초의차 칭송

한편 이 당시 문사들 사이에 중국차를 마시는 풍조가 유행하였는데 초의는 자신이 직접 만든 차를 지식인들에게 보내면서 중국차에 익숙해있던 문사들에게 우리 차의 우수성을 일깨워 준다. 초의가 보내준 차를 마시고 많은 문사들은 차에 대한 극찬을 아끼지 않았다. 산천도인 김명희는 "중국의 차는 품질이 조악하고 수놓은 비단 주머니에 싸서 겉치레만 요란할 뿐 썩은 가지와 단단한 잎이 들어 있어 입에 넣을 수가 없으나 초의가 보낸 차는 한 잔을 마시기도 전에 답답함과 갈증을 해소시킨다. 지금까지 조선에 차가 있었던 것을 몰랐으니 찻잎을 따고 덖는 오묘한 삼매에 들어 이것을 터득한 공은 참으로 한량이 없다"는 글을 지어 초의의 차를 칭송하였다.

추사 역시 매번 초의에게 차를 구하는 편지를 보냈는데 어느 때는 차를 품평하여 불을 조심할 것을 당부하기도 하고, 밀린 차를 보내달라는 투정을 부리기도 하였다. 명선茗禪이라는 아름다운 호를 초의에게 지어주기도 한다.

초의의 『동다송』은 우리 차에 대한 새로운 인식과 침체되어 있는 우리의 차 문화를 부흥시키는 지침서가 된다. 이렇게 한국의 차 문화는 초의선사에 의해, 그리고 그와 교유했던 많은 문사들 사이에서 다시 태어나게 된다. 초의선사는 찻잎을 가리고 차를 만드는 일을 자연의 순리로 파악하였다. 이에 산천은 '노스님 차 고르기 마치 부처님 고르듯 한다'고 하여 초의선사의 차 다루는 솜씨가 선禪과 일치하고 있음을 말해준다. 초의가 교유한 인물은 다산을 비롯한 많은 지식인들로, 그들의 사상은 초의선사에게 많은 영향을 주었다. 초의는 다산을 만나고 유학자들과 신분을 초월한 교유를 하고 우리의 산천을 두루 여행하면서 많은 문사들과 시회詩會에 참석하기도 한다.

세월의 격차를 초월한 망년지우忘年之友

초의가 24세 되던 1809년에 운명적인 만남이 이루어진다. 당시 다산은 48세, 초의와는 24년 차의 띠 동갑(말띠)이었다. 강진에 유배 중이던 다산과 백련사에서 아암을 만나러 간 자리에서 두 사람은 첫 대면을 한 후 정신적 사제 관계를 맺는다. 1801년 강진으로 유배된 다산은 해남 윤씨 집안의 도움으로 1808년 봄, 지금의 다산초당으로 거처를 옮겨 온 상태였다. 초의는 초당 정착 이듬해인 1809년에 다산에게 처음 인사를 올린 이후 인연이 되어 지속적으로 왕래했다. 다산과 초의는 대둔사와 다산초당을 오가며 차와 시, 그림에 대해 의견을 나눈다. 전남 대흥사 일지암 초의초당과 강진의 다산초당은 지리상 가까운 곳에 자리하고 있고 다산은 강진 유배 동안 초의에게 차를 익히고 초의는 다산에게 경서를 배울 만큼 서로의 교분은 두터운 관계에 있었다.

그렇게 24년이라는 세월의 격차를 초월한 만남은 나이를 잊어버린 사귐, 즉 망년지우忘年之友였던 것이다. 다산의 큰아들이 초의보다 세 살이 많고 작은 아들 운포 정학유耘逋 丁學游(1786~1855)가 동갑이니 둘째 아들뻘 되는 초의와 동시대에 교분을 갖게 된 것이다. 사제라면 사제, 친구라면 친구, 차벗茶友이라면 차벗으로 만남은 더욱 깊어졌다. 다산과 초의는 대둔사와 다산초당을 오가며 차와 시, 그림에 대해 의견을 나눈다. 이러한 차원에서 상호 결속과 유대를 다지면서 두 사람의 인연은 이 나라 차 문화의 중추적인 인연으로 성장 발전하게 된다.

초의는 출가 이후 그때까지 여러 해 동안 영호남을 주유하며 대덕석학大德碩學을 찾아 깨달음을 참구했으나 실망을 거듭하여 답답해하던 터였다. 그러다 다산을 만난 이후 초의는 그의 인간과 학문에 빠져들어 그가 해배되고, 또 세상을 떠나게 된 그날까지 그의 인맥을 통째로 나눈 셈이다. 1812년 9월 12일 다산이 제자 윤동尹峒(1793~1853)과 함께 월출산 백운동에 놀러 갔을 때도 초의가 동행했다. 다산은 백운동의 풍광을 13수의 시로 읊었다. 윤동尹峒과 초의가 시 몇 수를 옮겨 썼다. 다산은 그림에 능했던 초의를 시켜 백운동과 다산초당을 그림으로 그리게 했다. 이때 만든 백운첩白雲帖이 현재 남아 전한다.[104]

백운동 별서에서 시회를 갖고

월출산 남쪽 기슭에는 수많은 절간들이 널려 있었다고 한다. 강진문화원이 발간한 『월출산사지月出山寺址』에 따르면 무위사 이외에도 월남사, 백운사, 수암사 등의 사찰이 있었으며, 무위사와 월남사를 중심으로 백운암, 안정암 등 크고 작은 암자들이 무려 35동이나 있었다는 것이다. 또한 녹채골, 절터골, 보장암골 등 18개의 월출산 골짝에서는 지금도 기왓장 등 불교 유적지의 잔해가 무수히 발견되고 있다.

35동의 암자 중 백운암과 안정암이 있었다는 마을이 안운安雲이다. 과거의 안정동과 백운동을 개편하면서 각각 '안安' 자와 '운雲' 자를 합친 것으로 보이는 안운마을은 월하마을 위에 있다. 백운동 계곡은 월출산에서 흘러내리는 맑은 물과 빼어난 경관으로 인하여 많은 사람들이 휴식을 취하기 위해 찾는 곳이다. 특히 이 계곡 일원에는 수령이 200여 년쯤 됨직한 수백 그루의 자생 동백나무가 군락을 이루고 있어 낮에도 그 안이 어둡다. 백련사 동백나무 숲에는 못 미치지만 귀목나무, 벽오동나무, 단풍나무, 팽나무 등이 함께 어우러져 있어 강진 지역 특유의 난대림 숲을 이룬다.

또한 백운동은 옛날에 이름 있는 시인 묵객들이 찾아들어 절경을 만끽하며 시를 읊었던 곳으로도 유명하다. 동문선에서 1993년에 발간한 『초의선집』 연보에는 이런 기록이 있다.

> 1812년 9월 22일, 초의草衣, 정약용丁若鏞, 윤동(尹峒) 등 세 사람은 월출

산 백운동에서 하룻밤을 보내면서 각각 백운도白雲圖(초의)와 청산도靑山圖(다산)를 짓고 윤동이 발문을 씀.

이 기록으로 보면, 다산 정약용이 강진 유배생활 때 해남 대흥사에 있는 초의선사와 도암 귤동 마을의 윤동을 동반하고 이곳 백운동 계곡을 찾아와 어울려 놀았음을 알 수 있다. 그리고 당시 하룻밤을 묵었던 곳은 자이당自怡堂 이시헌李時憲의 집으로 50년 전까지만 해도 그대로 남아 있었다고 하는데, 6·25 때 경찰들이 빨갱이를 토벌한답시고 불태워버렸다고 한다. 현재는 그의 후손이 그 집터 위에 새로 집을 지어 살고 있다.

다음은 을해년(1839) 당시 초의가 지었다는 〈백운동에서 학이 나는 것을 보고〉라는 시이다.

정정하게 우뚝 서서 가을 숲을 비추나니
선학仙鶴의 풍류에는 향기로운 냄새가 스몄다
백옥으로 단장한 듯 초생달 같은 얼굴에
황금빛 점 찍어 푸른 난초의 마음을 담았다
하늘로부터 이제 방금 내려왔을 것이니
어찌 인간세상을 그리 쉽게 찾겠는가
속세에 물들까봐 이다지도 저어해서
은근히 날개를 펴 백운동에 들어왔지

초의는 일지암에서 40여 년 동안 홀로 지관止觀에 전념하면서 불이선不二禪의 오의奧義를 찾아 정진하였다. 이들의 만남은 호남 차맥을 잇는 가장 소중한 자료로 차 인연을 인증하는 단서로서의 기능을 충분히 하고 있다.

매우 이질적인 친구였던 초의와 추사

추사와 초의의 경우 40여 년 동안 오직 깊은 우정을 나누다가 떠났지만, 서로의 삶의 테두리는 매우 이질적이었다. 추사는 명문호족의 후예인데, 초의는 가난하고 독실한 불제자였다. 한 쪽은 권모술수가 난무하는 세도가의 와중에 있었고, 한 쪽은 빼빼 마른 모습으로 산중에 칩거하고 있었다. 약 200년 전의 그들의 인간관계를 평하여 후세 사람들은 '돈독한 우정'쯤으로 치부하고 있고 통속적인 말로 '상통하는 휴머니즘' 쯤으로 해석할는지도 모르겠지만, 추사와 초의의 관계를 압축해보라고 한다면 '외경의 마음'이 아니었던가 싶다. 그것이 그들의 차 생활을 통해서 보여 준 차 정신일 것이다.

사실 추사와 초의는 창암 이삼만蒼巖 李三晩(1770~1847)을 놓고 말할 때, 당대의 쌍벽이라고는 하였지만 몇 가지 대조적인 데가 있었다. 첫째는 출신 계급이 달랐다. 명문 귀족의 출신과 지방의 평범한 토반. 둘째는 과거를 통과한 반듯한 고급 관리와 공직에는 전혀 물들지 않은 지방 선비. 셋째는 해외 청국에 유학하여 견문을 넓힌 것과 고향에 칩거하여 독학했다는 점. 추사의 입장에서는 어느 모로 보나 자기보다는 훨씬 뒤진 한낱 지방의 선비를 당대의 쌍벽이라거니 명필이라거니 하는 것이 못마땅했을지도 모를 일이다.

그러나 그런 대조적인 신분적 차이를 가졌음에도 불구하고 서로가 가진 학문적 견해와 정신적 사고의 교감만을 중시했던 두 사람이었기에 그들의 우정이 더 값진 것인지도 모른다. 추사와 초의가 이질적이면서도 우정을 나눌 수 있었던 것은 첫째는 동갑내기(1786, 병오생)라는 것이요, 둘째는 천성이 지극히 순수했다는 것이요, 셋째는 종교와 신분 계급을 초탈했다는 것이요, 넷째는 예술의 본질에 투철했다는 것이요, 다섯째는 다도의 진수를 체득했다는 것이다.

초의와 추사의 정신적 교감

추사와 초의가 처음 만난 것은, 1815년(순조 15) 초의가 처음으로 한양에 들른 때라고도 하고, 혹은 1824년(순조 24)이라고도 하며(초의가 쓴 완당제문의 기록), 더러는 1835년(헌종 1) 허소치許小癡가 초의에게 사사한 해라고도 하지만, 모두 확실하지는 않다. 만남의 길고 짧음은 고사하고 그들의 우정의 깊이는 무한량이었다. 그때의 풍조로 따진다면, 추사는 당대의 으뜸가는 권문세가이고 초의는 가뜩이나 천대받던 승려였지만 그들은 만나자마자 그런 장벽을 전연 의식하지 않은 채 의기투합하였다.

청조 문화를 우리의 것으로 저작咀嚼하고 실학사상을 구현하려는 깐깐한 천재와 불문에 귀의하여 시문·서화·다도에 일가견을 세운 도승이 서로의 정신적인 내면을 살찌우기 위하여 결합한 것이었다. 진리를 탐구하고 예술적인 멋과 맛을 터득한 그들에게 출신 계급이나 종교나 지위 따위는 문제될 것이 아니었다. 오직 그들에게 존재하는 것은 인간 본연의 순수뿐, 군더더기나 찌꺼기 같은 것은 전혀 섞이지 않았다. 그러기에 추사가 정처 없는 죽음의 길을 가면서 초의를 만나고자 했던 것은 결코 흔한 감상이 아니었던 것이다.[105]

초의는 1815년 처음으로 상경하여 다산의 집을 찾아 다산의 맏아들 유산과 운포 형제를 만났다. 이때 학연의 소개로 추사의 형제와도 첫 대면을 했다. 초의는 수락산 학림암에서 해붕선사를 모시고 있을 겨울이었다. 동갑내기 친구가 생긴 셈이다. 1818년 다산의 유배가 풀려 고향으로 떠난 후에는 초의와 추사, 소치의 인연이 이어진다. 초의는 추사와 처음 만난 이래 차와 편지, 시와 글씨를 주고받으며 우정을 쌓았다. 1818년 8월에는 다산이 유배가 풀려 고향으로(9월 14일) 떠난다.

이것이 예藝의 거장 추사와 초의로, 다시 이들 사이에서 그림과 글씨를 배우면서 차 심부름을 했던 소치 허련小癡 許鍊(1808~1893)으로 이어진다.

이렇게 호남의 예藝의 맥과 차茶의 맥이 닿게 되고, 하나의 새끼줄로 꼬이면서 근현대로 이어지는데, 근대로 이어지는 혼란의 사회적 분위기 속에서 호남 지역이 그 중심이 되었다. 차 문화의 중흥기를 만들고 그 중심인물들을 대상으로 호남 차 문화의 전승양상, 인물과 시공을 잇는 차 문화의 교유와 정신이 대두되었다. 그 중심인물들 사이에서 문화의 교류를 도왔던 소치는 조선 후기와 근대를 잇는 가교 역할을 담당했고, 19세기 조선의 서화와 문화계의 상황을 연구하는 데 있어서 빼놓을 수 없는 인물이다.

호남 차 문화를 개척하고 꽃 피웠던 인물들 그리고 그 맥

청허 휴정淸虛 休靜(1520~1604)

고산 윤선도孤山 尹善道(1587~1671)

다산 정약용茶山 丁若鏞(1762~1836)

아암 혜장兒庵 惠藏(1772~1811)

추사 김정희秋史 金正喜(1786~1856)

초의 의순艸衣 意恂(1786~1866)

소치 허련小癡 許鍊(1808~1893)

의재 허백련毅齋 許百鍊(1891~1977)

응송 박영희應松 朴暎熙(1892~1990)

우록 김봉호友鹿 金鳳皓(1923~2003)

우정 이강재友汀 李康載(1930~2011)

운차 서양원雲茶 徐洋元(1931~2012)

2. 소치小癡, 그 중심에서 차와 교류한 몽연夢緣

탁월한 스승 밑에 큰 제자가 나오나니, 초의와의 인연은 소치의 인생을 결정했다. 초의는 승려였으나 그 학식과 인품으로 인해 사대부들과도 많은 교류가 있었다. 일찍이 다산의 가르침을 받은 바 있고, 연천淵泉, 추사, 이재, 위당威堂 등 당대의 거물들과 평생을 지속한 우정과 깊은 교분을 맺고 있었다. 한국의 다성茶聖으로 차에도 조예가 깊어서 '차삼매茶三昧'의 경지에 든 인물로 전해진다. 소치는 초의와의 만남에 대해 『소치실록小癡實錄』[106]에서 "소싯적에 내가 초의선사를 만나지 않았다면, 어떻게 내가 그렇게 멀리 돌아다닐 생각을 했겠으며, 오늘날까지 이처럼 고고하고 고담하게 살아올 수 있었겠는가"라고 회고하며 밝히고 있다.

그는 어려서부터 그림에 재주가 있었다. 그런 소치는 일찍 초의에 대한 소문을 접한다. 일지암에서 해남읍까지는 40리 길이었다. 초의가 주석하던 대둔사는 녹우당에서 걸어서 한나절이면 갈 수 있는 거리였다. 본당을 지나 파안교彼岸橋·홍교紅橋를 건너 구림리九林里에 당도하니 벌써 낮이 되었다. 다섯 차례에 걸쳐 방문을 시도하여 마침내 소치의 나이 27세에 이르러 초의를 만나 가르침을 받는다. '나는 그림을 그릴 줄 모르는 사람일세'라는 말과 함께 여러 차례 거절을 했음에도 불구하고 매몰차게 몰아낼 수 없는 분위기로 이끌었다. 청운의 뜻을 안고 초의를 찾은 소치, 미술 지망생으로는 그 출발이 너무 늦은 27세의 만학도였다.

그러나 될 성 싶은 나무는 떡잎부터 알아본다 했던가. 후에 그가 남화南畵의 종주가 되어 미산·남농·임전으로 이어지는 직계 자손은 물론, 의재·소전 손재형素筌 孫在馨(1903~1981)을 위시해서 수많은 미술인을 배출한 뿌리가 되는 터이므로 초의가 마다했대서 물러설 리 만무했다. 소치의 인내 덕에 사제지간의 인연을 맺은 것으로 간주하고 일지암의 식솔이 되어 그의 수하에서 공부를 하게 된다. 그때가 순조가 승하하고 헌종이 즉위한 1835년의 늦은 봄이었다.

한산전寒山殿에서 사제의 인연을 맺고

스님은 정성스레 나를 대접하고 침상을 내주며 머물러 묵게 하였다. 몇 해를 왕래하매 기미氣味가 서로 같아 늙도록 변하지 않았다. 머무는 곳은 두륜산 꼭대기 아래였다. 소나무가 빽빽하고 대나무가 무성한 곳에 몇 칸 초가집을 얽어두었다. 버들은 드리워 처마에 하늘대고 가녀린 꽃들이 섬돌에 가득하여 서로 어우러져 가려 비추었다. 뜰 가운데 아래 위로 못을 파고, 추녀 밑에는 크고 작은 차 절구통을 놓아두었다. 스스로 지은 시에 '못을 파서 허공 달빛 해맑게 깃들이고, 대통 이어 구름 샘을 저 멀리서 끌어왔네鑿沼明涵空界月, 連竿遙取濕雲泉'라 하였고, 또 '시야 막는 꽃가지를 잘라내어 없애니, 석양 하늘 멋진 산이 또렷이 눈에 드네礙眼花枝剗却了, 好山仍在夕陽天'라 하였다.

이 같은 구절이 몹시 많았는데, 청고하고 담박해서 불 때서 밥 지어 먹는 사람의 말이 아니었다. 매양 눈 온 새벽이나 달 뜬 저녁이면 가만히 읊조려 흥취를 가라앉혔다. 향을 막 피우면 차는 반쯤 마셨는데[香初茶半], 소요함이 취미에 꼭 맞았다. 적막한 난간에서 새 소리를 들으며 마주 하고, 깊숙한 굽은 길은 손님이 올까 염려하여 감춰두었다. 방 가득한 책시렁에 놓은 푸른 책들은 모두 불경이었다. 상자에 가득한 두루마리는 법서法書와 명화 아닌 것이 없었다. 내가 그림과 글씨를 공부하고 시를 읊고 경전을 읽은 것이 장소를 얻은 셈이었다. 하물며 날마다의 대화는 모두 속세를 떠난 높은 뜻이어서 내가 비록 속된 사람이라 해도 어찌 그 빛에 감화되어 함께 하지 않을 수 있었으랴?[107]

공재恭齋, 낙서駱西, 청고靑皐의 그림을 배우기 위한 녹우당 행

고산 고택과 인연이 있던 초의는 소치를 데리고 연동을 찾았다. 다산이 강진 귤동橘洞에 유배되어 연동과 귤동 30리 사이에서 내왕이 빈번했고 초의는 다산을 추종하면서 더러 연동의 녹우당을 찾았던 터였다. 녹우당은 「어부사시사」를 쓴 고산 윤선도孤山 尹善道(1587~1671)의 집이자, 〈자화상〉을 남긴 공재 윤두서恭齋 尹斗緖(1668~1715)의 장원이고, 다산 정약용의 학문적 젖줄이면서 실제 외가이고, '동국진체'라는 필법을 창시한 옥동 이서玉洞 李漵(1662~1723)를 비롯하여 수많은 학자와 시인 묵객이 찾아와 묵고 유학과 시가를 읊던 곳이다.

고산은 조선 중기의 문신이자 시인이다. 치열한 당쟁으로 일생을 거의 벽지의 유배지에서 보냈으나, 경사에 해박하고 의약·복서·음양·지리에도 통하였으며, 특히 시조에 뛰어나 정철의 가사와 더불어 조선시가에서 쌍벽을 이룬다. 『고산유고孤山遺稿』와 유배 중인 보길도에서 쓴 차시가 몇 수 전해지고 있다.

윤두서는 겸재 정선謙齋 鄭敾(1676~1759), 현재 심사정玄齋 沈師正(1707~1769)과 함께 조선 후기의 삼재三齋로 불린다. 윤선도의 증손이고, 연옹 윤덕희蓮翁 尹德熙(1685~1766)의 아버지이다. 1693년(숙종 19) 진사시에 합격했으나 남인 계열이어서 당쟁의 심화로 벼슬을 포기하고 학문과 시서화로 생애를 보냈다. 경제·병법·천문·지리·산학·의학·음악 등 각 방면에 능통했으며, 새롭게 대두되던 실학에도 관심을 기울였다. 산수·인물·영모翎毛·초충草蟲·풍속 등 다양한 소재를 다루었는데 〈자화상·노승도自畵像·老僧圖〉를 통해 인물에서 뛰어난 재능을 발휘했음을 알 수 있다. 산수화풍은 절파계 양식을 수용한 과도기적 작품과 남종화풍으로 그린 작품으로 대별된다.

그런가 하면 녹우당은 수천 권의 진귀한 장서와 함께 화첩을 소장한 호남의 고급 살롱이자 대장원이다. 조선 중기 시가 문학의 대가 윤선도의 증손인 윤두서는 폭넓은 교유 관계와 다양한 관심을 가진 남인 계열인데다가 당쟁이 심화된 상황에서 연이은 상喪 등으로 인하여 관로를 포기하고 시서화와 교유로 생애를 보냈다.[108]

이 집의 사랑채에 걸려 있는 '예업藝業'이라는 두 글자의 편액이 말해주듯이 녹우당은 호남 남인의 학문과 예술을 낳은 요람이자 동시에 집산지였다고 해도 과언이 아니다. 소치는 연동 윤진사댁(녹우당)에 출입하면서 고산의 차 정신과 공재, 그리고 공재의 아들인 연옹, 손자인 청고 윤용青皐尹溶(1708~1740)으로 이어지는 윤씨 집안 3대 화가의 필적과 그림들을 눈으로 접할 수 있었다. 녹우당에 가전家傳되는 화풍을 직접 감상할 수 있게 되었던 것이다.[109]

이 외에도 소치는 녹우당에 있던 중국의 유명한 화보집인 『고씨화보顧氏畵譜』[110]를 보고 크게 감흥을 받아 이를 연마하기도 하였다. 이 화보는 명나라 신종神宗대에 활약한 화가 고병顧炳이 1603년에 제작한 것으로 남종화 화보집이다. 그 서문을 유명한 중국의 문인 주지번朱之蕃이 썼는데, 주지번이 1606년에 조선에 사신으로 다녀간 적이 있으므로 대략 그 무렵에 이 화보집이 조선에 전해진 것으로 추정된다. 아울러 이 시기는 중국의 남종화라는 화풍이 조선에 처음 소개된 시기이기도 하다. 소치는 공재 이후로 녹우당에 가전되는 윤씨들의 화풍과 『고씨화보』의 남종화풍을 접하면서 그림에 본격적으로 입문하게 되었다. 이때 소치의 나이가 대략 20대 중반이었다. 그러니까 소치 그림의 연원은 녹우당에서 비롯된 것임에 주목할 필요가 있다.

소치는 여기서 사람과, 그리고 그림과 인연을 맺게 된다. 윤선도 고택에는 문인화가 윤두서의 그림과 화첩이 있어 전통 화풍의 맛을 다소나마 볼 수 있었던 것이다. 이때 『고씨화보』를 빌려 모사하며 화법에 눈을 뜨고 모사한 그림을 초의를 통해 추사에게 보여준 바 있다. 그가 그림을 그리기 시작한 최초의 인연이며 죽을 때까지 잊을 수 없다는 말로 그 고마움에 감사하며 쓴 〈녹천청화綠天淸話〉라는 시가 유명하다.

일본의 센 리큐千利休 가문이 500년간 내리 차의 유파를 형성해 온 것처럼 한국에도 500년간 명문 종가를 이루어 온 가문이 녹우당인데, 차에 빠져든 종가의 공통점은 남인이라는 사실이었다. 농암 이현보가 그러했고, 병와 이형상이 또 그러했다. 농암이 지은 〈어사가〉가 윤선도의 〈어부사시사〉로 그 맥이 와 닿았다. 윤선도는 농암이 그 맥을 잇게 했고, 종가의 종부들이 차 생활을 즐기며 차맥을 잇고 있었다. 유가에 흐르는 다풍의 흔적을 찾으면 반드시 남인들의 맥이 있었다. 남인은 북인에 비해 정계에서 멀리 떨어져 은둔의 세월을 보내면서 살아온 사대부를 말한다. 윤선도도 그중 한 사람이다. 대부분 차로 마음을 달랜 남인들은 오늘날 유가의 새로운 다풍을 형성하는 데 중심이 되기도 했다. 녹우당은 윤선도와 종가의 종부들이 고금古今을 이어 차 생활을 즐기며 차맥을 잇고 있다. 고산은 차에도 일가견을 가졌다. 윤선도가 남긴 시 중 『고산유고孤山遺稿』에 실린 〈복차계하운復次季夏韻〉이라는 시에서 녹우당 해남 윤씨 종가의 차 정신을 읽을 수 있다.[111]

복차계운하復次季夏韻

산근인환속자사山近人寰俗自賖 산에 사는 사람은 세속과 멀고
경휴군설아증과景休君說我曾誇 그대 경치 아름답다니 나 자랑스럽네
주조수발천중수周遭秀發千重岫 주변엔 높이 솟은 봉우리 첩첩이 싸였고

면배영우십리사面背縈紆十里沙 뒤쪽엔 십리의 백사장 둘러 있다네
소옥단리여판득小屋短籬如辦得 작은 집 낮은 울타리는 어찌 변통했지만
추다려반불수가麤茶糲飯不須加 거친 차 현미밥은 더할 수 없다네
종연미협심기원終然未愜心期遠 끝내 미편한 마음은 먼 기약하며
장억부용동리가長憶芙蓉洞裏家 언제나 부용동의 내 집을 생각한다네[112]

이 시는 1652년 임진년 4월 28일 보길도에서 쓰인 것으로, 보길도에는 고산과 관련된 차 유적지가 산재해 있다. 고산이 차를 재배하였던 밭 때문에 붙여진 차밭골茶田谷, 그리고 동천석실 부근에는 차를 달이는 물을 길어 썼던 차샘茶泉, 차를 끓였던 차 부뚜막茶竈, 부용동 골짜기를 내려다보며 차를 마셨던 차 바위茶巖의 다석茶席(찻자리) 등이 남아 있다. 그리고 또 다른 차시가 〈부용동팔경〉이라는 시에 있다. 제5경인 〈석실모연石室暮煙〉이 그것이다.

만풍취해인향연(晩風吹海引香烟) 바다에서 부는 만풍향연을 끌어와서
산입차아석실변(散入嵯娥石室邊) 높고 험한 산에 들어 석실가에 흩어진다
구전단성여고조(九轉丹成餘古竈) 묵은 부뚜막엔 선약이 남아 있고
일구다비국청천(一甌茶沸掬淸川) 움켜온 맑은 물은 찻사발에 끓고 있네
석실다주기석연(石室茶廚起夕烟) 석실의 부엌에선 차 끓인 연기 이니
여운여무옹화변(如雲如霧擁花邊) 구름인 듯 안개인 듯 무늬져 끼고 도네
수풍욕거환유체(隨風欲去還留砌) 바람에 실려 날아가 섬돌에 도로 남고
여월무단경숙천(輿月無端更宿川) 달빛에 실려 가서 냇물 위에 머무네

윤선도는 부용동에 머물면서 산이 인가와 가까우니 풍속이 스스로 경박하구나 하며, 자연을 벗하며 아름다운 차시를 남겼다. 윤선도는 은둔과

유배의 생활을 차로 달랬다. '녹우차'가 그것이다. '녹우차'로 또 하나의 호남의 차맥을 잇고 있는 것이다. 녹우당과의 이러한 인연은 소치의 예술세계 뿐만 아니라 그의 차 생활과 차로 맺는 인연줄에도 크게 영향을 미친다. '부용동 산골 속에 차나무 꽃 만개할 때 만나면 좋겠다'는 시에도 차와 더불어 살아왔음이 드러난다. '석실모연'이란 시구에는 보길도의 차향이 짙게 배어 있다. 윤선도에게 유배지에서의 차 생활은 크나큰 위안이었다. 보길도에서 쓴 차시에서도 차에 대한 절절한 감정이 녹아 있는 것으로 보아 아마 차 삼매에 빠져든 것 같다. 유가의 차를 부흥시킨 선인으로 차맥을 잇고 있다. 이러한 녹우당의 인연은 소치의 예술세계 뿐만 아니라 그의 차 생활과 차로 맺는 인연과 교유에도 크게 영향을 미친다. 녹우당의 차맥은, 500년의 시공을 뛰어넘어 14대손인 다헌 윤형식 씨로 이어져 그는 녹우당을 지키며 해남 지역의 차 부흥을 위해 노력하고 있다.

문화 예술의 교유, 소치의 그림과 차의 맥

소치는 녹우당에 가전되는 화풍과 공재 윤두서 집안에 소장된 화첩을 접하면서 그림들을 살피며 모사하였다. 그런 과정에서 화업畵業을 시작하고, 소치가 가진 재주가 빛을 발한다. 원말사대가元末四大家 중의 한사람인 황공망黃公望(1269~1354)[113]과 예찬倪瓚(1301~1374)의 화풍을 토대로 한 독자적인 남종화풍을 구사하였으며, 조선 말기 화단에 남종화가 완전히 뿌리를 내리는 데 크게 기여하였다. 추사가 소치의 예술세계를 이룩해 준 스승이라면 초의는 화엄의 길을 잡아주고 인생의 눈을 트여준 스승이었다. 얽매지 않는 꾸밈없고 담백한 인생을 구사했던 것은 초의의 영향이 지대했다고 할 수 있다.

당시 소치는 전혀 무명화가일 때였으니 소치는 참으로 인연의 소중함을 절실히 느끼게 된다. 후일 몽연夢緣이라는 표현을 빌어 꿈같은 인연의 기억을 자신의 저서에 남긴다. 더불어 자하 신위紫霞 申緯(1769~1845) 등과 함께 교분을 나누었다. 그 교유는 다산의 장남 학연 등 여러 지인知人들과의 인연으로 한양을 왕래하면서 '다산-혜장-초의-추사-유산-소치-운포'로 이어진다.

이런 교유의 중앙에서 소치는 추사와 초의 사이에서 차 심부름을 하였다. 이런 우정을 바탕으로 1839년 8월, 초의는 다시 한양에 올라가 두릉에 있는 정약용의 집을 방문하고 청량사에 머물렀다. 이때 초의는 소치의 그림을 가지고 가서 추사에게 보이고는 그의 장래성에 대해 물었다. 추사의 긍정적인 회신을 받은 초의는 이를 진도에 있는 소치의 집에 보내 소치에게 상경할 것을 권하였다. 그 해 8월에 상경한 소치는 추사의 제자가 되었다. 31세 때 초의선사의 소개로 추사 김정희 밑에서 본격적인 서화 수업을 하게 된다.

당시 초의는 사군자와 기명器皿과 서예에도 능했다. 그러므로 섬개구리 소치의 미술 수업에는 아무런 하자가 없었다. 소치 또한 타고난 재주와 굳은 의지로 스승의 기예를 터득하는데 전념하였기에 그 성적이 일취월장日就月將하였다. 하지만 초의의 그림은 어디까지나 문인화 또는 탱화불사의 영역을 벗어날 수는 없었다. 이른바 프로가 아닌 아마추어였다. 소치가 날로 성장함에 따라 초의는 그 다음의 일이 걱정이었다. 그러나 명장은 후사를 두려워하지 않는 법, 자신보다 더 나은 스승을 찾아 경로를 일러주고 더 발전할 수 있는 터전을 마련해 주었다.

여기에서 우리는 청성 성대중靑城 成大中(1732~1809)의 『청성잡기靑城雜記』에 나오는 〈질언質言〉을 상기하지 않을 수 없다.

> 윗자리에 있을 적에는在上位
>
> 아랫사람이 명분을 들어 자신을 공격하게 만들지 말고無使下位攻之爲其名

아랫자리에 있을 적에는在下位

윗사람이 위엄으로 자신을 꺾게 만들지 않는다면無使上位折之爲其威

처세를 잘했다 할 수 있을 것이다.則處世也幾矣

소치는 다시 윤선도 고택에서 가까운 대흥사 일지암에 거처하던 초의의 시동이 되어 시詩·서書·화畵·차茶를 배우게 된다. 봄이 되면 하루 종일 산에서 야생 찻잎을 따고, 초의가 가마솥에서 찻잎을 덖어 내놓으면 그것을 비비고 말렸으며, 마당 한 귀퉁이에 솔방울을 모아 화덕에 넣고 주전자를 올려 찻물을 끓였다.[114] 소치가 1835년에 초의와 첫 대면한 소치의 글은 당시 일지암의 주변 풍경과 차 문화 공간 배치를 이해하는 데 소중한 기록이다.

이렇게 초의의 시동이 되어 차 생활에서 배운 차 정신은 그의 예술세계의 혼이 되어 다시 불꽃처럼 그의 작품으로 타올랐다. 소치는 초의에게서 서예와 그림, 시문을 습작하였다. 이때부터 3년 동안 소치는 초의로부터 꾸준히 화법畵法과 시학詩學, 그리고 불경과 차를 배웠다.[115] 〈초의선사진영艸衣禪師眞影〉의 배경 소품들에는 초의의 일상적인 차 생활이 잘 드러나 있다. 초의의 뒤편 높은 탁자 위에 경책은 평생 정진하였던 학문을 상징하며, 옆의 다관은 추사가 좋은 차를 보내 달라고 요청할 정도로 차에 해박하던 그의 차에 대한 애정과 그 다도 생활을 상징하는 것으로 보인다. 초의와 소치가 남긴 차시 안에서 그들의 차 생활과 교유를 통한 차 정신을 알 수 있다.

그림은 초의와 녹우당에서, 글씨는 추사에게서

초의는 다산, 추사, 다산의 맏아들 유산, 다산의 둘째 아들 운포 등 기타 다수의 인사들과 교의交誼를 맺었으며, 저서도 많이 있으나 『동다송』을 저술하고 『다신전』을 등초하여 세간에 알렸다. 초의가 53세 되던 1838년 봄 서울을 거쳐 금강산을 유람하고 쓴 글에도 유려하지는 않지만 '다선일여'를 지향하는 깨끗하고 맑은 흐름과 정성이 배어 있다. 소치가 이 글을 소장하게 된 다음 사용하던 '일편운一片雲'은 주문 방인을 찍은 것이다. 초의가 금강산을 다녀온 사실은 『완당선생전집』 권5, 「초의에게9」에 실려 있는 '금강산 가는 발길이 묵은 빚을 싹 갚을 터여서 더없이 기쁠 것입니다. 스님이 이른 곳은 이 몸도 이르고 스님이 이르지 않는 곳은 이 몸도 이르지 않으니, 이름과 형상으로만 나를 보려 한다면 어찌 나를 볼 수 있겠습니까?'라는 편지를 통해 두 사람의 교유를 알 수 있다.[116]

소치는 20대에도 다도 공부만 했을 뿐, 그림 수업은 깊게 하지 못했다. 소치에게 전기가 찾아온 것은 초의가 소치의 재주를 알아보고 한양의 추사에게 소개한 뒤부터였다. 소치는 화가로 많이 연구되고 있지만 이런 정황으로 볼 때 화가이기 이전에 초의와의 인연으로 차 생활을 한 차인이었다. 이후 31세 때인 1839년부터 추사 문하에서 본격적으로 서화를 배웠는데, 추사에게서 중국 대가들의 구도와 필법을 익혔다. 소치가 처음으로 한양의 월성궁에 간 것은 1839년 헌종 5년, 추사가 다시 형조참판으로 자리를 옮긴 때였다. 그는 월성궁의 바깥사랑에 머물면서 수많은 서화 묵객들과 교유할 수 있었고 더러는 안사랑으로 초대되어 고금의 명품들을 감상할 수 있었다.

한번은 초의선사가 추사를 만나러 서울에 갔을 때 소치가 모사한 윤공재 화첩과 시구를 보여주었더니 추사가 감탄을 금치 못하였다. 얼마 후 초의선사가 해남에 돌아올 때 추사의 답신을 가지고 왔다. 소치더러 서울로 올라오라는 전갈이었다. 이 전갈을 받고 소치가 추사를 만나러 서울로 올라간 때 소치의 나이 32세였다. 추사는 소치가 그린 윤공재의 화첩을 처음 보고 소치에게 다음과 같은 충고를 하였다고 한다.

"우리나라에서 옛 그림을 배운 것은 과연 윤공재로부터 시작된 것이다. 그러나 신운神韻의 경지에 이르는 것에는 좀 모자랐다. 정겸재, 심현재는 모두 이름을 널리 날려서 권첩이 전해지고 있으나 한갓 안목을 어지럽혀서 일체 보아서는 안 될 것이고, 그대小癡가 화가 삼매의 경지에 들어서기 위해서 만일 천 리의 여행을 한다면 비로소 발전이 있을 것이다."[117]

이 말에서 추사는 소치가 공재, 겸재, 현재에 버금가는 재질을 가지고 있음을 암시하면서, 여기서 한걸음 더 나아가 조선 후기의 이들 삼재三齋를 뛰어넘기 위해서는 여행을 많이 하라고 권하고 있음을 알 수 있다. 즉 소치에게 화가삼매의 경지에 이르기 위해서는 천 리가 넘는 여행을 하여야 한다고 충고한 것이다.

소치는 서울 추사 집에서 머물면서 지도를 받는다. 추사의 둘째 형인 김명희, 막내인 김상희를 비롯하여 추사와 안면이 있는 당시의 명사들과 자연스럽게 교류했음은 물론이다. 소치라는 호는 이 시기에 추사에게 받은 것이다. 원말 4대가 중의 한 사람으로 산수화의 대가인 황공망黃公望(1269~1358)이라는 화가가 있는데 그의 호가 대치大痴였다. 추사는 평소에 대치의 그림을 높이 평가하였으며, 대치에 비할 만한 인물이 되라는 의미에서 소치小癡라는 호를 주었던 것이다.

소치 역시 원말 4대가 중의 한 사람인 운림 예찬雲林 倪瓚(1301~1374)을 좋아하여 예찬의 호인 '운림'을 따다가 후일 자신의 거처인 '운림산방'을 지을 때 그 당호로 사용하였다. 추사는 후일 제자인 소치를 평가하면서 '압록강 이동以東에서는 소치를 따를 자가 없다'고 찬사한 바 있다.

"許癡(허치)는 아직도 그곳에 있습니까? 그는 매우 좋은 사람입니다. 그의 화법은 종래 우리나라 사람들의 고루한 기습을 떨어 버렸으니 압록강

동쪽에는 이만한 작품이 없을 것입니다. 그가 다행히 주리의 끝에 의탁하여 후하신 비호를 입고 있으니, 영감이 아니라면 어떻게 이 사람을 알아주겠습니까. 그 또한 제자리를 얻은 것입니다."[118]

위와 같은 사실은 추사가 위당 신관호에게 보낸 편지에서도 잘 나타난다. 그리고 추사가 초의에게 보낸 차시에서 그들의 교유를 살펴볼 수 있다. 추사가 제주도 대정大靜에 유배되었을 때 소치는 세 번(1841, 1843, 1847)이나 찾아가 모셨고 70세 때에는 추사의 글씨를 판각하는 등 스승을 기리는 노력을 한다.

거친 파도를 헤치고 서신과 차 심부름

추사는 시詩·서書·화畵·차茶에 능했던 예술가이자 학자이면서 또한 차인이기도 하다. 소치는 서울 추사 집에서 1년 정도 머물렀다. 더 머무를 수 없었던 이유는 추사가 제주도로 유배를 떠나야 했기 때문이다. 소치는 유배 중인 스승을 찾아뵙기 위하여 당시에는 목숨을 걸어야 할 만큼 위험한 바닷길인 제주도를 세 번이나 왕래하였으니 그가 보여준 스승에 대한 존경심이 어떠했는지 짐작할 수 있다. 그리고 권돈인, 정학연, 신관호 등 명사들과도 꾸준히 관계를 이어가며 교유한다. 이들과는 노경에 들어서도 계속적으로 교유를 이어가는 것을 보면, 지체 높은 명사들에 대한 허련의 대인관계나 처세는 매우 원만했음을 알 수 있다.[119]

"정미년 10월 18일 집을 떠남. 22일 배를 타고 소완도에 이르러 바람을 기다림. 24일 이른 새벽 배를 타고 나가 같은 날 저녁 어둑한 무렵에 별도포別刀浦에 도착, 하루를 묵음. 26일 제주에 들어감. 11월 1일 명월진明月鎭길을 경유 대정에 옴. 10일 서울로 보낼 편지를 마름질함. 10일 제주로 들어감. 11일 포浦로 내려감. 4월 11일 배를 출발. 13일 이진梨津에 도착한 뒤 17일 뱃길을 경유 집으로 돌아옴"[120]

소치는 스승 추사를 따라 예산으로 내려갔다가 추사가 제주도로 유배되자 강경포江景浦에서 배를 타고 진도로 귀향하였다. 추사가 귀양 간 다음해(1841년) 2월, 소치는 일지암을 방문하여 초의에게 그 간 있었던 일을 말한다. 이에 초의가 서신을 써주었고 소치는 서신과 함께 차를 가지고 제주도로 추사를 찾아갔다. 제주도에서 초의의 서신과 차를 받아 본 추사는 감회에 젖어 「일로향실一爐香室」이란 글을 써 소치편으로 초의에게 보냈다. 추사가 초의에게 써 준 다실 현판은 지금도 대둔사 동국선원에 걸려 있다.[121] 이후 추사는 '무량수각無量壽閣'이란 현판과 '반야심경般若心經'이란 경문도 써 보내 주었다. 초의와는 동년배 지기知己로 우의가 두터웠다. 초의 선사가 법제한 차 맛이 그리워 '차를 비는[乞茶]'다음과 같은 글이 있다.

추사의 걸차乞茶

'수년 이래 햇차는 과천의 나의 집과 한강 정약용의 별저 밑에 맨 먼저 이르렀거늘, 벌써 곡우가 지나고 단오가 가까이 있네. 두륜산의 중은 형체와 그림자도 없어졌단 말인가. 어느 겨를에 햇차를 천리마의 꼬리에 달아서 다다르게 할 것인가. 만약 그대의 게으름 탓이라면 마조馬祖의 갈喝과 덕산德山의 몽둥이로 그 버릇을 응징하여 그 근원을 징계할 터이니 깊이깊이 삼가게나. 나는 오월에 거듭 애석히 바란다네.'[122]

위와 같이 해학이 넘치는 글을 보내어 차를 청하기도 하였으며, 언젠가 초의가 추사에게 차를 보내면서 다른 친구 백파白坡에게도 전해줄 것을 부탁하자 좋은 차에 욕심이 난 추사가 이렇게 편지를 쓰고 있다.

'나누어주신 차를 백파에게 주기가 아깝습니다. 큰 싹과 고아한 향기며 맛이 너무도 뛰어납니다. 한 포만 더 보내줄 수는 없는지요?'

또 추사는 다음과 같은 차시들을 쓰기도 하였다.

〈차에 대한 일을 이미 쌍계사에 부탁하고 또 동지 전에 일찍 딴 광양해의로써 관화와 언약하여 신반에 미치도록 부치라고 하였는데 모두 구복간의 일이라 붓을 놓고 한번 웃다茶事已訂雙溪 又以光陽至前早採海衣 約與貫華 使之趁辛槃寄到 皆口腹間事 放筆一笑〉

쌍계춘색명연장雙溪春色茗緣長 쌍계사 봄빛이라 차 인연은 오래라네
제일두강고탑광第一頭綱古塔光 육조(六祖)의 탑광 아래 제일의 두강이여
처처노도도불금處處老饕饕不禁 늙은이 탐이 많아 이것저것 토색하여
신반우약해태향辛盤又約海苔香 향기로운 해태를 신반에 또 언약 했네

〈옛샘을 길어서 차를 시험하네汲古泉試茶〉

영용함하감명주獰龍頷下嵌明珠 모진 용의 턱 밑에 맑은 구슬 박혔는데
염취송풍간수도拈取松風磵水圖 솔바람과 산골 물 그림을 집어 가졌네
천미시분성내외泉味試分城內外 성 안팎의 샘물 맛 시험 삼아 가려보니
을나역득품차무乙那亦得品茶無 제주에서도 차를 품평할 수 있으리라

이처럼 소치는 초의와 추사 사이에서 차 심부름을 하기도 하고 아래와

같은 편지를 보내기도 하면서, 추사는 초의에게 소치의 그림을 보내며 청정한 공양이 되라는 안부를 묻기도 한다.

> "허치許癡의 그림 두 폭을 부치니 산방의 청정한 공양이 될 수 있을 것입니다. 뱃머리에서 이별을 나눴으니, 해인이 빛을 발할 때도 이런 광경이 있을까요? 마땅히 터럭이 큰 바다를 삼키고 겨자가 수미를 빨아들여 막힘없는 원융圓融으로써 녹일 터인데, 스님께서는 어떻게 생각하십니까?"

추사와 초의의 우정 가운데 소치가 징검다리 역할을 하게 되면서 전국의 명사들과 차인들과 교유할 수 있는 발판이 되기도 한다. 차 문화를 즐긴 학자들과 예술가들의 차를 매개로 한 교유 안에서의 우정을 확인할 수 있다.

유배 당시의 추사 모습

아울러, 현존하는 추사의 초상 중에 김정희 생전의 모습을 가장 잘 표현한 작품으로 〈완당선생초상阮堂先生肖像〉이 전해진다. 제주도의 왕래가 잦은 과정에서 그린 소치의 〈완당선생해천일립도阮堂先生海天一笠圖〉에는 추사의 제주도 유배 시기(1840~1848년)의 모습이 그대로 드러난다. 그러나 김정희의 자세는 허둥대기보다는 자애롭고도 느긋한 모습으로 묘사되고 있고, 그 표정 역시 유배생활의 고통이 드러나기보다는 담담하고 초연한 모습으로 묘사되고 있어서, 이 모습이 제주도의 구체적이고 외형적인 일상의 단면을 묘사한 것이라기보다는 유배에도 굴하지 않는 선비의 고고한 인품과 정신세계를 표현한 다분히 상징적인 그림임을 이해할 수 있다.[123] 소치의 눈으로 본 스승 김정희의 모습과 유배생활의 흔적이라 할 수 있겠다.

추사는 〈해천일립도〉를 보고 기뻐하여 다음과 같이 자제自題하였다.

"옹담계翁覃溪는 '옛 경전을 좋아한다' 하였고 완운대阮芸臺는 '남이 말하는 것을 그대로 말하는 것은 좋지 않다' 하였는데, 두 분의 말씀이 내 평생을 모두 나타내었도다. 어찌하여 내가 바다 밖의 삿갓 쓴 한 인간으로 변하여 홀연히 원우元祐 때의 죄인이 되었을까."

인연복이 많은 소치, 헌종을 배알하다

소치의 일생을 보면 그는 참으로 인연복因緣福이 많은 사람이었음을 알 수 있다. 그런 인연복으로 교유 관계 또한 참으로 다양했다. 소치는 적절한 시기에 적절한 인연을 만나는 행운이 있었다. 호남의 대장원인 녹우당에서 서화와 인연을 맺은 것을 시작으로, 당대의 명선名禪 초의와의 만남, 추사와 맺은 사제 인연이 그렇다. 즉 당대의 최고수들을 스승으로 만나는 인연복이 있었기 때문에 대성할 수 있었던 것이다. 이때의 인연으로 그는 스승인 추사가 제주도로 유배 가 있는 동안 초의가 제다한 차를 드리기 위해 위험을 무릅쓰고 세 번씩이나 바다를 건너가 스승을 위로하기도 했다.

1856년에 추사가 죽자, 소치는 다음 해에 한양을 떠나 고향 진도로 돌아와 운림산방을 짓고 은거한 뒤 자신의 이름도 남종화와 산수수묵화의 효시인 중국의 왕유를 본떠 허유라고 개명한다. 왕유가 모친과 부인을 사별한 뒤 인생이 덧없다 하여 종남산으로 들어갔듯이 소치는 스승을 떠나보내고 외로움에 절어 첨찰산으로 든 것이다.

소치가 서화에 뛰어나므로 민영익은 그를 일컬어 '묵신墨神'이라 했으며, 정문조는 여기에 시를 더하여 삼절三節이라 하였고, 추사 김정희는 중국 원나라 4대 화가의 한 사람인 대치大痴 황공망에 견줄 만하다 하여 소치小癡라 했다. 그만큼 소치는 당대의 거화였다. 소치의 인연복은 스승을 잘 만나는 인연에서 끝나지 않고 좋은 후원자를 만나는 데까지 이어진다. 아무리 실력 있는 예술가라도 좋은 후원자를 만나지 못하면 고생만 하다

가는 것이 예인의 길인데, 소치의 후원자 중 한 사람이 당시 임금이던 헌종憲宗이다.

소치는 초의와 추사의 배려로 신관호와 첫 대면을 하게 되었고, 이후 소치는 신관의 후원을 받으며 그림 공부를 계속하였다. 신관호와 교분이 두터웠던 초의선사는 신관호와 교유하며 시를 주고받았다. 무관이었지만 명필이었던 신관호는 초의의 청을 받고서 대둔사에 많은 금석문을 남겼다. 이런 겹친 인연으로 허유는 신관호가 어영대장으로 승진하여 한양에 갈 때 함께 따라가서는 당시 영의정이었던 권돈인의 주선으로 헌종 임금을 배알하고 어전에서 옥판선지玉板宣紙에 그림을 그리는 영광을 누리게 되었다. 헌종은 서화 감식의 안목이 높은 임금이었다.

단청과 탱화, 초의의 〈관음도〉

소치의 이러한 눈부신 영달은 초의와의 인연, 추사, 신관호, 권돈인의 배려, 그리고 그의 뛰어난 자질과 끊임없는 노력이 어우러진 결과였다. 훗날 소치가 남화의 종주가 되어 수많은 화가를 길러낸 것도 초의를 비롯한 추사 등의 알뜰한 배려와 인연이 없었다면 불가능한 일이었을 것이다. 이런 점에서 볼 때 초의가 우리나라 화단에 끼친 공적은 적지 않다. 흔히 초의를 시詩·서書·화畵·차茶의 사절四節이라 하거니와 대둔사의 단청과 탱화, 〈관음도〉 등에 그 족적이 남아 있지만 초의의 그림을 참으로 빛낸 사람은 제자 소치라 할 수 있다.[124]

당시 관습에 의하면 벼슬하지 않는 서민은 임금이 있는 왕궁에 출입할 수 없었다. 그런 시대적 상황에서 1846년에는 권돈인의 집에 머물면서 그린 그림을 헌종에게 바쳤다. 비록 낙도에서 태어났으나 천부적인 재질과 강한 의지로 예藝에 능하여 40세 되던 1847년 7월 낙선재에서 헌종을 알현할 수 있었다. 헌종이 쓰는 벼루에 먹을 찍어 42세에 헌종이 보는 앞에서 그림을 그린다. 헌종의 특별한 배려를 받아 통정대부, 첨지중추부사의 벼슬을 받고 왕궁에 출입할 수 있게 되었다. 벼슬도 지중추부사에까지 올랐다. 헌종이 친히 그림책을 소치에게 보여주면서 그림에 대해 묻기도 하고, 소치가 그림 그릴 때 직접 화폭을 잡아주는가 하면, 제주도에 추사를 만나러 세 번 갔다 왔을 때 바다의 파도 속으로 왕래하는 것이 어렵지 않았느냐, 무엇을 하며 날을 보내고 있는지, 제주도의 풍토와 민물民物이 어떠한지, 추사의 귀양살이가 어떠한지, 호남에 초의 승이 있다는데 지행이 어떠한지, 어떤 인물이냐 등등의 문답이 있을 정도로 헌종은 소치에 대한 사랑이 지극했다.

어떤 때는 왕으로부터 과객비로 300금을 하사받기도 하였다. 어느 날 입궁했을 때는 『필홍筆紅』, 『어장御章』, 『시법입문詩法入門』과 같은 서적을 하사받았다. 오동나무 상자에 헌종이 직접 '시법입문'이라는 글씨를 쓰고, 그 상자 안에 전체 4권이 담긴 『시법입문』은 현재 허씨 문중에서 가보로 전해지고 있다. 이렇게 어전화가가 되었고, 소치는 점차 시·서·화·차의 사절四節로 칭송받으면서 해남 우수사 신관호, 다산의 아들 학연, 복경 민승호復卿 閔升鎬(1830~1874), 기경 김흥근起卿 金興根(1796~1870), 흥선대원군 이하응, 민영익 등의 유명인사와 교류하게 되고 당대의 고관 명사들의 후원을 받았으며 권문세가들과 어울리면서 시를 짓고 글을 쓰며 그림을 그렸다. 군더더기 없는 간결한 구도를 바탕으로 맑은 기운이 감도는 담묵淡墨과 건필乾筆을 능숙하게 구사하여 문기文氣 짙은 탈속脫俗의 경지를 이루고 있다. 당시에 소치가 남긴 차시와 헌종의 차시를 보면 그 교유 관계와 차 생활을 엿볼 수 있다.

〈차운을 유산옹에게 봉화하여 보게 하였다次韻奉和酉翁見寄〉

별시용이회시난別時容易會時難 헤어지기는 쉬워도 만나기는 어려운데
영모금생저처간令貌今生底處看 영모를 소생이 여기서 뵈옵게 되었소
창해징망귀몽원滄海徵茫歸夢遠 바다는 미망하여 꿈결이 멀고
벽산고절괘양잔碧山孤絶掛陽殘 산은 고절하여 지는 해 걸려있네

가란무봉매황토歌鸞舞鳳埋黃土 가란 무봉은 황토에 묻혔고
야우조운쇄취만夜雨朝雲鎖翠巒 야우조운은 취산에 잠겼네
염겁야응송뢰냉鹽劫也凝松籟冷 탑겁(塔劫)이 못되어 송뢰松籟만 차니
수장수벽점용단誰將壽碧點龍團 누가 수벽을 가지고 와서 용단을 끌어줄고

시에 나오는 용단龍團은 용봉단차를 말하는 것으로 단차團茶, 병차餠茶를 일컫는 말이다. 또 야우조운夜雨朝雲은 잊히지 않는 사람, 조운행우朝雲行雨는 보고 싶은 사람이 눈에 나뜨는 것을 말한다.

〈황궁 유산암 다옥 송단다실에서 홀로 차를 달이면서 짓다煮茗〉

활수팽신명活水烹新茗 활수로 햇차를 달이는데
청향투록창淸香透綠窓 청아한 향기가 창밖에까지 퍼지네
세간생해안細看生蟹眼 자세히 보니 다당에서 게눈같이 물이 솟구치는데
일완요시강一椀遼詩腔 차 달여 일완의 차로 속빈 배를 적시네[125]

3. 조선 후기와 근대를 잇는 호남의 차맥

조선 후기 왕권이 약화되고 기강이 해이해지면서 전통적 성리학에 반기를 드는 주장이 대두되었다. 사실에 기초하여 진리를 탐구하고자하는 학문적 경향을 가진 지식인들은 승려들과의 교유를 통하여 불교를 이해하고자 한다. 승려들 역시 사원 경제가 더욱 어려워지자 새로운 사상과 사회에 관심을 갖게 된다. 이러한 상황은 사찰의 승려들과 문사들 사이에서의 교유로 이어져 차는 승려들의 수행이나 청빈한 문사들의 마음을 전하는 하나의 매개물이었다.

이처럼 한국의 차 문화는 동면冬眠에서 깨어나 새로운 영초靈草를 피우듯 조선의 침체기를 거치면서 차와 선의 경지가 하나라는 다도 문화를 꽃피우게 된다. 열악한 우리의 차를 중흥시킨 인물은 한국의 다성이라 불리는 초의이다. 그는 조선 후기 해남 대흥사 12대 종사로 15세에 출가하여 차에 매우 밝았다. 초의가 교유한 인물은 다산, 추사를 비롯하여 많은 지식인들로, 그들의 사상은 초의선사에게 많은 영향을 주었다. 초의는 다산을 만나고 유학자들과 신분을 초월한 교유를 하고 우리의 산천을 두루 여행하면서 많은 문사들과 시회에 참석하기도 한다. 조선 후기의 대표적 차인들의 차 문화 속에서 소치는 그 맥을 잇는 중요한 연결고리였다.

이것은 또 문사들의 문화생활이라 할 수 있는 그림과 차를 잇는 경로이기도 했다. 때로 초의와 추사 사이에서 차와 글·그림의 심부름꾼이 되기도 했다. 그의 그림은 문사들의 목마른 예술혼을 불태워주기도 했다. 추사가 제주도로 유배 가 있는 동안 초의가 제다한 차를 가지고 위험을 무릅쓰고 세 번씩이나 바다를 건너가 스승을 위로하기도 했다. 이처럼 예인들과 차인들 사이에서, 조선 후기와 근대를 잇는 경로에서 주목해야 할 인물

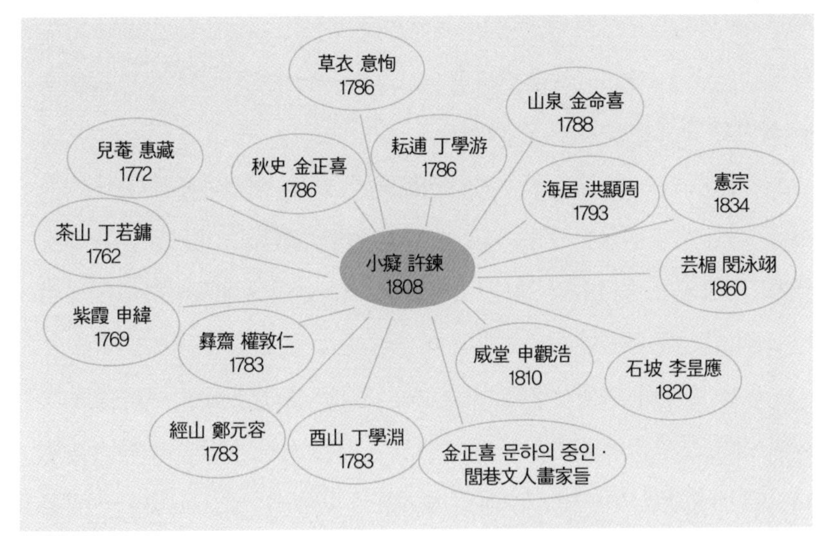

그림과 차를 매개로 한 소치의 교유도

이 소치이다. 소치를 중심으로 호남 차의 맥을 짚어보는 일은 매우 고무적인 일이라 할 것이다. 화가로서의 연구, 그림쟁이로서의 소치보다 차인 소치, 차맥에서 소치의 역할이 매우 컸기 때문이다. 소치의 예술혼은 그림에서 머물지 않고 그림을 중심으로 한 교유 관계 속에서 호남의 차맥을 잇고 있어 그 귀추가 주목된다.

소치 허련과 화다일여畵茶一如의 예술세계

소치는 조선 후기의 대표적인 화가이면서 차인이다. 소치는 1808년(순조 8년) 허각許珏의 5남매 중 장남으로 진도에서 태어났다. 서화를 추사에게 사사하고 벼슬은 지중추부사知中樞府事에 이르렀다. 글·그림·글씨를 모두 잘하여 삼절로 불렸다. 그 중에서도 특히 묵죽墨竹을 잘 그렸다. 글씨는 추사의 글씨를 따라 화제에 흔히 추사체秋史體를 썼다. 소치는 산수화 외에도 모란, 사군자, 연꽃, 괴석, 노송, 파초 등 다양한 소재를 능숙한 필치로 구사하였다. 그의 화풍은 아들인 미산 허형米山 許瀅과 손자인 남농 허건南農 許建, 그리고 의재 허백련毅齋 許百鍊 등으로 이어져 현재까지 호남 화단의 중요한 맥이 되고 있다.

소치는 동학란이 일어나기 전인 1893년(고종 30) 여든여덟의 나이로 장서長逝하기까지 임금이 쓰는 벼루에 먹을 갈아 그림을 그렸고, 숱한 권문세가 및 그의 스승이었던 추사, 초의 등과 어울리면서 주유천하周遊天下했던 조선 말 남종문인화南宗文人畵의 대가이다.

서원을 철폐하고 쇄국양이鎖國攘夷의 고집을 부렸던 석파 이하응은 70살에 이른 노치老痴를 만나는 자리에서 "소치는 서화의 대방가"라 칭송했다. 〈평생에 맺은 인연이 난초처럼 향기롭다平生結契 其奧如蘭〉라고 시구를 단 묵란을 쳐서 소치에게 주었다. 또 당대 제일가는 시인이었던 유산 정학연은 "속계俗界를 초월한 자품資稟이 있는 뒤에야 그림의 삼매에 들어갈 수 있다. 이 세계에 이른 것은 소치 한 사람뿐이다"라고 단언했다. 유산은 생전에 소치와 깊은 우의를 나누었는데 화재에 앞선 소치의 정신내면에 깊이 원숙한 인간미를 느낀다 하였다. 조선왕조 후기 혜성처럼 나타난 한국 회화사의 거성이자, 한국 화단의 남종 산수화를 뿌리내린 남화사상의 거류巨流이며, 5대째 화가를 배출한 한국 최고의 예맥藝脈을 이어왔다.[126]

소치의 예맥과 차 문화의 계승

소치의 예맥은 그림으로 끝나는 것이 아니었다. 소치의 예맥은 예인들과 교유한 차 문화를 형성하는 하나의 차맥으로 이어졌는데 그 맥의 중심에는 교유 생활에서 보이는 차인들과의 교류가 돋보인다. 그의 예술 세계와 차 정신에서 보여준 화다일여畵茶一如의 차맥으로 이어진 것이다.

차인들과의 교유 속에서 문화와 예술을 향유하면서 자연스러운 차 생활은 그의 예술세계에도 많은 영향을 끼쳤다. 그의 『소치실록』과 『운림잡

저雲林雜著』에는 조선시대 내로라하는 차인들과의 교유 속에서 남긴 14편의 차시도 전하고 있다.

〈차정유산선생운次丁酉山先生韻 정초의선사呈艸衣禪師〉, 〈우又〉, 〈설조雪朝〉, 〈우又〉, 〈병丙〉, 〈차운봉화유옹견기次韻奉和酉翁見寄〉, 〈우又〉, 〈차운봉화억석유사절次韻奉和憶昔遊四絕〉, 〈유산원운왈酉山原韻曰〉, 〈무제無題〉, 〈작화기인作畵寄人〉, 〈회당悔堂 송지헌선자력경생宋之憲選自力更生〉, 〈완산경산完山境山 망견남고성산望見南固成山 현연유작泫然有作〉, 〈죽천로상만철선선사竹川路上挽鐵船禪師〉 등이 그것으로, 그의 차 생활과 차 정신을 유추할 수 있는 귀중한 자료가 되고 있다.

소치의 차 생활을 이해하기 위해서는 그의 예술세계를 이해하지 않으면 안 된다. 그의 예맥이 호남의 차맥으로 이어지는 데 큰 공헌을 하였으며 예술과 함께 문화의 맥이라고 하는 당대의 차인들과 교유하면서 그의 차 생활이 시작되었기 때문이다. 먼저 소치의 남종화의 예맥은 1대 소치를 이어 2대 소치의 넷째아들인 미산 허형米山 許瀅(1861~1938), 3대 허형의 넷째아들인 남농 허건南農 許楗(1907~1987)으로 이어진다. 더불어 미산의 아들이자 남농의 동생인 임인 허림林人 許林(1917~1942)이 있다. 4대는 소치의 증손자이며 임인 허림의 아들인 임전 허문林田 許文(1941~), 5대는 남농의 손자인 오당 허진許塡(1962~)으로 이어져 호남을 무대로 한 남종화의 예술혼으로 이어진다.

운림산방 5대 화맥 계보

1대 소치 허련(小癡 許鍊 1808~1893)

2대 미산 허형(米山 許瀅, 1861~1938)

3대 남농 허건(南農 許楗, 1907~1987)

4대 임전 허문(林田 許文, 1941~)

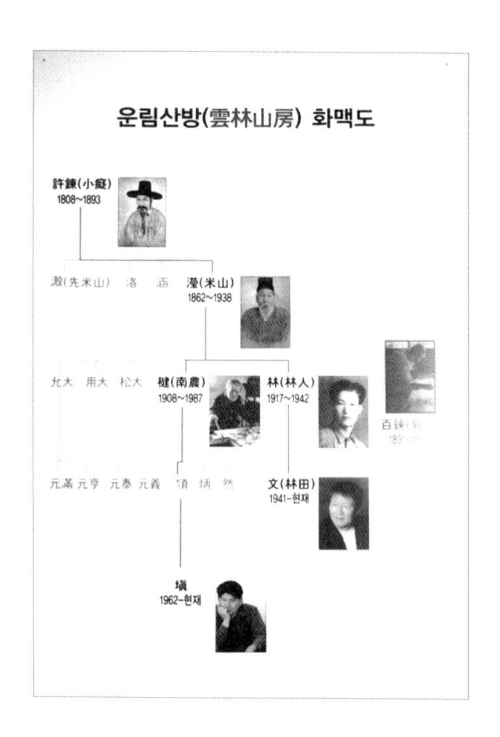

5대 오당 허진(許塡, 1962~)

남종화 소치가의 5대 화맥은 초대부터 소치의 화맥을 이으면서도 각자 창작에 의한 새로운 화풍을 개발하였다는 데 더 큰 의의가 있다. 그런가 하면 무등산 춘설헌의 의재 허백련毅齋 許百鍊(1891~1977)도 진도에서 태어난 양천 허씨로 같은 집안이다. 의재도 이곳에서 미산으로부터 그림을 익혔다고 하니 한국 남화의 성지라고 불릴 만하다. 5대째 그림을 가업으로 하고 있지만 그 척추는 남종화이면서 개인의 창작력이 돋보이는 것이 독특하다.

4대 임인 허림은 1941년 〈가전家田〉으로, 이어 1942년 〈6월 무렵〉으로 일본 문전에 연속으로 입선하였다. 그 예맥은 임인 허림의 아들로 이어지는데 7세 때부터 백부인 남농의 슬하에서 자라며 그림을 익히고 가문에 내려오는 갈필법에 자기 특유의 안목을 접합시켜 '운무산수화雲霧山水畵' 라는 독자적인 화풍을 정립하였다. 임인의 아들인 임전 허문은 구름과 안개의 작가로 불린다.

소치의 서예 작품 중에 '그림 그리는 법은 긴 강이 만 리에 뻗친 듯하고 글 쓰는 기법은 외로운 소나무 한 가지와 같다畵法有長江萬里 書藝如孤松一枝'[127]라는 뜻이 담긴 추사의 시구를 붓글씨로 표현한 이 작품은, 스승인 추사의 수행력이 녹아있는 선서禪書라 표현되기도 한다. 이것은 고매한 정신세계를 간절하고도 자유분방한 필치로 표현한 것인데 예술의 창작과 정신적 수행이 하나라는 화다일여畵茶一如의 견해와 차 정신을 잘 보여 주고 있다. 소치는 글과 그림을 그리는 것은 마치 자신의 예술적 감각과 끊임없이 싸우는 외로운 작업이라고 표현했다.

그러한 작업을 행하는 미술과 서예의 끊임없는 창작 작업에서 차는 정신을 가다듬어 주고 몸을 단련시켜 주었으며, 새로운 창작을 끌어내는 윤활유 역할을 했을 것이다. 소치는 차 생활을 통해서 선다일여禪茶一如의 차 정신을 나투었던 초의의 차 정신을 이어받아 소치의 화다일여의 차 정신으로 승화시켰다. 이런 그의 정신은 회화 이론가들의 해석대로 조선 말기의 회화에 나타난 변화상처럼 수요의 변동을 가져왔고 다양한 문화 향유층의 확산을 불렀으며 중세적 회화 관습과 이념 해체 현상이라는 측면에서 가치 평가의 실상에 접근할 수 있었다.

차를 하나의 문화소로 한 소치의 교유 관계는 그의 예술세계를 화다일여의 정신으로 호남을 중심으로 차 문화를 파급하는 중요한 역할을 하였으며 그 교유의 시공을 잇는 조선 말기의 꾸밈과 자연스러움의 구분조차 없었던 호남 차 문화의 중흥기를 만들어 낸 것이다. 조선 후기에서 근대를 잇는 가교 역할로서 의재의 미술세계와 무등산의 삼애다원, 춘설차로 이어지는 차 문화의 커다란 맥을 형성하는 데 밑거름이었다.

운림산방에서 은거, 일생의 인연을 정리

그의 나이 49살 때인 1856년 10월 10일, 추사가 71세를 일기로 이 세상을 떠나자 소치는 그 해 한양을 떠나 고향 진도로 돌아와 운림산방을 짓고 은거한다. 서울대박물관에 소장된 그의 대표작 〈선면산수도扇面山水圖〉 등이 삼절로 칭송받던 한양 생활의 작품이 아니라 말년의 서화인 것은 시사하는 바가 크다. 작가에게는 사교의 시간보다 사색과 고독의 시간이 더 절실한 것이다. 한양을 떠나 고향에 돌아와 자연과 어울리며 첨찰산 서쪽 기슭에 도선국사가 창건한 쌍계사 옆에 화실과 운림산방을 지어 여생을 보냈다.

소치가 남종화에 몰입·심취하게 된 배경은 평생의 스승 추사의 영향과 여항문인閭巷文人과 같은 사대부 지향적 가치관·취향 때문으로 생각된다. 그의 대표작 가운데 하나로 59세(1866, 고종 3년)에 진도에서 그린 〈선면산수도(서울대학교박물관 소장)〉의 제題에서 자신의 하루 생활을 읊은 내용을 보면 그의 사대부 지향적 가치관을 느낄 수 있다.[128]

> 내 집은 깊은 산골에 있다.
> 매양 봄이 지나 여름이 오면,
> 뜰에 푸른 이끼가 깔리고
> 낙화는 좁은 길에 흩어진다.
> 사립문 밀고 오는 발소리 하나 없어도
> 솔 그림자는 저 홀로 길고 짧고
> 새소리 높고 낮은 그 곳에서 낮잠을 즐긴다
> 이윽고 나는 샘물을 긷고 솔가지를 주워다

쓴 차를 달여 마시고는 생각나는 대로
『주역周易』, 『국풍國風』, 『좌씨전左氏傳』, 『이소경離騷經』과
태사공의 주와 도연명·두자미의 시와
한퇴지韓退之·소자첨蘇子瞻의 문장 등 수 편을 읽고서
조용히 산길을 거닐며 송죽을 어루만지기도 하고,
사슴이나 송아지와 더불어 장림풍장 사이에 함께 뒹굴기도 하고,
앉아서 시냇물을 구경하기도 하며
또 냇물로 양치질하거나 발을 씻는다.
안채로 돌아오면 아내와 자식들이
죽순나물, 고비나물과 함께
보리밥을 지어주니 흔연히 심취하여 맛있게 먹는다.
초식한 후에 붓을 들어 큰 글씨, 작은 글씨를 여러 차례 써보면서
집에 소장된 법첩法帖, 묵적墨蹟, 화권畵卷을 펼쳐놓고 실컷 감상한다.
그리고 나서 다시 계산溪山으로 나아가
그곳의 친구들과 노인들을 만나서
뽕과 삼을 묻고 메벼와 찰벼를 설명한다.
또한 농사가 잘 될 것인지 해 뜰 날과 비 올 날의 양을 헤아리고
절기를 따져가며 한참동안 얘기를 나누다
집으로 돌아와 지팡이에 기대어 사립문 앞에 섰노라니
붉고 푸른 색깔이 가득한 채로 석양은 서산마루에 걸려있고,
소를 타고 돌아오는 목동의 피리소리에 맞추어 달은 앞개울 위에 떠오른다.[129]

운림산방에 은거하며 차 밭을 돌보고 그림을 그림으로써 스승 초의가 일지암에서 보여준 차 문화와 같이 차와 선과 그림이 하나 되는 세계를

일구어 나간다. 윗산 시린 물 받아 소치가 세수하고 붓도 씻었다는 늙은 돌확이 남아 있다. 결국 소치는 현실도피적 성향과 시대성 상실이라는 특징을 보였던 여항문인들의 성향과 같은 지향을 가졌던 것이다. 중앙 화단에 대한 집착으로 노경에 접어들어서도 서울만을 왕래하고 명사들과의 교유를 통해 문사적 취향을 즐기며 자신의 존재 의의를 확인하는 등 지방의 '직업적 화가'로서 갖는 소외의식 또는 열등감을 극복하고자 끝까지 노력했음을 알 수 있다. 여기에 명사와의 교유에서 얻는 지적 만족이나 지적 성장이라는 측면도 있었을 것이다.[130]

소치의 차맥은 근대로 잇는 중추적인 역할을 하면서 일상생활에서 동떨어진 형이상적形而上的, 형식적인 것이 아니고 어디까지나 생활 속의 한 예禮와 범절凡節로 행했던 것이다. 차는 곧 우리의 정신문화를 대변하는 매개체로서 차는 우리의 삶을 규정하는 내재적 가치이며 문화이며 시간이기도 하다. 소치를 중심으로 조선후기의 문사들과 교유하며 내려온 호남의 차맥은 근대의 의재로 이어진다.

4. 소치의 차 생활, 미산米山과 의재毅齋로

초의와 추사의 차와 그림은 소치를 이어 미산에게 그리고 의재에게 이어진다. 조선 후기의 문사들과 교유하며 내려온 호남의 차맥은 근대의 의재毅齋 허백련許百鍊(1891~1977)으로 닿았다. 혈연으로는 진도의 양천 허씨로 소치의 방손이자, 소치와 미산의 운림산방으로부터 학문과 그림을 계승한 법손이다. 의재는 할아버지뻘인 미산米山 허형許瀅에게서 동양화에 대한 기본적인 화법을 익혔다. 아마도 의재가 차와 맺은 인연은 이때부터 시작된 것이 아닌가 하는 생각이 든다.[131]

의재 허백련은 소치와 미산의 운림산방으로부터 학문과 그림을 계승한 법손이므로, 전통적인 남종화의 문기文氣 어린 화풍을 고수한 인물이다. 그는 운림산방의 미산 문하에서 처음 그림을 접했으며, 20대에는 6년 동안 일본에 머물며 우에노공원 아래 있는 일본 남화의 대가 고무로小室翠雲의 화숙에서 남화를 연마하였다. 귀국하여 무등산 마루턱에 춘설헌春雪軒이라는 집을 짓고 살면서 전통적인 문사의 삶을 살면서도, 다른 한편으로는 민족의 진로를 걱정하는 지사이기도 하였다.[132] 의재 허백련은 반평생 다원과 제다 공장을 경영하였으며 다도 생활을 통한 건강 유지와 정신 집중으로 한국화에 일가를 이루었다. 또 생활 다도 보급에도 앞장섰고 다도 문화와 차 산업 연계의 중요성을 깨닫고 실천하며 차를 널리 보급한 실천주의 차인이었다. 의재가 차 밭을 일구고 호남에 차 문화를 뿌리내리게 했던 원동력은 그의 예술 작업이었다. 차를 만들고 보급하는 데 들어가는 인건비나 제다 경비는 그림을 팔아 메꾸고 차 철이엔 차를 메고 서울로 가 장차관이나 국영 기업체 장들을 찾아다니며 차와 그림을 그냥 주며 차를 마시자고 권하고 다녔다.[133]

차 제다와 산업 연계의 중요성을 주장

의재가 무등산 춘설헌에 살면서 추진했던 일은 크게 세 가지다. 첫째는 농업기술학교를 세워서 농업 인재를 양성한 일이다. 덴마크처럼 농업을 부흥시켜야 나라의 기반이 잡힌다고 보았다. 의재에게 그림을 배우겠다고 찾아온 화가 지망생들은 반드시 농사일을 해야 했다. 땀 흘린 뒤에 그림을 그리라는 것이 의재의 사상이었다.

둘째는 차를 널리 보급한 일이다. 무등산 춘설차가 그것이다. 그는 "차를 많이 마시면 정신이 차분해진다"고 강조하였다. 일찍부터 차를 중시하였던 의재는 다산에서 초의, 초의에서 소치, 그리고 미산으로 이어진 차맥을 계승한 것이다. 생각해 보면 이 또한 첨찰산 운림산방에서 무등산 춘설헌까지 끊기지 않고 이어온 정신의 맥임에 틀림없다. 육당 최남선은 광주에 갈 때면 꼭 의재의 춘설다원을 찾아 차를 마셨다. 시조시인 노산 이은상도 의재의 절친한 차벗茶友이었다고 한다.

소치에서 시작된 차에 대한 탐닉은 대를 이어 의재에게 이어지면서 그 정신적 맥락은 의재의 인생관으로 점철된다. 소치 역시 차의 정신을 귀히 여겼다. 소치의 남종화와 북종화北宗畵는 대조적 화풍을 가진다. 북종화는 무인적 화풍이라면, 남종화南宗畵는 문인적 화풍을 갖고 있다. 형상보다 그림 속에 깃든 의미를 더 중시했다. 남종화는 부드럽고 추상적인 느낌이 강한 반면, 형상 묘사에 치중한 북종화는 직설적이고 현실적인 그림이다. 아주 단순하게 비유를 하자면, 북종화는 소설이요 남종화는 시라고 표현되기도 한다. 그런 점에서 남종화는 차의 시각적 표현이 더 강조되는 화풍을 지녔다. 차 생활은 일상생활 속에서 이루어지는 행위 예술이고 차와 관련된 주변 문화를 동시에 체험하는 종합적 실천 미학이다. 따라서 소치의 차 생활은 종합문화 체계이면서 미의 나라로 들어가는 관문이라 말할 수 있다.

조화로운 전인적 인격을 만드는 길, 차 생활 강조

차의 정신은 한 인격이 삶에 생기와 빛을 주는 아름다움을 체험하면서 자기 성찰을 통해 얻어내는 조화의 마음이다. 개인적으로는 치우침이 없는 인격의 조화이고 사회적으로는 너와 나의 어울림이며 더불어 살려 하는 상생相生의 정신이다. 자연을 통해서는 질서와 이치를 배우고 자연과 인간의 조화로운 관계를 이해하고 몸에 익히는 일이다. 의재는 일상 속에서 아름다움을 경험하는 차 생활을 통해 미의식을 강조했다. 참됨과 경건함의 세계를 차 생활을 통해 경험하고, 그렇게 익숙해진 차 생활의 여정을 거치게 되면 아름다움의 극치는 자연스럽게 몸에 익히게 된다는 진리를 터득한 것이다. 참됨과 경건함이 한 가닥이기 때문에 그 여정을 통해 진眞·선善·미美·성聖이라는 조화로운 전인적 인격을 만들어 가는 것이라는 신념을 가지고 있었다.

보통 다도라고 하면 특별한 다실을 마련하고 엄격한 절차와 의례에 따르는 것을 연상하지만, 의재의 다도는 생활과 유리된 공간이 아니라 그의 생활공간 속에서 자연스럽게 우러나온 것이었다. 그에게 있어서 다도는 차를 마시는 격식보다는 오히려 차를 우려내는 방식에 있었다. 응송 역시 격식에 구애받지 않았음을 보아 의재의 다풍은 초의차의 계승이라고 해도 무리가 없을 것이다.[134]

광복 이후 그가 보급해온 춘설차는 그러한 전통 차맥의 산물이라 할 수 있다. 생각해 보면 이 또한 첨찰산 운림산방에서 무등산 춘설헌까지 끊기지 않고 이어온 정신의 맥임에 틀림없다. 이런 맥은 호남의 차맥을 다지는데 지렛대 역할을 하였다. 소치는 조선조 마지막 차인이었으나 그 맥은 지금도 남화의 흐름 속에 오늘도 면면히 이어지고 있다.[135]

5. 초의, 소치, 의재, 우록의 호남 차맥

의재는 춘설차를 만들면서 찻잎을 따는 일에서부터 차를 만들어 저장하고 끓이는 일까지를 손수하였다. 나름대로의 제다풍과 행다풍을 창안하기도 했다. 춘설헌을 찾는 이들에게는 신분의 고하를 막론하고 정겨운 다담과 함께 춘설차를 대접했다. 의재는 가르침이 없이 차를 가르친 이른바 실천적인 차 생활을 통해 차와 예술이 둘이 아니고 하나라는 이른바 다예일여茶藝一如의 경지를 개척하기에 이르렀다. 정성을 다해 차를 내어 여럿이 나누어 먹듯이 맑아진 정신과 겸허한 마음으로 자연의 소리까지도 그려내어 함께하고자 했던 것이다.

의재는 이렇게 차를 나누고 그림을 나누어 끝내는 홍익인간의 이상을 실천하고자 했던 것이다. 의재가 죽음에 임박해서도 빈손을 허공에 휘둘렀던 것은 아직도 함께 나누고픈 그림이 많았기 때문이다. 오랜 차 생활을 통해서 나눔의 정신이 몸에 촉촉이 배었기 때문에 그렇게 빈손을 허공에 휘두를 수 있는 것이다. 의재의 마지막 모습이었던 이것은 무엇이었까? 차와 선적인 어떤 손놀림이 아닐까 하는 생각이다. 차를 통해 처절하리만큼 자신을 갈고 닦았던 진정한 차인의 풍모였다. 그리고 차 생활을 통해 맑아진 정신과 겸허한 마음으로 거문고 소리까지도 화선지에 담아내어 궁극에는 홍익인간의 이상향을 실천하고자 했던 무등산 거인의 면모를 엿볼 수 있는 대목이다. 읽고 또 읽어도 가슴을 내리치는 추상같은 의재의 최후의 일갈一喝인지라 여기에 무슨 군더더기 말이 더 필요하겠는가?

'내 한 평생이 춘설차 한 모금만큼이나 향기로웠던가를 생각하고 얼굴을 붉히곤 한다'는 대목에서는 죽는 순간까지도 수신修身의 끈을 움켜쥐고서 놓지 않으려고 몸부림치는 모습을 볼 수 있다. 오랜 차 생활에서 오는 몸에 배인 겸허의 극치인 셈이다. '아직도 그리고 싶은 그림이 많아 그렇게 허공에 그림을 그리고 누워있는 것이다'라는 구절에서는 최후의 순간까지도 무아지경 속에서 아름다운 그림을 그려 세상을 교화하고 끝내는 홍익인간을 실천하려는 거인의 모습을 읽을 수 있다. 자신이 갈고 닦은 기량을 아낌없이 사회에 환원시켜야 한다는 간절한 몸부림인 셈이다. 이른바 묘용시수류화개妙用時水流花開의 경지라 할 수 있다. 초의에게서도 모든 법이 불이不二하니 선禪과 차茶도 불이하고 제법諸法이 일여一如하였다. 제법불이諸法不二 선다일여禪茶一如의 불이사상不二思想은 모든 면에 나타나 선과 차가 둘이 아니고, 시와 선이 둘이 아니고, 시와 그림이 둘이 아니고, 차와 시가 둘이 아니었던 것이니, 소치와 의재에게는 화다일여畵茶一如의 차 정신이었다.

초의의 정신을 계승한 우록의 차 정신과 그 상징

다산, 혜장, 초의, 추사, 소치의 학學·예藝의 인맥은 미산, 남농, 의재로 이어지면서 정신적 사제 관계와 우정 관계를 거듭났다. 차와 그림으로 인연을 맺고 해남을 중심으로 대둔사와 다산초당, 녹우당은 차와 편지, 시와 글씨를 주고받으며 예술과 문화가 오가는 공간적 무대가 되었다. 추사에서 소치로 연결된 예맥은 미산, 남농 등으로 이어져 호남 화단 인맥의 중심을 형성하고 있으며 의재 허백련으로 이어지는 차맥을 형성하고 있다. 얽매지 않는 꾸밈없고 담백한 인생을 구사했던 것은 초의의 영향이 지대했다고 할 수 있다. 사찰의 승려들과 문사들 사이의 교유로 이어져 차는 승려들의 수행이나 청빈한 문사들의 마음을 전하는 하나의 매개물이 되었다.

의재의 다풍은 존재하는가

1973년에 효당이 『한국의 다도茶道』를 발표하면서 차 생활에 비상한 관심이 본격화되었다. 생활 문화의 재발견이라고 할 수 있는 당시의 차 문화에 대한 관심은 호남에도 미치기 시작했다. 호남에서 그간 차 문화 속에서 여인네의 문화로 승화시키기 위해 차를 해왔던 여인네들이 한자리에 모여 "차맥을 이어온 호남의 차 정신을 기리고 그 뜻을 크게 담아 표현할 수 있는 다풍을 정리하자. 그래서 호남의 차 문화로 승화시키자"는 취지 아래 운림다풍이라는 이름으로 호남의 다풍을 정리하기에 이른다.

1980년대 후반 여인네들의 담합으로 정리된 호남의 차는 운림다풍이었다. 이 다풍은 전라도와 경상도의 경계인 화개·하동까지를 그 영역으로 넓혀 나가고 있다 하였다. 운림다풍으로 호남의 차 정신을 잇는 호남의 차 문화라 강조한다.

1980년대 후반부터 1990년대 초반까지 행다를 정리하면서 음양에 준하여 호남에 합당한 다풍을 정리한 것이다. 이것이 미산, 남농, 의재로 이어진 예맥, 초의, 소치, 의재로 내려오는 호남 차맥의 전승이나 계승인지는 더 자세한 조사가 이루어져야 할 것이다. 광주를 중심으로 다례원이나 다도 교육장을 운영하고 있는 이들의 구술은 다풍을 무등산 운림동 자락[雲林]에서 모여 정리한 운림다풍이라고 한다. 선비정신으로 자연스러운 차의 정신을 이었지만 다도 교육을 위해 극히 절제된 다풍을 정립한 것이라고 한다.

차 마시는 것도 선이니, 선에 있어 격식은 초월하는 법을 상기시키면서, 차 생활의 목적은 자기 수양으로 인격 도야에 있는 것이지 절차나 행위에 치우쳐서는 안 된다고 목소리를 높여 온 여인들의 문화로 정립한 것이라고 한다. 오히려 예의와 절차의 중요성에 더욱 견고한 체계를 세우고 역사와 이론의 받침을 보강하는 작업을 꾸준히 해오면서 지금의 운림다풍으로 정립된 것이라고 한다. 격식과 허세를 배제한 차 생활을 보여 준 의재와 어찌 연관 지을 것인지, 더 나아가서는 남도의 다산까지 이어지는 차 문화의 전승과 어떤 연계가 있는 것인지 고민하지 않을 수 없다. 그러나 그 정신과 취지 등을 종합해 보면 현대 사회로의 급변하는 사회 정세 속에서 정서의 건조함을 다도 교육으로 극복해 보자는 대안으로 삼은 것은 그 내면에 높은 의지가 숨어 있음을 입증한다. 그러나 그 필요성과 정당성을 인정할 만큼 그 기본정신과 취지가 반듯하지는 않은 듯하다. 가장 큰 문제의식은 호남 차 정신의 맥, 차 문화의 전통과 정통을 왜곡한 다풍의 정립은 호남 차 정신의 계승이라고 단정할 수 없다는 것이다.

한국의 다풍이 정형화되지 않은 이유

정형화만이 다풍이라고 할 수도 없다. 의재, 소치, 남농, 우록, 우정 등 소탈한 틀에 정해지지 않은 것이 진짜 다풍이자 호남의 다풍이라고 할 수 있다. 일본의 다풍과 고착되어 있는 효당의 다풍과 비교해서도 전혀 달리하고 있는 극히 자연스럽고 소박하고 질박미를 보여주는 것이 정녕 진정한 다풍인 것이다. 정형화 되지 않은 것이다. 불교적이고 선비적이고 해서 참다운 다풍이라 할 수 있다. 가장 편하게 마시는 것, 그리고 그 안에서 즐기는 아름다움, 그것이 호남이 추구한 차의 정신이고 상징인 것이다.

일례로 강진·해남·나주 등지의 민간에는 전차錢茶라는 것이 전승되고 있었다. 전통적인 방법으로 찻잎을 쪄서 둥글납작하게 만든 뒤 엽전처럼 가운데 구멍을 뚫어 실에 꿰어 말린 것인데, 청태전靑苔錢 또는 녹태전綠答錢[136]이라는 이름으로 전승되고 있다. 청태전의 음차 행위에도 절제된 행위로서 절차에 의해 절도 있게 행해지는 다풍은 없다.

차란 그저 편안하게 앉아 마음 내키는 대로 한 잔을 마시면 될 텐데 왜 그리도 엄청난 법식을 따라서 마셔야 하는 건지, 차를 대접하는 주인과 손님의 마음가짐은 어떠해야 한다든지, 차는 반드시 이러이러한 절차로 타야 한다든지, 차를 내는 도구는 어떤 것이라야 한다든지, 반듯하게 그 준거를 찾을 수 있는 기록은 없다. 선대 차인들의 문헌이나 차시에도 다법에 대한 정의는 드러나지 않는다. 그것은 초의에서 우록까지 전해지는 호남차 문화의 전승과 맥에서 보이는 것처럼 매우 자연스럽고 꾸미지 않는 데서 오는 차 생활 때문이었다.

그러나 이렇게 눈에 보이는 다도 행위에는 매우 복잡하지만, 거기에는 각각 다도 세계에서 통하는 정신과 일정한 양식이 있기 때문에 일본 다도는 350만 명에 이르는 차인 인구에 의해 왕성하게 전개되고 있다.

다도를 잘 모르는 사람이 보기에는 쉬이 납득하기 어렵지만, 다도의 세계에는 일정한 문법이 존재한다. 이 문법을 아는 사람들은 그들 고유의 언어로 일상생활과 다른 가공의 세계를 구축하여 독특한 문화를 만들어내고 깊은 즐거움을 누리는 것이다. 일본적인 감성과 일본적인 상상력, 나아가 일본 문화 속의 질서 의식이 잘 녹아 있으며, 형식성의 중요성을 일본인들은 잘 터득하고 즐기기까지 한다는 점을 알 수 있다.

『남방록』은 센 리큐千利休의 다도를 그의 제자가 기록한 글이라고 한다. 리큐는 산발적으로 전해지던 다도를 집대성하고 형식을 제도화하여 기틀을 잡은 문화 영웅의 한 사람으로서, 일본의 대표적 차인으로 평가된다. 그의 다도 정신과 점다 방식은 『남방록』에 극명하게 드러난다. 리큐는 불교의 선 사상과 당시의 미의식을 결합시킨 독특한 정신세계를 구축하여, 단순한 음료 마시기가 아니라 도를 깨치는 과정이자 방법으로서의 다도를 제창했다.[137]

이러한 절차의 도용, 왜곡된 다풍, 무절제하게 사용되는 일본의 다도구 용어들로 인하여 왜색 다도라는 폄하도 외면할 수 없었던 것이 현실이다. 다도를 통해서 예를 강조할 수는 있다. 절제된 동작들이 흐트러지기 쉬운 행동의 범주를 제한하기 때문이다. 그런 균일한 동작으로, 정형화된 동작으로 습이 되게 하여 공손하고 다소곳한 습관들을 만들어내는 데는 어느 정도 설득력이 있어 보인다. 그래서 다례라고 표현하고 다례 교육으로 일관해 왔다. 그러나 그것이 차를 내는 행위적인 면이고, 그 행위를 통해서 절제된, 즉 예의 있는 태도를 도출한다는 기능적인 면의 부각이지, 정신적인 것을 대변하는 우리의 차 정신일 수는 없다.

중정을 잃지 않은 차, 이것이 호남의 차 정신

너무 제도적이고 규범적이고 예의적인 것도 아닌, 한가운데 올바르게 중정中正이라는 한자 글이 내포하는 내용대로 바르고 가장 중점적인 것을 강조하는 것이다. 차의 근본은 사치스럽지 않고 극히 겸손한 것이고 검소한 것으로 자연스럽게 마시다 보면 차와 그림, 인간의 삶을 있는 그대로 자연히 느끼게 되는 것이라고 했던 호남의 선비정신, 계산으로 풀라고 하지 말고 그저 차를 마시게 되면 차를 내는 이에 의해 팽주의 때깔이 달라지는 것이라 일렀던 선비정신의 검박한 차 생활[138]이 의재의 차 정신이었다고 장손 허달재는 회고한다.

의재는 예법을 강조하거나 무거운 의미를 부여하며 특수계층의 놀이화하는 것을 전래적인 우리 풍토로 여기지 않았다. 이것이 호남인들의 차 정신이고 근간根幹이었다.

다만 그들은 잎을 취하고 차를 만드는 데 있어서만 엄격함을 지키면서, 그것으로 다도가 이루어지고 형식적이고 의례적인 번거로움은 피하고 자유스럽고 검소하며 편안하게 즐기는 방법을 취했다. 그러나 좋은 차와 좋은 물, 잘 끓여서 중정을 잃지 않은 차를 원했다. 진다와 진수, 그리고 중정을 잃지 않은 차, 이것이면 차 정신도 지켜진다고 보았다.

이런 초의, 소치, 의재로 이어지는 차 정신은 호남의 여러 곳에서 꽃을 피워 맥을 잇게 되는데 그 대표적인 것이 소치와 의재의 제자로 그림으로 맥을 잇고 있는 화가들의 차 생활과, 의재의 농업 운동으로 차 보급 운동을 함께 했던 농업학교 출신제자들의 차 생활, 그리고 그의 차 정신을 높이 기리고 흠모했던 일반 차인들의 전승 양상이라 할 수 있다. 호남의 차인들은 그 맥을 이어 초의－소치－의재－응송－우록으로 이어지는 차 정신을 호남의 선비다풍으로 새로이 정립하고 계승하여야 할 것이다. 복잡하고 번거로운 절차를 배제하고 호남 차 문화의 맥이 이어온 중정을 잃지 않은 차 정신으로 꾸준히 계승·발전시켜야 한다.

호남을 중심으로 여타 차회들의 행위와 정신, 그리고 전승에 기울여 온 근 30년의 역사들을 지역별로 조사하고, 차회별로 분석하고, 다풍을 정리하고, 인물 중심으로 분류 정리하는 조사와 분석 연구가 적극 추진되고 진행되기를 바랄 뿐이다. 필자 역시 지금까지 해왔던 현장조사와 기록조사, 그리고 더 중요한 기억의 편린들을 찾아 호남의 차 문화 현장을 조사하고 연구하는 데 시간을 늦추지 않을 것이다.

부록

참고 문헌 및 미주

1) 이영화, 「小癡 허련의 회화」, 홍익대학교 대학원 미술사학과, 1979. 도미자, 「小癡 허유의 회화 연구」, 홍익대학교 대학원 미술사학과, 1986. 도미자, 「小癡 허유의 산수화」 『고고역사학지 13, 14 合輯』, 동아대학교 박물관, 1998. 김상엽, 「소치 허련의 생애와 회화활동 연구」, 성균관대학교 대학원 박사학위, 2002. 김상엽, 「小癡 허련의 '채씨효행도蔡氏孝行圖' 삽화」, 『美術史論壇 26』, 한국미술연구소, 2008. 김상엽, 「소치 허련의 《호로첩葫蘆帖》」, 『美術史論壇 13』, 한국미술연구소, 2001. 김상엽, 「小癡 허련 회화의 형성배경」, 『한국사상과 문화 13』, 한국사상문화학회, 2002. 김상엽, 「小癡 허련의 교유관계」, 『동양고전연구 16』, 동양고전학회, 2002. 김상엽, 「小癡 허련 신자료의 회화사적 의의」, 『미술사학 16』, 한국미술사교육학회, 2002. 김상엽, 『小癡 허련』, 학연문화사, 2002.

2) 강순형, 〈백운옥판차 최초 비교확인조사! 철거되는 우리나라 최초 상표 라벨 유물 백운옥판차 만든 집과 그 주인공 이한영의 생몰년월일 공개-100만 차인들이여, 이 차 유산을 지켜내자!!〉, 월간 《차의 세계》 2006, 8월호 특별게재와 〈茶父 이한영 무덤 최초 공개〉, 월간 《차의 세계》, 2006, 9월호 특별게재 참조.

3) 백운옥판차白雲玉版茶는 월남리가 있는 월출산 남록 줄기인 백운동 옥판산=옥판봉=천불봉자락에서 딴 차란 뜻으로 붙인 이름이다. 이한영은 이 상표를 손수 붙여 차를 판매하였다.

4) 조선 후기에서 근현대로 이어지는 차 문화 전승의 양상은 필자가 2008년 「소치 허련과 호남의 차맥」이라는 주제로 '한국 차 산업 발전방향 제시를 위한 목포 차 심포지엄' 학술세미나에서 발표한 바 있다. 학술세미나 발표자료 104쪽 참고. 정서경, 「小癡 許鍊의 교유를 통해 본 호남의 茶脈 연구」, 『한국차학회지』16권 3호, 한국차학회, 2010.

5) 곽의진, 『해남의 차 문화』, 2008, 해남신문사, 25~29쪽.

6) 해남읍에 위치한 해남향교는 고려 충렬왕 때 안향安珦이 접반사接伴使로 중국사신을 해남 백포만에서 맞이하게 되어 중국사신을 영접하기 위해 이곳에 문묘를 세운데서 기원하므로 우리나라 최초의 향교가 설립된 것으로 보고 있으나 이에 대한 문헌상의 기록은 없는 실정이다. 해남향교의 연혁을 보면 태종 12년(1412) 임진년에 군읍 이설로 해남 현산면 고현에서 해남 고도지리古道旨里로 이설移設하였으며, 성종 13년(1482)임인壬寅년에 고도리에서 구교리舊校里로 이설하였다. 그리고 명종

4년(1549) 을유년에 대성전을 중수하였고 명종 5년(1550) 경술년에 명륜당을 중수하였다. 이후 영조 15년(1739) 기미년에는 현 해남읍 수성리 105번지로 이설하여 건축하였으며, 헌종 10년(1844) 갑진년에 대성전 급신문及神門, 명륜당 동서재, 중문을 중수하면서 지금에 이르고 있다.

7) 조선 1642(인조 20)년에 고산孤山 윤선도尹善道가 지은 열아홉 수의 시조. 만흥漫興 6수, 조무요朝霧謠 1수, 하우요夏雨謠 2수, 일모요日暮謠 1수, 야심요夜深謠 1수, 기세탄饑歲歎 1수, 오우가五友歌 6수, 고금영古琴詠 1수 등으로 되어 있다. 이것들은 고산 윤선도가 귀양살이에서 풀려나와 보길도의 금쇄동에 묻혀 살던 56세 때에 지은 작품들이다.

8) 김봉호·김남용, 〈우리 고장을 말한다-4백년 守城松은 해남군민 기상의 상징〉, 광주일보 1991, 5.

9) 필자는 매년 초의문화제 현장을 찾아 조사하고 초의문화제를 추진하는 해남다인회를 2010부터 2012년까지 집중 조사하였다. 해남다인회는 초의문화제추진위원장을 비롯하여 매년 축제 준비와 추진을 담당하였기 때문에 회원 개인을 차례차례 구술조사하였으며 우지차축제 현장조사도 병행했다. 우지차축제를 조사하기 위해 2010년과 2012년에 일본을 방문했다. 2012년 방문은 우리나라에서 최초로 차인회를 결성해 지금까지 근 50년간 한국 차 문화의 지주 역할을 해 온 해남다인회 회원들과 함께 방문하여 우지차축제의 현장과 上林家의 14손인 上林春松 씨를 만나 인터뷰하였다. 上林春松 씨는 작년까지 우지차축제실행위원회 회장을 역임한 바 있다. 일본의 우지차축제 현장조사와 축제 진행을 담당하는 실행위원들의 인터뷰 등 이상의 조사 자료들을 토대로 「한·일 차 문화축제 현장의 동향과 쟁점-해남과 우지를 중심으로-」라는 제목으로 2012년 비교민속학회 추계학술대회에서 발표하였다. 그리고 「宇治茶祭り現場の争点と志向」이라는 논문이 일본비교민속학회지 2013년 봄호에 게재되었다.

10) 우록학당友鹿學堂, 대둔학회大芚學會라고도 한다.

11) 김운학, 『한국의 차 문화』, 이른아침, 2004, 94~95쪽.

12) 해남 김경아, 황재하 기자, "공천 투명해야 '젊은 피 수혈' 성공", 광주타임스 월요인터뷰, 김봉호 전 해남신문 대표이사, 1999년 5월 17일 월요일.

13) 정서경, 「小癡 허련의 교유를 통해 본 호남의 차맥 연구」, 『한국차학회지』 16권 3

호, 2010, 1쪽.

14) 서학西學은 조선 중기 이후 조선에 전래된 서양사상과 문물文物. 좁은 의미에서는 가톨릭교를 의미하며, 그 때문에 이를 서교西敎 또는 천주학天主學이라고도 하였다. 과학의 발달과 종교개혁을 통하여 발전된 유럽 여러 나라의 근대적 자본주의 세력은 16세기 이후 상품 거래, 식민지 개척, 가톨릭교의 전파 등으로 동양에 영향을 끼쳤다. 서양의 정치·경제·문화의 세력은 중국의 도덕적 고전문화古典文化를 압도하여 중국을 새롭게 각성시켰다. 중국에 해마다 많은 중국 사신과 수행원을 파견하는 조선도 자연히 이들을 통하여 서양의 문물·학술 등에 접하게 되었다.

15) 동다정건립추진위원회 회장 송지영.

16) 명원문화상은 1979년 한국차인회 부회장을 역임하고 일지암복원사업추진위원이었던 김미희 여사가 1980년 창립한 명원다회에서 1996년부터 시상한 상으로서, 제1회가 행촌, 제2회 승설당, 제4회 우록이 차지하여 해남 다인들이 명원차 문화상을 다 가지고 간다는 일화를 남기기도 했다.

17) 우록의 기존 자료를 살펴보면, "교사생활을 8년 봉직하고 한때 이화여자고등학교와 서울대 사범대학 부속고등학교에서 음악 교사로 재직한 바 있다. 서울대학교 사범대학을 졸업 후에는 모교에서 생물학 교수를 지내기도 했다. 서울에서 교사생활을 하다 해방을 맞이했다." 등의 이력이 보이기도 하지만 확실한 고증에 의한 것은 아니다. 가족들의 인터뷰에서는 가시적으로 두드러진 이력 이전의 정황들은 아버지로부터 들은 적이 없다고 한다.

18) 2011년 3월 29일 우록의 기일에 한 큰 자부 인터뷰.

19) 이훈기자, 〈이 가을에 서서-결실의 산실을 찾아〉, 《조선일보》 제9580호.

20) 향년 80세. 해남 학동리에서 출생한 우록은 다예일여라 해도 과언이 아닐 만큼 차와 예를 사랑하며 차 전문지 《茶苑》 발간, 대둔사 일지암복원추진위원, 한국차인연합회 고문 등을 역임하며 다도의 학문적 지주로서 역할을 수행해 왔다. (중략) 생전에 우록은 폭넓은 교우가 말해주 듯(박동선, 이동주, 이청준, 황석영, 최미나, 차범석, 김수용, 손재형, 박종희) 正, 藝, 茶의 장르를 넘나들며 이 시대의 정신적 스승으로 자리해 왔다. ≪해남신문(http://www.hnews.co.kr)≫의 〈우록 김봉호선생 별세〉(2003년 4월 4일 금요일) 기사 참조.

21) 〈차인의 길을 밝혀준 獨啜神의 차인 우록 김봉호〉, 《차인》, 2003, 5·6월, 10쪽.

22) 박상대, 〈우리의 대부 우록 김봉호 선생님을 기리며〉,《차인》, 2003, 5·6월, 30쪽.

23) 3남 김경주 – 2011년 3월 11일 금요일 구술조사. 광주시 주월1동 1183번지의 경담문화재보존연구소에서 선친에 대한 생애담과 생활 속에 남기셨던 이야기 등을 듣고 선친이 생전에 스크랩하셨다는 스크랩북을 받아왔다. 현재는 광주 매월동에서 한듬문화재 대표와 도서출판 맥스타 이사를 맡고 있다.

24) 우록의 나이 58세 되던 해 인터뷰 기사로 스크랩북에 남아 있다. 제목은 〈한국 다도 보급의 주역 김봉호 씨〉

25) 우록의 심경을 토로한 신문 기사. 우록의 자료 중에서 스크랩이 되어 있으나 신문과 일자 등이 누락되어 있음.

26) 김봉호, 〈慢性 肋膜炎 집에서 한 온갖 치료는 모두 허사, 순천 송광사에서 참선으로 병 고쳐〉, 신문 기사.

27) 김병주, 경담 가족에 실린 기억, 우록의 『茶人들은 茶를 禪이라 하네』에도 실려 있는 이야기다.

28) 김봉호, 〈근·현대 차 문화〉, 철원신문, 2005, 4, 4.

29) 3남 김경주에 의하면 상시 눈을 지그시 감고 벽에 걸린 초의선사의 詩를 讚하며 삶의 좌우명처럼 암송하고 읊조렸다고 한다. 2011년 3월 12일 3남 김경주의 구술조사.

30) 심호 임기수深湖 林基洙. 1929년생. 당시 83세. 해남다인회의 창립멤버로 지금은 5인의 회원 중에 유일하다.

31) 해남신문, 해남인의 발자취 ② 김제현 해남종합병원장 80년초 보기 드물게 농촌에 종합병원 설립.

32) 김경주, 〈아버님 영전에 차 한 잔 올리며〉,《차인》, 2003, 5·6월, 35쪽.

33) 이기윤, 『한국의 차 문화–우후죽순처럼 생겨난 차모임』 참조.

34)《문학사상》, 1975년 3월호에 『茶神傳』과 『東茶頌』 내용을 소개.

35) 이기윤, 앞의 책 참조. 반취 이기윤 홈페이지, http://www.banchui.com, 2002년 2월 2일.

36) 우록이 1996년 현재의 선산 아래로 이사하기 전까지 거주하였다는 같은 마을인 학동의 가옥을 방문 조사하였으나 그곳에도 현재의 가옥 옆 차실처럼 정원과 차실

이 잘 꾸며져 있었다. 따로 다정茶亭도 있었다. 현재 거주자 역시 해남다인회의 회원이다.

37) 곽의진, 『해남의 차 문화』, 사단법인 해남다인회, 해남신문사, 2008, 272쪽.

38) (사)한국차인연합회 20년의 발자취, 〈창립총회와 일지암 복원〉, 《차인》, 1999.1. 20~28쪽.

39) 위 글은 이러한 사실을 밝힌 당시의 신문 기사이다.

40) 해남인의 발자취-⑤ 창강 김두만(1909~2001년), 〈평생 한학만 공부한 외고집 인생〉, 2007년 4월 20일자 해남일보 기사.

41) 숙선옹주 作.

42) 이재호, 우록의 제자. 1998년 통신문학 알리기의 일환으로 《사이버 문학》을 창간하였고, 통신작가와 기성 작가의 공동 작품집 『나는 더 이상 샴푸를 쓰지 않는다』를 펴냈다. 현재는 문화재방송국 편집국장.

43) 곽의진, 『해남의 차 문화』, 해남신문사, 2008, 214쪽.

44) 당시 박종한은 진주 대아중고등학교 교장으로 『차 생활 역사 · 예절』에 관한 교재를 만들어 학생들에게 차 생활을 가르쳤다.

45) 김봉호, 『만나고 싶다 그 사람을』, 우리출판사, 1994, 42~43쪽.

46) 김지은, 「국내 茶 전문잡지의 내용분석」, 성신여자대학교 문화산업대학원 문화산업학과 예절다도학 전공, 2005, 논문개요 글 참조.

47) 『한국의 차 문화』의 저자이자 《다원》의 편집장이었던 반취 이기윤의 회고.

48) 곽의진, 『해남의 차문화』, 해남신문사, 2008, 249~250쪽.

49) 곽의진, 『해남의 차 문화』, 해남신문사, 2008, 249~250쪽.

50) 김태수, 「농어촌 마을축제의 진단과 활성화 방안-삼척지역의 사례를 중심으로-」, 『실천민속학연구』 17호, 2011, 53~54쪽.

51) 고원규, 「축제와 지역정체성의 재구성-'예술축제'에서 '관광축제'로-」, 『실천민속학연구』 17호, 2011, 17~21쪽.

52) 諸岡存?家入一雄, 『朝鮮の茶と禪』, 日本の茶道社, 昭和十五年, 39~41쪽.

53) 정영선, 『다도철학』, 너럭바위, 1991, 183쪽.

54) 1965~1975 효당 최범술, 의제 허백련, 청사 안광석 세 분으로부터 차를 배움. 1982년 일지암 복원 참여, 1982~2008 현재 한국 차 문화 연구회 지도, 대학생 차 동아리 지도 및 교육(청향회, 관설차회(연세대학), 다연회(이화 여대), 1994~2008 현재 다도대학원 강의(한국차인연합회), 상훈 : 1999. 8 국민훈장 석류장(대한민국 대통령), 서운차문화상 학술부문상(한국차인연합회). 저서 : 다도고전(연세대학교 출판부), 세계의 종교들(연세대학교 출판부), 종교 간의 대화(연세대학교 출판부). 논문 : 한국차의 정신은 중정 외 다수. 추천자는 김리언.

55) 1999. 3. 1~2001. 8. 30 한국 걸스카우트 광주연맹장. 1999. 2. 6~현재 사단법인 한국차문화협회 전국 부회장 및 호남지부장. 2007. 4. 11 전라남도 기능경기대회 녹차만들기 심사위원. 2007년 제8회 인설 차 문화전 차예절 경연대회 심사위원. 추천자 이귀례 외 4인.

56) 일찍이 한국 다도의 뿌리인 민족문화 운동에 깊은 관심을 가지고 고대사 연구, 국학연구 등에 몰두하여 오던 중 최초 차를 접하고 마시면서 차의 효능과 다도의 높은 경지에 매료되어 차에 관한 연구를 시작한 이래 1979. 1. 20 한국차인회가 창립되자 창립회원으로 다성 초의선사께서 41년간 독처지관하셨던 차의 성지 일지암의 복원에 앞장서 일지암 터를 확인하기 위하여 수차례 방문하는 등 복원과 관련된 제반 활동에 주도적으로 참여하였고 동 차인회가 1981년 한국차인연합회로 명칭을 변경하여 확대되자 초대 상임이사, 사무국장으로 4년 동안 재임하면서 초창기 차인연합회의 활동상 많은 애로사항을 극복하는데 선두에서 진두지휘하면서 해결하였으며, 1976년 볍륜사가 발간하는 불교잡지에 논문 "초의선사와 차"를 게재하고 1979년 분재수석지에 "한국의 다도"를 기고하여 3회 연재하였으며, 1982년 정원학회지에 "한국의 차"를 기고하고, 1983년 오카꾸리 렌신岡倉天心의 저서 "Book of Tea"를 번역하여 다원지에 10회 연재하였을 뿐 아니라 1983. 3. KBS 월요기획 프로그램 방송제작진을 동반하여 광주 무등산, 강진 다산초당, 해남 대흥사, 순천 송광사, 구례 화엄사, 하동 쌍계사, 진주 다솔사 등을 5박6일간 순방하면서 각 지방의 차와 차인들을 취재 조사하는데 해설을 맡아 1시간 동안 방영한 이후 전국 여러 기업체의 연수원과 정부기관, 지방자치단체 등의 초청으로 다도 강의를 하여 오는 등 우리나라 차 문화 발전에 기여한 공로로 2006년 11월 제11회 명원차문화상을 수상한 바 있으며, 1990년 현 거주지에 귀농하여 선유자연 농장을 경영하면서 자연식 연구와 다도, 요가, 명상을 수행하면서 2006년 선유농원-생명윤리학교를 설립

운영하고 있는 바 다성 초의선사의 높으신 다도정신을 선양하고 계승 발전시킴은 물론, 우리나라 전통 차 문화의 연구, 지도와 대중 보급을 위하여 헌신함으로써 우리나라 다도계에 커다란 영향을 끼친 원로다인으로 그 공적이 지대한 자 임.

57) 1969년 명원 김미희 선생문하 입문, 1991년 현대 가루차 행다법 최초발표 (라마다르네상스호텔), 1991년 사단법인 한국차인연합회 부회장 역임, 2002. 6. 재단법인 명원 문화재단 관장 역임, 저서로는 1987년 시집 『오시목도』(정신세계사), 1998년 『차의 미학』(도서출판 초의), 1998년 『다향의 축제』(미래문화사), 2002년 『다도구의 미학』(미래문화사), 2002년 『고세연고전다서』(미래문화사), 2006년 『차의 역사』(미래문화사), 2007년 『장군다례』(미래문화사) 추천자는 이순희, 업적은 위 사람은 우리나라 차계의 원로로서 1969년 명원 김미희 선생에게 차를 배운 이후 1979년 한국차인연합회 창립 회원으로 이사, 부회장을 역임한바 있으며, 1982년 명산차회를 설립하여 많은 제자를 양성하였고 차의미학, 다향의 축제, 다도구의 미학, 고세연 고전다서, 차의역사, 장군다례등 다수의 차관련 서적을 저술함으로써 2006. 3. 문화관광부의 우수학술도서상을 수상하고 제2회 명원차 문화상을 수상하는 등 우리나라 차계에 많은 영향을 끼친 원로 다인으로서 차 문화의 보급과 발전에 기여한 공이 현저한 자임.

58) 1937년 일본 오사카에서 태어나 그곳에서 초·중·고등학교와 대학교를 졸업하고 1967년 고국에 돌아와 녹차 우려 마시기와 다도 기초실기 및 전통차 보급 등 차 문화 확산 운동을 본격적으로 시작하셨으며, 당시 한국과 일본 간에 국교가 정상화되기 전, 차를 통한 한?일 친선 교류의 선도적 역할을 수행하였다. 1982년 화정다례원을 설립하여 지금까지 수많은 전문 차인을 배출하는 등 후진 양성에 매진해 오셨으며, 특히 말차법에 대해서는 독보적인 연구 · 개발자로서, 직접 발표하고 시연하는 등 우리나라 말차 개발과 보급에 크게 기여하였다. 또한 1979년부터 현재까지 일본을 비롯한 미국, 대만, 중국, 영국 등 해외에서 열리는 대규모 차 관련 행사에 꾸준히 참석하여, 한국 고유의 다례 시연과 다도법을 기획·발표하는 등 우리나라의 차 문화를 해외에 소개하고 알리는 일을 몸소 실천해왔다. 이 밖에도 이루 헤아릴 수 없는 훌륭한 업적이 인정되는 등 우리나라 차 문화 발전에 크게 공헌하였다.

59) 이 표는 1회부터 21회까지 행사를 위해 만들어신 팸플릿과 초의문화제추진위원장을 역임한 해남 거주 용촌 박상대龍村 朴相大(1938~)와 현 초의문화제집행위원회 사무국장인 우재 박양배宇齋 朴養倍(1944~)의 인터뷰로 정리되었다.

60) 강순형 제언.

61) 고원규, 「축제와 지역정체성의 재구성-'예술축제'에서 '관광축제'로-」, 『실천민속학연구』 17호, 2011, 23~27쪽.

62) Edensor, T, National Identity, Popular Culture and Everyday Life, Oxford, 2002, 박성일 역, 『대중문화와 일상, 그리고 민족정체성』, 이호, 2008, 239쪽.

63) 熊倉功夫, 『近代数奇者の茶の湯』, 河原書店, 1996, 25쪽.

64) Edensor, T, 앞의 책, 224쪽.

65) 宇治茶 고향만들기 협의회에서는 차가 맛있게 되는 10月~11月에 宇治茶에 대해 더 알고, 즐기고, 맛보고, 우지차의 매력을 만끽하는 조직을 만들었다. 平成18年度부터 〈宇治茶の郷創月間〉를 정했다. 山城地域의 各地에서는 宇治茶를 즐기는 많은 이벤트를 개최하고 있다.

66) 熊倉功夫, 『近代數奇者の茶の湯』, 河原書店, 1996, 25쪽.

67) 박전열, 「일본 다도의 문화 산업적 의미에 관한 연구」, 『韓國茶學會誌』 13권 2호, 2007, 8쪽.

68) 임재해, 「민속학의 눈으로 본 전통적 미풍양식의 가치 재인식」, 『실천민속학연구』 16호, 2010, 6쪽.

69) 나경수, 「호남지역 전통문화의 現前化를 위한 활로 모색」, 『호남문화연구』, 호남문화연구소, 214~215쪽.

70) 정서경, 「전남 해안지역 세라믹로드의 문화관광 산업화 방안 연구」, 『2012 제3회 전국해양문화 학자대회 자료집 3』, 목포대학교 도서문화연구원, 여수지역사회연구소, 전남대지역사회발전연구소, 2012, 286쪽.

71) 정서경, 「조선시대 차전승의 세시풍속」, 『한국차학회지』제17권 2호, 한국차학회, 2011, 참고.

72) 박전열, 「일본 다도의 문화 산업적 의미에 관한 연구」, 『韓國茶學會誌』 13권 2호, 2007, 8쪽.

73) 임재해, 「한국 축제 전통의 지속 양상과 축제성의 재인식」, 『비교민속학』 42집, 비교민속학회, 2010, 19쪽.

74) 윤금초, 〈다담이 권하고 싶은 책〉, 차 전문지 《다담》.

75) 한승원, 『초의』, 김영회, 『조희룡 평전』, 유홍준, 『완당평전』, 박철상, 〈믿음, 그림으

로 태어나다〉『키워드 한국문화 1』, 문학동네, 2010.

76) 오주석, 『한국회화사』.

77) 이광표, 삼각구도 여백 〈세한도〉 완벽한 구성미, 동아일보, 1997, 12, 17 기사.

78) 윤금초(시인), 〈우리들의 代父 김봉호 선생님에 대한 추억〉, 차 전문지《다담》.

79) 김봉호, 『茶人들은 茶를 禪이라 하네』, 우리출판사, 1999, 103~105쪽.

80) 김아영 기자의 글을 인용.

81) 김봉호, 『茶人들은 茶를 禪이라 하네』, 우리출판사, 1999, 42쪽.

82) 김봉호, 『茶人들은 茶를 禪이라 하네』, 우리출판사, 1999, 54~56쪽.

83) 김봉호, 『茶人들은 茶를 禪이라 하네』, 우리출판사, 1999, 103~105쪽.

84) 김봉호, 『茶人들은 茶를 禪이라 하네』, 우리출판사, 1999, 113~115쪽.

85) 김병주, 2010년 3월 26일 구술조사.

86) 송지영, 〈다원 창간의 기쁨-우리 차인들의 반려〉, 《茶苑》, 창간호, 31쪽.

87) 정순태, 〈사랑 받고 사랑하며 살아간 차인〉, 아침재 산막에서 愚山 올림, 《차인》, 2003, 5·6월, 32쪽.

88) 2012년 2월 21일 박팔용 구술조사.

89) 2012년 2월 22일 오근선 구술조사.

90) 2012년 2월 22일 정순태 구술조사.

91) 김원자(편집고문, 언론인, 호남대 객원교수), 2010년 11월 29일 일우선생 구술조사, 해남신문hnews@hnews.co.kr.

92) 김봉호, 스크랩북에 남아있는 자료.

93) 김봉호, 차 한 잔의 명상, 〈건전한 차 생활이 인생을 맑게 한다〉, 《차인》, 2000년 9월, 19쪽.

94)김봉호, 〈근·현대 차 문화〉, 철원신문, 2005, 4, 4.

95) 김봉호, 〈멋과 맛과 슬기를 찾는 의지-차를 시작하려는 분들을 위하여〉, 《茶苑》 창간호, 29쪽.

96) 곽의진, 『해남의 차 문화』, 사단법인 해남다인회, 해남신문사, 2008, 183쪽.

97) 우록의 스크랩북에 자료, 사진으로 제시.

98) 해남신문, hnews@hnews.co.kr, 〈해남다인회, 차 문화 뿌리 내려〉, 2008년 10월 20일자.

99) 정서경, 「소치 허련의 교유를 통해 본 호남의 차맥 연구」, 한국차학회, 2010, 71쪽.

100) 김미숙, 〈차의 향기〉 중정다례원장, 철원신문, 2005, 2, 1.

101) 성리학性理學은 중국 송宋 · 명明나라 때 학자들에 의하여 성립된 학설. 도학道學 · 이학理學 · 성명학性命學 또는 이것을 대성시킨 이의 이름을 따서 정주학程朱學이라고도 한다. 유학儒學은 중국 사상의 주류를 이루는 것으로, 그것이 성립되던 상대上代에는 종교나 철학 등으로 분리되지 않은 단순한 도덕사상이었으며, 그 대표적 인물에 공자孔子와 맹자孟子가 있다.

102) 최계원, 〈丁茶山과 茶風流〉, 《茶苑》 1983.8. 44~45쪽.

103) 정민, 『새로 쓰는 조선의 차 문화』, 김영사, 2011, 234쪽.

104) 정민, 『새로 쓰는 조선의 차 문화』, 김영사, 2011, 213쪽.

105) 김봉호, 『만나고 싶다 그 사람을』, 우리출판사, 1994, 48~49쪽.

106) 『夢緣錄』은 小癡의 자필 기록인 『운림잡저雲林雜著』 · 『운림수록雲林隨錄』 · 『운림묵연雲林墨錄』 등의 여러 기록을 모아 만든 책이다. 추사가 세상을 떠난 1856년 10월 10일 이후 서울 생활을 청산하고 고향으로 돌아와 운림산방에 기거하면서 썼다. 『夢緣錄』의 제목을 『小癡實錄』으로 고쳤고 다시 『小癡實紀』로 바꾸었다. 따라서 지은이가 직접 붙인 최종 제목 『小癡實記』로 표기해야 하지만, 일반에 알려진 명칭은 『小癡實錄』이기 때문에 이 글에서도 『小癡實錄』으로 표기하고자 한다. 『小癡實錄』은 연대순으로 서술된 것이 아니고 교류한 인물의 비중에 따라 서술하였으므로, 시기별로 전후가 바뀐 부분이 많다.

107) 乙未年入大芚寺之寒山殿, 訪艸衣. 欵曲仍借榻留寓. 往來數載, 氣味相同, 至老不改. 其住處則乃頭輪絕頂之下也. 松深竹茂處, 縛箇數楹草室. 垂柳拂簷, 兹花滿砌, 掩映交錯. 庭中鑿上下池, 榮下設大小槽. 自詩云: '鑿沼明涵空界月, 連竿遙取濕雲泉.' 又曰: '碍眼花枝剗却了, 好山多在夕陽天.' 此等句語甚多. 而淸高澹雅, 非烟火口氣也. 每雪晨月夕, 沈吟耐興, 香初茶半, 逍遙適趣. 寂寂小欄, 聽啼鳥而相對, 深深曲徑, 怕客來而潛韜. 連架綠袠, 盡是蓮花貝葉. 滿箱玉軸, 罔非法書名畵. 我乃工畵學筆, 吟詩解經, 得其所哉. 況日日對話, 都是物外高情, 我雖凡胎濁骨, 安得不和其光, 而同其塵乎. 김영호 編譯, 『小癡實錄』, 서문당, 1976, 70~71쪽.

108) 국립광주박물관, 『남종화의 거장 소치 허련 200년』, 국립광주박물관, 2008, 22~42쪽.

109) 조용헌, 『5백년 내력의 명문가 이야기』, 푸른역사, 2002. 남농기념관, 〈소치 허련과 운림산방의 예맥〉, 남농기념관소개집, 4쪽 재인용.

110) 조선 후기 들어 중국에서 제작된 그림 교본 '개자원화전' '고씨화보'가 사군자를 그리는 기준으로 굳어지고 사실묘사보다는 뜻을 표현하는 寫意적 예술론이 부각되면서 관념적인 사군자 그림이 주류를 이루게 되었다.

111) 석천, 〈해남 윤씨 500년 요람지, 녹우당에 다시 핀 차향〉, 월간 《차의 세계》, 2008년 8월호, 42~48쪽.

112) 윤선도, 『孤山遺稿』, 160쪽.

113) 중국 원대元代(1279~1368)의 화가. 자는 자구子久, 호는 일봉一峯 · 대치도인大痴道人. 후대인들에 의해 오진吳鎭 · 예찬倪瓚 · 왕몽王蒙과 더불어 원4대가元四大家로 일컬어지며, 그중 가장 연장자이다. 후대의 화가 및 화론가들은 황공망의 절개(아주 짧은 기간 몽골 왕조인 원나라 치하에서 하급관리로 일한 적이 있지만)와 자연과의 친화력을 높이 평가했다. 그는 해박한 학식을 갖추고 있었으며, 서예 · 음률 · 시문 · 그림 등에 뛰어난 재능을 지녔다. 그중 산수화에 특히 뛰어났는데, 그가 그림을 배우기 시작한 것은 50세에 이르러서였다고 한다. 말년에 이르러 도교에 심취한 그는 대부분의 시간을 푸춘산[富春山]에 은거하면서 그곳의 풍경을 화폭에 옮겼다.

114) 허련, 『小癡實錄』.

115) 임혜봉, 『茶聖 초의선사와 대둔사의 茶脈』, 예문서원, 2001, 83~88쪽.

116) 국립광주박물관, 앞의 책, 26~30쪽.

117) 조용헌, 앞의 책, 4쪽.

118) 김영호 編譯, 『小癡實錄』, 서문당, 1976, 70~71쪽.

119) 김상엽, 소치 허련의 생애와 회화활동 연구. 박사학위논문, 성균관대학교, 2002, 2~8쪽.

120) 국립광주박물관, 『小癡 許鍊 200년』, 국립광주박물관, 2008, 46쪽 재인용.

121) 전용운 해제, 『초의집』, 36쪽.

122) 정민, 〈새로 쓰는 조선 후기 차 문화사-추사와 초의〉, 《차의 세계》, 2009년 2월호, 72~79쪽.

123) 국립광주박물관, 『남종화의 거장 소치 허련 200년』, 국립광주박물관, 2008, 22~42쪽.

124) 임혜봉, 『茶聖 초의선사와 대둔사의 茶脈』, 예문서원, 2001, 83~88쪽.

125) 최지영, 『조선왕궁과 사림의 다도』, 민속원, 2009, 126쪽.

126) 조용헌, 앞의 책, 4쪽.

127) 小癡와 5대로 이어지는 운림산방의 그림과 유품, 관련 자료를 전시하고 있는 목포 소재의 목포자연사박물관의 문화역사관에 小癡가 궁중에서 사용하는 화선지에 써 전시되고 있다.

128) 김상엽, 「小癡 허련의 교유관계」, 『동양고전연구 16』, 동양고전학회, 2002, 16, 66~78쪽.

129) 김영호 編譯, 〈허小癡의 그림 '선면산수도'에 적힌 제발 중에서〉, 『小癡實錄』, 서문당, 1976, 44쪽.

130) 김상엽, 소치 허련의 생애와 회화활동 연구(박사학위 논문), 성균관대학교, 2002, 2~8쪽.

131) 정병춘·허달재, 「의재 허백련 선생의 차 생활과 철학사상」, 『한국차학회지』, 한국차학회, 2005, 31쪽.

132) 정병춘·허달재, 「의재 허백련 선생의 차 생활과 철학사상」, 『한국차학회지』, 한국차학회, 2005, 31쪽.

133) 김대성, 『차 문화 유적답사기 中』, 불교영상회보사, 157쪽.

134) 이희재(광주대 호남전통문화연구소 소장), 〈춘설향의 의로운 삶 의재 허백련〉, 《차의 세계》 2002년 1월호.

135) 최계원, 『우리차의 재조명』, 삼양출판사, 1983, 141쪽.

136) 정서경, 『고려 차시와 그 문화』, 이른아침, 2008, 156쪽.

137) 박전열, 〈『남방록』은 현실에 상상을 끌어들인 다도의 이상세계〉, 『남방록 연구』, 이른아침, 2012, 4~6쪽.

138) 허달재의 구술조사.

현대 차 문화의 부흥조

독철신 우록 김봉호

초판 1쇄 인쇄 2013년 4월 24일
초판 1쇄 발행 2013년 4월 29일

지은이 정서경
펴낸이 김환기
펴낸곳 도서출판 이른아침

주 소 서울시 마포구 마포동 324-3 경인빌딩 3층
전 화 02)3143-7995
팩 스 02)3143-7996
등 록 2003년 9월 30일 제 313-2003-00324호
이메일 booksorie@naver.com

ISBN 978-89-6745-012-0 03810